HERENCIA ENCANTADA

El Legado de las Hadas: Tomo 1

PATRICIA BOSSANO

WaterBearer Press

HERENCIA ENCANTADA
El Legado de las Hadas: Tomo 1

Editado por: Virginia Cinquegrani, CABA, Argentina
Diseño de cubierta por: Tamra Gerard

Library of Congress Control Number: 2022910607

Publicado en los Estados Unidos de América por:
WaterBearer Press, julio 2022.
www.WaterBearerPress.com

Tapa dura: ISBN 979-8-9859699-0-0
Tapa blanda: ISBN 979-8-9859699-1-7
Libro electrónico: ISBN 979-8-9859699-2-4

Al correo de las brujas y los brujitos:
May we live on and prosper.

Hadas: visión universal

Nombre femenino, del latín fatum: *hado, destino. También* fata, fatae, fée, faery. *En el folclore: clase de seres sobrenaturales, generalmente de forma humana diminuta que poseen poderes arcanos con los que intervienen en los asuntos humanos. Otros apelativos: El Buen Pueblo, Seres Feéricos, El Pequeño Pueblo, los Señoriales, la Buena Gente.*

Glamour: "Característica innata de la raza de las hadas, que es el principal rasgo diferenciador entre hadas y mortales. El glamour de las hadas, erróneamente llamado magia, *es la cualidad que les permite a las hadas vivir en el mismo mundo que los mortales, pero en una dimensión diferente..."* –Enciclopedia de las Cosas que Nunca Existieron, *Michael Page y Robert Ingpen.*

País de las hadas: La Soberanía de las Hadas. Un lugar encantador, de belleza etérea. Cualquier región fascinante, extraordinaria.

Hadas gregarias: viven en comunidades o fatara.

Hada solitaria: no se asocia con otros de su raza.

Corte luminosa: asamblea de hadas gregarias que tienden a hacer el bien, aunque entre ellas persiste un apego por las bromas que, de vez en cuando, causa estragos.

Corte lóbrega: banda de hadas maliciosas que buscan malograr a otros, incluida la raza humana, para su propia diversión.

Las hadas gregarias tienden a organizarse en tropeles matriarcales gobernados por una reina. Celosas de su privacidad, crean sus magníficas viviendas bajo tierra desde donde irradian su incalculable energía para arborizar y embellecer su entorno, como los verdaderos rayos de sol que son.

El primer ser feérico surgió en Italia, donde se dice que el fausto sol, dador de vida, se complace en derrochar su esplendor. Las hadas se multiplicaron y se dispersaron por el mundo, durante la expansión del Imperio romano, buscando lugares remotos para establecer sus reinos subterráneos, aprendiendo el idioma de los países anfitriones y adoptando sus costumbres más afines como un acto de tácita diplomacia.

El poder innato que tienen las hadas para manejar y transmutar la energía dentro de sus cuerpos se llama glamour *y su efecto es, ciertamente, asombroso, aunque limitado; las hadas no son todopoderosas. El* glamour *les permite vivir en el mismo planeta que los humanos, pero en una dimensión diferente.*

Por lo general, la reina de un tropel elige una ubicación boscosa, ya que su práctica involucra el desarrollo de una simbiosis con su hábitat, a fin de compartir la longevidad de este para promediar la del tropel bajo su mando.

Las hadas crecen normalmente hasta la edad de quince años, pero, en adelante, sus cuerpos cambian a razón de un año por cada quince humanos. Por ejemplo, un hada que ha vivido ciento cuarenta años calendario lucirá como un humano de veintitrés, pues comparte la vida útil de su entorno en el bosque. Lamentable, o tal vez, cautivadoramente, la madurez emocional no corteja a la gran mayoría de las hadas sino hasta superados los doscientos años.

El glamour, *en su máxima potencia, radica en la reina de las hadas, lo cual coteja su poderoso don de profecía. Por su parte, los miembros menores y menos dotados del tropel no son videntes confiables y, siendo mayormente pacíficos, ignoran los rastros de aquel don en sí mismos limitándose a desear que su reina nunca necesite usarlo.*

Las hadas emplean su glamour *en diversos grados de intensidad para emitir el deslumbrante atractivo que las vuelve irresistibles ante los humanos. Tanto las seductoras doncellas como los formidables donceles usan el* glamour *en sus cuerpos para realizar hazañas básicas como el cambio de forma y estatura, ensalmos caseros, dar obsequios de cuna a los bebés, y causar malestares pasajeros. Pero,* al ejercitarlo en su más alta potencia, una reina regente, por ejemplo, logra franquear obstáculos que para otros resultan insuperables, puede cambiar el clima y es capaz de dotar a los bebés con dones de carácter que cambiarán el rumbo de su vida.

Las hadas no tienen alas, pero, gracias al glamour que las impulsa, tienen la facultad de movimiento vertical y horizontal. De todos sus poderes, este es el más básico, pero también el que les brinda mayor diversión y despierta su espíritu de competencia. Hay hadas tan bien provistas de esta facultad que son capaces de volar más rápido que un halcón.

Todas las hadas existen dentro de coloridas auras alimentadas por el glamour; a ello se debe su distintiva apariencia de orbes luminosos. El aura reguladora de temperatura sirve principalmente para aislarlos de los elementos. Sin embargo, en momentos de grave peligro, el aura también puede convertirse en un escudo protector. Los ojos de un hada son del mismo color que su aura y su cabello es veteado a juego, motivo de su fascinante donaire.

La estatura de un hada adulta oscila entre veinte y cuarenta centímetros, aunque pueden cambiar de forma a casi cualquier cosa que deseen, inclusive un humano adulto. Sin embargo, la mayoría de las hadas están tan satisfechas con su aspecto y tamaño que rara vez se dignan a plagiar a otros y, si lo hacen, es sin duda para perpetrar una travesura.

Debido a la dimensión que habitan las hadas y el poder encapsulado en sus auras, los humanos no pueden verlas a simple vista. Para que un humano pueda percatarse o reconocer un brillante orbe como lo que realmente es, el aura de un hada, el hada debe dirigir el glamour en su cuerpo a propósito de otorgar el don de vista feérica.

Lo anterior es el método más directo, pero hay dos formas adicionales de vislumbrar a los Señoriales, aunque pondrán a prueba la determinación del humano que lo intente, que seguramente se dará por vencido antes de lograr el éxito.

Sin ánimo de disuadir y a fin de cultivar el optimismo, se comparte lo siguiente: un humano debe conocer la ubicación del portal hacia la Dimensión de las Hadas (en sí un dato sumamente difícil de obtener) y debe ingresar a dicha dimensión durante la luna llena, víspera del solsticio de verano (arriesgándose a ser castigado si lo descubren). Si lo logra, su recompensa será el inexpresable jolgorio feérico durante la noche más especial del año.

Si se desconoce la ubicación del portal, el humano puede tratar de interceptar a un grupo de hadas viajeras, asumiendo que conoce de antemano su itinerario y ruta. Deberá esconderse y esperar el paso de la caravana, observando el terreno a través de una piedra horadada (una piedra lisa y plana, con un agujero redondo en el medio, causado por los tumbos dados en un arroyo). Desgraciadamente, dar con tal artefacto, como lo es una piedra horadada, es tan improbable como adquirir los planes de viaje de un tropel de hadas.

Si bien las hadas comparten toda la gama de rasgos humanos, las cualidades de un hada son más manifiestas, para bien o para mal. Si el funcionamiento interno de todas las hadas es un enigma y si sus pensamientos, emociones e instintos están plagados de paradojas, es porque los atributos de su raza han sido definidos por una destacada minoría, aquellos que no resisten la tentación, por sus actos, de sobresalir en los extremos de la gama. Afortunadamente, aquello implica que la gran mayoría de seres feéricos viven vidas pacíficas y plenas en la parte central de la gama de rasgos.

Por lo general, la reina de las hadas y los miembros mayores de la Corte Luminosa son considerados los más sabios, pues el enfoque de su existencia consiste en hallar equilibrio; lo reconocen como una estrategia clave para el logro de grandes éxitos y para evitar fracasos catastróficos. En su juventud, las hadas son, en su mayoría, impacientes, ensimismadas, frívolas, indiferentes con los demás y propensas a la agresividad. Las hadas tienden a actuar según el principio de que un acto bueno (o malo) merece otro; el problema es que su percepción es, en ocasiones, deficiente y la mayoría de las veces su reacción es desproporcionada con respecto a la acción que la causó.

A medida que envejecen, las rugosidades de su carácter se suavizan. Empiezan a ver su individualidad como parte de la unidad colectiva, descubren su propósito y su temperamento comienza a doblar hacia la amabilidad y la paciencia. Una vez que las hadas adquieren el gusto por la tolerancia, la practican con un ferviente deseo de agradar. Encuentran la alegría de ayudar a otros y, en muchas ocasiones, el deseo de mejorar el mundo las obsesiona, llevándolas a desplegar sus dones más audaces por el bien del tropel.

En la dimensión de las hadas, el tropel funciona de manera equivalente a la de una familia humana, pero con un manojo de adaptaciones estructurales. A diferencia de los miembros menores de la Corte Luminosa, quienes normalmente prefieren un solo compañero con quien reproducirse, la reina de las hadas, en su afán de cambio y variedad, suele elegir consortes masculinos temporales. Es de esperarse que una reina tenga múltiples consortes a lo largo de su vida y, dado que las hadas generalmente viven más de seiscientos años, es digno de mención que una reina necesitará intervalos a solas y, a veces, aquellos intervalos entre consortes duran siglos enteros.

Debido a que comparten el planeta con los humanos, y a propósito de allanar el camino para futuras relaciones, las hadas comenzaron su práctica, ahora tradicional, de aparecer en un hogar humano poco después del nacimiento de un bebé y otorgar regalos de cuna al recién nacido (propicios o no, según su estado de ánimo o según cómo el hada haya percibido su recepción).

En los últimos siglos, y gracias a su curiosidad natural, las hadas expandieron su función original y comenzaron a inmiscuirse en los asuntos humanos, en detrimento de los intereses diplomáticos de la Corte Luminosa.

En general, las hadas se apegan a los de su raza, pero nunca faltan esporádicos informes de matrimonios entre hadas y humanos, que casi siempre terminan mal: el carácter caprichoso de la novia-hada, su estado de ánimo voluble y la inestabilidad de su actitud, inevitablemente incitan las protestas del hombre, y, cuando la confusión y la frustración del pobre mortal alcanzan su punto máximo, el hada convenientemente se libra de su compromiso y regresa a su dimensión, preguntándose por qué se le ocurrió marcharse en primera instancia.

Aparte de los fallidos matrimonios interraciales, las hadas y los humanos se llevan bastante bien, siempre y cuando no se encuentren. La irremediable curiosidad de un hada y su deseo de terciar, siempre la llevarán a entrometerse. Un buen número de aquellos casos resultan simplemente molestos o entorpecedores, pero hay una práctica feérica que no puede rotularse con tal ligereza.

vi

El acto más injurioso que pueden cometer las hadas, regidas por su frívola curiosidad, es raptar hermosos bebés humanos (antes de que sean bautizados) y dejar reemplazos en sus cunas. La razón del hada para actuar de tal manera varía; puede ser una simple fascinación por la belleza o puede ser el deseo de criar un humano fuerte para que haga el trabajo pesado (muy conveniente en el caso de un hada solitaria). De cualquier manera, un hada que así se comporta muestra que no entiende ni respeta lo que la pérdida de un hijo significa para los padres humanos, tal vez porque, en el seno del tropel, lo que es de uno es de todos.

Cabe señalar que, en la mayoría de las Cortes Luminosas, el rapto de bebés se considera como una infracción vergonzosa que contrarresta el avance de la obra diplomática feérico-humana, pero el castigo y su gravedad varían de un tropel a otro, según el juicio de la reina regente.

Prólogo

Érase una tarde plomiza…

El desolado viento de marzo aullaba desde el mar Cantábrico hasta las estribaciones de los impenetrables Pirineos, presagiando una cruel tormenta. Los campesinos se apresuraban a encerrar su ganado y a atrancar puertas y contraventanas para protegerse de la borrasca; el fuego en los hogares ardía precavido ante la noche fría que se avecinaba.

Desafiando la ventisca, los niños correteaban, reuniendo brazadas de leña para amontonarlas cerca de sus estufas, mientras que, dentro de sus casas, las niñas, simulando la agitación de sus madres, se aperaban contra las frías corrientes de aire metiendo trapos en toda fisura de las paredes.

Más hacia la cumbre, donde las montañas, resguardadas por formidables arboledas, desdeñaban el título de inhóspitas, se encontraba el alcázar de Santillán, enclavado en un valle a solo cuatro días de viaje desde la costa. La fortaleza, sede del rey Bautista y su amada esposa, Paloma, cubría aproximadamente doce kilómetros cuadrados y tenía un solo portón, centrado en el muro orientado hacia el sur, y era utilizado tanto por residentes como por visitantes. En cada esquina de la enorme fortificación rectangular se alzaban las imponentes torres de vigilancia que, años atrás, habían servido como puestos defensivos abastecidos con armas, pero que, en la actualidad, contenían herramientas y el granero del alcázar.

De las balaustradas, en lo alto de las torres, colgaban los estandartes de Santillán, diseñados por el mismo Bautista, para anunciar a visitantes y forasteros por igual lo que les aguardaba en el alcázar, ya fuera una feria, una exposición agrícola, una cabalgata o cualquier evento acogido por Bautista Santillán a fin de impulsar la prosperidad de su gente y su reino.

La entrada al alcázar depositaba al forastero en la bulliciosa calle principal de Santillán, bordeada de coloridos tendales que ostentaban las artesanías y cultivos locales, invitando a la exploración del industrioso y extenso mercado durante horas enteras. Al otro lado de la vía principal, se encontraba la plazoleta de la capilla y su magnífica fuente, rodeada de senderos de grava. Detrás de la pintoresca capilla estaba la mansión real con sus muchas torres y vistosos estandartes triangulares, que ondeaban con la brisa.

La parte trasera de la mansión daba a los serenos jardines de Paloma, protegidos del alboroto de la ciudadela por setos de laurel muy bien cuidados por fervorosos jardineros. A lo largo de los anchos paseos, serpenteando entre tropas de enebros y sauces de globo, había bancas, aquí y allá, donde Paloma solía detenerse a leer en las tardes de primavera. Ahí disfrutaba de los fragantes racimos de glicinias o del relajante goteo de los estanques, donde enormes peces anaranjados se deslizaban perezosos bajo llamativos nenúfares. Ahí, Paloma y Bautista daban sus paseos matutinos en el verano, haciendo planes, tomando decisiones y riendo juntos, todo al son del alegre gorjeo de una miríada de pájaros que se bañaban en las cuencas distribuidas a lo largo de los senderos.

Dentro del alcázar también se encontraban las viviendas de los cientos de familias cuyas vidas se desarrollaban en Santillán. Ahí jugaban, estudiaban, se divertían y se ganaban el pan de cada día.

Mas, en aquella portentosa tarde de marzo, parecía faltar la propia esencia de Santillán. Los estandartes no se agitaban alegres en la brisa y no se oía el bullicio de los trueques y regateos a lo largo de la calle principal. Los quioscos habían sido desarmados y habían dejado la vía desamparada y a merced de los fuertes vientos. No había niños chapoteando en las fuentes y no se oían pájaros dentro de las densas ramas verde azuladas de los enebros. La hiedra se aferraba temblando a los muros de piedra de las torres y, para completar el sombrío cuadro, los telones negros que colgaban de las balaustradas más altas parecían lamer el firmamento, como tentando la ira del cielo a derribarlo todo en lugar de prolongar la amarga depresión que había envuelto a Santillán desde la muerte de Bautista dos semanas antes.

En la terraza de la torre noreste, un hombre de unos sesenta años, de rostro amable y sabio, pero en cuyos ojos brillaba la fiereza capaz de acobardar al más bravo guerrero, contemplaba la lúgubre escena a sus pies. Levantando su mirada hacia la borrasca que se perfilaba en el oeste, el hombre reflexionó inquieto: "He aquí evidencia de que la naturaleza imita el ánimo humano. —El nombre de aquel personaje era *Clemente*—. La misma agonía y confusión que sufre mi reina es lo que estas turbulentas nubes reflejan. ¡Lo huelo hasta en el viento!".

Por un breve momento, se encogió de hombros, como queriendo asumir el dolor que sufría Paloma. Le dolía el corazón por la pérdida de Bautista, un hombre a quien había considerado más hijo que soberano y cómo le indignaba que Paloma hubiera sido privada del amor de Bautista. Mas Clemente no era de los que se entregaban a la desesperación, especialmente, cuando las graves circunstancias requerían de su fortaleza de carácter.

Protegiéndose con su capa negra, Clemente tomó las escaleras hacia el jardín. Se apresuró a bajar, gruñendo de frustración por el persistente dolor que plagaba su brazo izquierdo. Soltando una maldición, tuvo que aflojar el paso para aliviar su dolencia con estiramientos, pero, apenas disminuyó el malestar, reanudó el descenso, pues estaba en una encomienda para la reina.

Después de los padres de Paloma, Clemente había sido el primero en tomar a la niña en sus brazos y había quedado encantado con ella desde ese día. Como su padrino y tutor, Clemente percibió señales de grandeza en Paloma, incluso a esa temprana edad y decidió cultivarlas aplaudiendo sus primeros pasos y grabando sus primeras palabras y desarrollo en grandes tomos. A lo largo de los años, Clemente se había convertido en su fiel consejero y, después de Bautista, en su más leal amigo.

Clemente llegó a la parte inferior de la torre y se dirigió hacia la mansión, apenas distinguiendo los peces en el estanque que, ahuyentados por la tormenta, se deslizaban nebulosos en el fondo.

—Será una tormenta cruel —masculló, ignorando el viento que despeinaba su cabello gris—. Pero no descuidaré mi misión, por el bien de Paloma, debo despedir a Arantza —dijo, entrando al pasillo por la puerta de servicio que una joven sirvienta le abrió.

—¿Está la vidente en su habitación?

—Señor Clemente, sí. Pase usted —contestó temblorosa la joven, haciendo una reverencia a la vez que atajaba los mechones que el ventarrón había desacomodado y los encajaba debajo de su gorrita de punto.

Clemente siguió su camino, avivado por tétricos presentimientos. Arantxa, la vidente, vivía en el ala de servicios de la mansión, en lo alto de una torreta esquivada por el resto de la servidumbre, pues la propia Arantxa les tenía prohibido entrar a su estancia. Tampoco les permitía acercarse a su escalera, lo cual explicaba el lamentable estado del trecho hasta su puerta.

Clemente empezó a ascender los lúgubres escalones sin vacilar, mientras afuera, las raudas nubes negras apagaron la luz menguante de la tarde. La escalera en espiral se oscureció y Clemente volvió a respirar hondo, iniciando otra serie de estiramientos para aliviar el dolor del brazo.

Ignorando las ráfagas heladas que entraban por los boquetes en las paredes y que levantaban el polvo de los escalones agrietados, Clemente continuó su ascenso, perdido en sus recuerdos y ajeno a la inmundicia a su alrededor.

Meses antes, Arantxa había llegado a Santillán con el cuerpo tronchado, el rostro quemado, y cojeando patéticamente. Sus heridas dieron pie a una viva sarta de rumores sobre cómo Arantxa había salido del reino vecino de St. Michel, donde antes trabajaba. Al principio, Clemente estuvo de acuerdo con Bautista en que Arantxa no era más que una adivina y curandera inofensiva que solo quería mejorar sus circunstancias y ganarse la vida lejos de St. Michel, donde había sido injustamente maltratada.

A pesar de los esfuerzos de Clemente, Paloma nunca había logrado erradicar su desconfianza de Arantxa, convencida que su mansa apariencia escondía algo funesto. Después de todo, ¿cuál había sido su infortunio? ¿Y qué de las malas lenguas que aseguraban que Arantxa misma había causado sus espantosas heridas?

A oídos de Paloma llegaron historias siniestras que, si bien eran difíciles de creer, sembraron dudas imposibles de ignorar. Arantxa había jugado algún papel en la muerte del rey Edmond de St. Michel, pero Bautista y Clemente repudiaron sus recelos y, ciegos a la verdad disfrazada tras la conmovedora súplica de Arantxa, accedieron a otorgarle santuario. A cambio de aquella misericordia, del techo y del alimento que recibiría, Arantxa se comprometió a ver el futuro, «siempre para el bien de mi nuevo benefactor».

Tal vez el embarazo de Paloma agudizó sus sentidos, volviéndola temerosa de presentimientos que se cumplían con desastrosa frecuencia, o quizás porque, tras la muerte de Bautista, los rumores sobre Arantxa habían resurgido con vida propia entre la gente de Santillán infectados de un nefasto sabor. «El cuerpo del rey Edmond de St. Michel, todavía estaba en su lecho de muerte cuando estalló el incendio que la desfiguró».

Semanas más tarde, luego del trágico accidente de equitación que había matado a Bautista, cuando las reflexiones cansadas de los últimos días lo habían hartado, Clemente finalmente aceptó la visión de Paloma. Aunque era incapaz de hacer lo que la reina quería por encima de todo, tener a Bautista vivo y a su lado nuevamente, Clemente anhelaba, como mínimo, aliviar su sufrimiento.

Clemente se detuvo; un gruñido exasperado escapó su garganta cuando aquel sordo dolor atacó su brazo otra vez. Con la mano, volvió a aplicar presión sobre su hombro y pecho, respirando hondo mientras estimaba el tramo restante de la escalera, en tres giros más llegaría a la puerta de Arantxa.

Sintiendo el peso consolador de la bolsa de dinero en el pliegue de su capa, subió varios escalones más; ansioso por librar a Santillán de la vidente por el bien de Paloma. Compensaría a Arantxa por sus servicios, le daría unos meses de paga para facilitar su reubicación, eso sí, sin negociaciones. Despediría a Arantxa esa misma noche y le exigiría que se marche de inmediato.

El recuerdo lo asaltó como un escalofrío: «¿Qué buscaba? ¿Por qué vigilaba el pasillo fuera de la recámara de Paloma?». Las posibles respuestas lo habían torturado todo el día, pues Clemente no atinaba más que especular.

La voz destemplada de Arantxa todavía hacía eco en sus oídos. «La reina sufre cruelmente —había asegurado— yo puedo ayudarla».

Revivido su aplomo y convencido de la falsedad detectada esa mañana en la voz de la vidente, Clemente continuó su marcha.

Desde muy temprana edad, Clemente reconoció en Paloma un arraigado sentido de la justicia, ello y su agradable naturalidad eran las cualidades que Clemente más admiraba en la pequeña y, como su diligente tutor, se dedicó a alimentar su mente y su alma, preparando a la joven Paloma para que, cuando llegara el momento, fuera una gobernante sabia y justa.

Cuando Paloma se casó con el apuesto rey de Santillán, el corazón de Clemente se desbordó de satisfacción y orgullo, al ver a su amada dama convertirse en una legítima reina, sabiendo que él había contribuido a la formación de aquella noble mujer que reinaba al lado de un hombre como Bautista. ¡Oh, día feliz!, apenas hacía ocho meses, cuando Paloma, del brazo de su adorado esposo, había anunciado a sus regocijantes súbditos que pronto serían padres.

Clemente llegó por fin a la puerta de Arantxa. Se arrimó a la pared respirando profundo, secándose las gotas de sudor de la frente y ordenando sus pensamientos. Habiendo recuperado el aliento y convocando una ola de serenidad, se enderezó en la oscura antecámara, a punto de llamar, cuando el murmullo de Arantxa, al otro lado de la destartalada puerta de madera, llegó a sus oídos, obligándolo a bajar el puño. Dio un paso atrás confundido. «¿Ha nombrado a Paloma? ¡Sí!». No había duda de ello.

Sin vacilar, Clemente se deslizó sigiloso contra la pared de piedra hasta alcanzar la puerta. Pegó el ojo a la rendija y devoró los detalles del interior de la estancia, a la vez que sus oídos captaban cada espeluznante sonido.

Herencia Encantada: un regalo de las hadas
Dedicado a mi bienamada madre, Celeste.

Tu hija,
Xiomara
1856

Una niñez glamorosa

I

Santillán y el reino colindante, St. Michel, sobresalían de entre acogedoras colinas y fecundos prados que daban acceso a viajeros enrumbados hacia el oeste o hacia el sur. Pero hacia el norte, más allá de las verdes praderas, las escarpadas crestas de los Pirineos declaraban implacables «No hay paso».

Aquellas gigantescas creaciones, cinceladas en la piedra viva y que se alzaban violentas desde el fondo de los valles, corroboraban la impenetrabilidad de los acantilados. Los Pirineos eran un telón de fondo, inaccesible para el mundo civilizado de Santillán y St. Michel, algo que debía contemplarse con miedo y asombro, y que desalentaba todo intento de explorarlos.

Aunque era difícil de imaginar, los indomables picos de granito eran en realidad una muralla serrada que guardaba celosamente un tesoro, una soberanía oculta más allá del mundo natural. Acunaban una magnífica cuenca en forma de pera que se extendía por kilómetros bajo el firmamento, desconocida por los humanos, quienes asumían que nada podía sobrevivir a tal altitud o en terrenos tan áridos y rocosos.

La realidad que los eludía era que, del otro lado de los inhóspitos flancos de piedra, se extendía una serie de colinas, cubiertas de árboles de hoja perenne, que formaba una especie de revestimiento protector de la cuna. La parte occidental y más estrecha de esta cuenca la ocupaba un lago resplandeciente, cuyas aguas cristalinas se tornaban verde gracias a la arena blanca en su lecho y además era tibio, debido a los manantiales que lo alimentaban desde las ardientes profundidades de la tierra.

Laderas primorosas, arboladas en diversas especies de coníferas enmarcaban la orilla oriental del lago y, dentro de la fresca sombra del bosque, capa tras capa de agujas de pino cubrían la tierra húmeda. Un fresco aroma alpino impregnaba el ambiente sereno, donde no se escuchaba más que el rumor de la brisa y el trinar de los pájaros a través del espeso follaje.

En el extremo oriental de la cuenca, había densos pantanos llenos de insectos desconocidos y reptiles de ojos somnolientos que pereceaban bajo el sol o serpenteaban entre los pastos y los juncos que despuntaban de los cenagales. El territorio central, dentro de la soberanía, lo dominaba un arboreto, donde especies de árboles y plantas exóticas prosperaban, a pesar de la altitud; allí se podía escuchar la respiración de la tierra misma y el murmullo de la brisa llevaba consigo el canto del agua de los manantiales y arroyos que la regaban. Allí la vegetación cambiaba a cada paso y el olor a tierra fértil saturaba el aire. Allí se mecían los gráciles sauces cuyas ramas, como zarcillos, llegaban hasta el suelo; las hojas de los álamos se estremecían alegres bajo la moteada luz del sol y los ilustres robles se alzaban sobre troncos curtidos, extendiendo sus ramas, como imperturbables guardianes, protegiendo todo lo que vivía a su sombra.

Bajo el dosel esmeralda de los árboles, se daba una explosión inesperada de color. Montículos de hierba azulada y fresca crecían a la orilla de los arroyos, y espesos racimos de glicina, blancos y púrpura ladeaban hacia el agua. Parches de jacintos, con sus hojas verdes y flores de color rosa oscuro, se alzaban derechos y saturaban el aire templado con su dulce aroma. Exuberantes arbustos de lila, con sus panículas perfumadas, tiritaban en la sombra, rociando el suelo con sus pétalos. Alegres margaritas, coronando sus frondosos tallos, se mecían en la brisa y se inclinaban juguetonas hacia los orgullosos tulipanes que las ignoraban, mientras las tímidas violetas alfombraban cada centímetro de tierra que las plantas más vistosas olvidaban adornar.

Así era el verano en la Soberanía de las Hadas, donde todo (colinas, lago, arboreto y pantanos) existía dentro de la cuna, rocosa e inaccesible, de los Pirineos occidentales.

II

Era un día como cualquier otro en el arboreto; el arroyo saltaba alegre sobre los guijarros en su lecho, rumbo al claro donde había un dique improvisado. Allí se derramaba ruidoso sobre la serie de rocas blanqueadas por el sol y dispuestas en forma de medialuna alrededor de un gran estanque. El agua giraba retozona, refrescando el estanque antes de continuar su camino hacia las profundidades del bosque. Alguien arrojó una pequeña piedra al agua. Su gorgoteo al caer interrumpió el sereno sonido del arroyo y hasta el parloteo de los pájaros. Todo el bosque pareció detenerse para escuchar. Mas, al oír el tintineo de la voz de una niña, el bosque exhaló.

Era solo Celeste.

Tenía apenas once años, pero era alta para su edad. De puntillas al borde del estanque, la niña levantó su espesa melena castaño-clara y la anudó sobre su cabeza. Sirviéndose de su reflejo en el agua a manera de espejo, aseguró el nudo con dos palitos lisos y abanicó su cuello sudoroso con la mano.

—Entonces, ¿me vas a ayudar o no? —preguntó y, a juzgar por la aspereza de su tono, no era la primera vez que hacía la petición. Ondeando la falda de su bata sin mangas, tentaba a la brisa a refrescar sus piernas mientras esperaba una respuesta.

Flotando en el aire, mirando adormilada las rocas blanqueadas por el sol sobre las que se derramaba el agua, estaba el hada, Nahia, a quien Celeste se había dirigido. La cría de piel clara, del tamaño del antebrazo de Celeste, miró con nostalgia el agua fresca a sus pies. Llevaba puesta una camisola larga de gasa y sus rizos rubios, veteados en tono verde-mar, pegoteados al cuello y a la frente de porcelana.

—¿Y bien? —insistió Celeste, acalorada—. Ya has demorado suficiente —afirmó, levantando la bata por encima de sus rodillas y sentándose al borde del estanque. Metió las piernas en el agua con un suspiro de alivio, porque el calor del verano era insoportable.

—No creo que debamos hacerlo —respondió finalmente Nahia. Celeste se tensó enfadada ante esto y Nahia se apresuró a agregar—: ¿qué pasa si algo sale realmente, y lo digo en serio, *realmente* mal?

Las motas doradas en los ojos marrones de Celeste centellearon y, de un brinco, estuvo en pie.

—¡No puedes echarte atrás! ¡Me lo habías prometido! —Nahia retrocedió instintivamente y Celeste arremetió—. No seas tan dramática, sabes bien que tendría que caminar sobre el agua para agarrarte.

—Más vale prevenir que tener que lamentar —respondió el hada.

—¡Aaj! Y, entonces, ¿qué de tu promesa?

—Deja que lo piense un poco más —balbuceó Nahia.

Habiéndole colmado la paciencia con sus repetidas excusas y estratagemas para demorar, Celeste dijo:

—¿Cómo que pensarlo más? ¡Bien sabes que lo único que lograrás con eso es que te sangre la nariz! —Celeste soltó colérica.

—¡Ignoraré que dijiste eso!

—A ver, ¿qué es lo que tienes que pensar, Nahia? Ya te dije: el plan es por demás simple y tú dijiste que todo estaba claro —gruñó Celeste—. Siempre me haces esto y me dan ganas de estrangularte cuando al último momento cambias de opinión. Te lo advierto, Nahia, cumple tu palabra o, de lo contrario...

Celeste parecía estar a punto de perder la cabeza, por lo que Nahia se mordió la lengua en lugar de decir: «¿O qué?». A cambio, aunque de mala gana, se le escapó un:

—Está bien, ¡está bien! Conseguiré la pócima, pero ¿estás segura de que tu madre ya está cansada?

—Sí, Nahia. Sí. Una y mil veces, ¡sí! —Celeste increpó, esforzándose por controlar su temperamento. La heroica misión que se proponía emprender no podría llevarse a cabo sin la ayuda del hada y reñir con Nahia en este momento arruinaría su plan, por lo que respiró hondo, como su madre le había enseñado, y continuó en tono mesurado.

—Caminé con ella toda la mañana, incluso nadamos juntas en el lago. Hace unos momentos, la dejé en casa y me dijo que bebería una infusión de cítricos antes de tomar su siesta. —La mirada de suficiencia que coloreó el rostro de Celeste alegaba que la naturaleza prometedora de las circunstancias era indiscutible. Pero, por si acaso, agregó persuasiva—: Nahia, te aseguro que está lista, y tú y yo estamos perdiendo el tiempo. —Mas el hada continuaba reacia y con aspecto indeciso. Remolona como ella sola, Nahia se mordió el labio y dilató sus fosas nasales, fingiendo concentración—. Ya déjate de cosas, ¿quieres?

—¿Qué cosas?

—Eso... esa cosa que haces con la nariz —farfulló Celeste, su autocontrol a punto de disolverse.

A su vez, Nahia hacía todo lo posible por aparecer confundida, lo que sumó a la furia de Celeste.

—¡Inflas la nariz! ¡Y sabes que sé lo que eso significa! —acusó Celeste.

—Querrás decir, dilatar… —Nahia la corrigió lacónica, mientras flotaba de un lado a otro como para no presentar un blanco fácil.

Ante esto, Celeste perdió todo semblante de moderación y sus mejillas bronceadas se sonrojaron.

—¡Inflar, resoplar, dilatar! ¿Qué importa en la gran arboleda cómo lo llames? ¡Lo que importa es que sé lo que quieres decir con eso, pequeño demonio fanfarrón! —Celeste echaba humo, paseando de un lado a otro en el borde del estanque mientras Nahia flotaba, a salvo, sobre el agua, fuera del alcance de peligros más allá de las palabras de Celeste—. Sabes que no puedo hacer esto sola y me lo echas en cara ¿no es así? ¡Miserable excusa de hada!

Nahia se mordió el labio otra vez y miró a Celeste con ojos entrecerrados, como a propósito, para disminuir el sentido de urgencia de Celeste. Se miraron obstinadamente. La humana, furiosa; el hada, disimulando su satisfacción con dificultad.

III

Celeste y Nahia habían nacido en la soberanía y en la misma noche. Según sus madres, aquella ordinaria coincidencia las había convertido en hermanas de nacimiento, lo cual, con el tiempo, se había vuelto un arma de doble filo. Aunque nadie conocía mejor a Celeste y, después de su madre, Celeste confiaba solo en Nahia, no pasaba un día sin que las *hermanas de nacimiento* se metieran en disputas competitivas.

El inevitable aguijoneo de una causaba reacción en la otra hasta colmar su medida. Solo entonces, deseosas de hacer las paces, pedían perdón, a veces, con el ofrecimiento de un nido abandonado, para juntas ayudar a eclosionar los huevitos de petirrojo, o con generosos regalos de cuentas de vidrio para decorar un nuevo vestido.

Era mucho peor cuando las acusaciones y comentarios tenían un tono de veracidad, como el día que Nahia, por primera vez, despotricó sobre sus respectivos ancestros. Aquel era un tema que erosionaba el sentido de sí misma de Celeste. Ambas eran hijas de reinas, como Celeste le recordaba a menudo a Nahia, y que debería haber sido suficiente para resolver cualquier discusión entre ellas, pero Nahia desacreditaba las afirmaciones de Celeste de la manera más provocadora, diciendo: «Eso es puro chismorreo y nadie puede probar lo contrario. Yo, sin embargo, soy una verdadera princesa, la princesa de las hadas nacida de la reina Oihana, regente de la soberanía, o sea, del mundo real, y no el mundo de fantasía humana, que probablemente ni siquiera existe». Aquellos desvaríos del hada siempre terminaban, para gran humillación de Celeste, con la pomposa demanda: «Así que debes dirigirte a mí con el debido respeto». Ahí comenzaba la parte física de sus argumentos, en los que las hermanas de nacimiento armaban ingeniosas trampas que, la mayoría de las veces, acarreaban consecuencias infaustas, como cambios indeseables de la textura y color del cabello o embarazosas erupciones en partes del cuerpo que les impedían sentarse. O, en ocasiones, dolores de estómago tan intensos que las ponían verdes con el malestar. La suya era una relación fraternal; a veces dulce y grata como ninguna otra, pero, una vez en el lado oscuro, rencorosa, mezquina, e imprudente.

Celeste a menudo encontraba suficiente legitimidad en las palabras de Nahia como para despertar sus dudas. Era en aquellos momentos cuando se agudizaba en Celeste la noción de que ella y Paloma vivían en la Soberanía de las Hadas en calidad de invitadas. Ahí, Oihana era la única reina y Nahia la única princesa heredera. El reino de Paloma era tan lejano, que bien podría existir solo en sus cuentos, como a veces sugería Nahia. Y, aunque nunca lo admitiría, Celeste sabía que lo único que evidenciaba ese reino humano era la palabra de Paloma. «¡Oh! Si pudiera demostrarle a Nahia, y a mí misma, de una vez por todas, lo real que es el mundo de mi madre».

Y así fue como, a la edad de once años, con un conocimiento mínimo de cómo, o por qué, Paloma había llegado a la soberanía y convencida de su propia inteligencia, Celeste concluyó que ni Paloma ni Oihana habían logrado remediar su destierro porque la solución era ridículamente sencilla y, por lo tanto, se les había escapado.

—¿Cuál es nuestra situación? —comenzaba el ingenioso razonamiento de Celeste—. Vivimos en la Soberanía de las Hadas debido al maleficio de una malvada bruja sobre mi madre. ¿Cuáles son nuestras limitaciones? No podemos abandonar la soberanía o mi madre se transformará en una espantosa aparición. Pero… —Las motas doradas en sus ojos siempre brillaban gozosas en esta parte— ni mamá ni Oihana han puesto a prueba esas limitaciones. ¡Pero yo sí lo haré! Yo, Celeste, les mostraré lo tontas que han sido al esperar todos estos años sin cuestionar.

El plan de Celeste era bastante simple. Ella y Nahia transportarían a Paloma hasta el límite occidental de la Soberanía de las Hadas; allí se despertaría de un sueño profundo, provocado por la pócima para dormir preparada por Nahia, y, al abrir sus ojos, descubriría que su fisonomía no había cambiado. Y ahí estaría Celeste, deleitándose con la mirada de asombro y júbilo que seguramente vería en el rostro de su madre al encontrarse fuera de los límites de la soberanía, pero sin verse afectada por el legendario maleficio.

Conseguir la ayuda de Nahia con lo de la pócima había sido un factor clave y Celeste solo logró convencerla al presentar su caso así:

—De verdad, no pudimos crear una mejor oportunidad para ganar el elogio y la admiración de la corte; debes admitir que, si lo logramos, nadie podrá cuestionar tu habilidad para los brebajes y tendrán que aplaudir el alcance de mi intelecto para armar este esquema, pues el intelecto compite con el glamour cualquier día de la semana. —Celeste había ignorado el entrecejo fruncido de Nahia ante su última declaración para proceder, sin más, a la inevitable adulación—. No solo la parte de las pócimas, Nahia; imagina lo que dirá tu madre cuando se entere de que te las arreglaste para mantener estatura humana durante más de tres horas. —Aquello lo había dicho Celeste con las cejas arqueadas dramáticamente, porque sabía que la vanidad de su hermana de nacimiento era una fuerza de la naturaleza que se debía contemplar y respetar.

Con tamañas perspectivas como las expresadas, Celeste sabía que la tenía convencida, incluso antes de que el hada le concediera una vaga sonrisa.

El entusiasmo de exponer el burdo descuido de los adultos se había convertido en una idea tan fija en la mente de Celeste, que ya se veía al centro de una gloriosa recepción en La Alameda Florida (el asiento de la reina, Oihana, y su Corte Luminosa) para conmemorar el logro de la joven humana. Celeste ya sentía el calor de los ojos de las hadas, refulgentes y fijos en ella, mientras escuchaban ensimismados los detalles de su astuto plan. Oh, ¡qué glorioso sería el regreso de Paloma a su legendario reino! ¡Cuán admiradas por la cantidad de súbditos que las esperaban allá! Y qué dulce triunfo: Nahia por fin reconocería que tenían el mismo rango.

Y así, incitada por sus juveniles aspiraciones y las visiones de gloria que pronto se derramarían sobre ellas, Celeste espoleó y Nahia, fingiendo indolencia, cedió finalmente.

IV

Aturdida y agitada por la emoción, Celeste abandonó el estanque con Nahia deslizándose veloz a su lado, cambiando bruscamente de un lado de Celeste al otro, tratando de actuar como una heroína presionada por tiempo para salvar el mundo.

A pesar de estar un poco molesta por las payasadas de Nahia, Celeste sonrió y se consoló pensando que, al menos, el vuelo del hada era silencioso. Por supuesto, no siempre había sido así. Celeste recordaba con deleite la época de aprendizaje cuando los vanos esfuerzos de Nahia, marcados por quejidos y sollozos, amenazaban la capacidad de la que se jactaba.

Se requería de completa concentración y fuerza mental para obligar al cuerpo a dejar el suelo y mantenerlo en el aire. Pero Nahia era muy lista. En apenas una semana había logrado dar grandes saltos, es decir, levantarse de un punto y aterrizar en otro, a más de dos metros de distancia, sufriendo apenas un par de esguinces. En un mes, Nahia había dominado la parte de permanecer voluntariamente en el aire, habiéndole costado solo un rasguño al estrellarse contra una rama durante el ascenso. Para el segundo mes, Nahia solo tenía que imaginar un destino para que su cuerpo se elevara y, como soplada por los doce vientos, alcanzaba su meta.

V

Lozanos arbustos de saúco delineaban el sendero que se alejaba del estanque, al final del cual las hermanas de nacimiento se separaron. Celeste continuó a pie hacia la derecha, rumbo a su casa en la gruta. Nahia se apresuró hacia la izquierda, de regreso a La Alameda Florida para buscar la pócima que había mezclado y escondido en preparación para el gran día.

Ya trotando en el camino estrecho de regreso a la gruta, Celeste desafió al hada que se alejaba.

—¡Te voy a ganar!

—¡Imposible! —contradijo Nahia acelerando su serpenteo entre los árboles.

Celeste avivó el paso, segura de que Nahia no podría llegar a La Alameda y regresar a la gruta en los diez minutos que le tomaría llegar a su casa.

De las pocas cosas que Nahia podía hacer, volar era lo que Celeste realmente envidiaba. A menudo miraba a Nahia, cuando pensaba que el hada no se daba cuenta, y en secreto se maravillaba de las similitudes que veía entre un hada en vuelo y un reluciente colibrí. Nahia podía estar suspendida en el aire, subir o bajar, de derecha a izquierda, con tanta rapidez que era como si desapareciera y reapareciera en segundos.

Por supuesto, Celeste sabía que no era así. Ni Nahia ni ninguna de las otras hadas tenían el poder de desaparecer a voluntad. Solo podían ejecutar una veloz retirada o podían negar el don de vista feérica a los humanos para que no vieran lo que había más allá del telón del mundo natural.

Como regla general, el don de vista feérica se le negaba a toda la humanidad, para quien la Soberanía de las Hadas existía solo en cuentos populares y mentes supersticiosas. Sin embargo, a Paloma y a Celeste, el maravilloso don les había sido otorgado al entrar en la soberanía, con el consentimiento del Guardián del Bosque.

Siendo así, el hada que deseaba escapar de una situación difícil que involucraba a cualquiera de las dos humanas en la soberanía, es decir, Celeste, no tenía más remedio que ser rápida. Y la rapidez de Nahia era insufrible.

Celeste se erizó fastidiada, cuando Nahia entró en la gruta apenas unos instantes después de ella.

VI

La gruta era el hogar acogedor y seguro de Paloma y Celeste, mas no siempre había sido así. Con los años, Paloma lo había transformado de una cueva desnuda, con pisos de tierra, al exuberante hábitat que Celeste llamaba su hogar.

Los peñascos desnudos que enmarcaban la entrada ya ni se podían detectar debajo de las espesas enredaderas de jazmín, que, si no la recortaban con regularidad, tenían que separarlas como cortinas para poder entrar. En el interior, los pisos habían sido empedrados con diseños ingeniosos utilizando solo los guijarros más lisos que se encontraban en la orilla del lago Sideral o en los lechos de los arroyos.

Aquel había sido un proyecto por demás tedioso, en la opinión de Celeste, ya que a ella le había caído la tarea de encontrar y transportar los guijarros para los mosaicos que Paloma había diseñado. Las paredes de tierra y roca estaban cubiertas de musgo, pero, en varias secciones, Paloma había superpuesto cuentas y guijarros, convirtiéndolas en bosquejos coloridos para Celeste.

La austeridad de sus muebles era de esperarse, pero Paloma siempre se las arreglaba para mejorar sus circunstancias. La cama que compartían madre e hija había sido un lecho lleno de hojas, pero que, a su tiempo, reemplazaron con un colchón de plumas y almohadas a juego. Imposible olvidar el día en que por fin había suficientes plumas para ello. Celeste se maravillaba cada noche por tener la suerte de dormir en tal opulencia.

Al pie de la cama había un baúl que contenía las sábanas que ellas mismas habían hilado y algunas de sus prendas. Muchas de aquellas notables creaciones habían sido obsequios de la Corte Luminosa. Una mesa redonda de madera, con tres sillas a su alrededor, pues Paloma insistía en tener una silla para Bautista, aunque él nunca había de sentarse en ella, ocupaban el centro de la habitación. Había dos estantes, fijados a la pared, a cada lado de la chimenea, donde almacenaban los pocos utensilios que necesitaban: cucharas, cuencos, platos, tazas (todos elaborados en cristal dentro de La Alameda Florida) y algunos alimentos como hierbas secas, frutas y semillas.

VII

—Celeste, mira —susurró Nahia, pestañeando cautelosa hacia la entrada por si Paloma aparecía de repente. Segura de que estaban a solas, el hada levantó su camisola para mostrar a Celeste el pequeño frasco, con la pócima, que había atado a su muslo.

Mirándola de reojo, Celeste abrió la cortina de jazmín y pasó al interior de la gruta, en silencio, negándole a Nahia la satisfacción de reconocer su peculiar destreza. Incluso antes de que sus ojos se adaptaran por completo a la fresca oscuridad, Celeste se dio cuenta de que Paloma no estaba. Giró frustrada hacia la entrada, arrancándose los palitos del cabello y terminando de deshacer lo que quedaba de su moño.

No había contado con el retraso de tener que buscar a su madre. Agitada y apenas a tres pasos de regreso bajo el cálido sol, Celeste chocó con su madre que, en ese momento, regresaba a casa.

Nahia, que seguía demasiado de cerca cada movimiento de Celeste, chocó con la parte posterior de su cabeza. Se recuperó al instante, pero, sonrojada, se hizo a un lado.

—¿Adónde van las doncellas? —preguntó Paloma; su jovial mirada alternaba entre los ojos sorprendidos de su hija y la expresión furtiva en los de Nahia.

—Eh..., bueno..., es que íbamos a buscarte —balbuceó Celeste.

—Y aquí estoy. ¿Entramos entonces? —invitó Paloma, abriendo la cortina de jazmín.

Nahia entró veloz, rasgueando a su paso los brotes de bambú del cantaviento para que emitieran su música hueca.

—Sí, mamá, es que queríamos ir al estanque —mintió Celeste y agregó, aún más sugestiva—: pero, antes, ¿tienes sed, mamá?, ¿quieres tomar algo? —Sin siquiera mirar a Nahia, sabía que el hada estaba revoleando los ojos hasta que se le viera el blanco. El subterfugio no era el fuerte de Celeste.

Paloma sonrió ingenua ante el extraño proceder de su hija.

—No, mi trocito de ámbar, no necesito nada por ahora.

Alentada por el prometedor uso de uno de los cariños de cuando era bebé, Celeste persistió.

—Dijiste que querías tomar una siesta después de nadar y, en cambio, has estado fuera de casa. ¿Dónde andabas?

—Preferiría no decirlo frente a Nahia, pero supongo que no hay forma de ocultarlo ahora —dijo risueña, mientras sacaba tres huevos de tamaño mediano de la bolsa atada a su cinto.

Nahia resopló.

—¿Son para la cena? —se relamió Celeste, mirando los huevos con avidez.

—Sí, mi cielo. Y, si vas al estanque, ve arroyo arriba a ver si puedes pescar un salmón.

—¡Excelente! —aplaudió Celeste, pensando en cuán acertado sería disfrutar de su cena favorita en la misma noche en que libraba a su madre de la maldición. Luego a Nahia, que flotaba entre ellas con el ceño fruncido y los puños en las caderas, dijo—: ¡aaaj! ¿Cuándo acabarás con tu ridícula prohibición de los huevos?

—¡Nunca! —declaró Nahia casi sin aliento—. No entiendo cómo alguien puede comer pájaros líquidos como si fueran nada. ¡Es una barbaridad!

Paloma colocó cuidadosamente los huevos dentro de un cuenco e intervino sonriente:

—Recordemos, querida, que hace solo un verano, comías tortillas, guisos y bocanadas de merengue, de muy buena gana, hasta que supiste de qué estaban hechos esos platos favoritos.

—Sí, ¿y qué? Cuando pienso que podrías haberte quedado callada y dejarme disfrutar de esas cosas... —respondió Nahia, dirigiéndose a Celeste quien, en un arrebato vengativo, había revelado la verdad sobre el ingrediente principal de los platos favoritos de su hermana de nacimiento.

—Me ayudarás a pescar un salmón, ¿no es así, Nahia? —rio Celeste, tratando de volver al momento actual. Ya no se veía el sol brillar a través del jazmín sobre la entrada, o sea que ya comenzaba la tarde y debían apresurarse.

—Está bien —accedió Nahia, mirando turbada de Celeste a Paloma y otra vez a Celeste.

—Y, mientras tanto, tú te acuestas en la cama —le dijo Celeste a Paloma, lanzando una mirada elocuente hacia el hada—. Nahia y yo te traeremos una bebida fría de inmediato. ¿Te apetece un durazno? Antes de que se echen a perder.

Paloma rechazó el durazno y Nahia se adelantó al estante. Se apoyó furtiva contra una de las copas y, para cuando Celeste se acercó a llenarla con agua fría, el hada ya había vaciado el contenido del frasco. Celeste llevó la copa a su madre y se la entregó. Reclinada sobre su almohada, Paloma la tomó y dijo:

—Gracias, mi cielo.

Una vaga punzada hirió el pecho de Celeste y, trémula, se puso a rascar un trozo de musgo amarillento de la pared, incapaz, siquiera, de ver a su madre beber el líquido. Se preguntó si tal vez era un sentimiento de culpa; después de todo, lo que tramaba era deshonesto y ¿qué tal si estaba equivocada? ¿Y si sucedía algo terrible? Pero eso era absurdo. Todo iba de acuerdo con el plan y todo saldría a la perfección. Casi casi que saboreaba el salmón, escuchando la risa sorprendida y complacida de su madre.

La copa cayó al piso, sacando a Celeste de sus pensamientos. Paloma ladeó la cabeza, como una flor marchita y el espectáculo de su madre en tal estado hizo que el vientre de Celeste se retorciera temeroso.

—Eso fue demasiado rápido Nahia. ¿Estás segura de que mezclaste los ingredientes correctos?

Nahia se irguió, provocada—. ¡Por supuesto que sí!

Celeste se inclinó sobre la figura inmóvil de su madre, la mejilla casi rozando la nariz y la boca de Paloma, tratando de sentir su aliento. Satisfecha de que Paloma respiraba, Celeste recuperó su espíritu de aventura y salió disparada de la gruta.

—Vuelvo enseguida —le gritó al hada.

Celeste rodeó la ladera de la colina hasta el parche de zarzas donde había escondido la litera, confeccionada por ella y Nahia dos semanas antes. Regresó poco después y la depositó junto a la cama.

—¿Lista?

—Sí —dijo el hada y cerró los ojos, aparentando gran concentración.

Celeste marcaba la espera dando golpecitos con el pie sobre el mosaico y, justo cuando empezaba a desesperar porque el hada no lograría cambiar su tamaño, Nahia se materializó ante ella, y, sin más, estaban cara a cara.

—¡Lo hiciste! —vitoreó Celeste y estrujó al hada contra sí. Nahia sonrió, tratando de no parecer sorprendida por su propio éxito.

Celeste tomó la cabecera y Nahia se colocó al pie para trasladar a Paloma a la litera, misma que consistía en dos estrechos postes, cada uno de metro y medio de largo, unidos entre sí por tallos de hiedra bien tejidos.

La litera, con Paloma sobre ella, estaba lista para que Nahia dispersara su peso. Pero las horas que Nahia había dedicado a practicar el uso del glamour resultaron ineficaces y las burlas a las que el hada había sometido a Celeste rebotaron de la manera más desagradable cuando Celeste, sintiéndose justificada, acusó al hada por su falta de dedicación.

Mas, consciente del plazo que tenían, Celeste reprimió comentarios adicionales y se apresuró a levantar el extremo de la litera, ansiosa por establecer si lograrían llevar a Paloma hasta la orilla más lejana del lago Sideral o no. Para gran sorpresa de Celeste, Nahia había logrado dispersar la mayor parte del peso. Con un ademán, instó al hada para que tomara el extremo que le correspondía y las hermanas de nacimiento salieron de la gruta con la inconsciente Paloma entre ellas.

El cantaviento de bambú emitió su canto hueco cuando pasaron; Celeste, alegre y animada. Nahia, recelosa y alicaída.

VIII

El aire cálido y quieto bajo el dosel de los árboles pronto las puso a sudar, y duró hasta que la vegetación cambió a su alrededor. Dejaron atrás el vistoso arboreto, cariñosamente atendido por las hadas jardineras, y el paisaje se volvió sereno y fresco entre las coníferas a medida que se acercaban a la orilla del lago.

Ambas jadeaban, pero a Celeste le pareció que Nahia resoplaba mucho más que ella. Le preocupaba que el hada estuviera debilitándose antes de hora; después de todo, Nahia todavía estaba verde en la práctica del cambio de estatura. Celeste pensó que sería mejor distraerla y aligerar su ánimo con un poco de conversación.

—Nos reiremos tanto cuando esto termine —declaró Celeste entusiasmada y, cuando Nahia solo gruñó, ella persistió—: y pensar que fui la única a la que se ocurrió probar los límites del maleficio, pero no te preocupes, no haré alarde.

Nahia rompió su silencio y comentó divertida:

—Puede que tú lo hayas pensado, pero no podrías haberlo hecho sin mí, y bien que lo sabes —agregó dejando caer uno de los postes sin querer e hizo que Celeste arrastrara la litera unos cuantos centímetros antes de detenerse.

—Será mejor que descansemos —exhaló Celeste, bajando su extremo de la litera hasta el suelo y estirando su espalda con un gemido de alivio—. ¿Por qué no se nos ocurrió traer agua? ¿Y por qué te ves tan inquieta?

—Me siento un poco mareada, eso es todo —aseguró Nahia, estirando el cuello de lado a lado y moviendo sus brazos en grandes círculos.

—¿Por qué no te encoges por un rato y descansas bien? —sugirió Celeste—. Aunque estoy segura de que nos queda menos de una hora de viaje.

—Mejor no. Tengo la extraña sensación de que, si vuelvo a mi tamaño normal, no tendré la energía para agrandarme de nuevo.

Celeste se asustó ante semejante admisión. Eso realmente podría arruinar el plan; ella sola no podría arrastrar la litera el resto del camino. El viaje de regreso, por supuesto, no sería nada. Paloma estaría tan dichosa de haber sido liberada de la maldición que sin duda disfrutaría el camino de regreso a pie. Dispuesta a no recalcar su decepción porque Nahia aún no pudiera reducir el tamaño de un humano y lo mucho que ello habría facilitado las cosas, Celeste atajó la desazón de sus deseos truncados y dijo:

—Pero lo estás haciendo muy bien, Nahia. Mira, has permanecido del tamaño de un humano durante más de una hora y qué excelente trabajo hiciste para aligerar el peso de mamá. No hubiéramos llegado hasta aquí sin eso —exclamó Celeste—. Solo una hora más. ¡Eso es nada para un hada como tú!

Aquello puso una sonrisa traviesa en el rostro sonrojado de Nahia.

—Tienes razón en ese punto y, tan pronto como lleguemos al lago, nos meteremos al agua para refrescarnos.

Risueña, Celeste arqueó las cejas; sus palabras habían tenido el efecto esperado. Retomaron sus posiciones y levantaron su cargamento, que, para su gran incomodidad, parecía volverse más pesado con cada minuto que pasaba.

El aroma de los pinos era una clara señal de que se acercaban al lago Sideral, pero llevaban más de una hora en eso y el letárgico silencio entre ellas crecía. El calor y el cansancio hacían que una u otra comenzara a desconfiar de la supuesta perfección y sencillez del plan, dando pie a nuevas disputas.

—Espero que tengas razón. ¿Sabes lo que me hará *mamma* si pasa algo realmente malo? —Nahia refunfuñó, generando incertidumbre a propósito.

—Cálmate, ¿quieres? Todo saldrá bien. —Celeste se secó el sudor de la frente, manchándose de barro la cara—. Mejor veámoslo de esta manera, nunca habías podido mantener el tamaño humano por tanto tiempo —dijo Celeste, nuevamente tratando de halagar a Nahia para que acelere el paso.

Nahia volvió a sonreír; sus ojos aguamarinas contrastando con su rostro sonrosado.

—Se necesita calidad de energía para que un hada domine un cambio de estatura, aún más, para mantenerlo durante horas enteras y peor con todo este trajín.

El tono de lo dicho le indicó a Celeste que la adulación no estaba surtiendo el mismo efecto que antes y, como era de esperarse, Nahia volvió a cavilar sobre el calor y sus brazos doloridos.

—¿Quién hubiera pensado que tu madre pesaba tanto?

—Es porque está dormida —protestó Celeste irritada, deseando tener a alguien que la animara a ella con halagos—. Si solo te tomaras el tiempo de practicar tus lecciones, habrías podido hacerla liviana como una pluma y no tendría que escuchar tus querellas.

—Escucharás todas mis querellas como yo escucho las tuyas. ¿O prefieres que te deje aquí para que te las arregles sola? —Nahia amenazó, indignada—. Al menos yo puedo cambiar mi estatura, eso es algo de lo que vale la pena alardear. Tus sesos no son tan impresionantes.

El terreno irregular y el constante serpenteo entre árboles y arbustos requerían de toda su atención, por lo que, en medio de la discusión que engrosaba, Celeste perdió el equilibrio y uno de los postes de la litera cayó con fuerza sobre un parche rocoso.

—¡Mira lo que hiciste! —Celeste le gritó a Nahia, lanzando una mirada culpable a la inerte Paloma. Bajó el otro poste hasta el suelo, consciente de que la situación deterioraba, pues, al parecer, Nahia ya no quería ayudar.

Una fina capa de polvo cubría el vestido blanco de Paloma y esto molestó aún más a Celeste, sabiendo lo meticulosa que era su madre cuando se trataba de su apariencia.

—Esto está todo mal —gimió derrotada, dejándose caer sobre un tronco—. Hace mucho calor y estamos tardando demasiado.

Al no recibir respuesta alguna de Nahia, ni consuelo ni ánimo, Celeste la miró y el «Te lo dije» claramente estampado en el rostro del hada la enfureció. Desafiando el desaliento, se puso de pie y, después de sacudirse el polvo de su falda, Celeste apretó la mandíbula, determinada a ver las cosas hasta su exitoso final.

Si lo que buscaba Nahia era rendirse, Celeste la obligaría a mantener su palabra. Habiendo tomado su posición en la cabecera de la litera, Celeste dirigió una mirada altiva hacia el hada:

—¿Y bien? —Cuando Nahia volvió a tomar su parte de la carga, Celeste lanzó otra mirada preocupada a la figura dormida de su madre y, asegurándose de que el hada la oyera, murmuró—: llegaremos, porque llegaremos, y a mamá no le importará tanto el polvo, una vez que se encuentre libre del maleficio.

—¡Bah! —musitó Nahia, a la zaga.

Malhumoradas, continuaron ondeando entre coníferas y árboles de hoja perenne hasta que entrevieron las blancas arenas del lago Sideral. Comenzaron a bordearlo, ya agotadas por la excursión de dos horas. El sol ya iba de bajada en el horizonte y ellas avanzaban hacia el oeste, a paso de tortuga por la playa, donde la proximidad al agua las refrescaba.

—¿Crees que la base de esas lomas sea suficiente? —preguntó Nahia, apuntando el mentón hacia las colinas que se elevaban a la distancia.

Celeste sonrió.

—Yo diría que sí. Y, cuando lleguemos, jugaremos en el agua hasta que mi ma...

Un fuerte gemido interrumpió el relato del feliz designio y sobresaltó a las hermanas de nacimiento. Se detuvieron y depositaron la litera sobre la arena, como si fuera un nido de avispas.

Boquiabiertas, aguzaron todos sus sentidos sobre Paloma.

IX

Celeste no podía creer lo que veía. Al principio, pensó que la brillante luz del sol la hacía ver manchas, pero la expresión de horror en el rostro de Nahia confirmó que ambas presenciaban el mismo espectáculo y que no se trataba una alucinación.

La piel lozana de Paloma se marchitaba con cada segundo que pasaba, sus mejillas se hundían y algo había comenzado a roncar de forma alarmante en su pecho. Tampoco escapó a la atención de Celeste que Paloma parecía esforzarse por cada respiro. La gruesa trenza roja que ella y Nahia habían atado con una cinta, y que descansaba sobre el pecho de Paloma, comenzó a decolorarse y a cambiar de textura hasta que se convirtió en una maraña grisácea.

La boca de Celeste se secó por completo. Habría permanecido inmóvil, incrédula, incapaz de articular ni una sílaba si no hubiera sido por la convulsión repentina que irguió el cuerpo inerte de Paloma y que le arrancó un grito a la aterrada Celeste. Los ojos abiertos, pero vacíos, la miraban sin verla. Advirtió cómo el vibrante color esmeralda de aquellos ojos se volvía vidrioso y la enfermiza opacidad resultante estremeció a Celeste hasta el fondo de su alma. Paloma se agitaba rítmicamente hasta que, por fin, el rugido agonizante que salió de ella tuvo a bien despertar a Celeste de su parálisis. Se dio cuenta de que su madre tosía, como tratando de desencajar algo que le obstruía la garganta.

¡Se estaba asfixiando! El pánico de Celeste, ante semejante epifanía, fue tal que actuó sin pensar. El miedo horrible que se apoderó de su corazón también la saturó de un vigor sobrenatural y, antes de que Nahia pudiera siquiera cerrar la boca, Celeste agarró ambos postes cabeceros, giró la litera en un movimiento desesperado y echó a correr en dirección opuesta, hacia la seguridad del territorio delineado, hacia el bosque de pinos.

Cuando ya casi no podía escuchar el traqueteo en el pecho de Paloma, Celeste se permitió aflojar el paso y al fin detenerse. Se dobló, sus entrañas convulsionadas por el esfuerzo. Escupió varias veces para sacarse el polvo de la boca y se secó las lágrimas que el arrebato le había arrancado de los ojos. Cuando su propia respiración se volvió más o menos normal, se enderezó y, presa del pánico otra vez, se dio cuenta de que Paloma estaba demasiado callada.

Celeste tiritaba de la cabeza a los pies, sin querer mirar. «¿Y si la maté?». Pero apretó la mandíbula y giró, decidida a enfrentar la calamidad de una vez por todas.

Al detectar el rítmico subir y bajar del pecho, sintió que la vida volvía a sus extremidades. La piel arrugada de Paloma tenía el aspecto ceroso de sudor, que, con la capa de polvo acumulada durante el viaje, seguramente se convertiría en barro, pero, con cada segundo que pasaba, aquella tez parecía recuperar algo de su elasticidad anterior. Y el cabello, aunque apagado, mostraba signos alentadores de volver al lustroso rojo de siempre.

A quince metros de distancia, Nahia espiaba conmocionada. No se había movido. Los ojos de Celeste se clavaron en ella y el súbito contacto visual pareció despertar al hada de la parálisis inducida por el espanto.

—Ven aquí, pero al son de ¡ya! —exigió Celeste enfurecida y Nahia echó a correr hacia ella.

Paloma todavía respiraba ralo y, mientras así fuera, Celeste no podía parar de temblar. Entre ella y Nahia arrastraron la litera, como si fuera de cristal, el resto del camino hasta el borde del bosque y se detuvieron bajo la sombra de un espeso pino.

—¡Mamá! Por favor, no te me vayas a morir. ¿Qué hice? —sollozó Celeste, desesperada, pero, como queriendo repartir su desdicha, atacó a Nahia—. ¡Todo es tu culpa, estúpida hada!

—Cómo no, ahora es mi culpa cuando eres tú la del agudo intelecto, tú, tú... ¡humana! —escupió Nahia y, olvidando que debía evitarlo, asumió el tamaño compacto más natural para ella y empezó a zigzaguear enojada sobre Celeste.

—¡Debiste detenerme, podrías haberlo hecho si te daba la gana! —gritó Celeste, aunque, al vibrar sus palabras en el aire, entendió lo desatinado que era culpar a Nahia, pues era su propia desesperación la que incitaba la creencia de que, si realmente lo hubiera querido, el hada habría impuesto sus objeciones con mayor finalidad. —¡Ya deja de zumbar así a mi alrededor! —Celeste arremetió, encrespada. ¿Cómo era que su plan había salido tan mal?

Pero Nahia se lanzaba de un lado a otro, a centímetros de la cabeza de Celeste, furiosa y balbuceando.

—Claro, como si yo pudiera detenerte una vez que algo se te mete en ese cráneo humano. Si mal no recuerdo, intenté detenerte ¿y qué fue lo que logré? Te digo lo que logré: un gran revuelo de tu malhumor. ¡Eso fue todo lo que logré! Yo soy la que está cansada de tu...

Celeste escuchaba solo a medias, embebida en su propia ofuscación. Tenía que hacer desaparecer esa piel arrugada. Los ojos de su madre debían brillar verdes otra vez.

—Está bien. Sé que ella está bien. Todo volverá a la normalidad —entonaba más para sí misma que para Nahia mientras frotaba febril las extremidades de Paloma.

A medio metro de la cabeza de Celeste, Nahia continuaba rabiando sobre cosas a las que la exaltación de Celeste le impedía prestar atención.

—Por favor, mamá, no despiertes todavía, por favor...

—Si lo hace, sé que encontrarás una manera de culparme. ¿Y sabes qué? No lo voy a tolerar. Te encanta causar problemas y que me culpen a mí. Y ese es el...

—¡Ay, cállate ya! —Celeste se puso de pie—. ¿Será que estás tan enamorada de tu propia voz que no te importa a quién vuelves loca con tu parloteo?

—Yo... eh... yo...

—Date prisa, ¿quieres? Tenemos que llevarla de regreso a la gruta. —Celeste intentó agarrar sus postes, pero al alzar la mirada se sintió desvanecer.

Sus circunstancias habían empeorado.

X

Sobrecogida y avergonzada, se tensó ante el magnífico unicornio que bloqueaba el camino de regreso a casa. Ni ella ni Nahia lo habían visto ni oído hasta que estuvo casi sobre ellas. Nahia se congeló en el aire.

—Celeste, hasta aquí llegamos. Mi madre me va a despachar a la luz —dijo al oído de Celeste, sin atreverse a apartar los ojos del unicornio—. Pero no antes de que yo te destruya. ¿Me entiendes? Tú me metiste en este lío.

—Cállate, ¿quieres? —amonestó Celeste entre dientes.

El unicornio sostenía a Celeste bajo su mirada acusadora, los orbes negras y líquidas que eran sus ojos la aplastaban como a un insecto, apocándola con la glacial censura que de ellos emanaba.

Ella, igual que Nahia, había escuchado historias sobre el unicornio y sabía bien que se trataba del ilustre Guardián del Bosque, ni más ni menos. Era gracias a él y a su poderosa magia que la Soberanía de las Hadas prosperaba a tan indecible altitud. Había sido él quien, siglos atrás, había convocado las aguas termales hacia la superficie y había formado el lago Sideral que temperaba los inviernos y alimentaba la variada flora de la Soberanía. Fue a través de él que ella y su madre habían sobrevivido una sentencia de muerte once años antes.

¿Cómo no cayó en la cuenta de la locura de su plan? ¿Cómo pudo haber dudado? ¡No! ¿Cómo no reconoció la inmensa sabiduría encapsulada en su madre, en Oihana, y en esta criatura blanca y recia que destilaba inteligencia y discernimiento, y que la censuraba por su ignorante arrogancia?

—Lo siento… muchísimo —gimió Celeste—. Pensé que era una buena idea. Pensé que estaba haciendo lo correcto. Lo siento tanto…

El unicornio la ignoró y avanzó hacia la litera, sus poderosos y fluidos movimientos evidentes bajo el pelaje nacarado. Olfateó a Paloma como evaluando el daño que le habían hecho. Luego se volvió hacia Celeste, quien se disculpó nuevamente, pero un enérgico y resonante relincho puso fin a sus balbuceos. Sacudió la noble cabeza,

21

indicando el camino de regreso al arboreto, y las hermanas de nacimiento no arriesgaron una segunda indicación.

Sin pompa alguna, pues sus temores de antes habían sido subyugados por la aparición inesperada del Guardián del Bosque, Nahia cambió a tamaño humano. Con fuerzas renovadas, aunque en vergonzosa derrota, tomaron su cargamento y emprendieron el regreso a través del bosque en asombrado silencio.

La ignominia de su error y la congoja de haber sido pillada nada menos que por el propio unicornio dominaban su ánimo. En abatida mudez, también lidiaba con las horribles imágenes de la transformación de su madre que corrían descontroladas por su mente. ¿Cómo pudo haberse descompuesto tan rápidamente? Y, más sorprendente aún, ¿cómo pudo arreglarse casi con la misma rapidez?

XI

Cubiertas de sudor, con los brazos entumecidos y las piernas temblando, Celeste y Nahia entraron por fin a la fresca seguridad de la gruta. Apenas quedaba luz del día cuando colocaron la litera junto a la cama y Celeste encendió la lámpara más cercana.

—¿Me veo tan mal como tú? —Celeste preguntó, mirando a Nahia de arriba abajo. El hada estaba ajada y mugrienta; el polvo acumulado hasta las pantorrillas parecía un par de botines.

—Creo que tú tienes más agujas de pino que pelo —respondió Nahia.

Celeste se encogió de hombros y propuso.

—Vamos a limpiarla para que quede como si nada hubiera pasado y luego saltamos al estanque, con ropa y todo.

Trabajaron con rapidez, sin por ello descuidar ni el más mínimo detalle. Cada vez que Paloma suspiraba o se movía, ambas se detenían, implorando a las estrellas que no se despertara del todo y las sorprendiera en el acto.

—Qué suerte tienes que tu pócima haya funcionado —murmuró Celeste, todavía dispuesta a propagar su mal humor y, si se facilitaba, también un poco de culpa.

—Yo diría que mi pócima es la única parte de este plan que funcionó correctamente —presumió Nahia, entregándole a Celeste los paños húmedos que usarían para desempolvar la piel de Paloma.

Celeste miró al hada con la mente alborotada, buscando una refutación que no encontró, por lo cual tomó los paños y se puso a limpiar la piel de su madre. Aprovechó la oportunidad para inspeccionar a Paloma y, al cerciorarse del completo retorno a su semblante original, luego del horrible enfrentamiento en los linderos de la soberanía, Celeste sintió un bálsamo asentarse en su pecho. Continuó limpiándole los brazos, las manos y entre los finos dedos también. Una y otra vez, enjuagó el paño y, con amoroso remordimiento, limpió las pantorrillas de su madre, poniendo mayor empeño en los pies, al descubierto durante toda la caminata.

—¿Ya terminaste?

—Con la cara y el cuello, sí —respondió Celeste, distraída.

Paloma se movió en la litera, haciendo que ambas se congelaran y la miraran una vez más, pero ella solo dejó escapar un suspiro apacible y continuó durmiendo.

—Tenemos que darnos prisa —susurró Celeste, retirando la sábana de la cama y acomodando la almohada de Paloma.

—Esta vez sí que enredaste las cosas —comentó Nahia con un chasquido. El entrecejo fruncido denotaba su concentración en la hoja de arce, el doble del tamaño de la mano de Celeste, a la que había saturado de glamour para que se le pegara todo el polvo acumulado en el vestido de Paloma.

Al no escuchar malicia en la voz de Nahia, Celeste respondió:

—El plan era muy bueno —Mas cuando Nahia la miró desconcertada, Celeste agregó—: si solo hubiera sabido que iba a terminar tan mal.

—¡Lo sabías! Lo que pasa es que eres terca —apuntó Nahia, reanudando la recolección de polvo.

Celeste abrió la boca para replicar, pero, al no encontrar un argumento válido, besó la frente de su madre y retiró una última hoja seca de su cabello.

Nahia se apartó para echar un último vistazo al vestido de Paloma.

—Estaba muy enojado, ¿no? —dijo el hada, refiriéndose al unicornio.

—Pensé que me embestiría —admitió Celeste mortificada—. Si lo hubiera hecho, me lo habría merecido. ¡Casi mato a mi madre, Nahia! —confesó llena de amargura.

Nahia le dirigió a Celeste una mirada compasiva, del tipo que tanto ella como Celeste guardaban para momentos de dolor extremo, derrota o vergüenza.

Impaciente, Celeste se secó los ojos.

—Lo sé, *lo sé* —resopló.

Ya no quedaba ni una partícula de polvo en el vestido blanco de Paloma y el hada, satisfecha, se apoyó contra la pared. Toda la conmiseración había desaparecido de su voz cuando dijo:

—Creo que podemos estar seguras de que el Guardián del Bosque les contará a nuestras madres lo que pasó. Y tendrás que hacerlo, ¿me escuchas? Tendrás que decirle a mi madre que tú me obligaste.

Celeste sintió el torrente de exasperación que la rodeaba. Luchó por encontrar una forma de cambiar lo que había sucedido o, al menos, de alterar la conclusión a la que seguía llegando: toda la culpa era suya.

—En principio —balbuceó—, no podemos asegurar que nos va a denunciar. Además, ¿cómo hará para comunicarlo?

—No tengo idea. Lo que sí sé es que mi madre ha tenido conversaciones con él y parecen entenderse muy bien —dijo Nahia preocupada.

Paloma se movió de nuevo en la litera y Celeste dijo:

—Vamos a ponerla en la cama y después a limpiarnos.

Todo el glamour se había disipado y el peso de Paloma había vuelto a la normalidad, por lo que levantarla les costó gran esfuerzo, pero, una vez que la depositaron en la cama, Paloma cedió y se acomodó adormilada sobre su almohada.

Aunque la luz de la lámpara era demasiado tenue para ver sus suaves rasgos con claridad, Celeste se sintió invadida de gratitud al escuchar la respiración tranquila de su madre. «¡Estúpida! ¡Estúpida de mí! Haber puesto en peligro a mi propia madre de una manera tan estúpida. Pero por todas las estrellas en el cielo, que el Guardián del Bosque no vaya a contar lo que hice».

—Esperemos, Nahia —dijo Celeste muy seria y sin retirar su mirada de la figura dormida de su madre—. Pero si todo es revelado, te prometo que asumiré la responsabilidad.

Apenas Paloma se acurrucó sobre la cama, Nahia había vuelto al tamaño compacto que le resultaba más cómodo. Parecía avergonzada, como si lamentara haber forzado tal promesa de Celeste.

En la gruta oscura, los ojos aguamarinas del hada brillaron como joyas, mirando a Celeste.

—¿Qué es? ¿Por qué estás flotando ahí como un corcho en el agua?

—Eh, nada. Es solo que… ¿ya podemos ir a bañarnos? —tartamudeó Nahia, liando sus rizos veteados de turquesa detrás de las orejas.

XII

Renovada por un largo chapuzón en el estanque, Nahia regresó a La Alameda Florida y Celeste volvió a la gruta, donde encontró a Paloma sentada a la mesa, atrapada en la esfera de luz que brindaba la lámpara. Celeste observó que, a pesar de tener los ojos hinchados por el largo sueño, su madre estaba alegre y no parecía sospechar lo transcurrido aquella tarde.

—¿No pescaste un salmón? —bostezó Paloma.

Celeste, quien había olvidado el salmón por completo, negó con la cabeza sintiéndose culpable.

—Creo que el agua estaba demasiado caliente —sonrió temblorosa—. Supongo que por eso no hubo ninguno a la vista.

—Sí —asintió Paloma—. La verdad que estos últimos días han sido muy calurosos. En fin, solo huevos esta noche —sonrió y Celeste consintió sin más comentario.

Ya entrada la noche y bajo las sábanas, cuando los crueles estremecimientos que venía padeciendo desde su fallido intento de gloria por fin cedían, Celeste se anidó cerca de su madre y la besó. En ese momento que ya estaba limpia y relajada, junto a su hermosa madre y en su cómodo lecho, volvió a sentir esa inmensa gratitud de que Paloma no había sufrido ningún daño permanente. Que hubiera estado sudorosa, polvorienta, exhausta y tan espantada hacía apenas unas horas empezó a convertirse en una pesadilla lejana.

—Cuéntame otra vez de cuando me conociste y cuando conociste a la Corte Luminosa. ¿Por favor? —rogó Celeste.

Paloma rio en la oscuridad, apretando a su hija contra su pecho:

—No tengo excusa esta noche, pues me siento tan descansada. No puedo creer que dormí toda la tarde.

Celeste se estremeció ante el cándido comentario y lo disimuló con un beso arrepentido.

Nuestra leyenda personal

XIII

Paloma le había contado el cuento muchas veces y siempre de la misma manera, con las mismas inflexiones y omisiones, y siempre con el mismo final. A menudo, Celeste pensaba que ni siquiera Nahia, con su inmenso talento para los brebajes, podía preparar una pócima capaz de calmar y transportar como lo hacía esta leyenda protagonizada por ella y su madre. Era un hechizo bordado con ternura en la oscuridad por la voz sonriente de Paloma y por los latidos de su valiente corazón. Acurrucada en los brazos de su madre, donde Celeste se sentía más segura y fuerte, y con una trémula sonrisa en los labios, se dispuso a escuchar por enésima vez.

—La alegría de verte esa primera mañana me quitó todo el miedo y la incomodidad de la noche anterior. Y, por supuesto, de esas incomodidades, es mejor que no sepas nada. —Aquí, Paloma siempre le hacía cosquillas hasta que Celeste soltara una risita y nunca se le ocurría pedir más detalles sobre ese punto—. Alguien cuidó de nosotros esa noche, alguien decidió rescatarme, guiarme a través de muchos peligros y del valle de la muerte, para traernos a nuestro nuevo hogar, donde sin saberlo, volvería a nacer.

Aquella parte siempre hacía que Paloma se detuviera y reflexionara, mas solo por un momento, y luego su voz risueña volvía a encender la oscuridad.

—Me desperté con la luz del sol que iluminaba la entrada, pues entonces no había el dulce jazmín para bloquearla. Yacía sobre un lecho de hojas en el suelo. Estábamos dentro de una cueva, excavada directamente en la ladera de una colina. Lo sabía porque podía oler el fecundo aroma de la tierra y ver las raíces de los arbustos que formaban el techo de nuestra nueva vivienda. En el suelo, a mi lado, había un delicado cuenco de vidrio lleno de bayas, que comí, y una jarra de agua, que bebí, demasiado agotada como para considerar su origen o si podían hacerme daño. Empezaste a despertar también y te miré a la luz del día por primera vez. —Paloma conmemoró el recuerdo con un beso en la frente de su hija y Celeste lo recibió engreída—. Lactaste feliz y te quedaste dormida en nuestro lecho de hojas, que para entonces ya había recubierto con pedazos de mi camisón. Mientras dormías, te estudié minuciosamente. Descubrí que su Alteza, la princesa, tenía una cabeza muy redondita, cubierta de suave pelusa dorada. —Celeste sonrió en la oscuridad—. Tus cejas diminutas eran unos arcos perfectos y tus mejillas… «¡Ah!, ¿qué es esto?», pensé, acariciando tu mejilla.

—¡La marca de nacimiento de mi padre! — irrumpió Celeste.

—Así es, el lunar de tu padre y, al igual que el suyo, estaba justo debajo de tu ojo derecho. Pero tuve que mirarlo muy de cerca, para cerciorarme de que no era una mota de tierra o residuos de sangre del nacimiento. Mas no lo era, y fue entonces que caí en la cuenta; estabas tan limpia, como recién bañada.

—Y tú también.

—Y yo también. Aunque me había quedado dormida exhausta y cubierta de sudor, de raspaduras y de polvo. ¿Qué explicación posible habría para nuestro actual estado de pulcritud?

—¡Hadas! —declaró Celeste.

—Sí, bueno, pero todavía no hemos llegado a esa parte. — Paloma acarició el cabello de su hija—. Estábamos solas en la cueva; de eso estaba segura. Sin embargo, no cabía duda de que nos habían atendido mientras dormíamos y, aunque todavía tenía puesta mi ropa de dormir, la misma con la que había trajinado por el bosque la noche anterior, ¡estaba limpia!

»Me di cuenta de que, además de nuestra limpieza, el dulce aroma de azahares, bastante inesperado dadas nuestras circunstancias, se desprendía de nuestra piel. Olí mi propia muñeca y confirmé que efectivamente me habían frotado con algún tipo de ungüento. «¿Cómo no sentí semejante tratamiento?», me preguntaba.

»Levanté tu pie diminuto y regordete a mis labios y planté un besito en él. ¡También olía a azahares! —Paloma buscó debajo de las mantas el pie de Celeste, que ya lo anticipaba, riendo, y logró hacerle cosquillas antes de continuar con la voz llena de risa. Por supuesto, esto te despertó. Te llevaste un pequeño puño a la boca y comenzaste a chuparlo con avidez. Mientras te miraba, volví a notar el pequeño lunar que tanto me recordaba a tu querido padre y no pude evitar exclamar: «Pareces tan lejos, mi querido esposo... tan lejos». —Celeste se estremeció bajo las sábanas, porque sabía lo que venía—. Qué horror fue desconocer la voz que salió de mi garganta. Entonces, supe que no se trataba de una pesadilla. Lo que recordaba de la noche anterior ¡era verdad! Muda, pues no quería volver a hablar en esa horrible voz, y desconfiando de mis sentidos, comencé a entender que había sido víctima de un conjuro maléfico. Recuerdo haber pensado que, ciertamente, debíamos estar muertas.

—Pero no lo estábamos —la apresuró Celeste, ansiosa por mejores episodios por venir.

—Creo que has escuchado esta historia demasiadas veces, jovencita —protestó Paloma.

Con una mueca traviesa, Celeste se acurrucó más cerca de su madre.

En la oscura gruta, resonaba la hueca canción del cantaviento armonizando con la brisa.

XIV

—«Ciertamente, no estamos muertas y, con el tiempo, este pequeño lunar nos ayudará a recuperar lo que es legítimamente tuyo, mi dulce princesa —prometí, besando tus pies pequeñitos que asomaban por debajo del trozo de camisón que te cubría—. Te llamaré Celeste», dije, tratando de ignorar lo mejor que pude la voz que salía de mí, junto con los otros aspectos angustiantes de la terrible maldición, como la inquietante sensación de mi lengua contra los espacios vacíos de mis encías. Porque no solo había cambiado mi voz, sino que todo rastro de mi apariencia anterior había desaparecido. ¡Sí! —se apresuró Paloma cuando Celeste hizo ademán de intervenir nuevamente —por una bruja espantosa, pero no permitiría que me lastime más allá del cuerpo. Con esa promesa, me tragué las lágrimas amargas que alguien más débil que yo hubiera derramado.

Con la mente y el corazón anidados en la magia del relato, Celeste escuchaba con nuevos oídos, reprochándose por haber convocado, esa misma tarde, la sombría realidad que, en ese momento, matizaba la dulce leyenda.

—Y así pasaron varios días, sin mayor cambio entre uno y otro. Cuidaba de ti en la seguridad de nuestra pequeña cueva, sin atreverme a salir por miedo de que el cuerpo marchito me fallara y quedaras desamparada, a merced de la naturaleza. Todas las mañanas despertaba al mismo obsequio: una cuenca con bayas y nueces, y hasta hermosas flores de azahar, hábilmente enlazadas para formar un collar perfumado.

—Esa tiene que haber sido Usoa —murmuró Celeste, pensando en las largas cadenillas de flores que Usoa, la venerable maestra, producía mientras Celeste practicaba su tejido.

—Sé que lo fue —aseguró Paloma—. Pero a veces las ofrendas eran más extravagantes: en ocasiones aparecían ciruelas dulces y jugosas, manzanas rojas y crujientes, un durazno tierno, y, como siempre, mucha agua fresca. Pero eran los masajes nocturnos, con ungüentos perfumados, los que me desconcertaban cada vez más. Por mucho que intentaba permanecer despierta para detectar a nuestro sigiloso vigía y masajista, cada mañana abría los ojos, incrédula, pues una vez más me había quedado dormida y nos habían aseado, sin que ni tú ni yo lo hayamos sentido. Al cabo de la primera semana, empecé a despertar riendo, pues sabía lo que había sucedido, incluso antes de abrir los ojos, porque percibía la fragancia del óleo de azahar en mi piel. Cuando la fuerza empezó a volver a mi cuerpo prestado, la curiosidad también cobró ímpetu. Sabía que alguien nos cuidaba día y noche. Podía sentir su presencia cordial y cariñosa, siempre vigilante, y aquello me hacía sentir inmensamente segura en nuestro nuevo mundo. Me entregué a fantasías de que era el fantasma de mi Bautista, tu padre, el que nos había traído aquí y que ahora nos cuidaba. Sería tan propio de él, tan infatigable incluso en espíritu, permanecer ligado a la tierra para proteger a su familia. —Celeste y Paloma suspiraron al unísono.

»Pasaba las horas descansando y contemplándote. Eras tan feliz en tu entorno, sin carecer de lo esencial, gracias a nuestro benefactor invisible. Bastante recuperada y habiéndome acostumbrado al cuerpo adolorido y desfigurado que habitaba, llegó el día en que me sentí lista para evaluar nuestra situación con mayor precisión. Te abrigué lo mejor que pude y me aventuré fuera de la cueva. A través del bosque, contigo en mis brazos, sintiendo los cálidos rayos de sol que penetraban las gruesas ramas de los árboles, te encontré aún más hermosa bajo el dosel de aquellos árboles. Respiré el aire limpio con inefable alegría por la serena belleza que nos rodeaba. La sensación de bienestar y seguridad me sorprendía a cada momento. Saber que alguien nos cuidaba provocaba una plácida sensación de pertenecer. Era una tácita y afectuosa bienvenida. Me adentré en la verde frescura del bosque, deteniéndome en el sendero para examinar hasta la más pequeña de las creaciones de Dios, siguiendo el sonido del agua que llamaba.

»Separando las delicadas ramas de un enorme sauce llorón, encontré un estanque secreto con su propia cascada. Como cortinas, las largas ramas del sauce llegaban al suelo y se mecían con la brisa, produciendo un susurro, como voces, y las voces decían...

Incapaz de contenerse, Celeste citó lo que su madre creyó oír esa mañana y que ella sabía de memoria, habiéndolo escuchado tantas veces.

—«El Guardián del Bosque fue testigo de tu desventura y el valor que demostraste ante ello lo complace». —Un leve temblor sacudió a Celeste al pronunciar las palabras, pues esa misma tarde había conocido al Guardián del Bosque por primera vez y bajo circunstancias por demás alarmantes. Pero, en la oscuridad, Paloma no detectó el malestar de su hija y, despreocupada, continuó el relato.

—Me di la vuelta en el acto, protegiéndote con mis brazos y preguntándome si había escuchado las palabras o si las había imaginado. El corazón latía raudo en mi pecho. Con cada mirada, esperaba encontrar una explicación. «El Guardián del Bosque las ha encomendado», decían las voces melodiosas y, para aumentar mi angustia, de repente me sentí avergonzada, de que las voces tuvieran ojos y que pudieran verme.

XV

—A pesar de todas las evidencias, no había asimilado lo que significaba que nuestro benefactor fuera otra persona, alguien que pudiera comunicarse con palabras, y la posibilidad de que otro ser humano pudiera verme en tal estado me mortificó sobremanera. Te estreché contra mi pecho sin atinar a ocultar mi semblante, pero las voces entonaron una irresistible solicitud. «Ve al estanque; báñate ahí con los ojos cerrados. Muéstranos tu mente y deja que veamos cómo eras antes de esta injusticia». No supe qué hacer. Sentí que mi cordura pendía de un hilo, pues me parecía inaudito seguir las instrucciones de las voces que, muy probablemente, existían solo en mi mente. Y, sin embargo, la existencia de fantasmas y criaturas misteriosas en el bosque no era menos creíble que lo acontecido después de la muerte de mi Bautista. Sin más, tomé la decisión. Hice caso omiso de mis inquietudes y te deposité sobre la alfombra de trébol a mis pies. Me quité lo que quedaba del camisón andrajoso y lo dejé caer. De un puntapié me deshice de los chapines, pues las suelas de cuero estaban tan gastadas que ya no brindaban protección alguna. Entré de puntillas en el agua. La larga maraña de pelo gris apenas cubría mi cuerpo esquelético. «Debes verte como eras antes, debes creer que la imagen en tu mente es tan real como el agua que te toca», susurraron los árboles y cedí al fresco cosquilleo del agua que me acariciaba las piernas.

»Volví la cara hacia los retazos de cielo azul más allá de la frondosa bóveda de árboles, cerré los ojos y me sumergí, girando lentamente en el agua cristalina. Me percaté de una especie de pulsación rítmica que me recorría el vientre y que luego se extendió de arriba abajo por todo mi cuerpo, llenándome de un impulso irresistible de reír. Salí alborozada, de hecho, riendo a carcajadas y ajena al cuerpo agonizante en el que me había depositado la malvada bruja. Me deleité con abandono en ese paraíso acuático, sintiendo que los dolores que me atormentaban comenzaban a disiparse, como por milagro. Lancé una mirada curiosa hacia ti y me regocijé al verte a salvo en el verdor de tu nido, mirando con los ojos muy abiertos el enorme móvil hecho de ramas y hojas verdes que se mecían sobre ti. Cerré los ojos nuevamente, invitando visiones de la persona que era antes del maleficio. Llené mis manos con agua y la arrojé al aire sobre mi cabeza, dejando que me salpicara las mejillas al caer. Permanecí ahí, sintiéndome feliz. El cosquilleo todavía surcaba mi vientre y, cuando abrí los ojos, me invadió una insondable gratitud por el simple placer de poder ver y también por el vigor irresistible y nuevo que me llenaba. No necesité un espejo para saber lo que estaba pasando. Lo podía sentir. Mi cuerpo se saturaba de la energía que mi corazón impulsaba por mis venas, tan veloz, que en pocos instantes quedé completamente restaurada. Imagina mi júbilo, hija mía, cuando volví a escuchar el sonido familiar de mi propia voz, que, aunque no podía asegurarlo, parecía contar con un nuevo y etéreo acento. Mi vista también parecía más nítida y brillante de lo que había sido antes. De verdad sentí que podía volar si quería. Me sumergí de nuevo en el agua, deleitándome en ella. Salí a la superficie otra vez, palpando mi cara, maravillándome de cuan tersa se sentía mi piel. Eran mis manos otra vez y era mi cabello también.

XVI

—Deseosa de compartir mi emoción, corrí hacia ti y me sorprendí al ver un reluciente paquete que alguien había depositado a tu lado. Me miraste muy tranquila, mientras yo me arrodillaba a tu lado para examinarte. Habiendo confirmado tu bienestar, dirigí mi atención al nuevo regalo y vi que esta vez se trataba de ajuares. Tomé una de las dos prendas y era, sin duda, la cosa más exquisita que había contemplado en mi vida. El vestido largo, ligero como el aire, parecía capturar la luz y refractarla en todos los colores del arcoíris con una cualidad luminosa que era imposible de explicar. Tenía pequeñas cuentas tejidas a lo largo del corpiño y a lo largo del amplio faldón formado por innumerables cintas. Las mangas ajustadas se ensanchaban en el codo, también en cintas.

—¿Crees que ya crecí lo suficiente como para que me quede? — Celeste preguntó anhelante.

—No todavía —dijo Paloma y agregó risueña—, y nada de lamentos, por favor.

—¿Cómo es posible que me ves enfurruñada en la oscuridad, pero esa mañana no viste a quien puso ese vestido a mi lado, a plena luz del día?

—Es que nuestros nuevos amigos eran demasiado veloces —rio Paloma—. Pero no fue solo mi vestido; había un segundo regalo. Una prenda blanca, muy delicada y sedosa, tan suave como para ponérsela a un bebé...

—¡Era para mí!

—Efectivamente, era para ti. Su impresionante detalle me fascinó: el delicado encaje en el cuello, las florecitas bordadas en la falda y el dobladillo de lentejuelas. A su lado, cualquier ajuar de bautizo, real o plebeyo, palidecía y yo no podía dejar de admirarlo. Me atacó entonces una sobria reflexión: hacía apenas doce días, había sentido que mi vida llegaba a su fin. Estaba llena de odio hacia la bruja que me había transformado y exiliado. La amargura que sentía por las injusticias que cambiaron mi vida me ahogaban.

—Pero en ese nuevo día, descubrí que la alegría me embargaba una vez más, como solía suceder en mi infancia y, aunque seguía

33

extrañando a Bautista, sentí que ya no lloraría por él, y cuando el aguijón de las lágrimas no vino al pensar en él, me dije: «Ahora tengo una hija por quien velar y para ello se nos ha otorgado un nuevo hogar, con amigos invisibles, pero afectuosos, y tengo también una misión que cumplir para ti, mi querida Celeste, y para mí». Decidí que era mejor no preguntarme sobre el origen o el motivo de las atenciones que se nos otorgaron y las acepté, sabiendo que me volvería loca de curiosidad, pero que respetaría su anonimato. «Guardián de este bosque —dije—, te agradezco a ti y a tus espíritus por la gentileza que me has mostrado. Siempre estaré en deuda con ustedes». Tan pronto terminé mi pequeño discurso, me sorprendió la revelación de que los obsequios recibidos debían tener un propósito muy especial. Tal vez aquellas eran las prendas que debíamos lucir para conocer a nuestro silencioso benefactor. Pero ¿quién era nuestro benefactor? ¿Quién nos había regalado los maravillosos vestidos? ¿A quién habíamos sido encomendadas? Sin siquiera la esperanza de recibir una respuesta, seguí admirando el intrincado detalle y fue la reproducción de un tulipán, en minúsculas cuentas, en el corpiño de tu vestido lo que produjo en mí el eco de una vieja idea. Era el recuerdo de algo que me había contado Clemente, mi querido tutor, en una de esas noches en las que, de niña, le rogué que ignorara mi estricta hora de dormir y me contara un cuento.

»Muy cumplido, la fábula comenzó así: «Hay solo un día, en el pleno verano, en que los mortales tenemos la esperanza de vislumbrar a la Corte Luminosa de las Hadas». La voz de Clemente era tan seria y profunda, y mi mente joven tan vivaz, que al instante imaginé a las hechizantes criaturas hilando sus gloriosos vestidos en mágicas arboledas tapizadas con brotes primaverales. Con sus palabras, Clemente grabó en mi mente todo eso y más, y para sellar mi fe en ello, también me hizo una advertencia: «Nunca repitas esto, jovencita, a nadie, porque las hadas son seres sumamente privados». A los ocho años, las historias de Clemente eran hechos reales para mí.

»Por mucho que pensara que había superado tales fantasías infantiles, ahí estaba esa mañana, una mujer adulta con su hija recién nacida, cavilando entre los recuerdos de la infancia y la realidad. Pero al examinar nuevamente lo que tenía entre las manos, no podía negar que era el mismo vestido que había imaginado de niña. Mas no debía perder tiempo en divagaciones, porque, a todo esto, continuaba desnuda —dijo Paloma en tono juguetón y Celeste soltó una carcajada—. Y también porque anhelaba ponerme esa milagrosa creación que me habían regalado. La exquisita prenda era flexible, se estiraba y se aferraba a mi forma como una segunda piel, exceptuando las cintas de las mangas y la falda. Tomé el par de sandalias tejidas, que cayeron de entre los pliegues del vestido al ponérmelo, me las puse también y me quedaron como hechas a la medida. Sentí que era una nueva mujer, con la piel llena de un sol radiante y sonriendo ante la idea de que lucía como una criatura salvaje pero muy bien vestida, traté de domar el cabello que ya se había empezado a secar. Sin duda, se había convertido en una enredadera roja que cubría mis hombros y espalda. Pero no me importaba. Era el vestido, con sus tonos cambiantes, lo que me seguía deslumbrando, parecía absorber el color de mi piel, o el rojo de mi cabello, pero también el verde de los árboles. No estaba hecho de tela, era más bien hilos, gruesos y delgados, trenzados con una imposible precisión, como por dedos diminutos y mágicos. Y aquellos hilos, no eran los tipos toscos que se usaban en prendas normales, ni tampoco los hilos más finos que usaban para mis trajes de reina. Eran algo completamente diferente, algo que había imaginado cuando era niña. La voz profunda de Clemente se filtró en mi mente otra vez: «Con primorosos atuendos, las hadas dan la bienvenida al solsticio de verano... engalanadas con hilos de sol y rayos de luna que solo las hadas saben atrapar...».

XVII

—Te puse tu vestido y te admiré como es debido cuando se trata de una obra de arte. Sabía que estábamos listas, no sabía para qué, pero estábamos listas. Entonces sucedió algo inesperado —dijo Paloma, apoyándose en un codo y Celeste hizo lo mismo, porque esta era la parte más emocionante de la leyenda—. Mi corazón comenzó a latir más rápido y te estreché en mis brazos, mirando incrédula a mi alrededor. Pestañeé varias veces, pero la visión no desaparecía. Estaba viendo lo que no había visto antes. Estaban encaramados en los árboles y sentados sobre la hierba...

—¡Hadas! —entonó Celeste.

—Algunas se asomaban detrás de rocas o de los troncos de los árboles en el claro, con sus ojos luminosos y cabello a juego, mientras que otras flotaban, inspeccionándonos a su vez...

—¡Hadas! —Celeste repitió.

35

—Las rodillas me temblaban, pero me estabilicé para no dejarte caer. Hice una respetuosa reverencia a nuestros anfitriones.

Celeste, que se sabía de memoria cada palabra que Paloma había pronunciado esa lejana mañana, se complació en repetirlas:

—«Les agradezco, mis señoras y señores...».

Paloma rellenó la pausa, diciendo:

—Y al ubicar a la criatura más majestuosa de toda la asamblea, continué con estas palabras...

Celeste se sentó y, en la gruta oscura, su voz infantil proclamó:

—«Su Majestad, no somos más que humildes huéspedes en su bosque y me aflige no tener nada que ofrecerle a cambio de los magníficos regalos que ha tenido a bien otorgarnos».

—Entonces —completó Paloma—, la reina de las hadas, la de los ojos color amatista y el cabello jaspeado a juego, me reconoció y asintió con una leve inclinación de su cabeza, diciendo...

—«Cuidaremos de ti y de tu hija, como lo ha mandado el Guardián del Bosque —dijo Celeste—, pero debo advertir que el don concedido tiene límites, y solo aquí, en la Soberanía de las Hadas, mantendrás tu verdadero semblante».

Celeste terminó su recitación y, si no hubiera sido por la oscuridad en la gruta, Paloma habría notado el cambio de color y expresión en el rostro de su hija. Un escalofrío de pura culpabilidad la recorrió como un relámpago: «¿Cómo pude dudar de la historia que me sé de memoria desde que aprendí a hablar?».

—Su anuncio me descompuso muchísimo, pues creí que la magia de semejante criatura tendría que haber superado el hechizo de la bruja. Luché por disimular mi decepción para no ofenderla, pero, como si leyera mis pensamientos, la reina de las hadas volvió a hablar. —Paloma hizo una pausa y Celeste, casi perdiendo su turno, profirió apurada:

—«Lo que te acaeció fue obra de un hábil maestro y lo que hizo no lo puedo deshacer —citó Celeste, otra vez asaltada por el recuerdo de su propia terquedad y comportamiento oficioso—. Soy Oihana, soberana de este tropel» —concluyó y Paloma retomó el hilo, ajena a la incomodidad de su hija—. Me incliné respetuosa y la seguí con la mirada, a ella y a su tropel, mientras se adentraban en el bosque, deslizándose entre los árboles, como diáfanas esferas de colores dentro de las cuales flotaban sus cuerpos de porcelana, adornados con cintas relucientes y vistosas lentejuelas. En el silencio que dejó su ausencia, entendí que tú y yo estábamos poco menos que atrapadas en la Soberanía de las Hadas y era necesario que lo aceptara.

XVIII

—Emprendí el regreso a la gruta, sumida en pensamientos turbulentos, cuando sentí una presencia, alguien que nos observaba, y no eran las hadas que acababan de dejarnos. Lo alcancé a ver con el rabillo del ojo y un leve temblor me recorrió y me paralizó, pero giré y, al hacerlo, me encontré cara a cara con un magnífico caballo blanco. En ese momento, el equino retumbo de cascos sonó en mi memoria y reconocí el sonido que me había acompañado a través del terror y el dolor en esa fatídica noche. Cada vez que tropezaba, o cuando el dolor del parto era tal que perdía el conocimiento, ese golpe sordo, sobre la tierra húmeda, llenaba el aire a mi alrededor. ¿Cómo no me había dado cuenta antes? Miré fijamente al noble animal; era blanco y hermoso, y en ese instante lo reconocí como el Guardián del Bosque mencionado por la reina de las hadas, mi fantasma, mi salvador. Golpeó el suelo con sus formidables patas delanteras y, cuando sacudió su orgullosa cabeza, me quedé sin aliento al ver el temible cuerno sobre su frente. El Guardián del Bosque era un unicornio.

Celeste suspiró inquieta. Después de las experiencias del día, la palabra *temible* le transmitió un significado completamente nuevo, pero fuera por el agotador andar en el calor, o por su capacidad juvenil de perdonarse a sí misma, el inquietante sentimiento dentro de ella había menguado y de este no quedaba más que un puñado de mariposas alborotadas en su vientre, que, en lugar de revolotear, parecían más preocupadas por encontrar un lugar donde acomodarse para pasar la noche. Celeste se dejó caer sobre la almohada y se estiró perezosa.

Paloma tanteó en la oscuridad buscando el rostro de su hija y, habiéndolo ubicado, le dio un beso en la frente.

—Ahora, mi trocito de ámbar, es hora de dormir —dijo intransigente.

—Buenas noches, mamá —bostezó Celeste—. Te amo.

—Yo te amo más.

Glamorosas quinceañeras

XIX

Ese preciso verano, el clima cambió. El otoño llegó y se fue entre ventarrones templados, dejando a los árboles desnudos, bajo un desconcertante cielo sin nubes. Semanas después del solsticio de invierno, la primera nevada brillaba por su ausencia.

La Corte Luminosa consultó sobre el tema y, después de varios días dedicados a la observación de las estrellas, interpretar señales cósmicas y analizar la actividad de las criaturas del bosque día y noche, Oihana y los sabios del tropel anunciaron que, como suele ser la voluntad y capricho de la madre naturaleza, habían entrado en una temporada de sequía que duraría siete años.

Nahia acompañó a su madre a la gruta y, mientras Oihana compartía la noticia con Paloma, la princesa de las hadas, muy a su modo, le contó a Celeste lo que estaba pasando. Se miraron pasmadas y, bajo la influencia de una gran superstición narcisista, intuyeron que sus fechorías habían motivado el castigo.

—Estaba tan enojado con nosotros —murmuró Celeste hablando del Guardián del Bosque y su reciente encuentro con él.

—Querrás decir contigo —la corrigió Nahia.

—¡Está bien! Estaba tan enojado conmigo que decidió castigarme a mí y a todos los que me conocen.

Nahia se frunció.

—Claro que, como hija de la reina de las hadas, también debo asumir responsabilidad.

Celeste la miró arqueando una ceja y tratando de esconder la sonrisa que afloraba en sus labios: bien o mal, Nahia no podía permitir que su nombradía fuera superada. Inclinando la cabeza, Celeste aceptó compartir la mala fama.

—Es lo suficientemente poderoso como para afectar el clima, eso es seguro —apuntó Nahia, validando los temores de Celeste.

Decidieron no compartir sus conjeturas con nadie, porque, sin duda, les preguntarían qué había provocado la ira del Guardián del Bosque y la respuesta a esa pregunta era algo que las hermanas de nacimiento nunca revelarían. La posibilidad de que, entre las dos, habían causado la sequía se convirtió en un hecho en sus mentes de once años y siguió siéndolo, incluso después de transcurridos los siete años.

XX

Convencida de su culpa, Celeste sufría de estremecimientos involuntarios e inesperados sonrojos cada vez que alguien se lamentaba por la falta de lluvia o la abundancia de polvo. De hecho, a todos se les complicaba mantener sus casas limpias, incluso bajo tierra en La Alameda.

Pero la ilusoria culpa de Celeste no era paralizante y, muy pronto, la sequía tomó un aire cotidiano que no merecía atención.

Para mediados de enero, las varias nevadas, aunque ligeras, contribuyeron al retorno a la normalidad de siempre. La vida en la soberanía se acopló al nuevo ritmo y Celeste volvió a deambular por todas partes dentro del territorio del guardián, siempre con Nahia a su lado. Las doncellas consideraban que era su deber explorar cada rincón de la mágica geografía y alardeaban de conocer la soberanía mejor que nadie.

Lo que ellas llamaban la soberanía era una cuenca en forma de pera, aislada de las crestas rocosas de los Pirineos por una serie de frondosas colinas que la protegían. La cuenca se estrechaba hacia el oeste, acunando al lago Sideral en su lecho de arena blanca. Hacia el este, donde las colinas no eran tan empinadas y la cuenca era más amplia, estaban los pantanos, repletos de insectos, pájaros y plantas exóticas. Pero los lugares que Celeste y Nahia más frecuentaban se encontraban dentro del arboreto, ubicado en la anchura entre las dos regiones, y todo ello a apenas un par de kilómetros de la gruta que Celeste llamaba su hogar.

39

A veinte minutos de la gruta a lo largo del sendero bordeado con tupidos arbustos de saúco, se encontraba el estanque de Paloma y, en la dirección opuesta, a la misma distancia estaba el Milagro Subterráneo, como lo llamaba Paloma, o La Alameda Florida, como la conocían las doscientas hadas que ahí habitaban. Al norte y al oeste de La Alameda Florida, había cuevas para explorar, animales para perseguir, domesticar o con quienes jugar. Siempre había nuevos manantiales que descubrir, algunos calientes, unos fríos, otros malolientes, pero impresionantes y siempre divertidos de trazar.

Paloma les había dado la tarea de esbozar la soberanía, y Celeste y Nahia se dedicaron al proyecto como abejas a las flores. Al cabo de un mes, la habían dibujado, con bastante precisión, en una sábana grande y cada punto recorrido estaba rotulado con coloridas inscripciones. El mapa colgaba en la pared trasera de la gruta y, durante la cena de los viernes, las hermanas de nacimiento elegían sus destinos para el fin de semana.

Cada día aportaba variadas experiencias para Celeste y Nahia, algunas las disfrutaban, mientras que otras apenas las toleraban. Tenían lecciones de aritmética, lectura y escritura, con Paloma, junto al estanque. Una vez por semana y durante eventos especiales, hacían exploraciones del cielo nocturno con Oihana, en el Mirador Astral. Pasaban horas sentadas ante el telar, en la gruta, con Paloma, o en el taller de Usoa, en La Alameda, rodeadas de carretes de seda recién hilada.

Durante las frías noches de invierno, sudaban en La Caldera caliente y humeante. Esta era la cámara más profunda en La Alameda, con sus paredes de granito oscuro que brillaban como brasas a la luz de los hornos de cocción. Allí, Celeste y Nahia observaban al corpulento Arnaud, con sus brillantes ojos anaranjados, su pecho cobrizo, reluciente con el calor, mientras fundía cuarzo y arena para convertirlos en vidrio. Con él aprendieron a moldear y soplar las burbujas que, al endurecerse, se tornaban en las exquisitas copas y vajillas que se usaban en toda La Alameda Florida.

En esas ocupaciones y con tales experiencias, transcurrían los días de Celeste y Nahia, apresuradamente, cuando sus tareas eran aburridas, y lentamente, cuando aguardaban algo con afán.

En aquel ordinario son, los días se volvieron semanas, las semanas meses, y los meses años.

XXI

El cuarto año de la sequía trajo consigo un fogoso golpe de entusiasmo que puso a prueba la paciencia de Celeste y de Nahia. Apenas tomaron conciencia de ello, el tiempo tuvo a bien detenerse, solo para irritarlas o así lo interpretaron ellas.

El primer día de enero, Celeste despertó con un escalofrío diez minutos después de la medianoche (Paloma dormía profundamente a su lado) y estaba acomodándose bajo de las mantas para volverse a dormir cuando se percató de las pequeñas esferas de color aguamarina que flotaban sobre ella. El impacto de tal aparición a esa hora y darse cuenta de quién se trataba fue instantáneo. En la gruta oscura, como boca de lobo, susurraron al unísono.

—¡Este año cumplimos quince! —Y les pareció tan divertido que se taparon la boca con las manos para sofocar la risa, pero lo único que lograron fue que se les saliera por la nariz con un fuerte ronquido.

—¡Niñas! —refunfuñó Paloma, adormilada.

—Estás loca —susurró Celeste entre risas ahogadas—. ¿Viniste hasta acá solo para decirme eso?

—¡Por supuesto! Y solo me tomó diez minutos —declaró muy lucida el hada—. En fin, nos vemos mañana.

—Buenas noches y cuidado con el... —Nahia se estrelló con el cantaviento que colgaba del umbral entre la enredadera de jazmín—... cantaviento —Celeste terminó, su voz llena de risa contenida.

Varios segundos transcurrieron en que los brotes de bambú continuaron chocando entre sí como abatidos por vientos ciclónicos. Al parecer, cada esfuerzo de Nahia para liberarse la enredaba aún más.

—¡Necesitas recortar esta maraña! —gruñó jadeante el hada, olvidándose de susurrar en su lucha contra la fragante cortina de jazmín—. ¡Diantre!

Visualizando sin esfuerzo la situación de Nahia, Celeste soltó una risotada silenciosa que hizo temblar el armazón de la cama y, como era de esperarse, aquello aumentó su hilaridad. Paloma tuvo que encender una vela y darles una mirada severa para que recuperaran el juicio. Desde la enredadera de jazmín en la que estaba atrapada, Nahia miró inocentemente a Paloma, congelada en el acto de luchar por desenredarse. Celeste se rio a carcajadas al ver al hada y, más aún, viendo que su madre fruncía los labios y apartaba la mirada para no reírse también. Les tomó media hora liberar a Nahia, rebuscar y quitarle los trozos de hojas y pétalos de jazmín del cabello y desenredar el cantaviento. Con mucho cuidado, Paloma hizo a un lado la enredadera para que Nahia, de una vez por todas, pudiera salir sin más tropiezos.

—Gracias y buenas noches… otra vez —dijo el hada.

—Buenas noches —rio Celeste, observando la reluciente esfera verde mar hasta que desapareció entre las ramas de los árboles que poblaban el camino hacia La Alameda.

De regreso en su cama, Celeste se arropó con las gruesas mantas de invierno y sonrió en la oscuridad, pensando en la razón por la que Nahia había dejado su cómodo lecho a tan impía hora. «Este verano asistiremos a nuestra primera celebración del solsticio», pensó satisfecha, luego se dio la vuelta y durmió otras siete horas, soñando con el lago Sideral y un doncel, alto y apuesto, como ningún otro, y quien, con solo una mirada, lograba acelerar los latidos de su corazón.

Celeste despertó sobresaltada; había tocado la mejilla del hada, pero su aspereza la había sorprendido. Se pasó el pulgar por la yema de los dedos, pensando soñolienta cuán diferente era a la tersa piel de las hadas, mas la luz del sol invernal, que ya se filtraba por el jazmín, la despertó del todo, desvaneciendo su asombro.

XXII

Así comenzó el año su flemática progresión. Las estaciones, moderadas por la sequía, se sumaban a la angustiosa lentitud con la que el invierno se convirtió en primavera y cuando, por fin, la primavera amenazaba con tornarse en verano, Celeste y Nahia decidieron zambullirse en un nuevo y fabuloso proyecto para ayudarlas a acelerar el paso de las semanas que quedaban antes del solsticio.

Desde su llegada a la soberanía, Paloma había disfrutado del estanque y su única queja había sido que quedaba tan lejos de la gruta. De hecho, en innumerables ocasiones, recaía sobre Celeste el tener que regresar a la gruta a recoger la toalla de baño olvidada o un peine, o a veces prendas de vestir. La idea se le ocurrió a Nahia el día en que Celeste le pidió por enésima vez que fuera a la gruta en busca de peinetas.

—Eres mucho más rápida que yo y, además, ya estoy en el agua —suplicó Celeste.

A su regreso del recado, Nahia irradiaba entusiasmo y enseguida comunicó su ingeniosa ocurrencia, pero fue Celeste quien actuó en consecuencia. Su tenacidad realizó la idea de Nahia; un tocador al aire libre para Paloma, dotado de todo artículo para acicalamiento. Ahí se prepararían meticulosas para todas las galas por venir.

—¡Cómo es que no se nos ocurrió esto antes! —se decían la una a la otra, mientras estudiaban los dibujos y las selecciones de telas para la marquesina.

Amets y Sendoa (los únicos suficientemente atrevidos como para involucrarse en un plan inventado por Nahia y Celeste) midieron y cortaron la madera para el enmarcado. Luego de pulir los postes, los escondieron en un matorral cercano al estanque hasta que empezara la fase de montaje.

Mientras tanto, Celeste y Nahia elaboraron las cubiertas de la estructura. Necesitaban seis paneles de gasa fina: uno enorme para la parte superior, tres para las paredes laterales y dos para el frente. Nahia, que no era tan hábil para hilar, le dejó esa tarea a Celeste, quien calculó el tamaño de los paneles en aproximadamente una sexta parte de lo que serían al final.

Cuando Celeste terminaba el hilado, estrenando su dominio de la ampliación de objetos, Nahia aplicaba su glamour para agrandarlo al tamaño que necesitaban. Cada panel de gasa debía ser sellado con la solución de resina impermeable que Nahia había preparado, lo que le daba un brillo matizado para que, desde el exterior, solo se distinguieran siluetas y nada más. Nahia se felicitaba a sí misma por ese detalle que Paloma, sin duda, apreciaría y, aunque a regañadientes, Celeste se lo reconocía.

El lienzo para la cubierta del piso, al ser un tejido suelto y rugoso que no requería sellado, tomó menos tiempo para producir que los otros seis paneles juntos. Cuánto se les complicó mantener el secreto, especialmente a Amets y a Sendoa. Celeste les había exigido que mantuvieran estatura humana mientras trabajaban, porque la madera y las ranuras marcadas en cada trozo no podían ser agrandadas con glamour sin arriesgar la precisión del empalme.

Al cabo de las dos semanas, cuando todas las piezas estaban completas, Celeste, Nahia, Amets y Sendoa se escaparon en la noche, mientras Paloma en la gruta y todos en La Alameda dormían. Les tomó varias horas juntar todas las piezas, atar los paneles de gasa en su lugar y acomodar las muchas cosas que Celeste y Nahia habían trasladado durante los dos días anteriores desde la gruta y La Alameda Florida hasta el escondite en la espesura. Las miserables tres horas de sueño que Celeste concilió esa noche no desviaron su entusiasmo. Tan pronto como Paloma mostró signos de despertarse, Celeste se levantó y la sacó de la cama.

—Ven a ver, mamá —instó Celeste, conduciendo a Paloma, casi al trote, fuera de la gruta y por el sendero de saúco.

Paloma llegó al estanque, un paso detrás de Celeste, sin aliento y con una sonrisa vacilante que le suavizaba el ceño fruncido.

Junto al enorme sauce llorón se erguía una marquesina rectangular de picos altos. Los dos paneles de gasa fina a la entrada estaban atados al marco con vistosos lazos y flores que dejaban entrever el interior, atiborrado de encantos.

—Bienvenida a nuestro nuevo Camerino —anunció Celeste, complacida.

—¡Sabía que te adelantarías! —gritó Nahia, llegando desde La Alameda, justo a tiempo, para la visita inaugural. El hada flotó hacia el lado disponible de Paloma y las tres entraron al Camerino, dejando sus sandalias afuera.

—¡Oh, mis niñas! —repetía Paloma conmovida, una y otra vez.

La suave hierba cubierta con el lienzo verde oscuro que Celeste había tejido se sentía como una colección de almohadillas bajo sus pies. El tibio aire dentro de la marquesina olía a flores, y aunque seguramente Paloma reconocía todo lo que veía, el semblante maravillado de su madre convenció a Celeste de que todo le era nuevo en el novedoso espacio.

Paloma pasó más de una hora examinando los diversos tesoros que Celeste y Nahia habían trasladado; la mayor parte de su ropa y calzado, todo artilugio para arreglarse que pudieran necesitar: peines, cepillos, horquillas, varillas para rizar el cabello, tobilleras, pulseras: todo lo habían almacenado en estantes y cestas. Era difícil de creer cuánto habían acumulado en los pocos años desde su llegada a la soberanía.

Había relucientes frascos llenos de aceites, perfumes y extractos aromatizantes y colorantes, cortesía de Nahia, razón por la cual, con un guiño a espaldas del hada, Paloma y Celeste acordaron usarlos con precaución, si es que los usaban, ya que probablemente algunos eran experimentales. También había cosas menos sospechosas, como cristalería llena de esencias florales, emulsionadas en aceite para masajear sus cuerpos después de cada baño.

—Mantendré tus azahares bien abastecidos —prometió Nahia.

—Es usted demasiado amable, jovencita —sonrió Paloma—. Y, por favor, agradécele también a tu madre por compartirlos.

—¿Y mis jacintos? —protestó Celeste.

—Esos crecen por todos lados, hay montones justo afuera. Búscalos tú misma —respondió Nahia fingiendo indignación—. Azahares son una cosa; vienen del vivero en La Alameda Florida, donde manipulamos las condiciones óptimas para plantas no nativas. Pero tus jacintos, esos brotan como mala hierba. Tú solo buscas mandonearme.

Como mareada de placer, Paloma pasaba de un nicho a otro, examinando cada centímetro de la sorprendente obra de las niñas. Había paños doblados y apilados en un estante, había un pequeño sofá donde uno podía reclinarse o sentarse mientras se ataba las sandalias, y murmuró encantada al encontrar una canasta llena de pétalos en la base del armario para saturar su ropa con el dulce aroma.

Suspirando gozosa, Paloma le voló un beso a Nahia. A Celeste, quien desde la entrada asimilaba mejor la reacción de su madre, Paloma le sonrió, con lágrimas brillando como joyas en sus ojos verdes. Celeste se felicitó a sí misma por el rotundo éxito del Camerino, su mirada lejana delataba la visión de las divertidas sesiones por venir.

XXIII

Aunque fuera solo por dos semanas, el proyecto espontáneo del *boudoir* había desviado a las hermanas de nacimiento del trabajo que tradicionalmente hacían en esa época del año. Desde los diez años, Celeste y Nahia, junto con el resto de los miembros menores de la Corte Luminosa, trabajaban en La Alameda, por un mes entero, antes de la celebración del solsticio. Hilaban seda y tejían secciones de la vestimenta para las excelsas Claro de Luna (nunca el traje completo, ya que tanto glamour era necesario para su elaboración que solo las mismas Claro de Luna se encargaban de ello, guardando celosamente sus técnicas y diseños, siempre atentas a su originalidad).

La danza de las Claro de Luna era el evento culminante de la celebración del solsticio. Se sabía que ellas encarnaban el espíritu de la soberanía y que lo expresaban a través de movimientos y melodías. Las leyendas feéricas que circulaban fuera de la soberanía se debían al misterioso poder de las Claro de Luna para encantar y seducir; eran ellas las que cautivaban, las que podían poseer el alma de un hombre y mantenerlo prisionero por amor, por venganza o por capricho.

En la jerarquía de las hadas, solo los miembros de la realeza superaban a un Claro de Luna.

Como menores de edad, Celeste y Nahia vivían resignadas a cumplir las típicas tareas de su condición, como enhebrar cuentas de vidrio en complicadísimos esquemas de colores y tamaños, seleccionar los pigmentos para pintar los troncos cerca de la orilla del lago o producir interminables cadenas de margaritas y madreselvas para las enormes guirnaldas que engalanarían la terraza real.

Pero ese año, Celeste y Nahia, por fin, habían cedido sus antiguas tareas a los menores de quince años para concentrarse en su propia vestimenta, decididas a superar en ingenio a las Claro de Luna.

—Ayer vi a Ederne saliendo de la Sala de Danza y Ritmo de Nere —dijo Nahia, con el extremo de un hilo apretado entre los labios, mientras que por el otro extremo enhebraba dos docenas de cuentas para el corpiño de su vestido—. Nere me contó que Ederne decidió convertirse en Claro de Luna y que está practicando muy diligente.

—¿Y cómo crees que le irá con sus trajes? — preguntó Celeste con malicia, hilando la seda lila para su vestido—. Ni siquiera puede retorcer dos hilos juntos. ¿Cómo es que aspira al *haute couture*? Todos sabemos que vestidos a granel no sirven para una eminente Claro de Luna.

—Claramente, es una lunática —ironizó Nahia y Celeste soltó una cruel carcajada.

La bellísima, pero reticente hada, Ederne, guardaba un rencor endémico hacia Nahia. Lo lamentable del caso era que el odio se debía a un hecho fuera del control de Nahia. El tropel de Oihana, como todas las hadas del mundo, era una comunidad matriarcal, por lo tanto, el título de reina solo podía pasar a una descendiente directa de la reina, en este caso, Nahia.

Ederne, siendo la hija del hermano de Oihana, podía aspirar al título solo si Oihana y Nahia desaparecían sin dejar descendencia femenina. A Nahia nunca se le había ocurrido provocar a su prima con semejante ventaja, pero Ederne, humillada por su posición inferior, aprovechaba toda oportunidad de menospreciar o herir a la joven princesa.

Celeste, siendo la hermana de nacimiento de la princesa de las hadas y, además, una intrusa humana, también era blanco de las afrentas de Ederne.

—Estoy segura de que encontrará a alguien a quien aterrorizar para que hile por ella, pero dudo que llegue a eso. Está destinada a descaderarse antes de convertirse en un Claro de Luna —se burló Nahia, atragantándose al instante, como por artificio.

La tos convulsiva hizo que soltara el hilo apretado entre los labios y las cuentas ya enhebradas cayeron al piso, rebotando y esparciéndose ruidosas.

—Creo que me tragué una, una verde, muy bonita —se lamentó Nahia con voz ronca.

Justo en ese momento, Ederne asomó la cabeza en la Cámara de Telares y Tejido de la vieja Usoa, donde trabajaban las jóvenes, y, enroscando un mechón de su largo cabello rojo entre los dedos, advirtió a Nahia, con tono meloso y lánguido:

—La próxima vez, será algo más grande que una cuenta. Yo que tú, tendría más cuidado con lo que digo… y a quién se lo digo —agregó con una mirada de profunda repugnancia hacia Celeste.

Enrojecida hasta las raíces de su cabello veteado de turquesa, Nahia se elevó sobre su asiento y, con los puños en las caderas, disparó su propia advertencia.

—No me amenaces, Ederne. Eres tú quien debe cuidarse. De lo contrario, no podrás ni bañarte en paz —insinuó Nahia, enfurecida—. Si alguna vez me entero o sospecho de que has participado en cualquier trastada, aunque sea un casi accidente que involucre a Celeste o a mí, descubrirás los estragos que causa la belladona pura en contacto con la piel —declaró Nahia, hinchándose triunfante ante su rival.

Los ojos de Ederne se encendieron como brasas, pero se marchó con una expresión en el rostro que, aunque agria, no dejaba de ser malintencionada. Celeste, por demás impresionada, miró a Nahia arqueando una ceja.

—Belladona, en serio. ¿Cómo lo lograste sin envenenarte?

—Meto las manos en una mezcla especial de resina antes de manipular los ingredientes. Es como usar guantes transparentes, nada los traspasa. —Nahia habría dejado en pie su casual respuesta, pero, cuando Celeste objetó preocupada, agregó—: Ederne perfecciona su don para enfocar energía cada vez más. Sabes que ya dos veces ha derribado hadas con solo un movimiento de sus muñecas. Pronto podrá lanzar víctimas desprevenidas contra árboles y paredes con oleadas letales de esa energía.

Incapaz de negar tal probabilidad, Celeste asintió, encontrando que, siendo en defensa propia, Nahia estaba justificada a experimentar con la misteriosa familia de hierbas.

XXIV

Cuando el mes de mayo llegó a su fin, la emoción de Celeste y Nahia se volvió contagiosa. Los primeros días de junio transcurrieron entre idas y venidas de última hora a La Caldera para hacer más cuentas y a La Cámara de Telares y Tejido de Usoa donde, con huso en mano, aguardaban impacientes que las orugas adormecidas dejaran sus capullos para poder cosechar la seda, aplicar los tintes e hilar los carretes nuevos para terminar un escote o un hilván.

Durante la segunda semana de junio, por mensajero, llegó a la gruta la invitación formal. Era una placa de cristal azulado. Encajaba perfectamente en la palma de la mano de Celeste. Admirada por el peso del cristal, leyó el mensaje graciosamente escrito en filamentos anaranjados tridimensionales suspendidos en su interior.

Celeste, hija de Paloma,
bienvenida a la celebración del solsticio de verano.
Te esperamos en la primera noche de luna llena.

Paloma, que leía por encima del hombro de su hija, dijo:
—Solo faltan diez días.

Celeste se volvió hacia su madre con una radiante sonrisa. Bailoteando de alegría, pero cuidando de no dejar caer su invitación, dijo:

—Todavía no me lo creo que no hayas ido a una celebración. Pensar que todo este tiempo has tenido una invitación ¡y no has ido!

—Ya te lo he dicho, mi trocito de ámbar, cuando descubrí que el protocolo de la soberanía no admitía humanos o hadas menores de quince años en la celebración del solsticio, decidí esperar hasta que pudiéramos acudir juntas.

—¿Pero por qué uno debe tener quince años para poder ir?

—Eso también te lo he dicho. Es que el derroche de glamour durante esa noche puede dejar inconscientes a los pequeñuelos. Incluso los que han sido inmunizados.

Celeste se unió a la hilaridad de su madre y bailó nuevamente alrededor de la mesa, sosteniendo su placa con ambas manos.

Cuando por fin llegó la mañana de la luna llena, Celeste despertó agitada, como suele suceder cuando se fracasa en la conciliación del sueño. Con ojos todavía adormilados, salió corriendo de la gruta y atravesó el suntuoso bosque de hayas rumbo al parque de los álamos. En media hora, sudorosa, sonrojada y con hojas y tallitos secos anidándole en la melena, llegó resoplando al claro donde estaba el montículo cubierto en hiedra y zarzas. Ahí debía esperar a Nahia, sola, en el lúgubre silencio de aquel lugar.

Intentó sosegarse, repitiendo que eso era exactamente lo que los encantamientos colocados por Oihana debían hacer: persuadir a los intrusos para que se fueran de inmediato, porque aquella era, nada menos que, la entrada a La Alameda Florida. Pero el silencio era aplastante y Celeste se estremeció, imaginando que los árboles la vigilaban. Creyó ver algo oscuro y andrajoso adentrarse veloz en los pajonales, pero el cuervo que aterrizó frente a ella, dispuesto a ahuyentarla con sus brincos y graznidos, la hizo saltar de su propio pellejo.

—¡Ya llegué! —canturreó Nahia, radiante.

Celeste se erizó entera.

—¡Diantre!

Nahia rio de buena gana:

—A estas alturas, deberías estar acostumbrada a este sitio. —Celeste continuó acusándola con la mirada hasta que el júbilo desapareció del rostro del hada y rezongó con una mueca—. Y bien, ¿estás lista?

—Sí —murmuró Celeste, batallando con la sonrisa que ya afloraba en sus labios.

Nada reconciliaba a Celeste tan rápido como el acto de ser reducida al tamaño de un hada. Le encantaba esa sensación de remolino en su vientre, ese cosquilleo implacable que la llevaba al borde del arrebato y que, justo cuando no podía aguantar un segundo más, se detenía en seco.

La necesidad de asumir esa estatura para entrar a La Alameda Florida era una de las muchas razones por las que Celeste tanto la frecuentaba y, por fortuna, durante los últimos dos años, Nahia se había vuelto toda una experta ejecutora de la reducción de estatura y dispersión de peso.

Reducida a lo que Nahia llamaba *el tamaño más natural* —de unos veinticinco centímetros—, Celeste y su hermana de nacimiento se miraron y se echaron a reír. Tomadas de la mano, Celeste dejó que el hada guiara su cuerpo boyante hacía el montículo donde se ocultaba el túnel de acceso, debajo de las zarzas y la hiedra.

La maraña de raíces y tallos que formaban las paredes del conducto siempre causaban una ráfaga de susto en Celeste, a quien le parecía estar atrapada en un nido muy profundo.

El túnel conducía a la cúpula del atrio de La Alameda, donde sistemas enteros de raíces, como una versión sin hojas del enredo en el exterior, se enroscaban unos sobre otros en el techo redondeado.

Las hermanas de nacimiento se posaron en un puente colgante a lo ancho del diámetro de la cúpula, desde cuyo centro podían apreciar los diez pisos de quioscos de exhibición cincelados en la pared de tierra. El silencio y la inactividad del momento contrastaban con los vívidos recuerdos de Celeste: en ese mismo puesto, sobre el puente colgante, durante la feria anual de la cosecha, ella y Paloma se detenían a mirar las animadas y coloridas exhibiciones en los cientos de quioscos, antes de dirigirse al amplio y serpenteante pasillo que conectaba todos los pisos. Durante esos eventos, Celeste y su madre, podían pasar un día entero recorriendo los diez pisos hasta el fondo y volviendo a subir, hurgando entre los tesoros expuestos y escuchando las leyendas circuladas por exóticas hadas que venían desde tan al sur como el África.

Aquel era el afamado bazar de Oihana.

XXV

Por el centro del atrio, sin molestarse con los enroscados pasillos y con Celeste de la mano, Nahia descendió en picada. El hada apenas desaceleró al acercarse al fondo, donde un manantial burbujeante, en su estanque rectangular, irradiaba una luz azulada.

Todo fue un borrón para Celeste, incluso la sala circular de recepción en cuyas paredes estaban las veintiún puertas de La Alameda

Florida, cada una marcada con faroles de diferente color fijados en la pared. Aquellas puertas conducían a lugares como La Cámara de Telares y Tejidos de Usoa, La Caldera, El Mirador Astral y la extensión urbana de viviendas de las hadas.

Nahia y Celeste zumbaron a través de la puerta marcada con el farol de color púrpura real y se apresuraron hacia la cámara de la princesa de las hadas, donde todo era tonos de azul y verde. El vestido de Celeste para el solsticio de verano, colgado en la parte delantera del guardarropa de Nahia, se destacaba por ser lo único en lila brillante. Las dos habían entregado sus vestidos casi terminados a Usoa la noche anterior para que la vieja tejedora pudiera darle los toques finales a cada uno.

—¡Oh, Nahia! Qué magnífico trabajo ha hecho Usoa —exclamó Celeste, sosteniendo con sumo cuidado su vestido y admirando los intrincados diseños que había logrado con los hilos de cuentas que Celeste había enhebrado para el corpiño y las mangas. Sonriendo de oreja a oreja, Celeste se miraba en el espejo, abanicando el faldón de su vestido sobre las piernas, imaginando cuán hermoso luciría una vez puesto.

—De verdad, Usoa es una maravilla —asintió Nahia con un suspiro; sus ojos color aguamarina se empañaron de emoción al contemplar su propio vestido. El corpiño de seda, color verde mar, se unía a la falda que consistía en hilo sobre hilo de cuentas de cristal, todas en azul y verde, y en todos los tonos intermedios. Las cuentas tintineaban con al menor movimiento de Nahia.

Habían acordado prepararse para la ansiada noche de gala, en el Camerino, con Paloma. Por eso, envolvieron sus creaciones en sacos de seda para protegerlas, almorzaron con Paloma en la gruta y, luego de bañarse en el estanque, dedicaron el resto de la tarde a la tarea de acicalarse.

Paloma y Celeste guardarían su estatura humana, mientras que Nahia permaneció al tamaño compacto que le resultaba más cómodo y que le permitía pararse sobre la mesa y acercarse mucho más a las caras de Paloma y de Celeste para realizar el meticuloso trabajo de embellecerlas.

Mientras la luz del sol poniente brillaba en el cielo occidental, Oihana se presentó en el claro. El séquito de seis guardias con sus túnicas negras y antorchas que ardían en lila y rosa enmarcaban a la reina de las hadas, resaltando su ajuar violáceo, ceñido en la cintura, con un escote pronunciado y un faldón estrecho que cubría sus pies calzados con sandalias. Llevaba un abrigo de cuello alto, mangas largas y lentejuelas plateadas. Su cabello castaño, veteado de púrpura, estaba recogido en una espesa trenza enrollada en la base del cuello. Su rostro de porcelana deslumbraba y sus ojos, ya luminosos en la creciente oscuridad, brillaron de placer, al ver a su hija y las dos humanas a las que tanto apreciaba.

Celeste era una visión en lila. Su melena suelta, jaspeada por el sol, le llegaba hasta la cintura y estaba sostenida por una diadema que Usoa había cubierto de un polvo brillante que pronto centellearía bajo la luz de la luna. La creación verde mar de Nahia le daba a la princesa un aire fresco y sereno. Sus rizos dorados flotaban sobre sus hombros, enmarcando su rostro en suaves ondas y se había dado el trabajo de matizar cada veta turquesa con rocío. Su falda tintineó agradablemente cuando hizo una reverencia ante su madre.

Paloma había elegido un vestido largo y fluido de satén color rubí. Su espeso cabello rojo iba recogido con un peine y un reluciente chal color mandarina, adornado con trenzas doradas, cubría sus delicados hombros.

—¿*Andiamo*? —Oihana sugirió y, cuando todas asintieron entusiasmadas, ella y Nahia redujeron a las humanas al tamaño que mantendrían durante la celebración. Tomadas del brazo (Oihana con Paloma y Celeste con Nahia), se colocaron dentro de la esfera rosa-lila del séquito, el dulce aroma que emitían las antorchas las envolvió de inmediato. En aquel tenue resplandor fueron escoltadas sobre las copas de los árboles del arboreto, hasta la orilla del lago Sideral. A diferencia de sus madres, que charlaron tranquilas durante los diez minutos que les tomó llegar, Celeste y Nahia palpaban afanosas sus peinados y se aseguraban la una a la otra de lo mucho que resplandecían.

—¡Mira! Ahí está la orilla —pregonó Celeste, señalando con urgencia las luminosas arenas blancas—. ¡Cuántas luces!

XXVI

El bosque de pinos terminaba a raya donde comenzaba la playa, bordeada de linternas de colores para la ocasión. Desde el aire, su efecto era como de una medialuna resplandeciente. Sobre la arena, cientos de luces de colores se precipitaban o deambulaban aquí y allá; eran las huestes de hadas que, al asentarse la oscuridad de la noche, brillaban con su luz interior; sus cuerpos envueltos en un resplandor vaporoso a juego con el color de sus ojos y las vetas en su cabello.

Las auras de color aguamarina y amatista, de Nahia y de Oihana, vibraban luminosas, destacándose de las demás.

—Es que no veo el momento de llegar —susurró Celeste, estrujando con fervor la mano de Nahia, devorando con la mirada el grandioso escenario al que se acercaban.

Sobre la arena y en el centro del arco de linternas, se alzaba una terraza blanca, sus cuatro esquinas marcadas por antorchas que ardían fragantes para la reina. En la parte delantera de la espléndida balaustrada, había un corto tramo de escaleras que conducía a la arena. La estructura había sido construida y enjoyada especialmente para esa noche, ya que era la primera vez que la princesa asistía y que la reina tenía invitadas.

En el centro de la terraza se encontraban cuatro sillones, cada uno con su propio reposapiés, y todos con vistas al lago. Había dos bufetes cargados de manjares, golosinas y bebidas, y la camarera de Oihana, siempre a mano, esperaba a las damas, atenta para servirlas.

Cuando descendieron a la terraza, Oihana saludó a las docenas de luminosas hadas que ya estaban reunidas. Paloma sonrió benévola y saludó a quienes reconocía en el gran grupo. Atónitas, Celeste y Nahia se posaron sobre las baldosas de vidrio nacarado de la terraza y, a pesar de las estruendosas aclamaciones del tropel, no pudieron ofrecer mayor reacción que mantenerse de pie, temblorosas y boquiabiertas, hechizadas por las luces y el dulce sonido de flautas y arpas.

Las dos jovencitas apenas escucharon el discurso de apertura de Oihana y Celeste tuvo que darle un codazo distraído a Nahia para que por lo menos hiciera una reverencia en reconocimiento al tropel que aplaudía con entusiasmo el decimoquinto cumpleaños de la princesa.

Celeste no podía despertar del ensueño. Con los codos apoyados en la balaustrada, miraba a las hadas, donceles y doncellas, resplandecientes en sus mejores galas, riendo y hablando entre ellos. Algunos caminaban, otros flotaban tomados del brazo, mientras que otros se balanceaban al son de las melodías que ondeaban en la brisa.

Los rastros del crepúsculo habían desaparecido hacía mucho y Celeste, extasiada, continuaba observando la actividad hipnótica de la multitud de ojos y cuerpos luminosos a su alrededor: azul, amarillo, naranja, verde, plateado, violeta.

¡Bom-Bom Bomm!

El retumbar de los tambores asustó tanto a Celeste que su corazón se lanzó al galope. Con la mano sobre el pecho, buscó y encontró los tambores, directamente detrás de la terraza. Ni siquiera se había fijado en ellos.

¡Bom-Bom Bomm!

Al instante todos los presentes se volvieron hacia el este, con estridentes aclamaciones. Celeste siguió su ejemplo.

¡Bom-Bom Bomm!

La emoción creció cuando se pudo divisar el arco superior de la luna llena que empezaba a remontar los distantes picos.

¡Bom-Bom Bomm!

Ya a la mitad, la luna brillaba amarilla aún. Mareada por la emoción y por tanto estímulo visual, Celeste no pudo captar el momento exacto en el que todo a su alrededor se bañó de un fulgor plateado.

¡Bom-Bom Bomm!

La luna llena se desprendió por completo de las crestas rocosas, como impulsada por los vítores de las hadas que flotaban alrededor de la terraza o que caminaban descalzas sobre la arena. La última nota de los tambores todavía retumbaba en el aire tibio cuando sonaron los laúdes, arpas y flautas, saturando la noche con una irresistible cadencia.

Entornando los ojos, Celeste empezó a mecerse al ritmo de la música que parecía navegar en la brisa. Nahia se unió a ella y juntas se apoyaron en la balaustrada, mirando con una mezcla de emoción y envidia al grupo de hadas adolescentes, que incluía a Ederne en una provocadora prenda transparente. Despegaban a gran velocidad, persiguiéndose entre sí sobre la superficie del lago, al son de los clamores desenfrenados de las hadas que participaban en el juego.

Oihana y Paloma habían tomado sus asientos. Absortas en su conversación, bebían vino en delicadas copas y tomaban refrigerios de la bandeja de dulces que la camarera de Oihana había colocado sobre la mesa entre ellas. Celeste y Nahia intercambiaron una mirada irritada.

—De repente parece que será una noche muy larga —comentó desencantada Celeste, mirando con nostalgia a las hadas que, en ese momento, no eran más que puntos de luz en la orilla lejana del lago.

—Veo a que te refieres. Yo también pensé que habría mucho más que hacer —asintió Nahia desanimada y lanzando una mirada lánguida hacia su madre, como si la hiciera responsable de su repentino aburrimiento. Cuando Oihana ni siquiera se percató, Nahia se volvió hacia Celeste—. Pero las Claro de Luna se presentarán eventualmente y sabemos que Ederne no estará entre ellas —dijo Nahia, tratando de consolarla tanto a Celeste como a sí misma.

—Al final de cuentas, ¿qué fue? —Celeste revivió un poco—. ¿Fue el baile destartalado o el canto desafinado? No, espera... No me digas... ¡Fue la confección del vestuario!

—Bueno, la historia oficial es que ella, Ederne, decidió renunciar. —Celeste resopló burlona y Nahia asintió con un mohín—. Nere insinuó que tuvo que despedir a Ederne porque no dejaba de plagiar los estilos de las demás. La tonta no sabía que, como Claro de Luna, debía dejar que la naturaleza fluyera a través de su persona para luego expresarla en forma de melodía y danza. Pero eso nunca se le hubiera ocurrido a Ederne, seguro pensó que era una rutina que podría aprender.

—O sea que la buena noticia es que no tendremos que soportar sus alardes —suspiró Celeste, agregando con picardía—. Me pregunto si Nere, antes de despedirla, le dio oportunidad de expresarse. ¿Cuáles serán los sentimientos de Ederne por las cosas que la rodean? ¿Y cómo crees que los trasmutaría?

—No lo sé, pero apuesto que abundarían las convulsiones y graznidos estridentes. Celeste sonrió y se dispuso a continuar abusando de Ederne—. Estás ri...

—¿Quieres ser mi pareja en la carrera sobre el lago? —Amets dijo, apareciendo frente a Celeste tan de repente que la reacción instintiva de ella fue darle un empujón defensivo.

Sendoa, que había llegado instantes detrás de Amets, rio afable y le dio otro empujón para hacerse espacio frente a las jóvenes, Nahia en particular.

—¿Le importaría ser mi pareja, en cuadra con estos dos, alteza? —preguntó socarrón.

Las hermanas de nacimiento miraron a los sonrientes donceles: Amets, con su cálido resplandor ámbar, y Sendoa, brillando con la luz plateada de sus ojos. No pudieron reprimir risitas emocionadas. Se volvieron hacia sus madres, que las habían estado observando con repentino interés, y, tan pronto como Oihana y Paloma asintieron,

Amets y Sendoa se llevaron a las jóvenes de la terraza con fuertes vítores, a los que Celeste y Nahia hicieron eco de inmediato.

—¡Ni se te ocurra dejarme caer! —le advirtió Celeste a Amets y su risa resonó en la noche uniéndose a la hilaridad de todos los adolescentes que revoloteaban sobre el lago. Unos metros detrás de ellos, las cuentas que formaban el faldón de Nahia tintineaban en el viento y Celeste rio, pensando que, por la mañana, la elegante falda luciría completamente desdentada.

Eran más de las tres de la madrugada cuando, habiendo recuperado su tamaño humano, Celeste y Paloma regresaron a la gruta. Paloma sonrió con indulgencia mientras Celeste hablaba de lo que había visto, oído y hecho.

—Nada como los ojos de un hada. ¡Cómo se iluminan con todo lo que sienten! ¿No es verdad, mamá? ¿Por qué nuestros ojos no hacen eso? Y nunca pensé que Itzal pudiera tocar el laúd así. ¡No puedo creer lo rápido que vuela Amets! ¡Superó a Ederne y a su pareja, y a Sendoa y a Nahia! ¡Y sabemos que Nahia ayudó a Sendoa! Pero Amets los superó a todos ¡incluso conmigo a cuestas! Y, oh, mamá ¡Qué exquisitas las Claro de Luna!

—Creo que no te recuperarás pronto de esto —dijo Paloma riendo mientras colocaba las mantas sobre Celeste, quien seguía parloteando sobre disfraces y peinados—. Pero, como tengo la intención de dormir un poco esta noche, ¿será posible continuar reviviendo tus embelesos mañana durante el desayuno?

—Está bien —suspiró Celeste. Paloma la besó en la frente y Celeste le deseó buenas noches antes de recostarse sobre su almohada. Resignada a que no conciliaría el sueño en los próximos minutos, continuó con los ojos muy abiertos en la oscuridad, recordando cada detalle de las vistas y experiencias que la noche le había brindado.

Antes de quedarse dormida, Celeste decidió que la experiencia más significativa de la noche había sido las carreras sobre el lago. Cerró los ojos y se estremeció complacida al recordar la velocidad con la que Amets la había llevado de una orilla a otra, el beso del viento en su rostro y que le desordenaba el cabello, el vigor de los brazos de Amets cuando la levantó en el aire en celebración de su victoria y la atrapó de nuevo como si fuera una pluma. Y el disgusto de Ederne porque Celeste, una humana, la había derrotado en el juego preferido de las hadas. Celeste se rio entre dientes, recordando la brusca partida de Ederne del lago y se quedó dormida antes de que la sonrisa desapareciera de su rostro.

XXVII

Celeste disfrutó de otras dos celebraciones similares. Cuando el séptimo verano de la sequía llegó a la Soberanía, encontró a Celeste convertida en una airosa joven de dieciocho años, con una larga melena rubia oscura y con la piel bronceada por el sol. Tenía grandes ojos color marrón con motas doradas que brillaban de ira o de emoción y, para sus adentros, aquello era un parecido alentador con los ojos de las hadas. Atesoraba el lunar de su padre que todavía lucía debajo del ojo derecho.

Pero, mientras Celeste irradiaba salud y vigor juvenil, a Paloma la diezmaban los efectos de una enfermedad contraída el invierno anterior.

El deber de un hijo

XXVIII

Durante siete años, el cielo despejado sobre los Pirineos occidentales había privado a los valles de hasta la esperanza de un aguacero. La escasa humedad que habían percibido era gracias a las brisas litorales que, incluso al convertirse en ligeras nevadas de invierno o lloviznas en la primavera, no lograban saciar la sed de la tierra reseca.

Al pie de los acantilados, se encontraba la espartana fortaleza de St. Michel, situada en lo alto de una colina, desde donde dominaba el valle que la rodeaba. St. Michel estaba separada de su vecino, Santillán, por un río cuyo indómito cauce había sido un espectáculo en tiempos pasados. Mas en ese momento, con el agua en su nivel más bajo en cuatro décadas, los peñascos en el lecho del río yacían desahuciados, calcinándose bajo el inclemente sol.

El territorio de St. Michel comprendía varios kilómetros cuadrados de brillante costa, otrora fértiles valles, y espléndidos picos montañosos. Abarcaba prados que, hacía apenas tres años, podrían habérseles llamado exuberantes, riberas de ríos desecadas y arboledas grisáceas que hacía mucho habían perdido todo rastro de follaje.

Mientras el joven Étienne alcanzaba su mayoría de edad, la reina, Élise, gobernaba St. Michel, fortalecida por el recuerdo de su difunto esposo, Edmond. Sus súbditos se enorgullecían de llamarla su reina, pues Élise manejaba la comarca con eficiencia y frugalidad, que no solo predicaba, sino que también practicaba puertas adentro.

St. Michel había florecido a lo largo de los años y gracias a la estabilidad forjada con su temple, en ese momento resistían la sequía.

La pérdida de su padre había afectado muchísimo a Étienne, un niño que, hasta el día en que había muerto Edmond, solía reír a menudo. Étienne amaba y admiraba a su padre con todo el fervor de un niño de cinco años, por lo que no fue extraño que, para llenar el vacío dejado en su corazón, el joven príncipe hubiera gravitado hacia el hombre que Edmond había apreciado y respetado en vida.

Aquel hombre era Baldomero. Su piel canela y sus ojos oscuros y profundos contrastaban con la mata de cabello blanco que coronaba su venerable cabeza. Sus cejas y sus espesos bigotes, bajo los cuales siempre acechaba una amable sonrisa, combinaban con el resto de su cabello.

Baldomero había sido la mano derecha del rey Edmond. No había nadie en quien el rey confiara más, para el manejo de sus establos, que el sabio Baldomero, a quien consideraba un encantador de caballos, un verdadero descendiente de los beduinos.

De Baldomero, Étienne aprendió los entresijos de las caballerizas mientras crecía y fortalecía su propio cuerpo. Después de la muerte de Edmond, Étienne desahogó su pena realizando con entusiasmo toda tarea servil que Baldomero le asignaba, disfrutando de cada oportunidad de cepillar a los caballos o darles de comer de la palma de su mano. Pero, a los diez años, Étienne se cansó de esas tareas y empezó a insinuar su deseo de tener mayor responsabilidad.

Muy serio, como para disimular su ilusión, le explicó a Baldomero lo mucho que ansiaba participar en tareas importantes, como amansar potros, por ejemplo.

—Solo tú y yo trabajaremos con los caballos —dijo el niño y Baldomero, seguro de que el fervor infantil de Étienne le duraría toda la vida, junto con su amor por cierto semental negro, le dio el caballo para que lo llamara suyo.

—Sé que tu padre así lo habría querido —le dijo a Étienne.

Así fue como el intrépido semental negro, con el elegante mechón y sus cuatro cañas blancas pasó a ser suyo, no de su padre y tampoco del reino. Era de Étienne y lo llamó Al-Qadir. Aunque el joven príncipe no hubiera podido expresarlo, Baldomero sabía que el regalo de ese caballo significaba el mundo para Étienne y el viejo encantador entendía por qué. Étienne lo guardaba en su corazón, muy adentro, con el recuerdo de esa mañana, hacía mucho tiempo, cuando él y su padre habían dado su paseo cotidiano a los establos, antes del desayuno, para ver a los caballos. Allí habían encontrado a Baldomero en tal estado de agitación que hasta su piel canela se había desteñido, tornándole ceniciento el rostro.

—Lo sospechaba, mi señor, pero ahora me temo que no hay duda —había dicho el pobre Baldomero, nervioso y pateando el heno en el suelo—. Tu yegua árabe está preñada y estoy seguro de que fue el semental salvaje —había confesado angustiado.

Pero Edmond no se había enojado. Con la mano sobre el hombro de Étienne y con un guiño cómplice, invitó la sonrisa de su hijo, mientras sondeaba a Baldomero.

—¿Un semental salvaje dices?

Baldomero asintió mortificado.

—Hmmm. Creo que sé exactamente cuál es —comentó Edmond. Apretó levemente el hombro de su hijo y empezó a pasearse en el establo, lento y severo, para gran inquietud de Baldomero.

—Sí. Lo he visto salir de esas colinas —continuó, señalando los bosques distantes hacia el este—. Es un animal orgulloso y su porte delata una agradable osadía. Buena musculatura. Bien proporcionado, ¿no crees? —Baldomero asintió nuevamente—. Un buen espécimen, mi señor, si tan solo estuviera adiestrado como es debido.

—Y, sin embargo, es muy fino y cortés. Mira que ha salido repetidas veces de sus cerros para cortejar a mi yegua. ¿No estás de acuerdo? —Edmond se había vuelto hacia su hijo con esa pregunta y Étienne sintió el peso de la mirada de su padre posarse sobre él. Vaciló por un momento, pero el brillo en los ojos de su padre lo impulsó a asentir entusiasmado.

Edmond inclinó la cabeza sellando su veredicto. Étienne supo que la preciada yegua no había caído en desgracia y que su vida no corría peligro, ya que no había causa para sacrificar al potro.

Baldomero también entendió la disposición del rey y se tranquilizó.

—Claro que sí, tienes razón, mi señor —dijo animado—. Tu yegua no es imprudente, jamás permitiría que la corteje un rufián.

Así se salvó el potrillo y Edmond presagió grandes logros a futuro.

Étienne recordaba esa mañana con asombrosa claridad, porque, apenas dos días después, su padre había muerto, llevándose con él la sonrisa de su hijo. Diez meses después, la brisa matinal que había cobrado fuerza por la tarde se convirtió en un vendaval al ponerse el sol. Sopló con brío hasta desalojar las estrellas del firmamento y, en esa noche oscura, nació el potro. Étienne asistió al evento con sentimientos encontrados. Triste, porque su padre no estaba allí para compartirlo, pero también ilusionado, pues por fin conocería al que encarnaría lo previsto por Edmond.

El potro fue expulsado del cuerpo de su madre, una maraña resbaladiza de cuatro patas con cañas blancas y un cuerpo gris desgarbado, que, según aseguró Baldomero, pronto se tornaría negro y reluciente. Étienne quedó cautivado.

Al año, la inteligencia, el ímpetu y el espíritu del potro se podían percibir en los grandes ojos negros y líquidos, que confirmaban el excelso linaje del semental y de la yegua árabe. Por su parte, Baldomero no perdía la oportunidad de comentar con nostalgia y asombro:

—Ciertamente, este lleva grandes hazañas en su sangre.

Después de cuatro años de atenderlo y cuidarlo, la certeza de que Al-Qadir era suyo todavía surtía gran efecto en la vida de Étienne. El ardiente anhelo de ver al semental todos los días hacía posible que el joven príncipe afrontara las tensiones que asolaban su vida: su amada madre, a quien siempre debía tranquilizar; la irracional aya que insistía en tratarlo como a un párvulo; y las tediosas lecciones impartidas por tutores que lo elogiaban ante la reina solo para obtener el favor de Élise para sí mismos.

Cuando cumplió los quince años, su estricta rutina académica se despejó y las horas que antes empleaba en lecciones y tutores pudo dedicarlas a los aspectos más prácticos de su educación. Élise comenzó a permitirle mayor libertad; incluso lo animó a recorrer el reino con un séquito mínimo. Aquello le dio a Étienne una profunda familiaridad de sus tierras y la difícil situación de su gente, pero también fortaleció su vínculo con Al-Qadir quien, con ímpetu y paso elegante, llevaba a Étienne por senderos y matorrales con la formidable destreza heredada de su progenitor.

XXIX

El día de su vigésimo cumpleaños, Étienne escuchó a su madre, quien, con evidente malestar, anunció que hacía muchos años se había efectuado un arreglo matrimonial. La noticia de que debía casarse con Berezi de Santillán, hija de la reina Paloma de Santillán, cayó sobre Étienne como un balde lleno de piedras. Su negativa inicial fue tan absoluta que la reina Paloma, quien esperaba que la boda se llevara a cabo justo después del decimoquinto cumpleaños de Berezi, tuvo que aplazarla por un año entero.

Las ansiosas súplicas y explicaciones de Élise finalmente superaron las oposiciones de Étienne. Un amargo sabor a resignación acentuó su disposición ya taciturna y endureció aún más sus rasgos cincelados. Mas, la providencia tuvo a bien interceder y, gracias a la incertidumbre que la prolongada sequía acarreaba, Étienne justificó retrasar la segunda fecha de matrimonio por un año más.

Cuando la sequía entró en su séptimo año y ambas comarcas aún subsistían, la reina Paloma de Santillán presionó para que la boda se llevara a cabo, insinuando que el dilatar la demora era un insulto demasiado hiriente, para ella y su hija. La fecha se fijó para finales de junio.

El mes de mayo llegó a su fin con una rapidez que Étienne encontró deliberada y ofensiva. El paso del tiempo lo condujo inexorablemente hacia el odiado destino que había estado tratando de evadir durante más de dos años, pero que, en ese momento, se erguía, como una lápida, señalando la tumba que habitaría en apenas cuatro semanas.

En la terraza más alta de la inmensa fortaleza, Étienne, un joven de veintitrés años bien parecido, aunque reservado, vestido con el tosco atuendo, más apropiado para un peón que el heredero de la corona, observaba severo los campos marchitos que se extendían ante él y las colinas distantes cubiertas de arbustos secos.

—¿Otra vez llamando a la lluvia? —dijo Élise, aliviada—. Te he estado buscando.

Una sonrisa cansada suavizó la voz de Étienne al responder:

—Siempre me estás buscando, madre. A estas alturas no deberías dudar de que es aquí donde resido.

Élise hizo una mueca ante el recordatorio de que la única disputa entre madre e hijo giraba en torno a la privacidad de él y el deseo de ella de saber su paradero en todo momento.

—La sequía no puede continuar para siempre, hijo mío —dijo, deteniéndose a su lado.

Étienne se volvió hacia ella, sus ojos azules entrecerrados bajo el despiadado sol del mediodía, la sofocante brisa le despeinaba el cabello—. No. No puede durar para siempre, pero digamos que dura todo el verano. Los árboles, las cosechas ya escasas, la vegetación en general no sobrevivirá un año más como el anterior y perderemos un ciclo, tal vez dos.

—Sabes que no podemos sobrevivir eso. Nuestras bodegas están casi agotadas y no resistirán otros doce meses sin resurtir —dijo Étienne, lamentando al instante la ansiedad que oscureció el semblante de su madre. Con un gruñido abatido, porque no había manera de cambiar los hechos, volvió a centrar su atención en el desalentador paisaje más allá de la terraza.

—Algo va a pasar, hijo mío. Un cambio está por venir.

—Algo tiene que suceder, madre, y pronto —respondió Étienne sin volverse, pensando con enojo no solo en la sequía, sino también en sus próximas nupcias.

No teniendo nada más que comentar y con un suspiro desesperado, Élise le dio una palmada en el hombro antes de dejarlo con sus sombrías reflexiones.

Mientras Étienne observaba los distantes acantilados hacia el este, la brisa cálida se convirtió en un viento punzante y abrasador. Varias moscas resistían las fuertes corrientes en la balaustrada polvorienta de la terraza y Étienne recordó que esa mañana había visto nubes de moscas en los establos, un hecho que seguramente presagiaba lluvia.

—¿Podrá ser? —se preguntó, hurgando con la mirada la cresta serrada de los Pirineos. Y, de repente, vislumbró las tenues gasas vaporosas que se arremolinaban en las cumbres. Se volvió entusiasmado hacia donde había estado su madre, mas Élise se había marchado. «Mejor así —pensó—, puede que no sea nada».

El calor parecía aspirar la humedad de sus ojos. Molesto, se los frotó para seguir observando los rápidos cambios que se daban a lo lejos. A pesar del fuerte viento que azotaba los acantilados, lo que antes le había parecido vapor, en ese momento espesaba vertiginoso, hasta que no le quedó duda. Se estaba forjando una prometedora tormenta.

El primer destello apuñaló la cresta y el tenue fragor de un trueno llegó a oídos de Étienne unos momentos después. Los rastros de una sonrisa iluminaron su rostro. El segundo y luego un tercer relámpago convulsionaron la masa gris de nubes que entoldaban las cumbres, y Étienne reconoció la lluvia intensa que, desde la terraza, lucía como una espesa bruma.

—¡Estamos a salvo!

Las nubes pronto se extendieron a lo largo y ancho de los valles y el temporal duró varios días. El río creció hasta desbordarse y los habitantes de St. Michel lidiaron satisfechos con el exceso de agua y el barro. Durante la primera semana de junio, sin embargo, llegaron informes a la fortaleza de que un deslizamiento de tierra al oeste de la cascada, cerca de la frontera con Santillán, había causado estragos y Étienne se propuso evaluarlo de inmediato.

Programó un recorrido adecuado y Élise dio su aprobación, pues las circunstancias lo justificaban, pero abordó a Étienne poco después de la comida del mediodía, insistiendo en las garantías de su oportuno regreso.

—No cambiaré de opinión, madre. Tengo una obligación con nuestra gente. Debo evaluar sus necesidades para tomar medidas y ayudar a todos lo antes posible.

—Sí, querido, estoy de acuerdo contigo, pero ¿cuándo piensas regresar? Tu boda es el día treinta de este mes.

Con evidente disgusto por la mención del evento, Étienne respondió con aspereza

—Regreso el veintiuno, ¿te sirve?

Élise asintió y Étienne salió de la estancia. Un par de doncellas hicieron una reverencia a su paso.

—Al menos una cosa buena resultará de este casamiento —masculló— y es que tendré a mi disposición el abundante suministro de herramientas de Santillán.

Deseoso de encontrarse al aire libre, que todavía olía a lluvia, dejó atrás al ama de llaves, al ayuda de cámara y al rígido mayordomo, que le abrió el portón principal. Pronto entró al establo, donde el viejo Baldomero era la única autoridad.

Un recorrido espiritual

XXX

El olor a heno, el relincho de caballos contentos en sus pesebres y los rayos de sol que entraban por las ventanas en oblicuas franjas polvorientas obraron en Étienne una calma total, eficaz como un hechizo. Pero el golpe amortiguado, proveniente del pesebre de Al-Qadir, fue lo que finalmente le arrancó una sonrisa, pues le confirmaba que el placer de la visita era mutuo. El solo acto de entrar en la caballeriza retiró el peso del mundo exterior de sus hombros y suavizó los rasgos de Étienne.

Desde la buhardilla donde dormía, Baldomero lo vio llegar y, habiendo observado la transformación de su rostro, le dio la bienvenida mientras bajaba la escalera.

—No es solo el caballo ¿sabes? Yo también me alegro de verte, muchacho.

Étienne despeinó el mechón de Al-Qadir y acarició su poderoso cuello antes de darle una palmada en la espalda a Baldomero.

—Es bueno verte también, viejo amigo.

—Con que estarás fuera durante los próximos cinco días —dijo Baldomero con una sonrisa de complicidad.

—Así es —respondió, disimulando su alivio.

—Al-Qadir está muy bien descansado —señaló Baldomero, acariciando el cuello del animal—. ¿Cuántos jinetes llevarás?

—No quiero más de dos: un guía y un escudero para cuidar a los animales y ayudar a montar el campamento, día a día.

—Muy bien, señor. Tenemos dos potrancas de tiro que servirán, además, un par o quizás tres, mulas para transportar provisiones. ¿Te parece?

—¡Tres! Pretendo viajar ligero, Baldomero. No quiero esas mulas ataviadas con menjurjes y bultos que tomarán horas de montaje cada vez.

—Ah —suspiró Baldomero—, si tan solo comieras grano como las bestias; eso eliminaría hasta dos mulas de esta expedición.

—¿Estás insinuando que necesito dos mulas para mí solo?

Baldomero asintió; su amplia sonrisa hacía temblar los gruesos bigotes.

—Entiendo —refutó Étienne—. Lo que dices es que mis gustos son demasiado particulares, ¿no es así?

Baldomero rio de buena gana

—Si mal no recuerdo, no hace mucho que un joven juró nunca volver a comer alimentos básicos como el cordero ahumado y el pan negro, y eso después de solo dos días de expedición. —Lanzándole una mirada aguda y señalándolo en son de broma y con voz cariñosa agregó—: cualquiera puede ver que usted mucho ha crecido y que es una elegante estampa, pero ¿acaso has madurado, mi señor?

Étienne se frunció ante esto y respondió un poco a la defensiva.

—He superado muchos de los malos hábitos de mi infancia si eso es lo que te preocupa. Y he aprendido a arreglármelas cuando es necesario. —Pareciendo reflexionar, se le arrugó el entrecejo otra vez, pero añadió risueño—: si te da lo mismo, nada de cordero, por favor.

Ante esto, Baldomero soltó una carcajada y Étienne le hizo eco.

Ese mismo día, antes de la puesta del sol, los dos jinetes estaban listos y, sí o sí, las tres mulas, bastante cargadas de provisiones, aguardaban pacientes el inicio de la excursión. Baldomero, de pie junto a Al-Qadir, lo sujetaba por las riendas mientras Étienne se despedía de su madre, quien se retorcía las manos, inquieta por la hora avanzada a la vez que le recordaba su promesa de regresar puntualmente el día veintiuno.

—No te aflijas, madre, avanzaremos lo que podamos en tres horas y armaremos el campamento antes de que oscurezca —dijo Étienne, sintiéndose apurado por Al-Qadir, que pateaba el suelo impaciente.

Besó la frente de Élise y, porque sus ojos todavía brillaban llorosos, volvió a asegurarle:

—No hay de qué preocuparse, madre.

—Lo sé, querido, lo sé. Es solo que me recuerdas a tu padre, tan buen mozo, una figura tan imponente —suspiró Élise.

De hecho, exceptuando los bigotes, ya que a Étienne no le gustaban, se parecía mucho a su padre, y más aún, con la camisa blanca de lino y el gabán de cuero. Llevaba puestos los toscos pantalones de montar, botas altas y la espada de su padre colgaba envainada a su izquierda. Le dedicó una de sus escasas sonrisas a Élise y acarició la empuñadura enjoyada en reconocimiento de su comentario.

Con un último saludo a Baldomero y un chasquido a Al-Qadir, Étienne emprendió la marcha a buen paso, seguido por sus dos hombres y las tres mulas.

XXXI

En promedio, la pequeña caravana recorría unos treinta kilómetros cada día. Dormían al aire libre o en cualquier alojamiento que la amabilidad de las comunidades que visitaban les concediera. La prolongada sequía y el reciente aluvión había inundado muchas áreas, destruido cosechas enteras y mucho fue el ganado que no sobrevivió los terribles deslaves. Aunque vio que, en general, la gente sobrellevaba el infortunio, Étienne registró muy a conciencia el estado en el que encontraban las cosas en cada localidad y tomó nota de las peticiones de sus súbditos.

A medida que el número de páginas aumentaba en su diario, los pensamientos de Étienne volvían, una y otra vez, a posarse en el único beneficio atribuible a su matrimonio con Berezi de Santillán: más suministros y herramientas para ayudar a su gente a reconstruir y a recuperarse.

La serena deferencia de sus hombres le daba a Étienne varias horas cada día para reflexionar sobre lo que se le venía. Pensó fastidiado en su futura esposa: una mujer a la que solo había visto en dos ocasiones, porque la costumbre de la época y la distancia misma impedían la posibilidad de un cortejo tradicional. Recordaba con desazón que, en un principio, Berezi le había parecido agradable, pero su hermosura pronto se había diluido en una sensación de malestar, pues algo inexplicable en su comportamiento le disgustaba.

Cada vez que pensaba en ella, surgía la certeza de que se trataba de una criatura mimada, superficial y dominada por una malsana obsesión por las joyas. Para agravar su situación, los rumores que circulaban entre los sirvientes siempre llegaban a oídos de Étienne para ampliar su desaliento. Desde su vieja aya hasta el ama de llaves sabían que a Berezi no le importaba nada ni nadie, excepto las riquezas y, por encima de eso, solo ella misma. Todos parecían advertir la vanidad de la joven y, aunque no lo discutía abiertamente con él, Étienne sospechaba que a su madre le desagradaba la perspectiva de tener a Berezi como nuera.

Simplemente no se podía pasar por alto; si por lo menos su futura esposa tuviera alguna característica positiva a la que pudiera aferrarse, pero no había tal consuelo. Étienne temía que, con aquella mujer como su reina, su vida sería un desperdicio. Pero no podía oponerse al matrimonio; no podía irse en contra de la tradición real. Si Berezi carecía de cualidades que la redimieran ante los ojos de su futuro esposo, por lo menos, la unión de los dos reinos sí era un acuerdo provechoso, tal y como su madre se lo había explicado en varias ocasiones.

Con semejantes incentivos, Étienne no sentía obligación alguna de entusiasmarse por la boda, y su único lenitivo era demostrar su desagrado a las personas de confianza: su madre y Baldomero. Tales eran las sombrías reflexiones que ocupaban los pensamientos de Étienne durante las cuatro noches de su gira y se desanimó aún más al despuntar el veinte de junio.

Étienne y sus hombres recorrieron más de ciento sesenta kilómetros en cinco días. Se detenían a comer (todo menos cordero ahumado) dos veces al día y, cuando era posible, se bañaban en los riachuelos que encontraban.

Al no encontrar excusa para alargar la expedición, pues todos sus objetivos ya los habían logrado, Étienne no tuvo más remedio que emprender el regreso a St. Michel. A diferencia de sus acompañantes, que estaban ansiosos por regresar, Étienne se desanimaba, minuto a minuto, sintiendo que nada en el mundo podía librarlo de su desabrido destino.

A media tarde llegaron a la última parada de su jornada, al pie de las estribaciones donde había ocurrido el deslizamiento de tierra. Étienne contempló el monte rocoso que se elevaba ante ellos, dorado y tranquilo en el crepúsculo. El formidable corte en la cara de granito revelaba la gran cantidad de agua que había corrido, arrastrando ramas de árboles, rocas, grava y todo tipo de escombros en su torrente, creando una pendiente que, en su cumbre, daba paso a lo que se encontraba detrás de la cresta de los Pirineos occidentales.

Una ardiente curiosidad surgió en el pecho de Étienne y, aplacando toda consideración por los peligros que un ascenso espontáneo representaban, Étienne les ordenó a sus hombres que armaran el campamento por última vez.

—Desensilla, por favor, a Al-Qadir y lo cepillas muy bien —le dijo Étienne al escudero—. Dale de comer y déjalo descansar media hora. Luego lo ensillas nuevamente. —El escudero asintió y se apresuró a cumplir las órdenes que le habían dado mientras el guía miraba sospechoso a Étienne—. Al-Qadir negociará muy bien la mayor parte de la pendiente —murmuró Étienne y, volviéndose de repente hacia el guía, como si hubiera estado hablando con él todo el tiempo, continuó—, pero habrá secciones más empinadas que seguro será mejor atacar con un vaivén para llegar a la cima, ¿no crees?

El hombre balbuceó incrédulo:

—¿Acaso se propone llegar a la cima, mi señor?

—Sí. Y si no me equivoco, tardaré una hora, dos en el peor de los casos.

El guía ojeó el deslave. La pendiente era casi vertical, por lo que la declaró inestable de inmediato.

—Lo que usted propone no es aconsejable en absoluto, señor. —Étienne miró a su hombre, inclinando la cabeza y fingiendo sorpresa de que su guía pretendiera disuadirlo.

—¿Acaso no has notado en estos últimos días que Al-Qadir es en parte cabra? Todo terreno esquivado por tus caballos, Al-Qadir lo ha conquistado, ¿o no?

Aturdido por el comentario de Étienne e incapaz de decidir si el príncipe bromeaba o no, el guía respondió:

—Sí, mi señor, si lo que busca es llegar a la cima, ha dado usted con la técnica adecuada.

—Ah, muy bien. Entonces, asegúrate de llenar mi cantimplora, por favor.

XXXII

Al final de la prescrita media hora, sin tener más que hacer, los dos hombres observaron preocupados a Étienne, quien, a su vez, después de consumir un leve refrigerio, parecía renovado y con muchas ganas de partir. Montó ágilmente su corcel, susurrándole en tono de disculpa al tiempo que le palmeaba el poderoso cuello.

—No te lo creas. No tienes nada de cabra.

—¿Está seguro, señor, de que no quiere que lo acompañe? —preguntó el guía.

—Regresaré en menos de cinco horas —respondió Étienne y, con un chasquido, apuró a Al-Qadir hacia la base del deslave, dejando a los dos hombres consternados ante su instrucción de permanecer en el campamento. Sin duda temían que algo le pudiera pasar al príncipe y, de ser así, ¿con qué cara regresarían a St. Michel? Mas aquella crisis no era de Étienne, quien, para sus adentros, agradecía que los dos hombres no se atrevían a oponer sus órdenes.

Ya fuera del alcance de los oídos de sus acompañantes, Étienne reanudó su conversación con Al-Qadir.

—Se consolarán sabiendo que esta noche hay luna llena y que, por lo menos, tú podrás ver por donde me llevas. —Étienne rio imaginando que, luego de comer, los dos hombres extenderían sus mantas junto al fuego, comentando entre ellos: «Ese caballo realmente es parte cabra».

Después de innumerables repliegues y como para comprobar la precisión de sus propias estimaciones, el ascenso culminó al final de una hora. Étienne y Al-Qadir ingresaron a la cuna de los Pirineos occidentales, a través de un enorme portal de piedra natural. Al atravesarlo, optaron por una marcha más cautelosa, pues aquel tramo resultó ser una auténtica cantera, sembrada de pedruscos de toda forma y tamaño.

Con igual entereza la franquearon y, del otro lado, Étienne y Al-Qadir enfrentaron la serie de colinas arboladas con coníferas que se extendían de izquierda a derecha, escondiendo celosas lo que se encontraba detrás. El sol que se hundía en el oeste tornó el cielo en una seda carmesí sobre los acantilados.

—¿Qué piensas? —preguntó a Al-Qadir—. El caballo tiró del freno para reorganizarlo en su boca, pero Étienne lo interpretó como un voto hacia la derecha—. Por aquí entonces —dijo y viajaron un cuarto de hora en esa dirección hasta llegar a la desembocadura del riachuelo, que luego de serpentear a través de cañones y entre lomas boscosas, se derramaba en un estanque muy ancho y profundo.

La escorrentía a su vez caía a otra cuenca unos metros más abajo y, a juzgar por el estruendoso clamor de tanta agua y la espesa niebla que se elevaba entre las paredes fracturadas de la cresta, Étienne y Al-Qadir estaban justamente sobre la famosa cascada que separaba a las comarcas de Santillán y de St. Michel. Hacia el este, el azul profundo de la noche se alzaba implacable en el horizonte, lo que obligó a Étienne a considerar en voz alta:

—¿Volvemos al campamento o vamos a ver qué hay al otro lado de estas colinas?

Al-Qadir sacudió la cabeza y Étienne se apresuró a interpretar que el noble animal no estaba listo para regresar al campamento. La primera estrella comenzó su chisporroteo nocturno.

Jinete y caballo se adentraron en la espesura de las colinas. Cauteloso, Al-Qadir aguzaba la oreja al oír la voz de Étienne, respondiendo a la más mínima presión contra sus costados y al más pequeño tirón de las riendas. El bosque a su alrededor se volvía cada vez más tupido, demorando su progreso. Por más de una hora, no se escuchó más que el crujido de la montura, las hojas secas trituradas por los cascos de Al-Qadir o el inevitable resbalón sobre terreno rocoso y los frecuentes reparos de Étienne cada vez que tenía que apartar ramas de su camino.

Por fin, los bosques empezaron a ralear y, al comenzar el descenso, los esporádicos destellos de cielo, visibles hacia el este, le anunciaron a Étienne la próxima salida de la luna, pero del misterioso valle frente a ellos no se distinguía nada más que una vasta oscuridad.

Al-Qadir descendió al siguiente barranco y Étienne lo guio loma arriba para salir. Al salvar aquel último obstáculo, las coníferas a su alrededor, aunque todavía espesas, pero de una variedad mucho más corta, le permitieron el primer vistazo del panorama que se extendía ante él.

—Esto no se puede creer —musitó ensimismado.

Mientras peleaban con las ramas de los árboles y negociaban la irregular topografía, la luna había salido. Suspendida apenas un metro sobre el horizonte, lo bañaba todo con su brillo nacarado. Lo que Étienne pensó que era un valle resultó ser un enorme lago ovalado que cubría por lo menos un par de kilómetros. Las tranquilas aguas brillaban bajo la luz de la luna y, sin desprender su mirada de ellas, Étienne desmontó.

El suelo estaba cubierto de hierba o trébol o algo que Al-Qadir ciertamente parecía ansioso por probar, por lo que Étienne le quitó la brida y lo dejó allí para que pastara, a voluntad, mientras él se aventuraba hacia el agua, asimilando cada detalle del inesperado hallazgo.

En aquel lugar, las crestas rocosas que, desde siempre, Étienne había considerado inexpugnables, en ese momento las reconocía como una enorme muralla, sin duda labrada en lava por el propio Vulcano, con el único propósito de preservar este pedazo de mundo en primordial recato.

Llegó a la orilla y tomó agua en sus manos, descubriendo que su temperatura era curiosamente templada. Se le ocurrió que el calor y la sequía de los últimos siete años explicaba el fenómeno y la bebió satisfecho.

—Qué silencio —masculló, pasándose las manos mojadas por el pelo y, al encontrar varias agujas de pino enredadas en él, empezó a sacarlas, distraído. Al terminar, volvió al lado de Al-Qadir y se estiró sobre la hierba fresca para contemplar la bóveda del cielo repleto de estrellas, ansiando comprender su lenguaje de parpadeos y descifrar sus secretos.

Étienne perdió noción de la hora. Sus extremidades dieron la bienvenida al descanso y su mente divagó, tan distante, que, cuando Al-Qadir le rozó la cabeza con la nariz, se le escapó un «¡Ep!» desconcertado y se puso en pie de un salto. Al-Qadir, a su vez, se encabritó y Étienne se apresuró a tomar las riendas.

—Quieto, amigo, no quise asustarte —dijo, acariciando el cuello del caballo—. Estás pensando que es hora de regresar, ¿cierto?

Azorado, Al-Qadir continuaba relinchando y pateando el suelo.

—No es para tanto, quieto, quieto, que tú me asustaste más.

Al-Qadir lo empujó y lo obligó a volverse.

—¿Qué es…? —fue todo lo que Étienne pudo decir, pues el empujón casi lo tumba y, ni bien recuperó el equilibrio, un remolino de indignación le oscureció la mente.

XXXIII

Hacía apenas unos minutos, Étienne se había felicitado a sí mismo por haber encontrado tan tranquilo refugio; iba a ser su lugar secreto, pero, sin aviso, toda una asamblea se manifestó frente a él.

Como Pedro por su casa, iban arrojando linternas al agua y colgándolas de los árboles. Era obvio que preparaban una gran celebración en la que Étienne era el intruso. Provocado, amarró las riendas a un arbusto para que Al-Qadir no las pisara.

—Espera aquí, que voy a averiguar quién es esta gente y de dónde vienen —dijo, marchando hacia las luces.

Apenas había avanzado seis metros cuando se dio cuenta de que algo no cuadraba. Lo que imaginó eran linternas en la playa, eran en realidad luces sobre el agua, que, además, se impulsaban por sí solas, pues no había barca o batel a la vista. Sus conjeturas de que las muchas luces seguramente las manejaban la misma cantidad de gente, se desvanecieron en confusión.

«No son linternas… no hay gente». Se quedó inmóvil, buscando a tientas una explicación, instando a su mente a llevar la teoría de las linternas a su límite más improbable cuando, justo delante de él y muy de repente, la quieta superficie del agua cobró vida.

Docenas de criaturas resplandecientes y sus reflejos parecían haberse desafiado entre sí a una carrera sobre el agua. Pasaron a toda velocidad frente a Étienne, hacia el centro del lago, sin dejar más rastro que el tintineo de su risa resonando en el silencio.

Conmocionado, pero adivinando que sería mejor pasar desapercibido hasta por la misma luna, Étienne se acuclilló para seguir espiando a las luces, que ya había alcanzado el extremo oeste del lago. No le dieron tiempo de siquiera imaginar qué podrían ser cuando ya regresaban desbocadas.

Se enfocó en una luz verde, o linterna, o lo que fuere, que parecía ser más rápida que las demás, y que mostraba sus habilidades aéreas haciendo piruetas, como para burlarse del resto. Apenas a cuatro metros delante de Étienne, la criatura disminuyó su velocidad, permitiéndole un buen vistazo. Pero lo que vio no mejoró el ánimo de Étienne.

Los ojos de la criatura emitían un fulgor verde que centelleaba dentro de la esfera verdosa que le rodeaba el cuerpo. Étienne se dejó caer. Con las rodillas dobladas y los talones de sus botas clavados firmemente en la tierra, trató de darle sentido a lo que veía. Estaba seguro de haber visto la réplica, muy corpulenta, de un hombre de no más de treinta centímetros de altura. Llevaba el torso desnudo y el cabello largo y desatado. Iba descalzo y un par de pantalones de color claro le cubría las piernas hasta los tobillos. Luego, una luz gritona, consagrada a su propia esfera rosada, se precipitó hacia los brazos de la verde y giraron en el aire un par de veces antes de que él la lanzara, aún más alto, causando sus risas eufóricas.

Étienne vio a dos o tres parejas hacer trucos similares, pero pronto abandonaron su bulliciosa diversión para perderse entre los árboles, lejos de donde él los observaba. La risa plateada de las luminarias se volvió apenas un repique distante en los oídos de Étienne. La superficie del lago se alisó, reflejando solo la luz de la luna, como si nada hubiera pasado. La repentina normalidad de la escena frente a él lo sobrecogió por un instante y, de no ser por los cientos de luces que todavía se desplazaban en la orilla lejana, Étienne habría rechazado la evidencia de sus sentidos.

Acallando la ráfaga de impaciencia que lo azotaba, se propuso avanzar hacia los seres que se paseaban en la playa, pero, apenas dio un paso en su dirección, otro grupo de resplandecientes criaturas empezó una nueva serie de piruetas, agitando la superficie del agua en una sublime danza, salvaje y a la vez primorosa, que hacía vibrar el aire a su alrededor.

Étienne se puso de pie otra vez, soltando los montones de hierba que había arrancado sin darse cuenta. Distraído, se limpió las manos en los pantalones y miró de reojo a Al-Qadir, como si esperara algún signo de reconocimiento, pero el caballo continuó mordisqueando el trébol cubierto de rocío, manso y despreocupado.

—Esas son, son… —susurró perplejo, sin atinar qué nombre darles. Se le escapó un gruñido de frustración y Al-Qadir respondió levantando la cabeza y moviendo las orejas. La mirada incrédula de Étienne iba y venía de Al-Qadir, al lago, y nuevamente a su caballo. Al cabo de unos segundos, percibió que las criaturas que giraban y bailaban sobre el agua eran del tipo femenino. A diferencia del bravo que había observado antes, ellas le parecían diáfanas y ágiles, y la sensación que incitaron en él trajo consigo un lejano recuerdo.

Los años se desvanecieron hasta que Étienne volvió a ser un niño de seis y, de repente, lo único que podía ver era la cara oronda de su vieja aya, haciéndolo dormir, como cada noche, con tenebrosas historias de secuestro y tortura. Según ella, ese era el destino que le aguardaba a todo niño que no se dormía cuando debía.

«Vendrán y te llevarán, mi niño», se relamía ella el sabor de la amenaza, a la vez que lo envolvía en mantas lanudas con tanta fuerza que Étienne no podía ni moverse. «Te convertirán en duende si no te portas bien». La vieja aya estaba convencida de que Étienne no dormiría la noche entera a menos que estuviera debidamente asustado. «Las hadas» le farfulló al oído aquella noche lejana y la llama de la vela había parpadeado, justo en ese momento, haciendo que Étienne se estremeciera bajo sus mantas.

—Qué me parta un rayo —susurró, mirando el espectáculo y dudando del testimonio de su aya.

Al-Qadir, que se había acercado hacia él, resopló muy quedo sobre su hombro. Étienne tomó las riendas que el caballo había desenredado del arbusto.

—¿Estás viendo esto? —murmuró, pero el caballo solo sacudió la cabeza.

En la superficie del lago, los vestidos prismáticos de aquellas criaturas parecían captar la luz de la luna y refractarla en un espectro de colores que superaba la imaginación de Étienne. Como hipnotizado, las vio elevarse hacia la explosión de estrellas en el cielo y, sin aviso, empezaron a descender en espiral, en círculos cada vez más amplios hasta desaparecer por completo en la vegetación, dejando el escenario vacío, y a Étienne sin palabras.

Hurgó en su memoria cada detalle de los cuentos de la aya. «No puede ser que siempre se tratara de hadas horribles y que su única distracción era torturar a los humanos», pensó impaciente.

—No —susurró Étienne entusiasmado—. Si mal no recuerdo, una vez me contó algo parecido a esto—. A su lado, Al-Qadir resopló otra vez, mostrando el primer síntoma de preocupación.

«*Glamour* es el nombre que las hadas le dan a su magia —había presumido la aya, sus grandes rasgos se desdibujaban horribles con cada chisporroteo de la vela—. Te hechizan con su canto, mi niño, y te llevan al bosque donde, aunque grites, nadie podrá oírte en mil años». Étienne se había cubierto hasta la barbilla con las mantas, pero ella continuaba implacable. «Y te hacen ver sus danzas y, aunque quieras apartar la mirada, no puedes, porque su canto es como un hilo invisible que tira de tus ojos para hacerte ver lo que ellas quieren que veas. Pero si miras... ¡Uuuy! —El rostro de la aya se arrugó en una mueca espantosa que engendró terror en el corazón de Étienne, más que las propias palabras—. Las verás tal y como son, con sus pequeños y filosos dientes, y esa piel curtida que tienen… —Étienne se cubrió la cabeza con las mantas—. ¡Me estremezco al pensarlo, mi niño!», gimoteó la aya y su cuerpo gordinflón de verdad temblaba como una gran gelatina.

Étienne no había tenido ocasión de recordar los espeluznantes encantos de la hora de dormir a los que había sido sometido en su niñez ni tampoco en su adolescencia, pues para entonces ya descartaba abiertamente las doctrinas de su aya.

—¿A quién se le ocurre contar tamaños cuentos a un niño? Hadas que arrancan los ojos con hilos invisibles...

Pero en esta noche en que presenciaba lo insólito, las horripilantes imágenes de los cuentos de su aya eran lo único que, más o menos, explicaba el despliegue sobrenatural sucediendo delante de él.

Al-Qadir pateó el suelo y estornudó compadecido. Étienne le despeinó el mechón y, con el primer indicio de humor en su voz, dijo:

—Supongo que no tengo remedio, pues no aparté la mirada, pero mis ojos todavía están en sus órbitas. —Tan pronto lo dijo, sus ojos empezaron a lagrimear, pues llevaba más de cinco minutos con la mirada fija. Entre parpadeos, se le ocurrió que un par de ojos secos serían mucho más difíciles de arrancar, pero la noción se desvaneció de su mente como la cola de un cometa—. ¡Disparates!

Reparando en que el silencio se alargaba, Étienne se preguntó si la quimera había llegado a su fin, pero no tuvo tiempo de estimarse decepcionado. Cuatro rayos de luna hincaron la superficie del agua, desatando un borboteo resplandeciente que pronto liberó cuatro figuras, dentro de espirales de polvo de estrella. Se elevaron diáfanas sobre el agua y, a diferencia del bravo fanfarrón, estas cuatro criaturas, perfectas en su voluptuosa desnudez, parecían estar hechas de destellos de luna sobre sus cuerpos húmedos.

«Me estremezco al pensarlo», la vieja aya le silbó en el oído. El vivo entusiasmo de las luces parpadeantes que deambulaban entre los árboles o por la playa se detuvo y dedicaron su atención, igual que Étienne, a las etéreas criaturas y la fascinante melodía que llenaba la bóveda celeste, animando la cálida brisa que los acariciaba a todos.

«Cierra los ojos, mi niño. ¡Uuuyyy! ¡No mires esa danza o te perderás para siempre!». Solo al percibir los encajes y las sedas que secaba la brisa, Étienne tomó conciencia de que no estaban desnudas. Sintiéndose un poco avergonzado, pero no disuadido, ignoró la advertencia de su aya y se acercó más a la orilla. Al-Qadir se quedó donde estaba.

Aquellas criaturas de ojos relucientes eran ángeles exquisitos, sublimes en su atavío de fino encaje. «¡No las mires!», rechinó la aya, desde el baúl de sus recuerdos, mas nada importaba excepto que la cadencia de la melodía no se detuviera, porque, si así sucedía, la danza de los primorosos ángeles también se detendría y eso sería una tragedia insoportable. «¡Me estremezco al pensar!». El desvarío de la aya en la cabeza de Étienne se disipaba cada vez más.

—¿Puedes creer esto? —le dijo, pasmado, a Al-Qadir, deseando que el caballo se sentara, como una persona, a discutir el asunto. Nunca había ansiado tanto comparar apuntes con alguien, pero, al mismo tiempo, rechazaba la sola idea de compartir su descubrimiento con otra persona. Se tragó la sed de respuestas, pues hacer las preguntas era impensable y se resignó a razonar su experiencia, a solas, con apenas los gastados recuerdos de su infancia anclándolo a la realidad.

Incapaz de apartar la mirada del espectáculo sobre el lago, Étienne se dejó llevar hacia la esplendorosa visión, como arrastrado por la hipnotizante canción. «Las hadas que bailan con la luna, las Claro de Luna, son las peores», insistió la aya en su oído, pero el coro invisible la vencía. «Ellas son las que tiran de los hilos», advirtió con un pánico tan desvanecido que él apenas lo detectó.

Étienne continuó hacia el lago, consciente de que estaba sumergido hasta las rodillas en el agua, pero sin atinar qué hacer al respecto. Las Claro de Luna, si de verdad eso eran, en ese momento rozaban la superficie del lago, una masa viva de encajes, cabellos largos y sedas vaporosas. «Seguro es mejor que bailen sobre el agua —pensó Étienne distraído—. De lo contrario, se enredarían entre los árboles».

Las encantadoras sonrisas en los rostros de porcelana se fundieron con el resplandor de sus halos y, otra vez, cayó en el hechizo de los delicados movimientos que armonizaban con la deliciosa melodía. «Me estremezco al pensar». Étienne se frotó los ojos (seguía olvidándose de parpadear) y fue en medio de la continua saturación de sus sentidos que captó, con el rabillo de un ojo lloroso, algo aún más extraordinario. Los latidos de su corazón se detuvieron y luego reanudaron su galope con brío desconocido hasta entonces.

XXXIV

Desde el agua donde estaba, se volvió hacia Al-Qadir para ver si el caballo también había marcado la nueva presencia.

—Mira —dijo, esforzándose por mantener la voz en un susurro mientras señalaba hacia la figura de una doncella, una joven de tamaño completo. Lucía tan alta como él, imposible equivocarse, pues había salido de entre los árboles, a menos de quince metros de donde él se encontraba. Mordisqueando la hierba, Al-Qadir le dio a Étienne una mirada que parecía decir: «Si no es más que una hembra». Su corazón latía tan fuerte en su pecho que pronto llamaría la atención de todos hacia él. En aquel lugar, la ansiedad y extravío se le escapaba de las manos. Se apresuró a cotejar sus ideas en una especie de oración o, tal vez, en un plan de acción, pero con creciente alarma, notó que ni siquiera podía hilar sus pensamientos. Se le secó la boca y eso lo hizo pensar en agua, y, cuando pensó en el agua, se dio cuenta de que llevaba un par de litros en cada bota.

Aquel malestar se sumó a su confusión y, cuando se le ocurrió que la aya podría haber tenido razón, que no importaba cuán agradable fuera mirarlas o escucharlas, la realidad era que Étienne había sido atacado por seres feéricos que ya lo tenían completamente fascinado y ahora se burlaban de él, no, peor todavía, lo llevaban a su destrucción, engatusado por la semblanza de una joven humana.

Aquella conjetura lo paralizó.

—Estoy acabado —declaró, mirando a Al-Qadir. Se le ocurrió que, si la mera visión de esa joven podía entorpecerlo así, era de esperarse que, si ella le dedicaba una mirada, podía quedar muerto ahí mismo.

Azarosas imágenes de una gorgona y de una espada inútil serpentearon en su mente y, en lugar de parar tales fijaciones, Étienne se dijo, resignado y para sus adentros, que, después de esa noche, ya nada importaba pues la realidad había sido reformulada por completo.

Sus ojos permanecieron fijos en la joven, que todavía no se percataba de la presencia de Étienne, quizás porque él no se había movido. El deseo de que lo mirara empezó a dominarlo, por lo que intentó salir del agua, pero sus botas se habían hundido hasta el empeine en el fondo arenoso. Liberó cada una, ignorando la ruidosa succión que produjeron. Con un vacío en la boca del estómago, suplicó ferviente: «Que no me mire todavía». Pero la joven volvió la cabeza como convocada. Sus ojos se posaron sobre Étienne, mientras él luchaba con disimulo por mantener el equilibrio y salir del agua.

Chorreando en la playa blanca, temiendo asustarla sin querer, Étienne observaba cada detalle de su apariencia mientras por su mente transitaban pensamientos, a brincos y a saltos, «¿Me acerco a ella o dejo que ella venga a mí? ¿Pero, y si ella no viene… y se da la vuelta y se va?».

Cauteloso, empezó a avanzar hacia ella.

En contraste con todos los vaporosos atavíos que había visto hasta el momento, la esbelta joven llevaba un vestido estrecho y sin mangas; la tela blanca parecía bordada con lentejuelas que reflejaban la luz de la luna con cada uno de sus respiros.

La conexión entre ellos se rompió cuando ella se dio vuelta como si alguien la hubiera llamado. Étienne fue incapaz de dar un paso sin que ella lo supiera, al tiempo que, considerando, sin aliento, cerrar la distancia que los separaba, para estar junto a ella cuando le devolviera su atención. Pero el temor de causarle un posible infarto se lo impidió y se contentó con elevar una muda plegaria al cosmos: «Por favor, no te vayas».

El vestido le llegaba hasta los tobillos, pero el corte a un costado revelaba un muslo firme que Étienne se cuidó de no admirar en demasía. Toda ella, plateada por la luna, lucía intangible y provocaba en Étienne un constante terror de que fuera a desaparecer.

Por fin, la joven se volvió hacia él, apartando un mechón de su largo cabello y colocándolo detrás de la oreja. «Glamour es el nombre de la magia de las hadas», graznó la aya en su oído y Étienne murmuró otra vez:

—Estoy acabado.

La melodía flotaba, dulce y esquiva, en la brisa, despertando un nuevo recelo en Étienne: «¿Y si estoy alucinando? Bien podría estar medio muerto al pie de la montaña». Era un razonamiento lúcido, de hecho, era más verosímil que nunca hubiera llegado a la cima, que el terreno inestable hubiera provocado una caída y que hubiera sufrido una grave lesión en la cabeza.

Pero su despecho ante semejante posibilidad fue tal que la descartó de un zarpazo. «Ella tiene que ser real —se dijo a sí mismo, pero, por si las dudas, también suplicó a la providencia—. Por favor, que sea real».

Étienne continuó avanzando; jamás diez metros le habían parecido tan difíciles, mientras que ella permanecía impasible: «Te lo ruego, no huyas de mí. Debe ser un hada disfrazada de humana», pensó, acercándose cada vez más. El rostro de la joven era una máscara perfecta de belleza salvaje. Su largo cabello flotaba en la brisa y sus ojos, velados por la oscuridad, no brillaban como los de las pequeñas criaturas. «Pronto estaré a su lado y podré tocarla. Qué el cielo me ayude si estoy alucinando».

A paso vacilante, con las botas empapadas, estaba ya tan cerca que, en su mente, la oía respirar.

Ella lo miraba, ajena a la locura que se había apoderado de Étienne. La luna lo vigilaba desde el centro del firmamento y la idea del tiempo transcurrido se deslizó en su conciencia. Habían pasado más de cinco horas, su guía y su escudero seguramente estaban muertos de miedo por lo que tendrían que anunciarle a la reina. Y fue en ese momento que todas sus realidades se derrumbaron una sobre la otra.

Ese lugar y sus habitantes habían reemplazado en la mente de Étienne, su reino, su madre, su deber para con su gente y su futura esposa. A la luz de aquella luna, todas sus pesadas realidades habían sido transformadas; una de ellas había cambiado tan profundamente que, en ese momento, era inmaterial. Con una sonrisa que le suavizó toda la cara, Étienne le confesó a la joven ante él que, de alguna manera, sabía que sería librado.

A modo de respuesta, ella arqueó las cejas.

Un nuevo horizonte

XXXV

Al tiempo, el escalofrío que la sacudió al ver aquella aparición amainó. Aunque su corazón todavía latía feroz, Celeste se sentía en control de sí misma.

Concentrada en anticipar sus movimientos, pronto dedujo que la extraña criatura pretendía salir del agua. Su mente se aceleró. «¿Quién lo hubiera dicho? Sirenas y Tritones en el lago Sideral. —Y enseguida—. ¡Nahia morirá de celos por no haber sido la primera en descubrirlo!». Una mueca traviesa iluminó su rostro ante aquella reflexión y lo que quedaba de su inquietud se disipó por completo.

Celeste estaba decidida a averiguar todo lo que pudiera sobre la extraña criatura de las profundidades y rápidamente formuló un plan. «Primero, debo descubrir qué actitud y qué intenciones tiene el tritón», pensó Celeste, rechazando la probabilidad de que pudieran ser malas.

«Segundo, debo cerciorarme de que puede sobrevivir fuera del agua y espero que pueda hablar la lengua humana». Suponiendo que debía hacerlo, o que, en caso contrario, ella sería capaz de transmitirle sus intenciones, saltó a la última y más gratificante parte de su plan: «Lo convenceré para que me acompañe y lo presentaré ante la Corte Luminosa, donde mi descubrimiento será debidamente reconocido. Nahia se pondrá verde de la envidia».

Cauteloso, el extraño continuaba acercándose a ella y para calmar la ráfaga de temor que la importunaba, razonó agradecida que sus movimientos eran pausados y que los diez metros entre ellos le daban más tiempo para estudiarlo.

Dio entonces rienda suelta a sus conjeturas: «¿Cómo es que pudo salir del agua con piernas? Lo lógico hubiera sido que se arrastrara y se tumbara en la arena hasta secarse, solo entonces brotarían piernas en lugar de sus poderosas aletas». «Por supuesto —dijo una vocecita burlona en su cabeza, que se parecía mucho a la de Nahia—, puede que no sea un espécimen de las profundidades. Puede ser simplemente un humano». Durante sus dieciocho años en la soberanía, Celeste jamás había visto representante alguno de la humanidad que no fuera su madre.

Así avivada su curiosidad y aunque nunca se lo diría a Nahia, Celeste reestructuró su plan, convencida de improviso de que no se trataba de un tritón. Claro que, si de verdad era un humano, su apariencia era más tosca de lo que había imaginado. Desconcertada, Celeste admitió que no tenía un punto de referencia, solo donceles feéricos y solo cuando elegían adoptar el tamaño de un humano. Amets y Sendoa lo hacían a menudo, para divertir a Celeste y desafiar a Nahia, pero incluso entonces, ella nunca había notado que fueran tan perfectos, como lo era este hombre, a pesar de sus imperfecciones.

Los siguientes tres minutos transcurrieron como era de esperarse, pero en la mente rauda de Celeste demoraron una eternidad que ella aprovechó para examinar todo movimiento y suceso. En ese momento en que se encontraba a tan solo cinco metros de ella, Celeste observó una especie de aspereza en él: la piel como curtida por el sol, el cabello grueso y su pesada vestimenta. No tuvo más remedio que concluir que la belleza etérea de las hadas, la clase a la que estaba acostumbrada, era un estrato muy diferente al de la belleza humana. Porque, sin duda, el hombre que tenía enfrente era, sin lugar a duda, espléndido. Era una pizca más alto que ella, un gabán de cuero le cubría brazos y torso. Llevaba pantalones y calzaba un par de botas. «¿Por qué no se las quitó para meterse al agua? Yo lo hubiera hecho», pensó divertida.

Bajo el resplandor de la luna, Celeste se dio cuenta de que su pelo era más claro que oscuro y le gustó que lo llevara largo. Mientras imaginaba cómo se vería su cabello a la luz del sol, una imagen sin sentido de los rizos rubios de Nahia rayados de turquesa apareció de pronto en la mente de Celeste. Se mordió el labio para no carcajearse, recordando el día en que Nahia se había enyesado la cabeza con polen de margaritas, convencida, como la necia que era, de que lograría deshacerse de sus mechones turquesa. Mas el polen se había adherido tan firmemente a cada hebra del fino cabello de Nahia, que no hubo cepillo o peine que lograra quitarlo. Como afiebrada, Nahia enjuagó y restregó, pero fue en vano. Recurrió a un brebaje a medio cocer, inventado por ella misma, pero que desdichadamente reaccionó muy mal con el polen y empezó a disolver su cabello. Pronto, mechones enteros caían, con un ruidito sordo, al suelo.

Desesperada, Nahia le suplicó a Celeste que le cortara el cabello empastado antes de que la poción lo derritiera hasta las raíces. Obediente, Celeste le cortó las frondas hasta que no quedó infección. Los cinco meses que le tomó a Nahia recuperar su cabellera, con todo y sus rayitos turquesa, eran recordados por sus madres como *la época del bonete.*

Celeste le sonrió al recuerdo que se esfumaba y, notando que el hombre estaba a punto de responderle con una sonrisa suya, le encantó cómo sus rasgos se suavizaron de inmediato. Su nariz recta ya no parecía tan severa y la amenazante mandíbula cedió, vulnerable. La luz de la luna brillaba en su rostro, iluminando la ferocidad en sus ojos, sin embargo, en su expresión, Celeste percibió una especie de secreto anhelo.

Otro escalofrío le recorrió la espalda; ya no podía soportar la creciente curiosidad que sentía. Ahí estaba un hombre, el primer ser humano que había visto en su vida, y no podía concebir de un ejemplar más asombroso. La cuestión de cómo había llegado hasta ella y cómo se las había arreglado para capturar su atención con tanta eficacia zumbaban en la mente de Celeste, junto con el insólito deseo de que todo a su alrededor desapareciera, excepto él y ella.

Medio mareada, a cada instante temía que Nahia llegara a estropearlo todo, a la vez que se preguntaba si ella era la primera humana que él había visto. Su entusiasmo se desvaneció convirtiéndose más bien en aprensión, pues, con toda seguridad, él había venido de un mundo lleno de humanos, tal vez del mitológico mundo del que su madre siempre hablaba, pero del cual nunca había tenido pruebas.

En ese momento en que el mito cobraba vida ante sus propios ojos en la forma de este hombre, otra inquietante idea se apoderó de Celeste. Ni ella ni su madre podían cruzar los límites de la Soberanía de las Hadas y, según su razonamiento, lo lógico era que las personas fuera de la soberanía tampoco pudieran entrar. Pero allí tenía evidencia de lo contrario y Celeste ya no podía distinguir si alguna parte de esto, o el conjunto, representaban una amenaza para su hogar.

Por alarmantes que fueran sus pensamientos, se sentía atraída hacia él, al vigor perceptible, incluso a través de la pesada vestimenta. Mientras se entregaba a la admiración de imaginados atributos físicos, su atención se centró en la espada que colgaba a su costado y su mente edificó las cualidades de un guerrero. Lo vio en el esplendor del día, iluminado por el sol, y apenas pudo resistir el impulso de caminar hacia él y tocarlo con sus propias manos, para averiguar si la sangre corría fría o caliente por sus venas, y convencerse de la realidad de una vez. Una voz, que Celeste reconoció como la de su madre, le dijo al oído que debía ser cautelosa; después de todo, ella no sabía cuáles eran las intenciones de aquel hombre. Pero una voz mucho más fuerte, la suya, declaró que estaba harta de solo mirar. Sus piernas se tensaron en preparación y él, pareciendo llegar a la misma conclusión, comenzó antes que ella.

Su corazón estalló en rápidas palpitaciones al instante y se dio cuenta de que había olvidado respirar. Una ola de mareo la invadió mientras tomaba una bocanada de aire, pues el tiempo no daba para más. Inmóvil, Celeste temblaba por dentro, pero lo invitaba con cada fibra de su ser. Y, sin embargo, en ese momento crucial, cuando debía haber estado finalizando las primeras palabras que le diría o conjeturando un saludo y su posible respuesta, se le ocurrió otra abrumadora posibilidad y el mérito de esta era realmente triste.

«¿Cómo no vi esto antes? —se reprendió a sí misma—. Nahia tiene que estar detrás de esto», pensó, lanzando una mirada resentida hacia el hombre que ya estaba al alcance de sus manos.

Derrotada, empezó a discurrir todo lo que sabía. El glamour de las hadas no afectaba a Celeste, porque había crecido con ellos, vivía con ellos y conocía todos sus trucos. ¿Pero acaso los alardeos de Nahia eran verdad? ¿Cómo confirmar si era capaz de cautivar a un ser humano cuando, aparte de Celeste y Paloma, su hermana de nacimiento jamás se había encontrado con uno? «¡Tiene que ser un truco de Nahia! —pensó Celeste enfadada—. ¿A quién persuadió para que hiciera esto?». Por su mente pasaron las caras de los posibles cómplices, pero ninguno de los donceles coincidía con el rostro de este hombre.

«La verdad, creo que a un hada le costaría mucho cambiar de estatura y alterar sus rasgos con nada más que glamour. Debe ser un verdadero ser humano», resolvió aliviada. Y, aunque Nahia no hubiera intervenido, en esta noche, Celeste por fin entendió lo que su hermana de nacimiento había tratado de explicarle en innumerables ocasiones sobre el poder del glamour, con un giro inesperado, por supuesto. «Soy víctima del glamour humano», pensó, volviendo a sonreír.

Ahí estaba el hombre, frente a Celeste, tan cerca que podía oír el borboteo de agua en sus botas. La tensión del momento le quitó el aliento. Y, en ese íntimo y singular instante, sintió el familiar pellizco de Nahia en el lóbulo de la oreja, acompañado del murmullo de muchas palabras en rápida sucesión. «¡Qué contrariedad!», pensó Celeste, deseando que Nahia se marchara, pero el hada persistió hasta que sus palabras comenzaron a penetrar el estupor en que Celeste estaba sumergida y, en su mente, imágenes concretas cobraron forma.

—¿Qué estás diciendo? —Celeste siseó, sin romper contacto visual con el hombre, pero ya sintiendo un inquietante aleteo en su vientre.

—Paloma despertó y está muy mal. Te llama —farfulló Nahia.

—De alguna manera, sabía que sería liberado —dijo el hombre.

Sin esperanza alguna de que el encuentro se repitiera, Celeste supo que recordaría para siempre el agradable sonido de su voz y se preguntaría, a diario, qué habría querido decir con sus palabras, pero debía acudir a su madre.

—Ya vámonos —instó el hada y Celeste obedeció, sintiendo las rodillas de Nahia en su hombro donde se había acomodado.

Apenas entraron al bosque, Nahia revoloteó frente a ella para liderar la marcha. Celeste no se atrevió a mirar atrás. Una tercera posibilidad se había apoderado de su imaginación y, una vez más, temió que pudiera ser la verdad. «¿Será que es un mensajero del inframundo? Venido a decirme que mi madre pronto... NO. —No podía soportar la idea—. ¿Por qué la dejé?».

XXXVI

El invierno anterior, aunque templado, fue muy duro para Paloma, pues sufrió un caso severo de neumonía. Aunque superó el estado más peligroso, ninguna cantidad de tónicos curativos consiguió restaurar su fuerza. Celeste guardaba la esperanza de que su madre volviera a la vida con la tibia primavera, pero no fue así. La prolongada enfermedad había dejado a Paloma frágil y retraída.

Celeste maldijo la temporada por darle vida a todo lo que los rodeaba, excepto a su madre. Pronto llegó el calor del verano y Celeste observó irritada que la condición de Paloma no se despejaba. Hasta había rechazado participar en los preparativos para las festividades del solsticio. Aquel evento que consumía su atención, talento, imaginación y esfuerzos cada año, no logró despabilarla. Desde que la enfermedad se había apoderado de ella, además de sus paseos diarios con Celeste, Paloma se había retirado por completo al reino de sus pensamientos. Parecía vivir en una oscuridad que Celeste no podía penetrar y que Paloma se negaba a explicar; firme en su melancolía, ignoraba las acusaciones de su hija de que estaba renunciando a la vida.

Al acercarse al estanque, afloraron en Celeste las sencillas conversaciones durante sus caminatas diarias. Ahí estaban las rocas sobre las que se habían sentado. Bajo el gran roble, Paloma le había enseñado a leer y a escribir en la tierra con ramitas y en pizarras con piedra caliza. Cuán tranquila era entonces la vida de Paloma. En esos días su paz con el mundo era palpable. Mas, durante los últimos seis meses, al sentirse próxima al fin de su vida, el espíritu de Paloma había sufrido una severa transformación y se había dejado abrumar por la obsesión de revertir el hechizo que las mantenía cautivas. A menudo, Celeste la veía retorcerse los dedos con ansiedad o cubrirse la cara con las manos.

—Casi no queda tiempo —musitaba al ser descubierta.

—¿Tiempo para qué, mamá? — preguntaba Celeste y Paloma respondía enigmática:

—Para enmendar, cariño, y retomar las riendas.

Celeste sentía que el buen juicio de su madre pronto la abandonaría; que, si en verdad sus días estaban contados, no los estaba aprovechando, pero cuando Celeste la enfrentaba con ello, Paloma, compulsiva, levantaba murallas y madre e hija reñían.

Celeste echaba de menos a la Paloma de antes y no lograba entender lo que le pasaba. Su mayor frustración eran las explicaciones incompletas de Paloma, que no aclaraban una duda sin antes ofuscar un hecho sentado. Si en dieciocho años, ella y Oihana no habían podido encontrar una manera de revocar la maldición, ¿qué posibilidad había de contrarrestarla a última hora? ¿Y por qué Paloma consideraba imperativo lograrlo antes de...? «NO».

A la luz del aura aguamarina de Nahia, Celeste distinguió el sendero bordeado de saúco; pronto llegaría a su casa. Recordó con trágica claridad la tez cerosa de Paloma esa tarde y las gotas de sudor en su frente.

Aunque el calor de la mañana la había agotado, Paloma estuvo de humor para ver por sí misma algunos de los preparativos para la celebración y, sabiendo que la larga caminata la debilitaría, Celeste accedió llevarla hasta la orilla del lago Sideral. Ahí se sentaron juntas a observar.

Las hadas estaban haciendo columpios con grandes fragmentos de corteza que luego sujetaban a las ramas de los árboles con enredaderas. Madre e hija rieron de buena gana cuando empezó a escalar la discusión de las hadas sobre si los pedazos de corteza habían sido bien limpiados de ácaros, pues qué tragedia sería que los venerables ancianos se encontraran cubiertos de insectos a la mitad de la actuación de las Claro de Luna. Preferible limpiarlas otra vez.

—¿Dónde están las flores?

—¡No! Aquellas no. ¿Cómo se te ocurre…?

—Para adornar las enredaderas de hiedra necesitamos las olorosas…

Y así sucesivamente, y Celeste y Paloma disfrutaron tanto de las primeras horas de la tarde que a Celeste se le olvidó que su madre estaba enferma. Durante un par de preciadas horas, Paloma había vuelto a ser la misma de siempre. Pero, en el camino de regreso a la gruta, Celeste tuvo que casi cargarla. Su corazón empezó a romperse, escuchando los penosos respiros de su madre mientras que ella, Celeste, podía henchir sus pulmones hasta rebozar.

—Creo que hoy caminamos demasiado —dijo Celeste, arrepentida.

—No, no, cariño, me encantan nuestros paseos. Y me encantan nuestras charlas —dijo Paloma, dejando que Celeste la ayudara a recostarse sobre la cama. Al aceptar la copa de agua que le ofreció, añadió—. Necesito descansar ahora, pero, cuando despierte, debo hablar contigo, mi Celeste. Hay algo que debes saber. —Se le escapó un suspiro, segundos antes de quedarse dormida.

Celeste se había quedado mirándola y escuchando hasta que, por fin, su respiración se calmó. Al tocar su frente y sentirla fresca, exhaló aliviada, a la par con el cantaviento que anunció la llegada de Nahia.

—¿Por qué no vas a ver algunos de los bailes? —había sugerido el hada—. Yo me quedaré con Paloma.

—No le fue muy bien hoy, Nahia. No creo que deba dejarla.

—La veo tan bien como otras veces y ahora está durmiendo. Y mira, su sueño es profundo y sereno.

—En eso sí tienes razón.

—Además, no querrás perderte a las Claro de Luna este año.

—Oh, no —Celeste sonrió, cansada—. Es el debut de Ederne. No podemos perdernos eso.

—Bueno, yo puedo. La he visto ensayando durante semanas. Ya sabes, a través del agujero en la pared de la Sala de Danza y Ritmo de Nere.

Ni siquiera se cambió el vestido con el que había pasado todo el caluroso día. Tal y como Nahia lo había sugerido, Celeste fue al lago a distraerse un momento con la esperanza de divertir a su madre, cuando despertara, con una crónica del festín.

Que había visto a Ederne, y admitido a regañadientes, que los ensayos habían valido la pena, y que a los pocos minutos de la actuación de Ederne, la había olvidado por completo, porque había hecho contacto con un humano le parecían acontecimientos de un pasado tan lejano que, estando a pocos metros de la gruta, Celeste ya cuestionaba su veracidad.

Nahia se desplazaba rauda sobre el sendero. Celeste se apresuraba tras su estela, cada paso guiándola de uno a otro de sus recuerdos. A la entrada de la gruta, Celeste se detuvo, recelosa de lo que la esperaba en aquel refugio de tierra y piedra que Paloma había convertido en un hogar para ella, pero su carácter le prohibía demorar. Sin más rodeos, dejó atrás el aire fresco de la noche y entró.

Lo primero que vio fue al unicornio. Celeste sintió como si alguien le hubiera dado un formidable golpe en el pecho. El unicornio no estaría allí a menos que algo grave hubiera sucedido o estuviera a punto de suceder. Se volvió hacia Paloma, pálida y desmadejada sobre sus almohadas blancas, y Celeste sintió su corazón fracturarse. Se arrodilló junto a la cama y apoyó su cabeza sobre la mano de Paloma.

—Perdóname, mamá —sollozó.

Paloma levantó una mano temblorosa para acariciar el cabello de su hija y Celeste lloró desconsolada.

El destino de Celeste

XXXVII

Como una esfinge, el unicornio reposaba al pie del lecho de Paloma. La luz del hogar jugaba con su piel, dándole el aspecto de una estatua de marfil en lugar del ser viviente que era. El llanto de Celeste, que empapaba de tristeza el aire de la gruta, se fue apagando, ayudado por las trémulas caricias de Paloma.

—Ya, tesoro mío. Ya, mi Celeste —la tranquilizaba Paloma, su timbre alterado y ronco por la enfermedad.

Celeste había advertido el cambio y, a pesar de ello, encontraba la voz de su madre tan melodiosa y reconfortante como siempre. Tanto la distraía la nueva cadencia que se perdió en ella y solo sus recuerdos lograron devolverla al difícil momento.

—Igual que las hadas —Paloma solía reprocharle a su hija—. Siempre enfocándote en cosas sensuales, sin importar las circunstancias.

También desfiló en su memoria, uno de los casuales comentarios de Nahia:

—Lo que le preocupa a tu madre es que resultes ser más hada que humana.

La misma Nahia, siempre a mano para fomentar remordimientos, en ese momento estaba paralizada junto a la entrada, estupefacta ante la presencia del unicornio, sin siquiera haber alborotado el cantaviento.

La idea de haber decepcionado a su madre renovó sus deseos de llorar, pero no malgastaría estos preciados momentos así. Se secó los ojos con el dorso de la mano y se metió en la cama, acurrucándose junto a Paloma como lo había hecho desde siempre.

—Te quiero tanto, mamá —dijo con la voz llena de lágrimas.

El frágil apretón habló a Celeste de la energía menguante de su madre y pensó que debía protestar o suplicarle que descanse, pero Paloma, firme y solemne, anunció:

—Debes elegir tu propio camino, Celeste. Debes hacer lo correcto y cumplir tu destino. Porque, solo al hacerlo, encontrarás verdadero amor y felicidad.

A Celeste no se le ocurrió qué decir ante semejante declaración. Su madre nunca le había hablado de opciones, por lo que enterarse de que no solo tenía un destino que cumplir, sino que también debía elegir el camino que le traería la felicidad, la dejó muda. Inmóvil, no hizo más que escuchar los suaves latidos del corazón de su madre, tratando de olvidar que pronto se detendrían.

Por su parte, y con suma discreción, Nahia se había instalado silenciosa en uno de los estantes cerca de la chimenea, dispuesta a escucharlo todo. Durante sus lecciones, Paloma siempre había animado a Celeste a ser independiente, segura de sí misma y valiente. Fiel a su esencia, Celeste se había convertido en todas esas cosas y era impetuosa, para rematar. A través de los años, madre e hija habían caído en discordias con la frecuencia de las estaciones. Celeste, siempre queriendo salirse con la suya, y Paloma intentando moderar la voluntad de su hija. El carácter de cada una fijó metas divergentes: Celeste lograría las suyas dentro de la Soberanía de las Hadas, al convertirse en la artesana de incomparables prendas, mientras que el principal objetivo de Paloma siempre sería poner fin a su exilio.

—Hay algo que debes saber —continuó Paloma.

Celeste se acurrucó más cerca, respirando el dulce aroma de azahares tan de su madre.

—Si nunca te hablé en detalle de lo que sucedió antes de que llegáramos a la soberanía —dijo Paloma— fue porque estaba segura de que lograría deshacer el hechizo que me mantiene prisionera y por eso te oculté una verdad que esperaba que nunca tuvieras que conocer.

Celeste se acodó sobre su almohada.

—Siempre pensé que algo le faltaba a la historia, pero nunca presioné porque parecía que te dolía hablar de ello.

Paloma negó con la cabeza.

—No me dolía, cariño. Es que no quería agobiarte con sórdidos detalles ni que abrigaras malos sentimientos por el mundo más allá de la Soberanía de las Hadas, porque llegaría el momento de volver y no quería que lo rechazaras.

Celeste apoyó la cabeza en la almohada, perdida en sus pensamientos. Lo que sabía del mundo más allá de la Soberanía no era mucho, por lo que no abrigaba ningún resentimiento hacia él y mucho menos lo rechazaba. Con punzadas de inquietud, Celeste reconoció que no había considerado ese mundo en absoluto y, peor aún, no podía concebir de su vida en ningún lugar que no fuera precisamente donde estaba. Por eso, al escuchar que su madre confiaba en que regresarían al mundo humano, sintió un incómodo vacío en el pecho que la hizo estremecer.

—Pensé que tenía todo el tiempo del mundo para arreglar las cosas, ¿entiendes?

—Sí, mamá —dijo Celeste, esforzándose por disimular los pensamientos desleales que surcaban por su mente.

—Mas ahora, el tiempo me da apenas para exponer todo lo que deseaba ocultarte. —Celeste tocó la frente de Paloma una vez más y se tranquilizó al confirmar que la infusión de sauce blanco de Nahia estaba manteniendo la fiebre a raya—. Santillán se encuentra en el valle al pie de la soberanía, al este de otra gran comarca llamada St. Michel —anunció Paloma—. De ahí vino a nosotros una mujer llamada Arantxa.

—Arantxa… Nunca escuché ese nombre antes, mamá. ¿Quién era?

—Una mujer que fingió estar moribunda y ser digna de compasión, pero que resultó ser egoísta y codiciosa —respondió Paloma, su voz teñida de amargura.

—¿Es ella, mamá? ¿Ella es la bruja? —preguntó Celeste con los ojos abiertos como platos, asombrada de su propia indiferencia, pues nunca se le había ocurrido preguntar el nombre de la mujer responsable de su presente.

—Sí, cariño, ese es su nombre. Es más astuta y audaz de lo que la creímos capaz y, solo después de la pesadilla que fue esa noche, pude aceptar su perfidia.

La perfidia de Arantxa era de verdad temible. Durante dieciocho años, ni Paloma ni Oihana habían logrado deshacer lo que esa mujer había hecho. A pesar de los siete años transcurridos, Celeste todavía se avergonzaba recordando el desafortunado día en que había arriesgado la vida de su madre en los linderos del territorio del unicornio. De un zarpazo, se secó las lágrimas que rodaban por sus mejillas y suplicó en silencio por enésima vez: «Perdóname, mamá». Impasible en su puesto al pie del lecho, el unicornio las observaba, dispuesto a intervenir si era necesario.

—Sé que has aprendido mucho interesándote como yo en terminar nuestro destierro. Pero también sé que las cosas han cambiado para ti —dijo Paloma, sin saber que las entrañas de su hija tiritaron incómodas—. Te veo tan absorta en la soberanía que me pregunto si puedes imaginar una vida más allá de esto—. Los ojos de Paloma se llenaron de lágrimas al decirlo, pero negó con la cabeza, como decidida a no desperdiciar el poco tiempo que le quedaba—. La verdad es que no sé qué será de ti a solas con la realidad que debo contarte.

—Mamá… —Celeste intentó objetar, pero, con apenas levantar un dedo autoritario, aunque tembloroso, Paloma la detuvo.

—Debo depositar esta carga sobre ti, porque no podemos permitir que Arantxa quede impune. Debes reconocer tu verdadera identidad y recuperar tu lugar en el mundo del que vienes.

—Por favor, mamá. Por favor —suplicó Celeste estremeciéndose al ver a su madre tan alterada.

—No ¡no! —insistió Paloma—. Debes recuperar lo que es legítimamente tuyo, Celeste. Harás esto por mí. Lo harás por tu padre. Y, sobre todo, lo harás por ti misma. ¿Me entiendes?

Paloma tomó a su hija por los hombros. Su mirada febril buscaba indicios de comprensión en el rostro de Celeste, pero todo lo que ella sentía en ese momento era angustia por el temblor en las manos de su madre. Paloma se dejó caer sobre las almohadas, debilitada y sedienta. Celeste corrió a llenar una copa con agua.

—No puedo dejar que el pasado muera conmigo —suspiró Paloma y, luego de tomar un trago de agua, agregó—: te veo en Santillán, hija mía. Quiero que tú misma seas testigo de los logros de tu padre y que lo conozcas y lo ames a través de los cálidos recuerdos de sus leales súbditos. Es que ha pasado ya tanto tiempo y quién sabe lo que ha hecho Arantxa… —Su voz se deshiló en mudas conjeturas. Con la copa vacía en la mano y el ceño fruncido, Celeste continuaba de pie junto a la cama. «¿Vivir en Santillán?»—. Por favor, ven a recostarte a mi lado. Siento tanto frío… —Celeste despertó de su ofuscación para hacer lo que le pedía su madre y se acurrucó una vez más con ella—.

Me reprocho a mí misma no haberte hablado más del mundo fuera de la soberanía. La consecuencia de ello es que las costumbres de las hadas están más arraigadas en tu ser que las de los humanos. Sé que, para ti, una vida fuera de la soberanía es inconcebible y la culpa es mía.

—Mamá, no tienes por qué sentirte culpable. Me has enseñado suficiente —protestó Celeste.

—A leer y escribir, sí. Y hacer velas con la cera de las abejas o a usar un telar. Pero todo eso es inútil ahora —gimió Paloma con pesar—. Debí haberte preparado para lo que viene. Debí hacerte entender el porqué de lo que tendrás que enfrentar. Pero creí que tenía más tiempo. Pensé que yo enfrentaría a Arantxa, no tú.

La glacial comprensión de lo que Paloma esperaba de ella se apoderó de Celeste. «¿Y esto, lo debo aceptar sin protestar?». Sí. Paloma había sido víctima de un gravísimo mal, pero ese mal había colocado a Celeste en un mundo que amaba, un mundo que cumplía con sus expectativas en todos los sentidos imaginables. «¿Y ahora debo ir a buscar ese mal a propósito y dejar el único hogar que conozco para enredarme con extraños en un mundo inhóspito?». El inapelable revoloteo en su vientre declaró que no.

XXXVIII

Ajena al desconcierto de su hija, Paloma empezó el lúgubre relato.

—Arantxa vivía en St. Michel como una curandera de renombre. Preparaba pociones para curar dolores de estómago o de oído, hacía cataplasmas para calmar coyunturas inflamadas y hacía predicciones para el rey Edmond y la reina Élise, de la misma manera que lo vino a hacer más tarde en Santillán. —Tanto la voz de su madre como el esbozo del funesto personaje central cautivaron la atención de Celeste, lo que hizo que postergara sus aprensiones—. Pero la muerte del rey Edmond puso fin a la existencia cotidiana de Arantxa. Sanguinarios rumores llegaron a Santillán y admito que fue difícil tomarlos en serio, pues se decía que Arantxa había querido matar a Élise, convencida de que la muerte de la reina sellaría el amor entre ella y Edmond. Ese amor existía solo en las turbias cámaras del cerebro de Arantxa, donde había nacido el desvarío. Así fue como Edmond se bebió el agua envenenada que había dejado en el aposento de Élise y la muerte de su objeto acabó contradiciendo sus propias fantasías.

A Celeste se le escapó un quejido. Cómo podía Paloma incluirse entre ellos y desear que Celeste se contara a sí misma entre esos seres miserables, esclavizados por sus propios sentimientos. Pero Paloma continuó con el morboso relato y Celeste no podía dejar de escuchar. Sobrecogida, entrevió una verdad enorme, tan grande como el cielo más allá de los árboles; sintió que, pronto, las frondas se apartarían y Celeste por fin vería lo que había estado allí todo el tiempo.

—Al enterarse de que Edmond había muerto, Arantxa se negó a creerlo y corrió a la habitación de Élise para verlo por sí misma. Allí encontró a la reina, sosteniendo a su hijo de cinco años, Étienne, ambos paralizados por la conmoción, pero con vida. En Santillán, corrió la voz de que Arantxa había maldecido a la reina y a su hijo antes de regresar a su oscura habitación, donde dijeron que agarró un hacha y la descargó contra todos los muebles que había dentro. Con sus propias uñas, desgarró las sábanas de su catre y destrozó las colgaduras, y, cuando toda esa destrucción no logró aliviar su ira, Arantxa atacó el contenido de su estantería: hileras de frascos con potentes venenos y concentrados tan peligrosos que, al mezclarse entre ellos, reaccionaron y provocaron una terrible explosión. Las quemaduras químicas que sufrió Arantxa no sanaron ni con el paso de varias semanas y tampoco dejaban de supurar. Desfigurada, debilitada e incapaz de soportar la sospecha en los ojos de todos, Arantxa se exilió a una cueva en las afueras del pueblo y allí permaneció hasta que se curó lo suficiente como para intentar un nuevo comienzo.

»Arantxa abandonó St. Michel y llegó a Santillán, donde lo que sabíamos de ella no eran más que chismes escandalosos. El hecho de que Arantxa hubiera reaccionado con tanta vehemencia ante la muerte del rey Edmond solo demostraba que había albergado sentimientos por él y, aunque todos sospechaban que había sido capaz de mucho más, nadie pudo presentar pruebas de su traición.

Paloma hizo una pausa para tomar más del agua que Celeste había colocado ante ella. Su fiebre había comenzado a subir nuevamente y Celeste la cubrió con otra capa de mantas para aliviar los escalofríos. Con creciente angustia, Celeste notó los ojos nublados y las manos temblorosas de su madre. Vertió más de la infusión de Nahia en la taza vacía y se la dio a Paloma, quien la bebió lentamente.

—Por favor, descansa, mamá —rogó Celeste besando su frente, aunque, a decir verdad, su mente ardía de curiosidad por más detalles de los horrores del mundo de los humanos.

Paloma sacudió la cabeza.

—No queda mucho tiempo y todo esto hay que decirlo, cariño. —Celeste volvió a ocupar su lugar en la cama, agradecida de poder ofrecer al menos el pequeño consuelo del calor de su cuerpo—. Cuántas noches pasamos aquí, tú y yo, hablando de hadas hermosas, por horas enteras —suspiró Paloma.

Celeste miró el perfil de su madre a la luz parpadeante de las velas, la sonrisa triste en sus labios resecos, que la volvía más hermosa que nunca. Durante un par de preciosos momentos, madre e hija se remontaron a tiempos más felices: noches oscuras y acogedoras en su cama de plumas, riendo y tejiendo sus propias historias felices sobre el futuro.

—Pero eso fue hace toda una vida —retomó Paloma—. Te he defraudado, tesoro mío.

—No digas eso, mamá. ¿Cómo podrías haberlo hecho? —protestó Celeste, temiendo la inmensa soledad que sucedería a la muerte de Paloma y que ya se arrastraba hacia su cálido lecho, helándolo.

—No importa, cariño, no importa. Lo que importa ahora es que aprendas todo lo que puedas sobre esa mujer para que puedas derrotarla y recuperar lo que es tuyo. —Celeste se retorció ante la mención de aquella expectativa. ¿Cómo negar el último deseo de su madre y, al mismo tiempo, cómo aceptarlo?—. Como dije antes, lo que sabíamos de Arantxa en Santillán no eran más que rumores. Mi querido Bautista la acogió, argumentando que difícilmente podía echarla a la calle sin una prueba contundente de lo que se sospechaba. Tu padre era un hombre tan justo. —Paloma hizo una pausa, como perdiéndose en los recuerdos, mas solo por un momento—. Unos meses después de su llegada, Arantxa hizo su primera predicción. Afirmó haber visto el futuro y nos aseguró que el bebé que llevaba en mi vientre sería una hija, por lo que le insistió a tu padre que tramitáramos tu compromiso matrimonial con el príncipe de St. Michel. A tu padre le pareció una buena idea este compromiso y, lo admito, yo también lo consideré apropiado —suspiró Paloma—. Por primera vez desde su llegada a Santillán, pensé que tal vez la pobre había sido odiada y maltratada simplemente por su disposición y aspecto.

—¿Dijiste «compromiso»? —preguntó Celeste, sin haber escuchado nada de lo que su madre había dicho después de esa palabra.

Paloma le dedicó una sabia sonrisa y trató de tranquilizarla.

—Sí, cariño, estás comprometida con el príncipe Étienne, el hijo de Élise, pero que esa sea la menor de tus preocupaciones por ahora.

Celeste cerró los ojos, sintiendo la trémula caricia de su madre, deseando que ello también calmara el efecto de las graves palabras pronunciadas. Su corazón latía más rápido y sus mejillas ardían y palidecían de confusión. «¿Prometido? ¡Prometido! Eso significa que tengo que casarme con ese hombre». Incapaz de quejarse en voz alta, Celeste se entregó a sus pensamientos rebeldes: «Nunca me casaré. Nunca. Y ciertamente no con ese príncipe, ese humano que ni siquiera he conocido». La voz de Paloma la llamó de nuevo al presente.

—Así fue como tu padre accedió a la astuta sugerencia de Arantxa, sin preguntarse por qué estaba ella tan decidida a unir ambos reinos, sin molestarse en cuestionar sus motivos. Y yo, a medida que mi embarazo avanzaba sin complicaciones, me distraje con los planes para tu llegada al mundo y dejé que mis preocupaciones sobre Arantxa pasaran a un segundo plano. Luego, durante el octavo mes de mi embarazo, tu padre sufrió el siniestro accidente y su muerte me devastó. Estaba tan alterada por el dolor que no pude buscar la verdad en un momento en que nuestro destino aún podría haber sido rescatado—. Paloma se llevó una mano al pecho, como aquietando su corazón.

Llena de ansiedad porque sabía que Paloma no había terminado y, aunque temía la revelación de los eventos por venir, Celeste no podía aplacar el rechazo que merodeaba en su mente. «No me obligarán a casarme. Simplemente no lo haré». Vertió más agua en la copa y la acercó a Paloma. Ella solo se humedeció los labios y se volvió a acomodar sobre sus almohadas.

—Me entregué al dolor y perdí el sentido y el interés por lo que me rodeaba, dando a Arantxa la oportunidad perfecta para llevar a cabo su plan. En la noche que marcó las dos semanas desde la muerte de mi Bautista, me despertó una fuerte bofetada, pero, antes de que pudiera reaccionar o darme cuenta de lo que estaba sucediendo, alguien forzó entre mis labios una especie de pasta muy amarga que de inmediato se volvió líquida. Una voz repetía: «Anda, trágalo... shhhh... Esto te ayudará». En mi habitación oscura y en la confusión de haber sido así despertada, que mi asaltante era una mujer era todo lo que sabía, y, aunque la voz me resultaba familiar, no la reconocí. No sé de dónde, sacó un pequeño frasco, que vi relucir en las moribundas brasas de mi hogar, contenía algo como agua. Esto lo derramó en mi boca y, aunque no quería beberlo, mi cuerpo desobedeció. La mujer me tapó la boca con su mano para impedir que lo escupiera. El líquido se deslizó por mi garganta y mi mundo se volvió oscuro.

»Al recuperar la conciencia, demoré instantes eternos en comprender que estaba atada en el piso de una carroza y expuesta a un atroz samaqueo, pues, al parecer, me transportaban por un sendero irregular. Me dolía tanto la cabeza, pero lo que esa mujer me dio me tenía tan adormilada que continué derrumbada en el piso, a pesar del traqueteo y los golpes de las ruedas debajo de mí. Cuando abrí los ojos otra vez, estaba tirada en un barranco fangoso, ya no atada, pero sin nada más que un camisón y un par de chapines en los pies y sin la más remota idea de cómo y por qué estaba allí. Se me ocurrió que se trataba de una pesadilla, pero el olor a tierra, el frío de las rocas que penetraba mi camisón y la llovizna que no amainaba declaraban lo contrario. Miré a las estrellas, que, desde sus perchas en el cielo oscuro, parecían mirarme curiosas, sabiendo lo que me había acontecido, pero sin poder contármelo. Me pregunté si habían visto a mi verdugo abandonarme en este precario ribete, tal vez contando con que, entre sueños, rodara abismo abajo.

»Me dejé dominar por el terror; pavorosas criaturas me miraban desde las fisuras en las rocas, con sus ojos brillantes y maliciosos, esperando abalanzarse sobre mí, tan pronto como intentara moverme. Permanecí allí, deseando que mi corazón se calmara mientras tomaba conciencia de cada dolor y laceración en mi cuerpo, sintiendo el andrajoso camisón pegoteado a mi piel y preguntándome si sería capaz de ponerme de pie cuando llegara el momento. Cuando me sentí en mis cabales para ello, fue sobre piernas temblorosas. Ignorando la fragilidad de mis extremidades, estudié mi posición. Desde la pedregosa saliente en que estaba, el rugido ensordecedor de mucha agua me rodeaba por completo, aumentando mi ofuscación. Leyendas espeluznantes inundaron mi memoria de aquella joven princesa de St. Michel que se dice que murió allí. Habían encontrado su cuerpo, río abajo, dos días después de su desaparición. Los campesinos dijeron que su corazón roto la había llevado a la cascada, mientras que otros acertaban que el placer de montar su corcel por la noche era de culpar. Otros creían que la joven se había arrojado al agua para escapar de un matrimonio concertado. De cualquier manera, durante más de setenta años, la rugiente cascada había mantenido vivo el recuerdo de esa joven, en St. Michel y en Santillán por igual. Y todos evitábamos el lugar, de por sí difícil de alcanzar, por miedo a su atrayente voz fantasmal. En esa noche oscura, descubrí que las leyendas eran verdad y me estremecí cuando, a través del fragor del agua, la escuché gritar pidiendo ayuda. Y sabiendo lo que había sido de ella, mi mente produjo las imágenes más espantosas de su pobre cuerpo, para siempre roto en el brutal abrazo del agua. Y Dios me perdone, Celeste, por un momento desesperado, creí que el agua tal vez traería una conclusión bienvenida a mi propia situación.

—Pero no lo hiciste, mamá —fue todo lo que Celeste logró decir a través del nudo que se le había formado en la garganta. Cuánto debía haber torturado a Paloma ese momento de debilidad. Gruesas lágrimas quemaron sus mejillas al aceptar que su madre necesitaba disipar todos sus demonios, por doloroso que fuera, y se prestó para ello.

Paloma sonrió.

—Fuiste tú quien me salvó ¿sabes? Porque en ese mismo momento, te moviste en mi vientre y supe que la cobardía de semejante escape no era para mí, no mientras una vida inocente dependiera de mí. Así que, ya ves, mi única alternativa era resistir —suspiró Paloma—. Pero, para ello, primero debía encontrar refugio y, de inmediato, porque los dolores de parto habían comenzado. Aunque estaba todavía desorientada, sabía que estaba al norte de Santillán, gracias a la cascada. Pero algo no cuadraba, y no atinaba qué. Encontré un pasadizo entre las rocas y por ahí me alejé del sonido del agua, hasta la cima de una cresta, con la esperanza de reconocer el camino a casa desde allí.

—El camisón de raso colgaba en jirones; como si me hubieran arrastrado y azotado, lo que, en mi mente, también explicaba los muchos dolores y raspaduras que tenía. Recé para encontrar un refugio apropiado, para que alguien me encontrara o para que, por el amor de Dios, despertara de aquella pesadilla. ¡Oh, si tan solo pudiera descifrar qué era lo que no cuadraba! No podía escalar más de unos pocos pasos sin resbalar sobre la grava. Pero, cuando por fin llegué a la cima, todo lo que vi fueron montañas arboladas con pinos y arbustos. Ansiosa, escudriñé la penumbra, deseando vislumbrar un sendero, pero no había ninguno, ni refugio, ni gente que me ayudara. Me dejé caer al pie de una enorme roca contra la que me apoyé. En ese momento, escuché nuevamente la voz de esa mujer en mi cabeza, con su terrible advertencia: «Acepta tu destierro y no te atrevas a regresar».

»Así sentenciada, me abandonó a mi suerte, a una muerte segura. ¿Pero por qué? ¿Y cómo lo logró? Ahí permanecí, batallando los recuerdos que se desvanecían, tratando de distinguir entre lo real y lo imaginario, sabiendo que la revelación acechaba justo fuera de mi alcance. La primera contracción me invadió, lo que me obligó a retomar la urgente cuestión de encontrar refugio y fue en el momento más desesperado cuando vi lo que creí que era un fantasma, pero que, por supuesto, ya sabes quién era.

Celeste asintió.

—El Guardián del Bosque.

—Me pregunté si estaba alucinando, pero traté de acallar mis dudas. El rugido silencioso de la cascada, que antes me había rodeado, confundiendo mis sentidos, en ese momento se alzaba a mis oídos desde un lugar más abajo. Esto provocó unos segundos de total lucidez y por fin logré aclarar mi confusión. «Buen Dios que estás en los cielos. Estoy *sobre* la cascada», gemí, sabiendo que aquel hecho desafiaba toda probabilidad. Ni bien empecé a preguntarme cómo mi captor había logrado llevarme allí, percibí un elemento aún más horrible que se incorporaba a la difusa representación de mi estado. Las palabras que había pronunciado todavía zumbaban a mi alrededor, como avispas enojadas, exigiendo que las escuchara. Sentí un horror instantáneo cuando entendí que la voz que había salido de mí no era la mía. Se me escapó un grito de agonía, un bramido ronco a mis oídos, y me cubrí la boca, pues pronto perdería la cordura. Cerré los ojos, pero en la oscuridad detrás de mis párpados, otro horror de horrores.

»La mano que aprisionaba mis gemidos era huesuda y áspera. Y mi boca, los labios se sentían descarnados y la lengua pesada recorría los lugares vacíos de mis encías donde mis dientes se habían podrido. Fue entonces que la reconocí; era la voz de Arantxa que salía de mi garganta. La mano que me tapaba la boca era la mano de Arantxa. El cuerpo en el que estaba atrapada era el de Arantxa. Arantxa era mi verdugo y captor, y nuevamente rio en mi cabeza: «Sshhhh, esto te ayudará». Cómo aceptar semejante locura; mi risa que salía de su boca. Y cuando ordenó que aceptara mi destierro, fue mi voz la que resonó en el aire. Quise gritar entonces, pero el dolor de otra contracción borró las horribles revelaciones y me aferré a la roca. Al cesar la crisis, colapsé, exhausta, y, otra vez, contemplando morir en aquella oscuridad. Pero un rumor equino, no, un llamado alentador, que, aunque me sorprendió, me llenó de alivio, pues tuvo a bien desviar mi fatalismo.

»Me agarré de su cuello y acaricié sus largas crines, y él me lo permitió. Un segundo relincho sugirió que debía montarlo. Cerré los ojos y confié, pues él era el único socorro que percibí esa noche. Me llevó a las colinas boscosas, mientras yo me preguntaba cómo fue que había llegado al lugar donde originaba la cascada y cuánto tiempo había transcurrido desde que Arantxa me despertó con una bofetada. Imposible saber qué tanto nos habíamos adentrado en la espesura; lo cierto era que ya no escuchaba el ruido del agua. Entre olas de gratitud, por no tener que caminar más, y el dolor de cada nueva contracción, era consciente del denso follaje por donde nos desplazábamos. Cuán diferente a las rocas desnudas en las que me habían abandonado. La jornada llegó a su fin y mi protector me depositó en una cueva, sobre un suave lecho de hojas. —Paloma se detuvo, y cerró los ojos con el profundo suspiro de quien reúne sus fuerzas—. Y la siguiente parte de la historia ya la sabes de memoria.

XXXIX

De verdad, Celeste sabía de memoria la siguiente parte de la leyenda, y qué maravillosa era, nada como su siniestro y cruel comienzo. La imagen de Paloma tal como había sido esa noche, frágil y desfigurada, atormentaba a Celeste más que nunca, porque ella la había visto con sus propios ojos.

«Qué tonta fui. ¡Cómo pude hacer lo que hice!». Cuando volvió a mirar a su madre, fue con renovada admiración por todo lo que había sobrevivido. El silencio de Paloma se dilataba, contemplando absorta un punto más allá de las oscuras paredes de su hogar. Luego, como si llegara a una conclusión oportuna, dijo:

—Esa noche me di cuenta de que siempre había sabido la verdad, que no debí ignorar mis sospechas sobre Arantxa, pero mi autocompasión lo enturbiaba todo y me impedía hacer algo para truncar sus planes.

—Oh, mamá, ¿cómo puedes decir algo así? —gimió Celeste.

—Shhh —instó Paloma y las palabras brotaron de ella como una larga plegaria—. Me dijeron que alguien, o algo, había espantado al caballo de Bautista provocando que se encabritara. Pero eso no pudo haber sido suficiente para derribar a tu padre; fue la cincha de cuero que se desgarró, porque alguien la había desgastado a propósito. Así fue como al desbocarse el caballo, la montura cedió y mi Bautista se precipitó barranco abajo. Fue Arantxa quien malogró la cincha, Celeste. Apenas unos días antes, el mozo de cuadra la había encontrado en el establo y al cuestionarla sobre lo que hacía con el equipo de montar del rey, ella masculló que lo tenía confundido con los arreos de su caballo. Celeste, me contaron ese incidente, pero no presté atención —dijo Paloma, incapaz ya de contener sus lágrimas—. Luego, Arantxa afirmaría haber presenciado el accidente a la distancia. Dijo que no sabía de quién se trataba y yo le creí, Celeste, ¡le creí! —Desesperada por consolarla, Celeste apretó la mano frágil de su madre—. Arantxa mintió, ella estuvo ahí, porque su plan final era acabar con Bautista y luego deshacerse de mí —declaró Paloma secándose las lágrimas que nublaban su visión y apretando los labios para no dejar escapar los sollozos.

Sin atinar cómo aliviar el evidente remordimiento de su madre, Celeste se acurrucó más cerca de ella y juntas lloraron sobre la misma almohada. Celeste sintió que una extraña bruma invadía su alma; ya sabía que no toda revelación era luz como siempre había creído.

—Celeste... —Paloma se aclaró la garganta para estabilizar su voz—. La noche en que Arantxa me abandonó, descubrí algo más. Al principio, pensé que era una alucinación, un truco horrible de la mente, después de todo, mi cabeza estaba tan confusa y no había luna esa noche. Pero estoy segura de lo que vi y, gracias a eso, comprendí la magnitud de su plan. Arantxa no solo había usado su poderosa magia para tomar mi cuerpo y dejarme atrapada en el suyo, sino que esa noche, mientras yacía tendida en ese barranco, la vi parada en el borde del acantilado, recortada contra la cascada blanca. La vi arquear la espalda, como lo haría una mujer embarazada... Exactamente como lo haría una mujer embarazada, para aliviar su malestar. —Celeste miró a Paloma, boquiabierta—. Su ropa estaba mojada, al igual que la mía, y, cuando arqueó la espalda, su figura quedó expuesta bajo la tela pegoteada. Vi que su vientre estaba tan hinchado como el mío —dijo Paloma sin aliento, apretando la mano de Celeste, buscando en el rostro de su hija un indicio de que entendía las implicaciones de lo dicho.

Celeste, a su vez, contemplaba horrorizada la verdad que se extendía ante ella. Sabiendo lo que sabía sobre el glamour de las hadas, Celeste casi podía aceptar que Arantxa pudiera cambiar su apariencia, pero ¿mantener la ilusión durante años? Ese era un logro muchísimo más complejo y, como Paloma ya lo había explicado, involucraba brujería. Con todo el esquema así desdoblado ante ella, Celeste ya no podía negar el desconcertante artificio de Arantxa.

Con el espeluznante relato todavía fresco en su mente, Celeste sintió que toda su existencia se descomponía. Los eventos descritos por su madre se abrieron campo, permitiéndole hacer conexiones que nunca había hecho.

«Mi padre está muerto. Nunca lo conocí y nunca tendré la oportunidad de conocerlo porque fue asesinado». Todo a su alrededor se trastornó: de repente, las paredes de la gruta, que siempre la habían protegido, empezaron a cercarla. La maravilla y el encanto que siempre había dado por sentado y que la esperaba justo afuera de la gruta, no era más que un velo, diseñado para cegarla de lo que estaba más allá del territorio del unicornio.

La Soberanía siempre había sido su hogar y, para Celeste, nada podría haber sido más real que eso. Sin embargo, sentía la realidad de ese otro mundo, el mundo de Paloma, como algo palpable, algo que vivía y respiraba con tanta vitalidad como ella misma.

El mundo del que Paloma había sido expulsada y la miríada de detalles relacionados con él invadieron a Celeste y se grabaron en su corazón con ímpetu capaz de cambiar su visión de las cosas. Paloma la miraba sin pestañear, atenta a las raudas conclusiones que parecían tomar forma en los pensamientos de Celeste.

Sabiendo que era lo que su madre deseaba, Celeste dejó que su ánimo le transmutara el rostro, confirmando que lo entendía todo, que lo creía y que estaba enfurecida.

—Arantxa mató a tu padre. Su plan para apoderarse de Santillán incluía robar mi identidad. Y ahora tiene el camino libre para tomar a cargo St. Michel porque sabía que una heredera estaba en camino, su engendro. Por eso estableció el compromiso matrimonial. No se detendrá ante nada para vengarse de la reina Élise. Si no pudo tener al rey, tendrá el reino. En su codicia y locura, busca apropiarse de lo que era de él. Y eso significa que la reina Élise y el joven príncipe están en grave peligro. A menos que…

—A menos que vuelva la verdadera heredera de Santillán. —Paloma asintió, aprobando el imperioso semblante de su hija—. Y, armada con la verdad sobre el pasado de Arantxa y mi identidad, soy yo quien puede detenerla —dijo Celeste. Una cualidad mecánica endureció su voz, como si algo fuera de ella dictara sus palabras.

Distraída, se llevó la mano a la mejilla y rozó el pequeño lunar debajo de su ojo derecho; la marca idéntica a la de su padre y lo único que compartía con él.

—Sí, querida Celeste —dijo Paloma con una sonrisa teñida de alivio y de dolor—. Y no estarás sola en ese mundo. Si aún vive, Clemente, mi antiguo tutor, te protegerá y, lo más importante, él creerá en ti. Recuérdalo.

—Te prometo, madre, que delataré a esa mujer para que tu dolor no haya sido en vano. Pero no puedo vivir esa vida, no puedo prometer que me casaré —gimió Celeste, odiando la ingratitud que la llevaba a rehusar el último pedido de su madre.

Mirándola llena de remordimiento, a través del cristal de sus propias lágrimas, Celeste no pudo evitar maravillarse de lo hermosa que le parecía. Sus ojos todavía emitían un tenue destello de color verde. Tenía las mejillas hundidas. El brillante cabello rojo caía, apagado y húmedo por el sudor, sobre sus delicados hombros. Tenía los labios ampollados por la sed y la fiebre. Pero nada de eso le importaba a Celeste. «Maldita debilidad feérica por la belleza —se regañó a sí misma—. Ella se está muriendo y yo debería... yo...». Pero Celeste estaba cansada de luchar consigo misma. Ella era quien era, incluso si todavía no entendía lo que eso significaba.

En ese amargo momento, todo lo que pudo y quiso decir fue:

—Eres hermosa, mamá. Por dentro y por fuera, eres hermosa y te amo con todo mi corazón.

El final y un nuevo principio

XL

El unicornio llevaba un día entero instalado en la gruta.

A Celeste la complacía pensar que el Guardián del Bosque, una vez más, acompañaba a Paloma en un momento difícil y que permanecería con ella hasta que llegara la hora de encaminarla a la siguiente dimensión.

Hadas de todo rango se presentaron en la gruta para rendir homenaje a la reina humana. Paloma esbozaba una sonrisa o les dirigía un breve comentario en reconocimiento de su presencia y, a pesar de la deferencia demostrada a su madre, Celeste igual restringía la duración de las visitas, preocupada de que Paloma se agotara por completo y que el unicornio se la llevara antes de hora.

Al anochecer del segundo día, la infusión de sauce blanco de Nahia dejó de funcionar. Celeste no tuvo más remedio que recurrir a gruesas mantas cada vez que los escalofríos sacudían a Paloma de la cabeza a los pies, y compresas frías, cuando la fiebre le quemaba la piel. El angustioso patrón cedió pasada la medianoche, por fin, y le dio un respiro a Celeste.

Arrullada por la respiración de su madre y con ojos irritados por el cansancio, Celeste seguía los movimientos silenciosos de Amets: puso a su alcance una fuente llena de agua fría, con un paño flotando en ella, listo para ser escurrido y colocado en la frente de Paloma. Luego atendió el fuego en el hogar, pues los anocheceres de verano se habían vuelto frescos después de las lluvias.

Las brasas iluminaban la gruta con su cálido parpadeo y Celeste se sentía agradecida, aunque ello no disminuía su inquietud.

Por su parte, Nahia flotaba de un lado a otro, absorta en la tarea de colgar ramitos de azahar por toda la habitación. Eran los favoritos de Paloma y Nahia había pasado muchas horas recogiendo las flores en los jardines de Oihana. Con paciencia poco característica del hada, ataba cada ramillete con cintas de seda verde y luego los anudaba sobre y alrededor de la cama para que Paloma los disfrutara. El dulce olor de las flores impregnaba la gruta y Celeste sonreía soñolienta, mientras Nahia miraba a su alrededor satisfecha. En el tibio silencio, Celeste se hundió en una especie de letargo sin sueños, apenas advirtiendo el movimiento del aire al pasar Nahia o Amets.

A la madrugada, Celeste abrió los ojos. La lumbre en el hogar ya casi no pintaba las paredes, derrotada por el solo anuncio de la aurora. Vio al unicornio aguzar las orejas y volver la cabeza. Nahia, que también se había quedado dormida en una pila de mantas sobre el baúl, abrió un ojo. Las hermanas de nacimiento se miraron, intercambiando un flechazo de dolor. Los ojos color aguamarina de Nahia se llenaron de lágrimas y una nítida línea vertical se formó entre las cejas del hada.

El unicornio se levantó de su puesto al pie de la cama y Celeste se tragó el nudo que se le había formado en la garganta. Olvidándose de respirar, observó al Guardián del Bosque acercarse al lecho y tocar la frente de Paloma con su hocico. El aliento del unicornio la envolvió y, con dedos temblorosos, Celeste le acarició la frente.

Por fuera de la influencia del unicornio, Nahia observaba el cuadro y Amets, que ya había asumido estatura humana, estaba de pie junto a la chimenea con los brazos cruzados sobre el musculoso pecho. La expresión abatida de sus ojos pardos reflejaba el pesar de Nahia, reconociendo que todo había terminado. El unicornio resolló y retrocedió. Celeste finalmente parpadeó y, con el corazón acelerado, tomó el rostro de su madre entre ambas manos, intentando despertarla, pero fue en vano. Una especie de aversión mezclada con un miedo indescriptible ardió dentro de ella al sentir la piel sin vida y la soltó de inmediato. Pero el frío se quedó en sus dedos y miró a su madre, aterrada, sintiendo que, si se atrevía a tocarla una vez más, la muerte la reclamaría a ella también.

Rebelándose contra la pavorosa noción, Celeste tomó las manos de Paloma entre las suyas y las frotó desesperada. Luego las apretó contra sus mejillas y contra su pecho, segura de lograr que el calor de vida regresara al cuerpo de su madre. Pero aquel intento también fracasó.

Guardando una última esperanza, Celeste besó los labios de Paloma, implorando que abriera los ojos y le sonriera una vez más. Por un instante, le pareció que así había sido, que el viejo ritmo había vuelto al pecho de su madre, pero se engañaba. Eran solo las llamas que agonizaban en el hogar y que le jugaban una mala pasada.

Estrechó las manos inertes y los brazos pálidos. Besó la frente tersa, las mejillas lívidas. ¡Nada! Celeste no podía avivarla. Entendió que el espíritu de una persona siempre respondía al roce cálido de otro ser vivo, hasta que, un buen día, de manera irrevocable y monstruosa, dejaba de hacerlo. Celeste comenzó a temblar. Sus manos se volvieron puños y sus lágrimas, un amargo torrente.

—¿Cómo voy a vivir sin ella? Es imposible —exclamó, sus ojos desorbitados centelleaban entre Nahia, Amets y el unicornio.

—Oh, Celeste. Celeste —balbució Nahia queriendo consolarla, pero sin saber cómo—. No llores así, ¡por favor! Quiero decir, está bien que llores, debes llorar, pero es que no soporto verte así. ¡Dime qué puedo hacer! —gimió desesperada, oscilando vertiginosa alrededor de Celeste.

—Si yo no lo sé, ¿cómo puedo decirte a ti qué hacer? —respondió entre sollozos, doblada sobre el cuerpo de su madre—. No estoy lista, Nahia. ¿Qué haré sin ella? ¿Cómo puedo seguir sola?

El hada se detuvo, como atacada por una súbita inspiración. Descendió sobre la cama y se acercó lo que más pudo a Celeste. Con un despliegue de ternura, le apartó el cabello para poder ver su rostro.

—La gente entra y sale de nuestras vidas —susurró Nahia—. Pero, no importa cuán dolorosa sea cada partida, nadie se queda realmente sola, Celeste. Yo estoy aquí contigo, siempre.

Amets se acercó, pero se detuvo vacilante al lado del lecho, limitándose a asentir su solidaridad con la declaración de Nahia. Aunque su cuerpo todavía se estremecía con los sollozos, Celeste experimentó una medida de serenidad, gracias a las palabras de Nahia. Se secó el rostro empapado de lágrimas y se reincorporó sorprendida al acercársele el unicornio. La sabia expresión en aquellos ojos negros la inundó de pensamientos y frases desconectadas que, imaginó, tenían sentido solo para aquellos en circunstancias tan espantosas como las suyas.

Distraída, acarició el áspero mechón del unicornio, preguntándose si Paloma había recibido la misma efusión de esperanza aquella noche lejana.

—Las fuerzas no te fallarán…

—Este no es el fin…

—Eres capaz de enfrentar...

—Resistirás y triunfarás...

XLI

Celeste se levantó, como quien despierta de un sopor. Abrió el baúl que aún contenía las prendas que no habían sido transferidas al Camerino. Escogió de entre ellas un vestido para su madre, el primer regalo que Paloma había recibido de la Corte Luminosa.

Nahia aprobó en silencio la elección de Celeste.

—Llevaré la noticia a Oihana —murmuró Amets y partió de inmediato, siguiendo al unicornio y dejando a las hermanas de nacimiento para que prepararan a Paloma.

Celeste comenzó la triste tarea de vestir a su madre para su último viaje. Nahia se colocó a la cabecera de Paloma y empezó a arreglar su cabello como lo había hecho en innumerables ocasiones. Cepilló la espesa melena roja hasta que brilló una vez más y luego la trenzó con flores de jazmín. Mirando su obra, satisfecha, el hada se disculpó:

—Voy en busca de flores silvestres para el ramillete que sostendrá en sus manos. No me tardo.

Celeste asintió con aire remoto. Era de esperarse que, hasta la Santa Muerte, buscara halagar a Paloma; los rastros de dolor habían desaparecido de su rostro, dejándola nimbada en serenidad. «Un ángel dormido», pensó Celeste, acomodando las manos de su madre sobre su vientre y entrelazando sus dedos.

Celeste inclinó la cabeza sobre el cuerpo de Paloma y allí la encontró Nahia cuando regresó con espesos racimos de glicina, en blanco y púrpura. Oihana llegó a la gruta al cabo de una hora, ataviada en tormentosos matices de peltre:

—Todo está dispuesto —dijo la reina de las hadas. En sus regios ojos color amatista, Celeste veía reflejado su propio dolor y reflexionó que Oihana era lo más parecido a una madre que le quedaba.

El recuerdo inesperado de una discusión la invadió. La malhumorada y reticente hada, Ederne, le había exigido a Oihana que Celeste y su madre fueran devueltas a la dimensión humana. Pero la reina de las hadas había tomado partido con las humanas.

—Esta mujer —había dicho Oihana de Paloma— posee la dignidad de una reina y la gracia de un hada, una sublime combinación de carácter y belleza que la vuelve irresistible y poderosa. —El corazón de Celeste se había hinchado de orgullo por su madre.

—Para otros de su especie, tal vez —respondió Ederne con enojo—. Pero ¿qué es eso para nosotros? Ellas no son nada para mí y deberías avergonzarte de permitir que tu corte las adule como lo hacen.

—Tal como lo dices, es mi corte y tus pensamientos y opiniones respecto de mí o de la soberanía serán solicitados si acaso algún día son necesarios. Escucha esto, Ederne, Paloma, una mortal, tiene mi respeto y admiración. Hay muchas hadas que se esfuerzan por suscitar ese tipo de consideración, pero nunca lo conseguirán. Por tu propio bien, recuérdalo.

La respuesta categórica de Oihana y el tono tajante de su declaración habían hecho reír a Celeste en su escondite, y, en ese momento, el eco de aquel recuerdo le dibujó una sonrisa en los labios.

Oihana se la devolvió.

—Eres digna hija de tu madre —acertó la reina de las hadas, como si el mismo recuerdo hubiera tocado su pensamiento. Durante unos instantes, dejó que su mano de porcelana descansara en la mejilla bañada de lágrimas de Celeste.

Con una última caricia, Oihana partió de la gruta para supervisar los preparativos de último momento que se llevaban a cabo en el lugar del entierro.

Amets regresó a la gruta con una litera que él y Sendoa habían confeccionado. No se parecía en nada a la que Celeste y Nahia habían hecho todos esos años atrás; esta contaba con una armazón robusta y elegante, de pino brillante y liso. Amets y Sendoa la habían enserado y pulido antes de estirar las madreselvas perfumadas que acunarían el cuerpo de Paloma.

—Oh, Amets, es perfecta —Celeste lo elogió, emocionada.

—Sendoa ayudó —respondió él, rehusándose a tomar todo el crédito—. Sendoa vendrá más tarde para... en fin...

—Para llevar a mi madre a descanso final —concluyó Celeste, suponiendo que la muerte de Paloma había descompuesto a Amets y que tal vez su tristeza era, en parte, por cómo la pérdida afectaba a Celeste—. Gracias —farfulló, agitada por sus propios pensamientos. Intentó disimularlos comentando otra vez sobre la litera y añadiendo—. Muchísimas gracias, es realmente hermosa.

—De nada —titubeó Amets, como a punto de decir algo más, pero una ojeada hacia Nahia lo disuadió. Con una sonrisa triste salió de la gruta.

Celeste y Nahia (que había asumido estatura humana para ser más útil) se hicieron cargo de la litera; la acolcharon con plumas enfundadas en seda blanca antes de colocar el cuerpo de Paloma sobre ella. El cabello rojo, salpicado de jazmín, era un halo alrededor de su rostro y sobre su pecho. El toque final fue rodearla de una miríada de flores coloridas y, sobre ellas, Paloma flotaba serena, con racimos de glicinas en sus manos.

La serenidad de Paloma, entregada al sueño eterno, sobre el lecho fragante y primorosamente adornado, empañó los ojos de Celeste.

—Nahia, de verdad agradezco a las estrellas lo minuciosa que eres con cada detalle. —A lo que Nahia respondió tragando saliva y desviando la mirada.

A medida que se acercaba el anochecer, el unicornio y Amets regresaron a la gruta. Amets atavió al Guardián del Bosque con un arnés de cuero para que guiara la litera ingrávida cuando llegara el momento. Mientras Celeste se cambiaba de ropa en la gruta, él y Nahia trasladaron la litera y, con toda la reverencia del caso, la sujetaron al arnés. Amets luego entrelazó las cinchas de cuero con espirales de hiedra y campanillas moradas, que permanecerían abiertas, tal y como lo había comandado Oihana.

Detrás de la cortina de jazmín, Celeste los vio recuperar su tamaño natural y, luego de intercambiar una mirada afligida, se deslizaron entre los árboles hacia La Alameda Florida, dejando tras ellos al unicornio, inmóvil, con el precioso cargamento a su cuidado. En menos de diez minutos partiría el cortejo fúnebre.

Celeste retrocedió al interior de la gruta y se miró de reojo en el espejo. Se veía extraña, con la montaraz melena recogida, pero sonrió satisfecha, segura de haber complacido a su madre con ello una última vez. La bata de seda de araña le sentaba muy bien y conmovida por el dulce recuerdo de los elogios de Paloma, por su extraordinaria habilidad para hilar, Celeste se apresuró a reconocer también la gran obra de su madre. Su mirada reposó cariñosa sobre los intrincados diseños en el piso de guijarros, las paredes cubiertas de mosaicos y musgo. La cama tendida. La mesa despejada y con sus tres sillas, tal como a Paloma le gustaba. La gruta, su hogar, todavía olía a ella y Celeste se prometió a sí misma que siempre sería así.

Cerró los ojos, dejando que la fragante serenidad de su madre se apoderara de ella y, sabiendo que no podía demorar más, salió de la gruta a enfrentar el crepúsculo.

XLII

Al verla, el unicornio echó a andar por el sendero bordeado de saúco, a paso tan ligero que la litera parecía flotar tras él. Vagamente consciente del familiar entorno, Celeste se sumió en el catálogo de personas y lugares que poblaban el pasado de su madre: Arantxa, Bautista, Clemente y Santillán, su reino.

No vio el resplandor dorado del crepúsculo sobre las copas de los árboles ni las luciérnagas que se arremolinaban, perezosas, entre las ramas. La corta caminata se volvió un recorrido de las regiones más profundas del alma de Celeste y de ahí destiló que no solo había quedado huérfana; era también la única humana en la soberanía. La idea recién nacida la atacó como un latigazo espiritual, pero sus ojos no delataron ni el más sombrío reflejo.

Se detuvo, porque así lo hizo el unicornio; habían llegado al claro. El tropel de más de doscientas hadas ya estaba allí, flotando sobre el estanque o entre las ramas del poderoso roble, al pie del cual la tumba había sido cavada.

Amets y Sendoa soltaron la litera del arnés, liberando al Guardián del Bosque, que se retiró a la orilla del estanque. Una brisa perfumada despertó a Celeste de su cavilación, erizándole la piel. Miró a su alrededor, sorprendida de que el momento del último adiós hubiera llegado como por ensalmo. Celeste no había derramado ni una lágrima desde su salida de la gruta.

Recorrió con la mirada de un hada luminosa a otra y, al girar, se encontró con los ojos del unicornio. Recordó entonces que la serenidad que la mantenía en una pieza, que le daba fuerza y propósito, a pesar de su nueva soledad, era obra del Guardián del Bosque.

Paloma dormía, majestuosa en la sencillez de sus arreglos funerarios. El suave canto de las hadas rompió el hilo de sus pensamientos, transportándola a los dulces recuerdos de su infancia. Se trataba de una canción que a menudo habían interpretado para Paloma cuando ella les permitía decorarla y jugar con su largo cabello rojo.

Por un dichoso instante, Celeste creyó que su madre estaba sentada en su piedra favorita, junto al estanque, vestida con una túnica blanca, igual que Celeste. Se habían sentado una frente a la otra, riendo y cantando, mientras Nahia y todos los aspirantes al reconocimiento de su inventiva en encantos revoloteaban entusiasmados, sujetándoles el cabello o soltándolo de nuevo, coloreando sus labios con bayas exprimidas o enjoyando su piel con rocío. Espesaban las pestañas, plateaban o doraban los párpados y pintaban lunares solo para cambiar de opinión y borrarlos. Como el aleteo de mariposas, retocaban aquí y allá, y Paloma permitía que la práctica continuara. Durante horas, su risa clara saturaba el aire, envolviendo a Celeste en mágico alborozo.

«¿Qué haré ahora sin ti?», se preguntaba Celeste, sintiendo el doloroso nudo en su garganta, pero las lágrimas no acudían para desahogarla. La Corte Luminosa continuó su melodía. Mientras la escolta feérica tomaba posición alrededor de la tumba, dos de los cuatro donceles eran Amets y Sendoa. Seis doncellas los flanqueaban atentas, con exquisitas ofrendas florales.

El espectáculo se volvió alarmante para Celeste, pues durante sus dieciocho años en la soberanía, nunca había presenciado un cambio de estatura simultáneo como este; docenas de ellos habían asumido estatura humana. Ahí estaban Amets y Sendoa, uno al lado del otro, a la cabecera de la litera, honrando a la noble reina.

El bien parecido Amets, años atrás, había causado estragos en la mente de Celeste haciéndole creer que la prefería para luego prohibir que lo besara. El recuerdo de la pintoresca lógica de aquella circunstancia hizo que una pequeña sonrisa se abriera paso a través de la solemnidad del momento, pero no afloró más allá de la comisura de sus labios. Había sucedido hacía tanto tiempo y, como siempre, a raíz del fanfarroneo de Nahia, calculado para despertar la naturaleza competitiva de Celeste.

—Ni creas que eres tan sabia como para darme consejos —había dicho Nahia. (Celeste ni siquiera podía recordar qué consejo había estado tratando de darle)—. Para dar consejos, hay que tener experiencia ¿y qué experiencia puedes tener? Ni siquiera te han besado.

La turbia insinuación de Nahia había provocado a Celeste, tanto así, que esa misma tarde, Celeste acorraló a Amets exigiéndole que tomara forma humana. Él accedió y ella avanzó intrépida hacia él e intentó besarlo sin preguntar si lo permitiría. Amets la apartó bruscamente.

—¿Qué estás haciendo? —le reprochó, sus ojos pardos muy abiertos y llenos de sospecha.

—Quiero besarte —respondió ella, exasperada e incapaz de entender por qué él, de todas las hadas, la rechazaba. Después de todo, a menudo había mostrado una marcada preferencia por ella.

—No puedo besarte —dijo, alejándola de él a lo máximo que le daban los brazos, lo que provocó aún más a Celeste—. ¿Es que no lo sabes? El primer beso de un hada debe ser con alguien de su propia especie; de lo contrario, uno será condenado a vivir sin amor para siempre.

Celeste volvió a sentir la oleada de mezquindad que la había abrumado ese lejano día. El rechazo era algo a lo que no estaba acostumbrada. Eso, junto con el hecho de que el único doncel que besaría en su vida sería uno que ya había sido besado por otra, la desequilibró por completo.

—¿Debo entender que no has besado a nadie todavía? —acusó, mordaz, buscando humillarlo. Amets solo desvió la mirada y, cuando Celeste trató de atraerlo hacia ella nuevamente, él se devolvió al tamaño de un hada y se alejó veloz, dejándola allí, rechazada, sin besar y envenenada, pensando en cómo enfrentar a Nahia después de tal decepción.

XLIII

«Qué sencilla era la vida entonces», pensó Celeste, mirando a Nahia, que estaba encaramada en una rama del milenario roble. Pensativa, el hada reflejaba el sombrío estado de ánimo de Celeste, mientras miraba, como paralizada, a los donceles que se preparaban para bajar a Paloma al seno de la tierra.

Al terminar el canto de las hadas, se produjo un profundo silencio en el claro. Celeste volvió la mirada hacia su madre, por última vez, pues Oihana había descendido de su puesto en el tronco del roble y se disponía a cubrir el rostro de Paloma con un velo translúcido.

De inmediato, Amets y Sendoa, y los dos donceles que se habían colocado al pie del lecho, tomaron los sedosos amarres esquineros y los enrollaron sobre sus musculosos antebrazos para levantar a Paloma como en un cabestrillo. El descenso se efectuó gradualmente, a medida que los desenrollaban, hasta que el cuerpo de Paloma descansó en el fondo de la tumba.

Tras un instante de silencio, convocado por Oihana, los donceles comenzaron a cubrir su cuerpo con la tierra oscura y fragante que habían apilado en montículos junto a la tumba. «Eso le encantará a mamá», se consoló Celeste, imaginando que Paloma disfrutaría en su sueño eterno de las mismas cosas que había apreciado en vida.

Las hadas se acercaron a la tumba con sus flores y Nahia se deslizó de la rama para ayudar a entremezclar la tierra con pétalos. Los donceles continuaron llenándola, hasta que no quedó más evidencia de ella que un oscuro rectángulo al pie del roble, enmarcado por la hierba y el trébol. El unicornio se colocó al pie de la tumba, como una esfinge cuidando un tesoro. Todos sabían que permanecería allí durante un día completo antes de desaparecer nuevamente en las montañas.

Las hadas comenzaron a dispersarse, dirigiendo miradas llenas de comprensión y cariño hacia Celeste. Envuelta en el resplandor de sus auras, ella les sonreía y expresaba su gratitud, sintiéndose acompañada en su pesar con cada melódico murmullo. Celeste se quedó mirándolas desaparecer entre los árboles y escuchando el quieto silencio del claro armonizar con el agua que se derramaba en el estanque. Con el rabillo del ojo, vio que Nahia se había acomodado en una amplia rama para acompañarla en la vigilia. Su halo aguamarina titilaba apacible. Seguro que, en el transcurso de la noche, Nahia la ayudaría a descubrir cómo era que se las arreglaría sin Paloma.

Sumida en la penumbra de tales reflexiones, el par de ojos que la miraban desde detrás de un arce, al otro lado del claro, la tomaron desprevenida. Expresaban tan sincera compasión que, de la nada, se le formó otro nudo en la garganta. El rubor de su confusión al reconocerlo coloreó su rostro; no había pensado en él desde que le había dado la espalda en la orilla del lago y, sin embargo, en ese momento, la idea de él era lo único que cabía en su mente.

El hombre del lago había aparecido en respuesta a una súplica silenciosa que Celeste ni siquiera había formulado. Al verlo nuevamente, se cernió sobre ella la certeza de que, a pesar de todo, no estaba sola. Incapaz de resistir el impulso, se dirigió hacia él, aceptándolo como el vínculo con la naturaleza humana que creyó perdido al morir Paloma.

El unicornio soltó un relincho por lo bajo. A oídos de Celeste, llegó el jaleo de ramitas quebradas al desplomarse Nahia y caer al suelo con un golpe sordo. Celeste no aflojó el paso, pues no era la primera vez que Nahia quedaba patitiesa por culpa de un desconcierto inesperado. De verdad la había sorprendido la presencia de un humano en el claro, pero, por suerte para Nahia, la hierba y el trébol acolchonaron su caída.

Acto de presencia

XLIV

Étienne había visto criaturas que creía —como el resto de la humanidad— que no eran más que mitos o viejos cuentos de cuna. Imposible expresar los niveles de emoción que experimentó esa noche. Su embeleso ante la vista de tantos seres feéricos no fue nada comparado con su asombro ante la llegada de ella, la única criatura que no era un mito.

Pero ella lo había dejado en la playa; lo había dejado con las botas empapadas, la mente llena de preguntas y su corazón explotando de anhelo. Durante dos horas, esperó que volviera hasta que no tuvo más remedio que regresar a su campamento, pues ella no había regresado.

Su guía y su escudero, por lo menos, estaban dichosos de verlo sano y salvo. Étienne los escuchó hablar en voz baja, justificando su irritabilidad, atribuyéndola a la falta de sueño del príncipe, pues ya casi había amanecido cuando Étienne regresó al campamento. La deferencia de sus hombres lo hizo sentir un poco culpable, aunque no lo suficiente como para retractar la aspereza de sus órdenes al llegar. Los despertó de un profundo sueño para exigirles que empacaran todo y que no demoraran el día entero en ello.

Durante todo el viaje de regreso a St. Michel, Étienne no hizo más que planear su regreso al lago. Pensó malhumorado en las objeciones de su madre que él tendría que disuadir. Y es que no había alternativa; tenía que volver a ver a esa joven. Si para encontrarla necesitaba horas, o incluso días de vigilancia ininterrumpida, estaba decidido a hacerlo.

Llegó a St. Michel cerca del mediodía y se dirigió a los establos, donde Baldomero lo recibió.

—Pareces preocupado. ¿Acaso fue una expedición muy ardua?

—En absoluto, mi viejo amigo —respondió Étienne desmontando. Tomó la brida y aflojó la cincha para desensillar a Al-Qadir.

Baldomero enarcó una ceja.

—Entonces, ¿cuál es el problema?

Algo le dijo a Étienne que ni siquiera el viejo Baldomero le habría creído si le hubiera contado la verdad, por lo que contestó.

—Me preocupa causarle contrariedad a mi madre, pero, sin remedio, debo marcharme otra vez esta tarde.

—Ya veo —respondió Baldomero—. ¿Y adónde irás sin remedio y con tan poco aviso?

Incapaz de decirle una mentira, Étienne evitó los ojos sonrientes del viejo, confesando lo menos que pudo.

—Hay una situación que requiere mayor escrutinio y debo investigarla yo mismo.

Bajo los blancos bigotes, acechaba una sonrisa sospechosa; Baldomero ladeó la cabeza.

—Mmm. ¿Y no me dirás qué es tan importante que requiere de tu atención personal?

—¿Te encargarás de que Al-Qadir esté listo en una hora?

—Muy bien. Que sea como lo quieres —suspiró Baldomero de buen talante.

Étienne despeinó el mechón de Al-Qadir antes de salir del establo. Se apresuró a cruzar el césped, que ya mostraba signos de revivir gracias a las recientes lluvias, y subió los tres escalones de la terraza baja. Desconcertado, al encontrarse con que la enorme puerta principal estaba abierta de par en par, entró en el cavernoso vestíbulo de su casa y la cerró a su paso.

Una voz femenina, proveniente de la sala privada de su madre, llegó a sus oídos y Étienne se dirigió hacia allá de inmediato. Decidido a dar la noticia de su partida y hacer que el conflicto estallara y se acabara lo más pronto posible, casi chocó con el rígido mayordomo que apareció de la nada con una bandeja de aperitivos.

—Buenos días, señor. Iré por otra copa directamente — ofreció, disponiéndose a volver a las cocinas y balanceando la bandeja con tal destreza que parecía flotar a su lado.

Era obvio que su madre tenía una visita.

—No te molestes —dijo Étienne y el mayordomo se volvió nuevamente hacia la sala, mientras que, con la otra mano, abría la puerta para que Étienne pasara.

XLIV

Dentro de la habitación elegantemente amueblada, se encontraba Élise tensa en su asiento y, a ojos de Étienne, molesta por el incesante parloteo de la visitante frente a ella, que no había resollado en los últimos cinco minutos.

Como a propósito, para destacar su impertinencia aún más y antes de que Élise tuviera la oportunidad de saludar a su hijo, la mujer se puso de pie y le habló con falsa vivacidad, mientras el mayordomo colocaba la bandeja en una mesita entre sus asientos. Se trataba de Paloma, la reina de Santillán, su futura suegra.

—Ah, joven Étienne, ¡qué placer! Y yo que temía no tener la felicidad de verte hoy —apuntó, a la vez que le ofrecía la mano. Étienne la rozó y soltó lanzando una mirada inquisitiva hacia su madre—. Pero, con la boda ya sobre nosotros, pensé que esta visita no se podía pasar por alto. ¡Ah!, que estemos relegados a comunicarnos por correo está más allá de mi comprensión —declaró, tocándose la frente con el dorso de la mano, exagerando el infortunio.

Étienne reconoció los frívolos comentarios con una reverencia concisa, seguida de un primer intento de acelerar la despedida.

—Su Majestad, es...

Paloma fingió no escuchar.

—Ejemplar dedicación la tuya, joven. Viajar todos esos días a caballo, dormir al aire libre y tomar alimentos guardados en alforja...

Étienne asentía o sacudía la cabeza cada vez que la visitante tomaba un respiro. Su irritación iba en aumento.

—Estoy tan contenta de que hayas vuelto, hijo. Creo que... —interpuso Élise pero no pudo terminar. El cascabeleo de la visitante arrasó con los comentarios de su anfitriona, insistiendo en dirigirse a Étienne.

—Tu madre me ha hablado de la honorable determinación de resolver las circunstancias de los habitantes de St. Michel —dijo, con un gesto de disgusto ensanchándole las fosas nasales—. Pero ahora que has vuelto, joven, es hora de concentrarse en el feliz acontecimiento que pronto nos unirá a todos —profirió, señalándolo con un dedo cómplice, a la vez que examinaba a Étienne de arriba abajo como desaprobando de su polvoriento atuendo campesino.

—Es por eso que vengo a invitarlos a un ensayo de la ocasión especial. Queremos que este ensayo se lleve a cabo el día veintiséis, para que todo esté fresco en sus mentes el día de la boda y también para que nuestras costureras y sastres tengan suficiente tiempo para los ajustes necesarios de los ajuares. Y tu vestido también —agregó, aludiendo a Élise.

—Le ruego que me disculpe —Élise prorrumpió ofendida.

—Oh —rio Paloma con arrogancia ante la mirada de incredulidad de Élise—. Es el día de la novia, ¿no? Y mi Berezi tiene un gusto impecable. Nadie chocará con los colores que ella ha elegido para ese día tan especial. Por eso, lo indicado y lo más fácil es que nosotras, Berezi y yo, nos encarguemos de las vestimentas que mejor realzarán el ajuar de la novia —entonó, corrosiva y con enfático desdén hacia Étienne, por su rústica apariencia.

—¿Entonces, se propone vestir a todos los invitados? —Étienne preguntó con evidente disgusto.

—¡Tonterías, muchacho! Solo los que estarán en la capilla. Qué cosas graciosas dices.

—Lo siento, de verdad, pero no podremos asistir a su ensayo —interrumpió Étienne, más allá de toda paciencia y sin importarle que, al escuchar su negativa, el rostro sonriente de la reina de Santillán se convirtió en una máscara de severidad en menos tiempo del que hubiera podido disiparse una sonrisa sincera—. Verá, esta misma tarde salgo para San Sebastián, *señora*, y, como usted sabe, es un viaje de cuatro días. Me temo que no se puede evitar.

Élise ocultó su sorpresa al escuchar esta noticia y, tal como Étienne había supuesto, no se atrevió a cuestionar a su hijo frente a la visitante. Con una frialdad de temperamento que rara vez había escuchado en la voz de su madre, Élise dijo:

—Usted concederá que mi hijo y yo sabemos comportarnos en ocasiones formales, lo cual convierte el sugerido ensayo en un ejercicio por demás innecesario. Cuento con que usted aliviará la inquietud de Berezi sobre eso. Respecto de su generosa oferta de proporcionar nuestras prendas, no será necesario, ya que nuestros sastres finalizaron los últimos detalles la semana pasada.

La reina de Santillán miró fijamente de Élise a Étienne, confiriendo el disgusto por su anterior discurso le dijo:

—Primero, joven, agradeceré que te dirijas a mí como su Majestad. Después de todo, una reina no merece un título inferior.

Étienne hizo otra breve reverencia, sin permitir que sus ojos la abandonaran, no fuera que aquella mujer lo considerara una disculpa de su parte.

—Y segundo —prosiguió, esta vez adoptando un tono risueño—, te pregunto: ¿es prudente hacer un viaje tan largo cuando quedan tan pocos días antes de la boda?

Étienne sopesó el momento. Sin duda, su madre estaba de acuerdo con la imprudencia de su viaje, pero Élise no tomaría partido contra su propio hijo, por lo que expresó la primera justificación que se le vino a la mente, sabiendo que ninguna de las dos mujeres sería capaz de objetar.

—Se acostumbra que el novio tenga un regalo para la novia, ¿no es así? —dijo Étienne, felicitándose por la ráfaga de inspiración. Lo que estaba a punto de decir equivaldría a varios días junto al lago—. Tengo un encargo muy especial que llegará a la ciudad pasado mañana. Les ruego entiendan que no puedo confiar en nadie más que yo para recogerlo.

La severa máscara se transmutó en jovialidad tan rápidamente que Étienne no dudó que se trataba de un cambio de táctica en lugar de un cambio de emoción.

—Mi querido muchacho —ronroneó Paloma, tomando una copa de la bandeja y levantándola en un brindis, pero como ni Élise ni Étienne siguieron su ejemplo, tomó un trago rápido y continuó—. Berezi estará impaciente por ver su regalo de bodas. Seguramente viene de París —dijo con un guiño esperanzado que Étienne no satisfizo. Pero pronto se recuperó y reanudó el discurso.

—Por supuesto que entiendo que no puedes asistir al ensa...

—Les ruego que me disculpen —Étienne la interrumpió. En lo que a él respectaba, esa mujer ya le había quitado demasiado tiempo y no estaba dispuesto a permanecer ni un momento más soportándola mientras se le esfumaba el día—. Sea tan amable de transmitirle mis saludos a Berezi—. Se inclinó hacia Paloma y, de manera significativa hacia su madre, antes de abandonar la sala.

XLVI

Transcurrió una hora en la que Étienne se bañó y vistió con ropa limpia, y luego preparó una alforja con provisiones básicas. Se dirigió a los establos y allí Élise lo encontró a punto de partir. Aunque apenado por ser la causa del semblante irritado de su madre, continuaba decidido a marcharse, a pesar de cualquier objeción que ella pudiera idear. Baldomero tomó las riendas para que Étienne se acercara a su madre.

—¿De verdad vas a San Sebastián? —preguntó Élise, dudando que hubiera tenido la iniciativa de pedir un regalo para su novia.

—De verdad —respondió él con evidente malestar por la mentira, pero también porque se le ocurrió que tendría que presentarle algún tipo de regalo a Berezi, puesto que se había comprometido a ello. «¿Por qué me engaño? Es que no habrá boda», se prometió. Envalentonado por la nueva certeza, Étienne tomó las riendas, desviando su mirada de la sospecha que vio en los ojos de Baldomero, pues, a esas alturas, el guía y el escudero seguro le habían hablado de su impulsivo desvío a las cumbres desconocidas y lo habían puesto al corriente de que no había regresado hasta el amanecer.

Élise se acercó a él y lo besó en ambas mejillas.

—Date prisa en volver, hijo mío. Y ten cuidado.

Étienne montó en Al-Qadir.

—Lo haré, madre, y no te angusties por mí.

Élise esbozó una sonrisa y se apartó del caballo mientras que, con la excusa de tentar la cincha, Baldomero se inclinó para susurrar.

—Sabré dónde buscarte si demoras.

Dirigiéndole una mirada sagaz a Baldomero, Étienne espoleó a Al-Qadir, iniciando la marcha.

Gracias a la luz de la tarde y, como ya conocían el terreno, caballo y jinete escalaron la cresta en menos tiempo que la primera vez y llegaron al lago en apenas cinco horas. Étienne guio a Al-Qadir hacia el este, a lo largo de la playa blanca. Estableció un pequeño campamento cerca de los árboles, donde Al-Qadir podría pastar a sus anchas.

Su intención era esperar ahí hasta el anochecer para ver si se reanudaban las celebraciones. Se entretuvo explorando el bosque en la dirección en la que había visto desaparecer a la joven, pero su esfuerzo fue en vano. El bosque parecía desolado. El lago también estaba desprovisto de señales de vida y nuevamente lo asaltaron pensamientos funestos: «¿Será que lo imaginé todo?».

La noche no se prestó para el descanso. Étienne se la pasó en vela. Cada ruido que escuchaba lo ponía en guardia, creyendo que era una señal del regreso de la joven o, al menos, el regreso de las hadas. Pero cada vez resultaba ser el viento, un pájaro o Al-Qadir que salvaba obstáculos entre sueños.

El alba lo sorprendió fatigado, pues había tratado de dormir toda la noche sin lograrlo. Se envolvió en su manta y esperó malhumorado a que el sol naciente lo calentara, mientras escudriñaba sus alrededores por señales de vida. Después de un desayuno de pan duro y agua de su cantimplora, resolvió adentrarse una vez más en el bosque. Dejó a Al-Qadir pastando y salió en busca de ella.

Durante dos horas caminó en círculos, entre coníferas y arbustos, y su miedo de no encontrar ni rastro de ella crecía con cada paso. Entrada la tarde, decidió cambiar de táctica y empezó a seguir un arroyo, dándose otro par de horas para ello, antes de emprender el regreso al lago para acompañar a Al-Qadir y estar presente en caso de que las criaturas regresaran al lugar de su primer encuentro.

Aquellos eran los planes de Étienne cuando dio con un estanque y tuvo que reconsiderar sobre la marcha. El lugar mostraba señales alentadoras de que era frecuentado por las mismas criaturas que estaba buscando y, con suerte, por la joven que le quitaba el sueño también.

Los frondosos árboles alrededor del estanque formaban una especie de resguardo, como para que alguien pudiera bañarse en total privacidad en un espacio recargado de flores. Animado por lo bien cuidado que estaba el sitio, en contraste con la vegetación selvática que había recorrido durante horas, Étienne cruzó el arroyo, balanceándose sobre las rocas que formaban una represa, y ahí encontró una marquesina erigida junto a un enorme sauce.

Los paneles, hechos de una seda transparente, se hinchaban con la brisa, invitándolo. Apartó uno de ellos y entró. Sin tocar nada, ojeó la colección de artículos semejantes a los que su madre guardaba en su habitación, cosas que las mujeres usan para arreglarse y vestirse.

Una ola de alivio se extendió por su ser. «Después de todo, no estoy loco». Un aroma floral impregnaba el aire ahí dentro y respiró hondo, imaginando que se trataba de la misma fragancia de la joven. Percatándose súbitamente de que estaba invadiendo un *boudoir*,

Étienne abandonó la marquesina de mala gana, pero decidió esperar junto al estanque en caso de que alguien viniera a hacer uso de las cosas que había dentro.

En cuestión de minutos comenzó la actividad. Étienne se deslizó sigiloso detrás del tronco de un viejo arce dispuesto a observar. La ventajosa posición elegida le permitía ver el estanque a su izquierda y un sendero estrecho a su derecha. Fascinado, reparó en la docena de criaturas que se movían de un lado a otro, algunas del tamaño compacto que había observado dos noches antes, pero dos donceles, después de trazar líneas en el suelo al pie de un enorme roble frente a él, se materializaron a una altura similar a la suya. Los donceles pusieron manos a la obra y en poco tiempo, Étienne se dio cuenta de lo que estaban haciendo: estaban cavando una tumba.

Con gran temor, observó su progreso, alarmado de que la tumba era suficientemente grande para alguien de su estatura y no alguien del tamaño de aquellas criaturas que, por regla general, no excedían los treinta centímetros de altura. El terror se apoderó de su corazón. ¿Acaso su dama sería enterrada allí? Que ella pudiera haber muerto en el espacio de dos días era una probabilidad siniestra que se esforzó por sacar de su mente.

Mientras así batallaba, los donceles terminaron de cavar la tumba y dos montículos de tierra, húmeda y oscura, yacían a cada lado de ella. «¿A quién piensan enterrar ahí?». Aquella era la pregunta que lo atormentaba en ese momento y Étienne necesitó de todo su autocontrol para no saltar de su escondite y exigir una respuesta.

XLVII

Afortunadamente, una tarea sucedía a la otra sin interrupción y pronto los árboles circundantes comenzaron a llenarse de luminarias a medida que llegaban más y más hadas para asistir al entierro. Étienne calculó que unas doscientas de ellas se acomodaron entre las ramas del poderoso roble y al borde del estanque. Algunas más habían asumido estatura humana y, aparentemente, su propósito era flanquear la tumba vacía.

De repente, todos los ojos, incluidos los de Étienne, se volvieron hacia un magnífico unicornio blanco que se acercaba por el estrecho sendero bordeado de saúco. Su gran asombro ante semejante aparición

122

fue superado por la profunda emoción que lo invadió al ver quién seguía detrás del mítico unicornio.

El corazón le dejó de latir. «Es ella». El alivio de Étienne, al saberla aún con vida, le permitió continuar examinando lo que sucedía en el pequeño claro. Pudo discernir que la figura en la litera era una mujer humana, cubierta de flores de pies a cabeza, y, al ser la única otra humana en la triste escena, no le quedó duda de que su muerte debía significar una gran pérdida para la joven que le había robado el corazón.

Étienne anhelaba tenerla en sus brazos y consolarla, pero cómo saber siquiera si el protocolo de aquella extraña corte lo permitiría. A medida que pasaban los minutos, su desconsuelo crecía al considerar que, aunque a la vista, la hermosa joven estaba tan fuera de su alcance.

Puesto que no se atrevía a actuar, vigilar y esperar era lo único que estaba en su poder. Étienne resolvió dedicar su tiempo a memorizar cada detalle de la joven: la forma en que caminaba, el giro de su cabeza, el elegante ademán de sus manos, la transparencia en sus miradas repletas de gratitud al recibir cada abrazo consolador. La brisa jugaba con un mechón suelto y ella lo intercalaba distraída en el rodete otra vez. Su piel dorada era miel bañada por el sol.

De vez en cuando, Étienne juraba que había escuchado su voz, pero los labios de la joven no se habían movido. Los minutos pasaban y Étienne vigilaba y esperaba.

El crepúsculo se convirtió en noche cerrada. Las hadas reunidas comenzaron a brillar en sus orbes de colores, envolviendo el claro en una suave y perfumada bruma. En parejas, se acercaron, por turnos, al borde de la tumba para ver el cuerpo de la mujer, dispuesto para el descanso eterno y ofrecer su última despedida.

Poco a poco, empezaron a dispersarse entre los árboles, llevándose su luz. Todas, menos una. Étienne la recordaba porque, durante la trascendental primera noche en el lago, había sido ella quien, con sus murmullos, se había llevado a su dama. Étienne estaba resuelto a no dejar que eso sucediera otra vez.

La joven estaba sola junto a la imponente figura del unicornio y, reconociendo que su momento finalmente había llegado, se proponía desviar cualquier intento del hada de separarlos. «Si tan solo pudiera hacer que me mires», rezó e instantáneamente ella lo hizo.

Cuando sus ojos se posaron sobre él, una euforia líquida se precipitó por sus venas como un corcel desbocado. El corazón le martilleaba en el pecho, paralizándolo. La joven venía hacia él.

De reojo vio al hada, en su orbe turquesa, caer del árbol, pero su preocupación por ella fue fugaz, pues en dos majestuosos pasos, la joven había cortado la distancia entre ellos y estaba tan cerca de él que Étienne ya olía su aroma de lluvia y viento, de jacinto y misterio.

Era casi tan alta como él, indómita y libre, nada de la languidez o frivolidad de Berezi. Abrumado por su proximidad, pero decidido a retenerla por más de unos instantes esta vez, se aclaró la garganta y abrió la conversación así:

—Cuánto lamento esta enorme pérdida —dijo Étienne y, temiendo que ella hubiera notado el temblor de su voz, volvió carraspear.

—Fue mi madre a quien enterramos hoy —explicó ella, su voz un verdadero coro de ángeles, o de hadas, a oídos de Étienne. Se le partió el corazón al ver dos gruesas lágrimas rodar por las mejillas sonrojadas de la joven. Conmovido, anhelaba enjugarlas con sus besos; ella había sido tan fuerte hasta entonces, pero, sin duda, semejante arranque de su parte no sería tolerado.

—Estuvo muy enferma durante el invierno y, aunque la esperanza de todos era que se recuperara por completo, no fue así —añadió, rozándole la cara a Étienne con sus finos dedos.

Étienne se lo permitió y trató de disimular su sobresalto al recordar que llevaba dos días sin afeitarse.

—Áspero —comentó distraída, mientras le recorría la cara con la mirada.

—Lo siento. He estado fuera de... Yo... —balbució, maldiciendo el modo apresurado de su partida que le había hecho olvidar los requisitos básicos de cuidado personal.

—No te disculpes. ¿La verdad? Me gusta —aseguró ella—. Sabía que lo sería, porque tuve un sueño hace mucho tiempo que..., en fin, no importa.

A su vez, él se acercó a ella, suplicando fervoroso que no lo detuviera y maravillándose de cómo, en su mundo, una venia habría sido la respuesta apropiada a un saludo verbal, pero nunca *nunca* algo tan íntimo como esto.

Ella no lo detuvo, ni siquiera cuando él tomó su rostro entre sus manos para secarle las lágrimas, resistiendo el deseo de besarla.

XLVIII

Nahia se sentó en la suave hierba donde había caído y miró aturdida a su alrededor. Cuando vio a Celeste y al hombre casi abrazándose, se dejó caer nuevamente, poniendo los ojos en blanco.

—Y dice que yo soy un hada —murmuró fastidiada, pues estaba obligada a vigilar no solo la tumba, sino también a Celeste.

Se puso de pie, sacudió la hojarasca aferrada a su falda y ascendió a la rama de un árbol, desde donde podría dominar el panorama, aunque no le fuera posible oír lo que decían.

Siseó indignada, pero desvió la mirada, acobardada, cuando los ojos del hombre la encontraron; aparentemente él sí la había escuchado.

XLIX

—Mi nombre es Celeste —dijo ella, sin demostrar prisa alguna de que él la soltara.

—Un nombre inusual, encantador —comentó Étienne, tomando entre sus dedos el largo mechón que jugaba sobre su mejilla y colocándolo detrás de la oreja. Le ofreció su brazo, invitándola a dar un paseo.

—Nací en estos bosques, sabes. Y mi madre era todo lo que yo tenía —confesó ella, aceptando el ofrecimiento.

Del brazo, se alejaron a paso lento por el sendero.

L

—¿Y yo qué soy, fruta pasada? —Nahia se quejó, resentida.

Abandonó el árbol, lista para seguirlos tan de cerca como pudiera. Al paso, arrancó un pedazo de corteza de pino que mordisqueó rabiosa, para contrarrestar la ansiedad y el nerviosismo. Era una práctica muy efectiva en el sentido de que siempre lograba transferir su nerviosismo a la persona que escuchaba los molestos ruidos de masticación, excepto que esta vez Celeste no estaba a su alcance y, recordando la última rabieta de Celeste por causa de esa mala costumbre suya, Nahia desistió voluntariamente.

—Primero que me parta un rayo antes de que me vuelvas a embarrar de savia —rezongó amargada, arrojando trozos de corteza medio masticada entre los arbustos—. Sí. Ella nació aquí y en la misma noche que yo —continuó Nahia, aunque nadie la escuchaba—. Y yo soy su mejor amiga, su única amiga —agregó escupiendo las molestosas astillas que todavía le quedaban en la boca. Pero al experimentar los primeros síntomas de malestar estomacal, adrede se quedó atrás mientras el hombre guiaba a Celeste por el bosque hacia el lago.

LI

Seducido, Étienne se entregó al descubrimiento del mundo que Celeste pintaba con el pincel empapado de las cosas que ella y su madre solían hacer juntas. Cuanto más hablaba, más evidente se volvía para él que, a través del agridulce relato, Celeste calmaba su propio dolor. Étienne se prestó a ella sin preguntas y asimiló las experiencias de su infancia, atesorando cada palabra que salía de su boca.

A la luz de la luna, caminaron un par de horas por la espesa arboleda plateada con polvo de estrellas. Étienne no podía concebir momentos más felices en toda su vida. El brazo de Celeste descansaba ligero sobre el suyo; su voz daba vida a imágenes maravillosas de las cosas sobre las que se había preguntado dos noches antes. Con cada apretón que ella le daba cuando el camino era demasiado estrecho o para evitar tropezarse, el corazón de Étienne daba un vuelco boyante y en secreto deseaba que el sendero desapareciera por completo, para así justificar llevarla en brazos.

De repente, el bosque se despejó y juntos divisaron la playa a través de una última hilera de pinos.

—Estamos en el lago —exclamó ella, sorprendida.

—Es lo único que conozco por acá. ¿Deseas volver al claro? —ofreció Étienne.

Celeste le soltó el brazo, pero lo llevó de la mano el resto del camino hasta la arena.

—Aquí fue donde nos conocimos —dijo entrelazando sus dedos con los de él.

Étienne sonrió y, cuando Celeste le preguntó al respecto, él respondió con seriedad.

—De donde yo vengo, las damas siempre están muy pendientes de su espacio personal. Nunca considerarían este contacto en la primera instancia —explicó, colocando un beso muy casto sobre la mano de Celeste.

126

—¿Es cierto lo que dices? —preguntó desconcertada—. Mi madre quería que aprendiera las costumbres del mundo humano. Supongo que esa es una de ellas —dijo, intentando recobrar su mano, pero Étienne no la soltó—. Es la verdad para otras personas, mas nunca para alguien como tú. No te cambiaría ni por todos los tesoros del mundo. Adoro tu frescura, el esplendor indómito que irradias, el… —Étienne se contuvo, temiendo haber revelado demasiado de sus sentimientos, pero la tímida sonrisa en los labios de Celeste le hizo saber que sus declaraciones habían sido recibidas con placer.

Ella le apretó la mano con una sonrisa satisfecha que lo espoleó a tomarla en brazos y besarla. Pero resistió el impulso una vez más. Permanecieron en silencio unos instantes en el mismo lugar donde se habían conocido por primera vez.

—¿Sabes? —dijo Étienne, levantado la mirada hacia el rostro de Celeste—. Yo también soñé contigo.

Étienne no pudo decir quien se estremeció, si ella o él. Lo cierto fue que, cuando aquella mirada de miel empapó la suya, él supo que sus sentimientos eran correspondidos.

—Debo volver al lado de mi madre —dijo ella con voz temblorosa.

El corazón de Étienne se hundió ante aquella noticia, pero no estaba dispuesto a disuadirla de lo que sabía que era una obligación filial. Asintió lleno de pesar.

—Pero mañana quiero escuchar todo. Quiero saber todo lo que deba saber sobre ti.

—Estaré aquí esperándote —sonrió recobrando el ánimo y, para su gran sorpresa, ella tomó a cargo depositar un beso en cada una de sus manos.

—Regresaré mañana a primera luz —prometió, adentrándose en el bosque y sin dar a Étienne la oportunidad de desearle formalmente una buena noche.

—Estaré justo aquí —aseguró él y, cuando ella se volvió sonriente por última vez, él se inclinó muy galante hacia ella.

Étienne corrió a lo largo de la orilla hasta el lugar donde había dejado a Al-Qadir todo el día. Cuando vio al caballo, se le acercó sigiloso y, meciéndose en la rama de un árbol, aterrizó sobre su lomo, sobresaltando al pobre caballo que, con un relincho, partió al galope. Agarrando dos puñados de las crines de Al-Qadir, Étienne se echó a reír mientras tronaban a lo largo de la playa azucarada.

Al son de las poderosas patas de Al-Qadir, que después de un largo día en solitario descanso chapoteaban ruidosas, los ridículos planes de un ensayo de boda, la amenazante Paloma y hasta la propia Berezi acabaron de evaporarse de la mente de Étienne.

De regreso en su improvisado campamento, acostado de espaldas sobre su manta, ignoraba al Morfeo que blandía una sarta de sueños atrasados en trivial amonestación. Segundo a segundo, su sonrisa se ampliaba con la certeza de que nada podría borrarla.

—Amo mi vida. ¡Adoro a Celeste!

Lazos insospechados

LII

Hacía rato que Nahia flotaba a la deriva, tratando de aliviar el dolor de estómago que los trozos de corteza le habían dado. En eso, espió un parche de florecillas con pétalos blancos alrededor de sus centros amarillos y regordetes; tanto refulgían a la luz de la luna que Nahia descendió animada sobre la fragante manzanilla.

Arrancó un puñado y comenzó a masticarlos, convencida de que, aunque cruda, surtiría el mismo efecto que hervida. Mas, ay de la pobre Nahia, al cabo de quince minutos, la embistieron incontrolables arcadas y olas de calambres que no cedieron hasta que lo expulsó todo.

Sudorosa y debilitada, Nahia se apoyó en una de las retorcidas ramas del sauce llorón, al lado del Camerino, jadeando y escupiendo los restos de manzanilla. Ya no distinguía entre el malestar que se había causado ella sola y la punzada que le hincaba el pecho sin tregua al recordar a Celeste tan absorta con ese hombre. No podía entender por qué tanto alboroto.

—Supongo que sí tiene su gracia, pero, ¡caray!, es cosa de a-primera-vista que no durará —se dijo a sí misma. Como todas las hadas, Nahia disfrutaba del sonido de su propia voz y, a menudo, expresaba sus pensamientos en voz alta, solo por el placer de escucharse hablar.

En lugar de flotar, se distrajo cruzando la represa del estanque brincando de una roca a otra, demorando así su regreso a la tumba, donde se proponía esperar a Celeste para pedirle cuentas.

—¿De qué rayos pueden estar hablando durante tanto tiempo? Increíble que ese hombre tenga la paciencia para escucharla. ¡Nadie la tiene! Y, peor, por dos horas enteras —declaró sacudiendo la cabeza para ondear sus rizos veteados de turquesa.

Se percató entonces de los faroles de colores, alineados alrededor del claro y que lo bañaban todo en una neblina violácea.

—Probablemente, Amets lo hizo —respingó el hada—, otro detalle en la lista de consideraciones que él ha tenido para con ella en los dos últimos días.

Bordeó la figura inmóvil del unicornio, que todavía estaba al pie de la tumba de Paloma, y flotó hasta la primera bifurcación del tronco del poderoso roble. Allí se acomodó, como una gallina preparándose para empollar, abanicó la falda, alisándola a su alrededor, y rastrilló los rizos con sus dedos para refrescarlos.

—Pero ni siquiera apreciará sus detalles —refunfuñó aludiendo a Amets—, ahora que ha encontrado a ese hombre, que parece bastante cautivado con ella.

—¿De verdad lo crees? —entonó Celeste, saliendo del bosque e incorporándose a la bruma que arropaba el claro.

Nahia la fulminó con la mirada. La decepción le desfiguraba el rostro.

—Verdaderamente repulsivo —atacó el hada—. No te había visto tan flechada desde Amets y de eso ya hace tres años. Lo perseguiste durante días, ¿recuerdas? Rogándole que cambie de estatura solo para darte gusto. Fuiste necia entonces y ahora vuelves a serlo.

—Era apenas una niña. Esto es completamente diferente —respondió Celeste a la defensiva.

Nahia puso los ojos en blanco fingiendo desdén. La verdad era que su propia participación en el asunto no había sido tan digna como le habría gustado. Dio gracias en silencio por la escasa iluminación que escondía su poquedad, pues el desnudo recuerdo de ese día la hizo sonrojar.

En medio de las rechiflas de tres hadas (incitados por Sendoa), Nahia y Celeste habían acorralado a Amets, quien les seguía el juego de buen humor al principio, pero pronto comenzó a preocuparse, viendo que Nahia no lograba mantener su propio cambio de estatura debido a la furia que cursaba por ella y que rompía su concentración. Tratando de disimular su fracaso, Nahia había gritado.

—¡Yo soy de su clase y tú no tienes por qué interferir! ¿Propones seriamente privarlo del amor por toda la eternidad solo para satisfacer tu tonto capricho?

Ignorando al hada, Celeste había jalado a Amets hacia ella recordándole su oferta.

—Te lo dije, puedes besar a cualquier hada excepto a ella —dijo Celeste, con un dedo acusador que apuntaba a Nahia—. Solo así podrás cumplir tu deseo de besarme a mí.

—Ah, así que ese era tu gran plan. ¿Cualquiera menos yo? Pues bien, me complace informarte que… —dijo Nahia, a su vez tirando de Amets hacia sí misma— él siempre tuvo la intención de que su primer beso fuera de mis labios.

Celeste había comenzado a responder, pero Amets, con asombrado disgusto, se liberó de las garras de ambas y proclamó:

—Prefiero la compañía de serpientes antes que de crías endemoniadas, caprichosas y egoístas como ustedes.

Tamaña declaración, por supuesto, las dejó en atónito silencio, viéndolo alejarse de ellas. Sendoa y los otros también se marcharon, siguiendo al pobre Amets muy de cerca, remedando el acontecimiento para azuzarlo.

—¡Mira lo que hiciste! —acusó Nahia, pero, rápida como un relámpago, Celeste se había vuelto hacia ella con los puños en la cintura.

—Pues no. Lo que sí vi fue lo que tú hiciste y deberías arrepentirte.

Con el tiempo, Celeste y Nahia consideraron atinado perdonar a Amets por su arrebato. Después de todo, su confusión ante el cegador halago de saberse el objeto de sus afectos, por peligrosos que fueran, era de esperarse.

Nahia apartó aquellos recuerdos como si fueran inoportunos mosquitos y comenzó a poner asunto a lo que decía Celeste, pues no había parado de hablar y sus gestos eran por demás animados. Algo sobre las expectativas de Paloma, cómo Celeste se sentía desigual a la misión que le había encomendado su madre, pero cómo lo que Celeste había estado experimentando esa noche había comenzado a producir un cambio dentro de ella, el efecto milagroso que el hombre había tenido en Celeste y la emoción de Celeste por su próximo encuentro al día siguiente. Celeste. Celeste. *Celeste*.

Nahia revoleó los ojos otra vez.

—¿Sabes lo que oigo? —Nahia fingió un bostezo—. Yo, mi, mío, yo, mío, mi…

Celeste se frunció indignada.

—Eres tan... peor que un infame trasgo...

Las mejillas de Nahia ardieron y sus ojos aguamarinas centellaron coléricos.

—Ese apodo no me ofendía a los cinco años y menos ahora.

—¡Trasgo, trasgo, trasgo! —gritó Celeste arrastrada de nuevo a su niñez.

El unicornio, que había estado en silencio hasta el momento, soltó un relincho en flagrante desaprobación de la discusión y tanto Celeste como Nahia, habiendo olvidado que el Guardián del Bosque estaba allí, se quedaron mudas. Nahia le hizo un gesto a Celeste para que la siguiera y juntas se alejaron de la tumba para continuar su disputa.

Una vez en el sendero bordeado de saúco, en dirección a la gruta, Nahia pasó por encima del hombro de Celeste, susurrando con urgencia.

—¡No soy un trasgo! Y te digo esto, no voy a pasar toda la noche escuchando tus historias cursis sobre ese... ese bruto, peludo, rústico peludo —dijo revoloteando sin aliento de un lado de Celeste al otro.

—No es un bruto —Celeste lo defendió—. Lo que pasa es que no quieres entender lo que ha sucedido. Como mi amiga y mi hermana, debía interesarte lo que tengo que decir en lugar de estar celosa, porque sé que eso es lo que te pasa. Estás celosa de que yo encontré a alguien y tú no.

Nahia no atinó qué responder. Se quedó boquiabierta unos segundos y Celeste, que normalmente se habría aprovechado del silencio de Nahia para decir lo que pensaba, sin interrupción, bajó la mirada y suspiró.

—Ya dejemos esto, ¿te parece? No quiero discutir contigo, no esta noche.

LIII

Las jóvenes, una al vuelo la otra a pie, llegaron a la gruta. Celeste entró primero, indiferente a la oscuridad total en la que estaba su casa a esa hora de la noche. Sin tropezar, se acercó a la mesa, buscó a tientas una vela y la encendió con un carbón humeante de la chimenea. Nahia la seguía al flote.

Celeste se sentó en una de las tres sillas alrededor de la pequeña mesa y el hada tomó su asiento en la estantería con los platos.

Tomándose su tiempo, Nahia empezó a acicalarse; se encajó los rizos detrás de las orejas, se acomodó las mangas del blusón y, con mucho aspaviento, atacó el invisible polvo en los volantes de su falda. Celeste se mordió el labio, dando la señal a Nahia que la paciencia se le agotaba y, solo entonces, el hada habló.

—Primero, aclaremos una cosa. No estoy celosa; puedes estar segura de eso. —Celeste soltó un bufido que Nahia refutó—. Los celos implican que estamos compitiendo por el mismo objeto y, en ese aspecto, puedo decirte que no hay competencia alguna. Número uno, porque puedo quitártelo cuando quiera y, número dos, porque no lo encuentro ni atractivo ni divertido. Entonces, que quede establecido que no hay terreno para competencia y, por tanto, no hay celos.

Celeste le dedicó una sonrisa complaciente.

—Bueno, si todo eso es cierto, me alegro de que no habrá otro episodio como el que tuvimos con Amets.

—El episodio de Amets fue lo que fue por tu comportamiento —replicó Nahia, afectando suficiencia.

—¿Cómo hago para que comprendas lo que está sucediendo? ¿Cómo? —Celeste sacudió la cabeza irritada—. ¿Puedes dejar de manosear esas mangas? Y no empieces con la falda porque no hay forma de mejorarla, a menos que le arranques todos los volantes. Te ves ridícula con todos eso flecos sueltos.

Por mucho que amaba a Celeste, en ese momento, Nahia no podía superar el impulso de enemistarse con ella. Sentía que la conducta de Celeste era reprochable, pero también había un poco de miedo mezclado en la censura dirigida a su amiga, miedo de que Celeste se marchara adonde Nahia no pudiera seguirla.

Haciendo un puchero y revoleando los ojos, el hada acarició con amor su falda vaporosa, como para aguijonear aún más a Celeste, y replicó en tono condescendiente.

—No es de esperarse que entiendas esto. Después de todo, no eres más que humana —explicó como a una niña—. Las hadas somos seres etéreos y sutiles, y yo expreso mi ser interior a través de las elegantes prendas que selecciono, para complementar mejor mi naturaleza.

Celeste dejó escapar otro bufido burlón.

—¿Expresar tu yo interior? Lo sabía. Te mueres de celos de Ederne, ¡admítelo! Y ahora te crees que tú también tienes las cualidades de un Claro de Luna.

—Me niego incluso a comentar al respecto —respondió Nahia, altanera—. Más bien, tú envidias mi habilidad natural. Es por eso que me atacas tanto —agregó con el aire de alguien que se esfuerza más allá de los límites de la paciencia, pero que no tiene más remedio que cumplir con su augusto deber.

—No importa. Sé que es tu inseguridad la que habla y esa es la carga que asumí cuando te acogí bajo mi ala.

—¿Qué ala? Si no tienes alas, trasgo —rio Celeste—, no eres más que una gran luciérnaga con un par de trucos bajo los flecos de la manga y ni siquiera te has dado el trabajo de afinarlos —acusó Celeste.

Nahia guardó silencio, recordando los eternos sermones de su madre. Nahia odiaba practicar el glamour y eso siempre había sido una contrariedad para la reina Oihana, quien, al igual que Paloma, deseaba que su hija mostrara más interés en los valores y propósitos establecidos para ellas como princesas. Tensa y con los puños crispados, miró rencorosa a Celeste a la vez que pronunciaba en tono mesurado:

—Di todo lo que quieras, humana, pero escucha esto: puede que no tenga buen sentido de la moda o del donaire, que al final de cuentas es algo subjetivo, pero lo que sí tengo es suficiente juicio como para, al menos, no pisotear la tumba de mi madre por correr a los brazos de un amante. Un hombre que, dicho sea de paso, no hará más que alejarte de todo lo que tu madre siempre quiso para ti.

Fue el turno de Celeste de quedarse muda. Sus ojos se llenaron de lágrimas y las sabidas motas doradas fulguraron enojadas. En ese instante, Nahia supo que sus palabras habían golpeado el corazón de Celeste y, con una ráfaga de sentido común, el hada se elevó fuera de alcance.

—¿Cómo te atreves a decirme cosas tan horribles? —siseó Celeste, habiéndose recuperado lo suficiente.

Nahia revoloteó nerviosa y se posó en la repisa más alta, sintiendo la espinosa, aunque a esas alturas, muy familiar sensación de arrepentimiento por lo que había dicho. Pero el daño estaba hecho y tenía que admitir, aunque solo fuera para sus adentros, que lo había dicho en serio. «No tiene por qué pasar tanto tiempo con ese... extraño... ese hombre», pensó.

—Has sacado tus propias conclusiones y ni siquiera te has molestado en considerar lo que pienso, lo que siento, lo que estoy pasando —gritó Celeste, herida, y cuando Nahia no respondió, hizo un ademán de renuncia con los brazos, se dirigió hacia la cama y se dejó caer sobre ella.

Nahia la miró, bocabajo sobre el colchón, sus hombros tiritando con sollozos y, de repente, no supo más si ella, Nahia, había entendido mal o si Celeste había traicionado a su madre, tal como la había acusado.

—No es como tú dices en absoluto. No entiendes lo que me ha pasado —gimió Celeste.

—Está bien, entonces hablemos —dijo Nahia, por fin, adoptando un tono penitente.

Celeste se sentó y se secó los ojos con el dobladillo de su vestido.

—¡Aaaj! No hagas eso. Es un vestido tan hermoso y lo estás moqueando entero.

—Lo siento —se dolió Celeste.

—Y ya deja de llorar como un bebé.

—¡Por las estrellas en el cielo! —estalló Celeste, hurgando debajo de la almohada de Paloma—. Usaré este pañuelo. ¿Satisfecha?

—Sí.

Nahia descendió a la repisa inferior, preguntándose por qué a veces era tan difícil comunicarse con Celeste. Ahí estaba aquella criatura que ella consideraba su mejor amiga y, sin embargo, a pesar de todos los dulces intercambios de los que eran capaces, parecían poseer una cantidad igual de mezquindad que inevitablemente tornaba sus conversaciones en desagradables discusiones. En su repisa, Nahia se encogió un poco, sintiéndose aún más apenada por su estallido. Celeste se veía pequeña y frágil, sentada sobre la cama, confundida y retorciendo el pañuelo entre sus dedos.

—Te escucho —invitó Nahia, esperando que su tono transmitiera su sincera intención de comprender.

Alentada, Celeste se aclaró la garganta y comenzó.

—Cuando lo vi hoy, sentí algo que nunca había sentido. Fue como si lo reconociera, pero no como alguien que había conocido antes, sino como alguien que es como yo. Nahia, siento que todo es posible si él está conmigo, porque él me conoce, sabe quién soy. Él ve lo humano que hay en mí.

La mirada suplicante en los ojos de Celeste puso nerviosa a Nahia. El hada negó con la cabeza.

—Hablas de él como si hubiera borrado todo tu pasado. Todo lo que veo es que tu madre murió hoy y, tan pronto como la enterramos, tú te escapas...

—No lo digas. No es así en absoluto. Se supone que eres mi amiga, mi hermana. Se supone que debes, por lo menos, intentar comprenderme.

—Así que yo no te entiendo, ¿pero él sí?

—Sí —afirmó Celeste, cruzándose de brazos.

—Y él te conoce, por dentro y por fuera, ¿verdad?

—Sí.

—Entonces, ¿por qué no puedes mirarme cuando dices eso? —Nahia abandonó el estante y ondeó hasta la cama—. Si te conoce como dices, ¿sabe que tienes un padre que vengar, que te vas a casar y que tienes un reino que recuperar? —Nahia enumeró esas verdades en sus dedos mientras Celeste se retorcía con cada una.

—Es cierto. Él no sabe nada de eso.

Nahia se sentó en el poste de la cama.

—Esto es lo que pienso. Creo que ustedes están prendados por la novedad, y toma nota de que digo *prendados*, no *enamorados*. Pero no puedes cegarte con semejante capricho, Celeste, y no debes perder el tiempo consintiendo el suyo y fingiendo ser su hada madrina. Para empezar, tendrías que ser un hada —agregó y, al instante, se acobardó ante la vehemente respuesta de Celeste.

—¡Yo lo sé! ¿Es que nadie cree que lo sé? No pretendo ser un hada. Sé quién soy y, como dijiste, Nahia, él es un humano y yo también. ¡Eso es lo que he estado tratando de decirte! Él y yo hemos hecho una conexión que solo se puede comparar con la que tuve con mi propia madre y la única razón por la que esa conexión ha ocurrido es porque él es humano, ¿lo entiendes? Con la muerte de mi madre, me quedé sola en este mundo, en tu mundo, y él ha venido a mí para hacerme saber que no soy la única de mi especie, que hay alguien más, que está él.

—Bien, bien. Entiendo que las hadas ya no somos suficiente para ti.

—¡Aaaj! Me rindo. —Celeste se levantó de la cama y comenzó a desahogar su frustración dando grandes trancos de un extremo a otro de la gruta.

—Solo respóndeme esto —continuó Nahia—. ¿Qué vas a hacer con la promesa que le hiciste a tu madre? ¿Te vas a olvidar de eso? Porque, si lo haces, no podrás vivir contigo misma.

Celeste desvió la mirada y, si Nahia hubiera podido leer su mente, habría visto el posible futuro que Celeste imaginaba: ella y el hombre del lago vivirían felices en las montañas, después de que él renunciara a su mundo mortal para estar con ella, lejos de los seres humanos codiciosos y asesinos, con sus matrimonios concertados. Pero Nahia no vio nada de esas felices perspectivas en las que el único obstáculo sería obtener la aprobación de Oihana para que él pudiera entrar en la soberanía como residente permanente.

—Cuando el hechizo bajo el que te tiene desaparezca, y créeme, desaparecerá, será demasiado tarde. Debes reconocer eso —insistió Nahia.

Celeste la miró, perpleja.

—¿Qué hechizo? ¿De qué hablas?

—Durante todo este tiempo, te he visto hacer todo lo posible para ayudar a Paloma a revertir la maldición que la tenía prisionera —explicó Nahia, a pesar de que Celeste sacudía la cabeza en negativa—. ¿Cuántas horas has pasado con Usoa en La Alameda? tratando de aprender todo sobre hilado, tejido y glamour, con la esperanza de algún día ser la heroína en los ojos de tu madre, ¿y ahora vas a tirar todo eso por la ventana porque hiciste una conexión?

—No estoy tratando de evadir mi promesa. Haré lo que le prometí a mi madre y, en lo que respecta al hombre, él me ha dado un apoyo y un consuelo a un nivel que tú no has podido. —Nahia hizo ademán de protestar, pero Celeste levantó un dedo imperioso y continuó—. El argumento de esta noche ha sido prueba de ello. Él me entiende cuando tú tiendes a confundir las cosas y no puedo dejarlo ir, porque me ancla a un mundo del que necesito aprender: el mundo de mi madre. Pero, sobre todo, no puedo dejarlo ir porque...

—Cuidado con lo que vas a decir, piénsalo bien, porque, una vez que lo digas, no podrás desdecirte —advirtió Nahia.

—Lo amo.

La pequeña frase escapó de los labios de Celeste, aparentemente antes de que pudiera detenerla.

Nahia quiso contestar, pero no pudo. De un salto estuvo en pie, balanceándose en el poste de la cama. Con las manos en las caderas, escudriñaba los ojos de Celeste en busca de alguna señal de que lo dicho había sido solo para contrariarla. Pero Celeste lucía tan agitada y derrotada, como si ella misma no lo creyera, que Nahia se quedó pasmada y pensó: «Debe ser cierto».

Celeste desvió la mirada y salió de la gruta, ensombreciendo los pensamientos de Nahia con la certeza de su inminente separación.

LIV

Anhelando la influencia tranquilizadora del unicornio, para aliviar su confusión, se apresuró por el bien trillado sendero. «No romperé mi promesa, pero no me obligarán a casarme con alguien a quien no amo», cavilaba Celeste, dejando resbalar sus lágrimas.

Aunque los árboles no le permitían verlas, las estrellas de verano brillaban intensas en el firmamento azul y sabía que eran las mismas estrellas que el hombre del lago estaba mirando. «Ahora que está él, imposible pensar en otro».

Reflexionando sobre lo que había dicho Nahia, del hechizo y sus efectos, se le escapó de entre las lágrimas, una risa. «Cómo te amo, Nahia…». Porque, aunque Celeste había tomado la observación del hada, en su sentido más sutil, de que el hechizo inicial del amor pronto se convierte en una relación templada, como Paloma le había dicho, Nahia lo había concebido literalmente y las implicaciones de ello eran muy cómicas.

Sin duda, Nahia imaginaba que el hombre estaba plagado de un tufo o una anomalía física, hábilmente disfrazada con un hechizo, y que, en cuestión de semanas, o tal vez solo días, su efecto cesaría. Entonces, los peros y defectos del hombre se volverían obvios para Celeste, disipando así su actual estado de embrutecimiento, permitiéndole verlo por lo que realmente era: una abominación maloliente, peluda y deformada.

—Oh, Nahia. —Sonrió Celeste, pero un pequeño aleteo en el pecho, tapizado en cintas y volantes, la impulsó a repasar las horas pasadas en su compañía solo para asegurarse de que ningún olor ofensivo o deformidades ocultas hubieran escapado a su atención. Cuando satisfizo sus dudas de que el hombre pasaba la prueba del olfato y que, para su gusto, él era más o menos perfecto, Celeste se detuvo en el sendero.

Abrazándose contenta, cerró los ojos y sintió el suave beso de la brisa en sus mejillas. La momentánea hilaridad causada por Nahia había mejorado su perspectiva. «No es necesario elegir; puedo mantener mi promesa a mamá y estar con él también», pensó feliz.

—Si descubro la verdad sobre el asesinato de mi padre y el exilio de mi madre, Arantxa tendrá que pagar por el mal que ha hecho y yo seré la heroína que salva a esa otra reina y a su hijo. Estarán tan agradecidos que, con muchísimo gusto, me librarán del compromiso matrimonial y yo podré volver a la soberanía para terminar mis días en la compañía de él y la de la única familia que he conocido, Nahia y Oihana.

—¿Cómo es que no le pregunté su nombre? —murmuró—. Pero no importa, será lo primero que haga mañana.

Celeste aún no había llegado al claro, pero decidió correr de regreso a la gruta, ansiosa por compartir la reconfortante decisión con Nahia. El hada se había trasladado a la mesa y allí la encontró Celeste, mirando la llama de la vela como hipnotizada. Nahia se volvió y la miró disgustada.

—¿Y bien? ¿Te han dicho algo las estrellas? —preguntó con aspereza.

Celeste sonrió.

—Definitivamente, sí —respondió ella, ignorando el tono del hada, segura de que, una vez que escuchara sus razones, no tendría más remedio que aprobar.

—Estoy esperando —dijo Nahia, dolida, recogiendo la cera que goteaba por el tallo de la vela.

—Es sencillo. Lo veré mañana y al día siguiente, y la semana que viene también. Será una campaña intensa, al final de la cual sabré si me tiene bajo un hechizo o si estamos realmente enamorados. Y esta es la mejor parte —dijo Celeste emocionada, maravillándose de lo bien que encajaban las piezas—: él podrá ayudarme, porque vive entre otros humanos, tal vez incluso ha oído hablar del reino de mi madre o de las personas que ella conocía. Así que ¿qué piensas? ¿Qué te parece?

—No sé.

—¡Aaaj! —Celeste se cruzó de brazos y se alejó de Nahia. ¿Por qué siempre tenían que pelear?

—Lo estoy pensando. Es solo que...

—¿Qué?

—Me preocupa. Así como lo oyes, estoy preocupada porque no creo que tengas el conocimiento o la experiencia para manejar esa promesa que le hiciste a Paloma. Entiendes que se trata de otro mundo, ¿no?

—Claro que lo entiendo. ¿Qué es lo que quieres decir de verdad?

Nahia se retorció incómoda.

—Bueno, es solo que... solo creo que es posible que necesites un poco de ayuda del tipo que yo podría darte.

Celeste miró al hada, desconcertada, sin atreverse a creer la sorprendente idea que la había golpeado; Nahia luchaba con algo que Celeste no había sospechado hasta entonces, que todas las objeciones de su hermana de nacimiento habían surgido del miedo de que Celeste la dejara atrás.

«¡Pero claro!», pensó Celeste, vislumbrando la realidad. Para cumplir el último deseo de su madre, Celeste tendría que abandonar la soberanía. Cómo por sortilegio, había aparecido el hombre del lago y su actitud hacia él confirmaba que se marcharía al mundo que él representaba. Ahí había dos posibilidades muy definidas de que Celeste se dispusiera a abandonarla. Las lágrimas ardieron en los ojos de Celeste y su voz se quebró un poco al afirmar:

—No tengo intención de dejar este lugar, Nahia. Esta es mi casa. Tú y Oihana son la única familia que me queda. Tienes que saberlo.

Nahia, que continuaba mirando fijamente a Celeste, volvió su atención a la cera que goteaba, tratando de ocultar la sonrisa de satisfacción que reemplazó su anterior inquietud. Pero Celeste la había visto y le quedó muy claro, en ese instante, que Nahia no quería perder a Celeste, ni por el cumplimiento de la última voluntad de Paloma, ni por el hombre que Celeste volvería a ver mañana, ni por nadie.

—Eres mi hermana de nacimiento, Nahia, y nadie puede reemplazarte en mi corazón.

El hada honró a Celeste con una sonrisa incandescente que Celeste devolvió con igual calidez.

—Oh, Nahia, ¡solo sé que él te va a encantar!

Nahia arqueó una ceja.

—Si de verdad lo amas, supongo que no podré evitar que me guste un poco —admitió.

—Entonces, ¿esto significa que puedo confiar en ti? Porque, si me vas a ayudar, no puedo distraerme con la preocupación de tus tangentes. Prométeme que no intentarás hechizarlo a él o a mí a mis espaldas —dijo Celeste, con ánimo juguetón.

—Aaaj, por favor, yo no desperdicio mi talento en personajes desmerecedores.

Celeste la miró severa hasta que Nahia cedió.

—Está bien, está bien. Te doy mi palabra.

—Excelente. La palabra de un hada. —Rio Celeste.

—¿Un hada? Yo soy la princesa Nahia, hija de Oihana, reina de La Corte Luminosa de Los Pirineos. Mi palabra es…

—Bueno, bueno. Pero dame al menos un par de días a solas con él antes de que empieces a entrometerte en todo.

—Yo no soy una entrometida. Soy sagaz y sabia. Yo…

—¡Ay! Mejor cállate y prométeme dos días.

—Está bien.

—Y, por cierto, en el mejor de los casos, infantil y vana —se mofó Celeste.

—Y tú eres insípida, en el mejor de los casos.

—Y tú eres una mala perdedora que siempre debe tener la última palabra.

—Y tú…

—Ah, ah, ah —interrumpió Celeste, apagando la vela y dejando la gruta en oscuridad absoluta.

Nahia se apresuró tras Celeste y se estrelló contra el cantaviento. El sonido hueco de los brotes de bambú, chocando entre sí, siguió a Celeste con los dulces recuerdos que se desencadenaron en su mente. Se alejó canturreando por el sendero, en la noche fresca, riéndose de la sarta de maldiciones que Nahia soltó mientras se desenredaba del jazmín.

—Dos días —le recordó Celeste a la torpe hada.

—Sí, sí —refunfuñó Nahia ya en camino a La Alameda Florida.

Celeste volvió al claro y permaneció en vela el resto de la noche junto al unicornio.

Un compromiso auténtico

LV

La niebla matinal se cernía sobre el claro, arropándolo todo en traslúcido algodón. El riachuelo se derramaba alegre en el estanque; sus aguas templadas humeaban en el aire fresco. La primera alondra trinó entusiasmada ante la luz azulada que anunciaba el amanecer.

Celeste, que dormía junto a la tumba de Paloma, se dio la vuelta bajo la fina manta que la cubría. El frío penetró su piel, avivándole la conciencia, y se despertó más rápido de lo que Nahia hubiera demorado en inflar la nariz ante la idea de pasar la noche sobre la hierba, en lugar de su mullido lecho.

Celeste abrió los ojos con renuencia, pues era su primer día como la única humana entre las hadas y se sintió desesperar. Mas, al otro lado de la tumba, el manso sonido del unicornio, mordisqueando la hierba, tuvo a bien calmar su ánimo.

Pronto acudió a ella el dulce recuerdo de la promesa de la tarde anterior. «Estaré aquí esperándote» y su corazón se agitó feliz al repasar la totalidad de lo que había descubierto: que no estaba sola, que sus emociones hacían eco en él y…

—¡Prometí estar allí al amanecer! —exclamó, frustrada.

El Guardián del Bosque le reprochó con su mirada, mientras ella se deshacía de prendas de vestir con cada tranco hacia el estanque.

—Este comportamiento, jovencita, no es propio de una princesa. —Aunque solo estaba en su mente, Celeste se estremeció ante el regaño de Paloma.

—Esto forma parte del preciado arboreto de Oihana y estoy segura de que a ella no le agradaría que lo desordenes así.

—Está bien, está bien —le dijo a la voz en su mente y se devolvió a recoger sus sandalias y su vestido. Los dejó caer en un montón junto a la represa y saltó al agua templada, disipando hasta el último rastro de sueño.

Agarrando las cosas que había dejado a un lado y sosteniéndolas sobre su cabeza para que no se mojaran, salió por el otro lado, tiritando y con la piel erizada. Sus dientes castañetearon en el aire fresco hasta que entró en el cálido Camerino. Su primer respiro bajo el vaporoso dosel fue inhalar los perfumados recuerdos ahí encerrados, pero el tiempo era corto como para dejarse poseer por ellos. Con manos temblorosas, apartó objetos en busca de su frasco de bálsamo de jacinto; estaba vacío.

«Condenada hada», pensó, recordando que Nahia nunca llenaba su frasco, solo el de Paloma. Echó en sus manos unas gotas del óleo de su madre y se frotó la piel con él antes de ponerse su vestido favorito.

Respiró hondo el dulce perfume de las flores de azahar, distintivamente el aroma de su madre.

—¡Cómo te extraño! —suspiró, concediéndose unos instantes de reflexión.

Con una sonrisa llorosa, recordó el grito horrorizado de Paloma.

—¡Pero si estás desnuda! —al ver el vestido, el que había escogido ese día, y que era del mismo tono de su piel. Con semejante reproche, Celeste no tuvo más remedio que agregar trenzas de color marrón, claras y oscuras, para subrayar el corpiño, y también la falda que le llegaba a las pantorrillas.

Los primeros rayos del sol penetraban horizontales de entre los árboles, iluminando el interior del Camerino mientras Celeste ataba sus sandalias.

—¡Estoy tan atrasada!

Se levantó de un salto y salió corriendo de la marquesina hacia el lago, sin darle importancia a su cabello suelto y todavía húmedo.

—Regreso por la tarde, mamá —prometió, lanzando una mirada culpable hacia la manta amontonada al pie del poderoso roble y que le daba a la tumba un aspecto descuidado—. ¡Aaaj!

Celeste se devolvió a la carrera a recoger su desorden. Se balanceó por la represa y arrojó la manta dentro de la marquesina. Cautelosa, cruzó nuevamente las rocas y, esta vez, corrió por el sendero, dejando atrás la niebla, que ya se disipaba sobre el estanque. Sus respiros pronto ahogaron el canto de la alondra y el sonido del agua derramándose sobre las rocas.

En poco menos de media hora, y con una punzada en el costado, llegó al borde del bosque y desde allí lo espió. El lago Sideral resplandecía bajo los oblicuos rayos del sol. Sobre la playa blanca, ajeno a su llegada, él arrojaba guijarros al agua verde esmeralda.

«Tan despreocupado... Yo lo habría oído venir a un kilómetro de distancia por lo menos», se jactaba, a la vez que se limpiaba las hojas y escombros que se le habían pegado al vestido durante el desaforado recorrido por el bosque.

—¡Diantre! —renegó ansiosa, lamentando no haber traído algo con qué sujetarse el cabello. A medida que avanzaba por la playa hacia él, acomodó la mayor parte de su enmarañada melena en una trenza improvisada que colocó sobre su hombro.

Celeste estaba a un paso de él cuando por fin se volvió, sorprendido.

LVI

—Estás aquí —dijo. Había tal alivio en su tono y expresión que Celeste sintió deseos de llorar por haberle causado una noche entera de angustia con su ausencia.

Celeste tomó su mano, tal como lo había hecho la noche anterior, sin saber que así alimentaba su fascinación y, con palabras y miradas, satisfacía sus anhelos. Sus ojos se encontraron; trémula, permitió que su mirada la recorriera. Aquellos ojos azules se posaron por un instante en la pequeña marca debajo de su ojo derecho y Celeste creyó ver un destello de reconocimiento. «Pero eso no puede ser, será que no le gusta...», se preocupó.

—Eres aún más hermosa por la mañana —le dijo y su errante mirada se lo confirmaba. Apretándole cálidamente las manos, agregó—. ¿Y cómo estás hoy?

—Atrasada —se disculpó ella.

Él, examinando la trayectoria del sol, que no se alzaba del todo sobre el bosque, la justificó sonriente.

—Todavía se puede decir que estamos a primera luz.

Una mueca risueña le iluminó el rostro y, toqueteando la trenza malhecha, se le acercó.

—He pensado en ti toda la noche, agradeciendo la buena fortuna que te trajo a mí y deseando saber quién eres.

—¿Y quién has decidido que soy?

—Eres la respuesta a un deseo oculto hasta ayer —respondió Celeste—. Eres mi nexo hacia un mundo que debo explorar para honrar la memoria de mi madre.

Él entreabrió los labios para comentar, o tal vez para protestar, pero ella no le dio la oportunidad. Estaba dispuesta a mostrarle su corazón y esperaba que, después de escucharla, no se negara a ayudarla. Pero también temía que la confesión de sus circunstancias provocara un cambio en él que lo hiciera alejarse, llevándose su sonrisa, que la hacía sentirse eufórica por haberla causado y miserable si se disipaba.

Pero, como su temperamento no toleraba demoras, rechazó los riesgos y, sin más, dirigió la conversación hacia Paloma. Acercándosele aún más, ofreció sin reservas:

—¿Puedes oler mi piel?

El rostro del hombre cambió de color un par de veces, tan perplejo que ni siquiera pudo inhalar como ella lo había invitado a hacer.

—Azahares—dijo, sin embargo, y como quien busca pasar una prueba, agregó certero—. Ayer era jacintos, ¿no es así?

Celeste sonrió.

—Las flores del naranjo siempre fueron las favoritas de mi madre y oler como ella, por más insignificante que parezca, me hace sentir que mantengo viva su memoria.

Él asintió y le regaló una admisión a cambio.

—Yo solía usar las botas de mi padre. Aunque no puedo decir que tuve la suerte de conocerlo bien, pues él murió cuando yo era apenas un crío.

Los ojos de Celeste se humedecieron. «Realmente no sé nada de él», pensó, sintiendo una inexplicable culpa por haber disfrutado de su madre durante dieciocho años, mientras él casi no tenía recuerdos de su padre.

—Todo lo que recuerdo de él es que a los dos nos encantaban los caballos y que él me permitió ayudar, en lo que podía un niño de cinco años, con el amansamiento de algunos de nuestros mejores animales. Por poco que parece, fue más que suficiente para que yo lo amara y admirara, y por eso me propuse siempre seguir sus pasos. Fue así que, después de su muerte, cumplí mis intenciones calzando sus botas. —Una sonrisa nostálgica iluminó su rostro antes de agregar—: imagínate cómo me quedaban. Él era un hombre muy alto.

Celeste sonrió a través de sus lágrimas y lo abrazó.

—Y ahora calzas tus propias botas, iguales a las de él —le susurró al oído.

—Para continuar en su huella —respondió, rodeando la cintura de Celeste—. Pero ven, quiero que conozcas a alguien muy especial.

Aunque se sorprendió, pues no le pareció acertado que él introdujera a otros a la soberanía, Celeste permitió que la guiara hacia el borde del bosque.

—¡Es hermoso! —exclamó ella, encantada y a la vez aliviada al ver al caballo negro atado a un abeto.

—Este es Al-Qadir —dijo despeinando el mechón del caballo, pero, arrepintiéndose de ello al instante, se apresuró a peinarlo con los dedos.

Celeste leyó en ello el tierno deseo de que su corcel diera una buena impresión y sonrió conmovida.

—Qué noble estatura. Qué ojos tan magníficos —comentó ella, acariciando las crespas crines y recorriendo el lustroso cuello con suaves palmaditas. Al-Qadir estornudó satisfecho.

—Mi padre tenía grandes expectativas puestas en él, incluso antes de que naciera, y Al-Qadir las ha cumplido todas. Ciertamente, ha superado las mías, pues ningún otro caballo hubiera podido llegar a este lugar.

Aquel comentario abrió la puerta para que Celeste preguntara a qué se refería y él se apresuró a contar las penurias de su expedición, marcando cada hazaña del relato con palmadas de orgullo sobre el cuello de su caballo. Por su parte, Celeste colocó un tierno beso sobre la nariz de Al-Qadir y declaró:

—Siempre estaré en deuda contigo.

Sintiendo la intensidad de su mirada, Celeste desvió la suya, saboreando la satisfacción de haber causado lo que leía en su expresión: una mezcla de celos por el beso que recibió Al-Qadir y completa gratitud de que Celeste apreciara a su caballo con tanta sinceridad. Despeinando el mechón de Al-Qadir, Celeste intentó nuevamente abrir su corazón.

—La noche que murió mi madre —dijo, volviéndose para mirarlo de frente—, me sentí por primera vez como si no perteneciera aquí. Supongo que no puedes imaginar eso, pero este es el único hogar que he conocido y, con su muerte, de repente me sentí extraña, en una tierra extraña, como si todo lo que conocía hubiera cambiado. Al principio, no supe por qué, pero pronto me di cuenta de que las hadas no habían cambiado en absoluto, pero yo sí. No se trataba de un cambio físico o de actitud, sino más bien el entendimiento de que toda mi vida, por mucho que lo hubiera negado hasta entonces, siempre me había creído un hada o al menos en parte. Pero, al perder a mi madre, descubrí cuánto de mí se parecía a ella y que era mucho más que la parte de mí que imitaba a un hada. ¿Lo entiendes? —El hombre asintió y ella continuó—: mamá me dejó sintiéndome sola y desubicada —admitió Celeste, acariciándole el rostro bronceado con sus largos dedos—. Pero llegaste tú y, con tu inesperada presencia, dejé de sentirme desterrada y supe que mi lugar en el mundo no se lo había llevado mi madre a la tumba. Todo eso lo hiciste y ni siquiera sé tu nombre todavía. —Sus propias palabras le recordaron que eso era lo primero que debió haber preguntado.

—Ah, claro que sí —dijo él, inclinándose ante ella—. Ya es hora de que nos presentemos formalmente—. Sus ojos brillaron risueños al dar dos pasos atrás, con fingida solemnidad. Luego hizo una profunda reverencia y, con una sonrisa deslumbrante, anunció—: mi nombre es Étienne y estoy más que encantado de conocerla, *mademoiselle*.

Celeste, que había seguido el juego hasta entonces, retrocedió alarmada. «Esto tiene que ser una coincidencia», pensó, a la vez que, en su mente, destellaban los fragmentos de la leyenda contada por Paloma. La traviesa idea que había rondado en sus pensamientos mientras Paloma agonizaba, pero que había descartado por ser inoportuna, volvió a ella. «El reino de E... en el reino de E, padre, madre e hijo; todos sus nombres comienzan con E...».

—El reino de E —repitió distante y empezó a mecerse como hipnotizada.

—¿Estás bien? —suplicó Étienne, agarrándola del brazo para estabilizarla

Reincorporándose al presente, Celeste sacudió la cabeza.

—No lo estoy. Pero, antes de que pierda la cabeza por completo, por favor contéstame algo —dijo Celeste, concentrando todas sus esperanzas en la respuesta por venir.

—Muy bien —consintió ansioso.

—¿Dónde vives y cómo se llama tu madre? —preguntó ella.

Él vaciló desconcertado.

—¿Perdón?

—Étienne. Dices que tu nombre es Étienne y necesito saber dónde vives y cuál es el nombre de tu madre. —Casi lo exigió, el pánico le destemplaba la voz.

Bajo la tenacidad de su mirada, Étienne recitó la respuesta que Celeste buscaba.

—Vivo en el reino de St. Michel, en el valle justo debajo de estos acantilados —dijo, señalando las crestas serradas que había bautizado como la Muralla de Vulcano e, infectándose de la conmoción que veía en los ojos incrédulos de Celeste, continuó—: mi madre es Élise, reina de St. Michel, y yo soy el único heredero del trono de mi padre; su nombre era Edmond —concluyó, incapaz ya de disimular su preocupación, porque Celeste se estremecía ante él, sin decir una palabra.

LVII

Retorciéndose los dedos, Celeste se alejó de él y de la sombra de los árboles, buscando el calor del sol, porque el gélido asombro del momento la había puesto a temblar. Étienne, que había observado los cambios en su rostro (de ruborizado a pálido y a ruborizado nuevamente), no dudó en ir tras ella y exigir una explicación.

—¿Qué es? ¿Qué significa todo esto para ti? —preguntó, adelantándosele para detenerla y mirarla de frente.

—Si eres el príncipe Étienne de St. Michel —respondió ella—, ¿acaso no estás comprometido con una cierta heredera de Santillán? —acusó, aliviando así el irracional ataque de celos sin reparar en que ella era la heredera en cuestión.

—Es una vieja tradición. ¿Cómo diablos sabes…? —balbuceó Étienne, palideciendo a su vez—. Se supone que debo casarme con Berezi, la hija de la reina de Santillán, el día treinta de este mes. Pero te ruego que me escuches….

«Esto es una locura. No puede ser cierto». La voz de Étienne se disolvió en la amarga confusión que se apoderó de Celeste. Cual funesta resaca, todo lo que Paloma había revelado en su lecho de muerte recrudeció. Ola tras ola, la hundió en la certeza de que no había aceptado la realidad de Paloma como suya también.

«¿Y qué se supone que debo hacer ahora?». Se sentía tonta e infantil. Sus planes de la noche anterior, la ingenua idea de ajusticiar a Arantxa, como si se tratara de podar un árbol, y de pasar el resto de sus días con él, en la soberanía, dejando atrás el mundo de los humanos, se burlaban de ella.

Cuando Étienne la tomó por los hombros, Celeste por fin reaccionó y, nuevamente, sintió la punzada de pesar por haberle causado ansiedad. Consternada, acarició su cabello y, con un suspiro de cansancio, lo invitó a sentarse a la sombra del pino más cercano.

—Es una vieja tradición, Celeste —insistió, negándose a ocupar el lugar que Celeste le había designado—. No la amo, ni siquiera la conozco, y estoy seguro de que ella no siente nada por mí. Estoy listo para abandonar mi reino, mi madre, mi derecho al trono, dejarlo todo atrás si es necesario... si aceptas mi propuesta de matrimonio.

Celeste sonrió resignada, pues lo que más había deseado era escuchar aquellas palabras, pero los abrazos y besos que había imaginado tendrían que esperar. En tono mesurado, preguntó:

—¿Quieres sentarte ahora, por favor?

Aunque malcontento, Étienne hizo lo que le pidió. Se sentó a su lado, mirando obstinado las aguas verdes del lago Sideral. Celeste interpretó, correctamente, que se sentía rechazado, pues ella no había respondido todavía al ofrecimiento de su mano. Para remediarlo de inmediato y sin más preámbulo, Celeste se dispuso a exponer toda la historia ante él, anticipando ya fuera una renovación de su propuesta o una cortés retirada.

—¿Y si te dijera que, si estás comprometido con la hija de la reina de Santillán, entonces los comprometidos somos tú y yo?

—¿Qué?

—Mi madre se llamaba Paloma y mi padre, que fue asesinado, se llamaba Bautista de Santillán —dijo, tomando prestada la serenidad del bravo Al-Qadir, que pastaba despreocupado a solo unos metros de ellos.

—Cómo... quiero decir ¡no! ¿cómo? —Étienne cerró la boca y, luego de respirar hondo, volvió a intentar—. Por favor, ¿cómo es posible? ¿Cómo sabes el nombre de Bautista de Santillán? ¿Y por qué dices que fue asesinado?

Celeste no omitió ni un solo detalle y Étienne escuchó en muda conmoción mientras se desarrollaba la crónica. Al terminar, ella aguardó en silencio hasta que la expresión de Étienne se despejara y, como testigo en el estrado, compartió, uno a uno, los detalles que le había contado su propia madre sobre Arantxa.

Cada palabra de Étienne aumentaba la fuerza con que Celeste apretaba sus puños; que Arantxa y su hija prosperasen mientras Paloma dormía el sueño eterno era imperdonable. Su afán de justicia y sus pensamientos de venganza ardieron como nunca. Reconociendo el peligro que implicaba dejarse llevar por la furia, Celeste interrumpió su retahíla de juicios rencorosos y susurró:

—Étienne —ahuyentando con aquel nombre todo desatino.

Apenas la noche anterior, se había prometido a sí misma nunca casarse con aquel odioso desconocido, pero el destino había intervenido para deshacer sus promesas y ¡gracias a las estrellas por ello!, pues Étienne no era un extraño y no tenía nada de odioso. «Amo a Étienne», declaraba su corazón con cada latido.

A pesar de la vehemencia de sus emociones y convencida de que Étienne debía temer por la vida de su madre, se esmeró en inyectar sus siguientes palabras con toda la ternura de la que era capaz:

—Sé que tu madre estará bien. Tú y yo nos aseguraremos de ello. —Sumido en sus propios pensamientos, Étienne no respondió de inmediato y Celeste apremió—: dime, ¿en qué piensas?

Pareciendo llegar a una conclusión, se puso de pie y ayudó a Celeste a levantarse también.

—Tienes razón. Todo nos va a salir bien. —Y con eso, todos los rastros de duda, de preocupación y hasta su mirada lejana se disiparon. La rodeó con sus brazos, respirando el olor de su cabello mientras le susurraba al oído—. De verdad me has librado; eres mi legítima prometida.

Celeste se escabulló de su abrazo con una sonrisa cómplice.

—Con que eso es lo quisiste decir con tan crípticas palabras la noche en que nos conocimos.

Étienne la atrajo nuevamente hacia él y asintió.

—Presentía que sería librado y así sucedió. Por eso, en adelante, siempre serás mi bienhechora.

—Ah, qué poco romántico —se quejó con un suspiro afectado y risueño mientras se acurrucaba contra el pecho de Étienne—. Cumple tu destino y, al hacerlo, encontrarás el amor verdadero y la felicidad. Aquellas fueron las últimas palabras de mi madre y eso es exactamente lo que voy a hacer.

—Y yo estaré contigo, porque, al igual que tu padre, el mío murió por la mano de Arantxa —le recordó Étienne y agregó—: Clemente aún vive y yo me acercaré a él en tu nombre. Obtendré de él toda la información que nos pueda dar.

—No creo que mi madre haya tenido un amigo más leal que Clemente —afirmó Celeste, atesorando en el fondo de su corazón la esperanza de que, al tener a Clemente en su vida, recuperaría un poco de sus padres—. Cuando lo veas, dile que espero impaciente la hora de conocerlo y hablar con él.

Étienne miró al cielo; el sol ya llegaba a su cenit.

—Si parto ahora mismo, estaré en Santillán mañana antes de que oscurezca.

Celeste hizo una mueca de frustración; la situación estaba plagada de inesperadas complejidades que debía afrontar a cada momento. Al momento, se trataba de tiempo y distancia.

—¿Acaso te propones viajar un día y medio sin parar? —exclamó agitada.

—Es imperativo ver a Clemente lo antes posible —respondió severo.

Celeste se mordió el labio, renuente a que Étienne se marchara, pero con gran interés por escuchar lo que Clemente tuviera que decir—. ¿Pero tienes que irte ahora mismo?

—Pero volveré en tres días —prometió, estrechándole la mano.

—Entonces supongo que es mejor así, pues yo debo discutir esto con Oihana y La Corte Luminosa —suspiró desconsolada—. Durante dieciocho años, ni mi madre ni la reina de las hadas lograron revertir el hechizo de Arantxa. ¿Cómo nos las arreglaremos para desenmascararla con solo unos días para trabajar en ello antes de tu boda?

—¡No contemples eso ni de broma! No me casaré con nadie más que con Celeste de Santillán —dijo Étienne con exagerada ferocidad y ella le regaló una sonrisa. Luego, en un tono más alentador, agregó—: sin duda, Clemente tendrá datos que nos serán muy útiles.

Celeste sintió crecer su optimismo.

—Entonces, te cito aquí, en tres días, pero ten cuidado al bajar los acantilados y ten cuidado con Arantxa —le recordó, apresurando su propia partida, pero Étienne la agarró por la muñeca y la rodeó con sus brazos.

Celeste adivinó que Étienne tenía la intención de besarla, y se apresuró a bloquearle los labios con sus dedos.

—Espera —exclamó casi sin aliento, impulsada por una súbita duda—, ¿has besado a alguien antes?

—Supongo que sí, la frente de mi madre —contestó risueño, besando la punta de los dedos que le cubrían la boca.

—Es que este será mi primer beso —aclaró sonrojada—. Y no estoy segura si... si tú y yo nos besamos... Es que el primer beso de un hada tiene que ser con alguien de su propia especie, es decir, otra hada, de lo contrario, están condenados a vivir una vida sin amor y las hadas viven mucho, mucho tiempo. En fin, lo que quiero decir es que, si tú y yo nos besamos, no sé si... los humanos como las hadas...

Étienne tomó el rostro sonrojado de Celeste en sus manos.

—¿No me has dicho que no eres un hada? —preguntó con voz ardiente.

—No... Quiero decir, sí, eso dije. Pero es que yo...

Estaban tan cerca el uno del otro que Celeste podía contar sus pestañas y a cada instante su mirada resbalaba hacia los labios de Étienne; seguro él sentía su aliento como ella el suyo.

—Entonces, si tú no eres un hada y yo tampoco lo soy... —musitó, su frente contra la de Celeste—... creo que estamos a salvo.

Celeste imitó a Étienne y cerró los ojos. La deliciosa sensación de sus labios sobre los de ella desencadenó un escalofrío electrizante que la recorrió de pies a cabeza.

El testigo

LVIII

Era poco más del mediodía del veintitrés de junio cuando Étienne y Celeste se separaron a orillas del lago Sideral. Ella se adentró en el bosque trinando feliz, seguramente por los efectos de aquel primer beso. Cuando al fin la perdió de vista, Étienne emprendió su viaje.

Jinete y caballo rodearon el lago en dirección oeste, hacia la brecha en la Muralla de Vulcano, para comenzar el descenso. Si cabalgaban recio, llegarían a Santillán la noche siguiente. Cuando el sueño lo invadía en el camino, Étienne desmontaba y caminaba junto a Al-Qadir por varios kilómetros, decidido a cubrir el terreno durante por lo menos diez horas sin tregua.

Luego de cruzar el río en su punto más estrecho, Étienne se permitió un descanso de dos horas. Se desplomó sobre un otero musgoso, lejos de la carretera, y durmió profundo. Lo despertó la luna menguante, su posición en el cielo salpicado de estrellas le indicaba que eran cerca de las dos de la mañana. Al-Qadir, que también había descansado lo suficiente, pateaba el suelo y arqueaba su poderoso cuello, mostrando así su entusiasmo por reanudar la marcha. Tomaron la carretera al otro lado del río y continuaron su camino ya en territorio de Santillán.

Consumido por pensamientos de venganza, rumiando lo que le diría a la horrible mujer que había planeado y provocado la muerte de su padre y el padre de su amada Celeste, transcurrieron treinta y seis horas de viaje.

Al ponerse el sol el día veinticuatro, con gran sobresalto, Étienne distinguió el alcázar a la distancia. «¿Cómo no aproveché mejor las horas?». Igual que el estudiante, al que su tutor lo sorprende con un examen, Étienne se recriminó por no haber preparado la razón de su presencia en Santillán. Arantxa asumía que él estaba en San Sebastián, recogiendo el regalo de bodas para Berezi. «¡Qué terrible descuido!».

Sin disminuir el paso, pues el avance hacia a la fortaleza no se podía evitar, Étienne decidió olvidar su intención inicial de entrar al gran salón y exigir ver a Clemente. Aquello ya no serviría, pero, considerando lo avanzado de la hora, pensó que lo mejor sería dormir fuera de la fortaleza y, por la mañana, luego de concretar una buena excusa, llevaría a cabo la inesperada visita.

Así fue como Étienne entró en el alcázar el veinticinco de junio, entregó las riendas y dejó a Al-Qadir con el mozo de cuadra y, a las nueve de la mañana, pasó al amplio vestíbulo de la mansión real, sin que nadie lo notara.

Habían dejado la puerta principal abierta de par en par, presuntamente para facilitar las idas y venidas de los sirvientes, que corrían con jarrones de porcelana y montones de cintas atadas en grandes lazos de un agresivo color mandarina. «Este debe ser el reputado buen gusto de Berezi», pensó consternado.

Étienne se sacudió de aquella impresión y centró su atención en que nadie había cuestionado su presencia en el vestíbulo; sirvientes entraban y salían de la mansión, y de la capilla al final del camino de grava. Sin embargo, no había quien anunciara su presencia. Pronto llegó a sus oídos una contrariada voz femenina, proveniente del tope de la escalera a su izquierda. Étienne se enderezó atento, listo para enfrentar el momento.

—¡Mamá! Necesito ese topacio rojo y no tienes más que cuatro días para obtenerlo —reverberó la voz estridente desde el segundo piso.

Étienne se quedó inmóvil junto a la puerta, asimilando que se trataba de Berezi y que pronto Arantxa le respondería. «Eso explica el color de las cintas —pensó enfadado—. El mentado topacio rojo debe combinar con los ridículos lazos». La actitud de Arantxa durante la reciente visita en St. Michel le había sugerido a Étienne que la madre mimaba por demás a su preciosa hija, por lo que la frialdad y fastidio en la respuesta de Arantxa lo tomó por sorpresa.

—Ya te lo dije, no compraré ni pediré de Madrid una piedra que jamás hemos visto, por mucho que el vendedor te haya asegurado su calidad. Además, tu futuro esposo tiene...

—¡Aaaj! ¡A quién le importa ese hombre! Has visto cómo se viste, ¿no? ¿Puedes concebir que semejante campesino escoja algo digno de mi persona? —resopló Berezi—. ¿Qué posibilidad hay de que esté comprando un topacio rojo en San Sebastián?

—Tienes rubíes y tienes ópalos. ¿Qué hay de malo con ellos?

Étienne se percató de que Arantxa había comenzado a bajar las escaleras y, de repente, no supo qué hacer. Imposible que lo encontraran escuchando a hurtadillas. Mas en ese momento, providencialmente, uno de los sirvientes entró al vestíbulo y Étienne le dio una palmada en el hombro.

—Joven, le ruego anuncie mi presencia a Ara..., perdón, a la reina Paloma.

El paje lo miró confundido.

—¿A quién debo anunciar, por favor?

—Por supuesto, dígale a *madame*, Étienne de St. Michel desea hablar con ella.

—¡Mamá, no seas ridícula! Todos estarán aquí el domingo ¿y esperas que tu única hija luzca las mismas joyas gastadas que han visto antes? ¡Es una vergüenza! ¿Hasta dónde buscas humillarme?

No bien había llegado al pie de la escalera cuando Arantxa se volvió colérica hacia su hija, que continuaba gritando escalera arriba. Étienne y el paje se miraron.

—Quizás en un momento —recomendó el joven en un susurro espantado y Étienne se deslizó por la puerta arrastrando al paje con él.

—Que ya estuvieras casada para no tener que aguantarme tus balidos —fustigó Arantxa—. No escucharé una palabra más al respecto, ¿me oyes? Usarás lo que elijas de tu abundante colección de pedrerías y que me lleven los mil demonios, pero te casarás con ese hombre, y...

Intuyendo que la discusión iba para largo, Étienne hizo una señal al paje para interrumpir, de una vez por todas, el tierno intercambio entre madre e hija.

Con un traspié, el paje entró nuevamente al vestíbulo.

—¿Qué haces ahí, muchacho? —Arantxa rugió al verlo aparecer.

—Le ruego que me disculpe —tartamudeó, quitándose la boina de lana y retorciéndola en sus manos—. Es solo que... yo solo... Él me dijo...

—¡Escúpelo ya, imbécil!

La angustia del joven por haber despertado la ira de la reina parecía causarle dolor físico, pero con gran valentía arriesgó un último intento:

—Tiene... un visitante.

LIX

Habiendo escuchado el repugnante intercambio, Étienne atravesó el umbral en dos trancos para librar al pobre muchacho de mayor escrutinio. Ni corto ni perezoso, el paje se retiró casi corriendo y dejó a Arantxa y a su visitante frente a frente.

Como en otras ocasiones, Étienne notó el sorprendente artificio de Arantxa; era de verdad espeluznante la rapidez con que la ira abandonaba el rostro, dejando en su lugar una máscara de urbanidad. Avanzó hacia Étienne, con la mano extendida para que él la besara, mientras un resonante portazo en el piso de arriba confirmaba que Berezi no insistiría más por el momento.

—Pasemos a la biblioteca —ordenó Arantxa, sin síntoma alguno de preocupación de que el visitante hubiera escuchado el intercambio con su hija.

Étienne la siguió a una habitación llena de sol donde cada estante, atiborrado con tomo tras tomo forrado en cuero, se erguía desde el piso hasta el techo. Se dirigieron al fondo de la estancia, donde había una chimenea entre dos ventanales, que le permitieron a Étienne espiar el jardín y un seto de laureles más allá.

Arantxa se sentó, muy serena, en una silla de terciopelo rojo a un lado de la chimenea y le indicó a Étienne que ocupara la silla frente a ella. Étienne tomó su asiento, tratando de disimular su asombro por el parecido que Celeste tenía con esta mujer, pero las cejas arqueadas y el falso ademán de Arantxa no eran más que un eco de la seductora sonrisa de Celeste.

Aunque el recuerdo de la reina muerta en el bosque, todavía fresco en su memoria, lo incitaba a divagar, Étienne se enderezó atento en su asiento, dispuesto a grabar en su mente cada detalle del encuentro.

—Encantada como estoy de verte, joven Étienne, debes explicarme cómo es que no estás en San Sebastián —dijo ella, mirándolo con superioridad.

«No debí venir aquí hoy. Debí esperar por lo menos un día más», pensó, temiendo de repente no ser capaz de dominar su aborrecimiento por la mujer responsable de la muerte de su padre. Gotas de sudor brotaron de su frente, era preciso responder. «Celeste, si supieras cuánto deseo matar a esta mujer con mis propias manos...».

Étienne se agarró con fuerza de los apoyabrazos y tragó grueso, dispuesto a apuntar su mentira con suficiente credibilidad.

—Le ruego que me perdone. No fue mi intención aprovecharme de su hospitalidad de esta manera —dijo con la voz ronca, pues su boca se había secado por completo—. Verá, el comerciante con el que estaba tratando en San Sebastián tomó la iniciativa de entregar mi compra personalmente. Fue así que me topé con él a medio camino de la ciudad. Regresé a St. Michel anoche y mi paseo matutino me ha traído a su puerta —«Para apuñalarte el corazón por privarme de mi padre»— con una encomienda de mi madre. —«Que te arrancaría los ojos ella misma si supiera quién eres realmente».

Cada cinco palabras, Étienne se aclaraba la garganta, sintiendo que perdía la batalla contra sus pensamientos asesinos. Lo único que lo ayudaba a guardar la compostura era su determinación de no fracasar en la recopilación de información para ayudar a Celeste. Eso y la satisfacción de saber que, si lo deseaba, podía acabar con Arantxa en segundos y que, si no lo hacía, era porque las huellas de Celeste en los rasgos robados se lo impedían.

—¿Oh? —sonrió Arantxa, sin rastro de sospecha en su rostro—. Y todo está en orden con tu compra, supongo.

—Por supuesto, *madame* —dijo y la severa mueca de Arantxa ante la ordinaria designación fue tan inmediata como la enmienda de Étienne, pues no podía arriesgarse a provocar su furia—. Disculpe, su Majestad. Sí, todo está en orden y, aunque no vino de París, sino de Madrid, espero que Berezi la encuentre de su agrado —añadió lo último como una inspiración tardía y, con perverso placer, vio arder la codicia en los ojos de Arantxa.

—¿Y has venido a entregar esta compra? —dijo Arantxa, sin duda esperanzada de que Étienne produjera el mismísimo topacio por el que rebuznaba Berezi.

—Lamento decepcionarla, pero, como dije antes, estoy aquí con un recado de mi madre y no pensé que sería prudente llevar el regalo de Berezi en mi persona durante un viaje tan largo. Demasiado precioso, ¿sabe?

—Ah, muy sensato de tu parte, joven —replicó Arantxa, decepcionada. La expresión de su rostro le transmitía a Étienne que debía poner manos a la obra.

—En fin, desde hace unos meses, mi madre ha estado bastante angustiada por la salud del anciano, Clemente —explicó.

—¿Oh? —La sonrisa de Arantxa titiló molesta, pero todavía sin sospecha.

—Ella lo conocía de antes —«Mientras la verdadera Paloma aún estaba viva, demonio»— y me temo que, por medio de las lenguas chismosas, se ha enterado de que él está bastante enfermo y quería que le anunciara, en su nombre, que le gustaría visitarlo este domingo después de las celebraciones antes de que su condición..., ¿cómo lo ponemos?, antes de que deteriore aún más.

—Ha estado bastante enfermo, es verdad —comentó Arantxa, su rostro una estampa de compasión—. Tememos que sus días entre nosotros se están acortando —dijo con un chasquido lastimero.

—Eso es precisamente lo que teme mi madre. Si le agrada a su Majestad, me gustaría ver a Clemente para comunicarle personalmente que él figura, día a día, en las oraciones de mi madre. Creo que saberlo será un gran consuelo para él.

—No veo por qué no —asintió Arantxa con cautela, lo que le dio pausa a Étienne—. Haré que te muestren su cabaña—. De la mesa junto a ella, agarró una campanilla de bronce y la agitó.

Pasaron varios instantes en incómodo silencio hasta que, por fin, una joven doncella apareció en el umbral.

—Llama al ayuda de cámara y dile que lleve al príncipe a la cabaña de Clemente —le dijo con dureza a la criada, que vacilaba nerviosa, asintiendo y repartiendo reverencias entre Arantxa y Étienne.

—¿Y bien? —espetó Arantxa y la joven saltó, olvidándose de hacer una reverencia antes de salir.

Pasaron varios momentos más, igualmente incómodos, sin que llegara el ayuda de cámara y Étienne consideró necesario entablar conversación.

—Solo faltan cuatro días para la boda —soltó apático.

Esto pareció ponerla de buen humor y respondió animada.

—Así es. Hemos estado sumidos en un homérico trajín y debo confesar que, si no hubiera tomado las riendas de este evento yo misma, el suceso no habría sido más que un vulgar festín campestre —Arantxa soltó una carcajada sin rastro de humor—. Pero, a medida que avanzan las cosas, puedo asegurar que tú y tu madre quedarán bastante *afectados* por el resultado.

Étienne no pudo reprimir un estremecimiento después de tan ominosa expresión. «¿Qué está insinuando? ¿Será que sospecha de mí o está hablando por hablar?».

El ayuda de cámara llegó y salvó a Étienne de sus conjeturas. Se levantó de su asiento y se inclinó rígidamente antes de salir, tratando de contener un gruñido de alivio, porque no habría soportado estar en su presencia ni un minuto más.

Aunque se cuidó de no mirar atrás, Étienne sintió la mirada recelosa de Arantxa acuchillando su espalda.

LX

La vivienda de Clemente estaba fuera de los muros de la mansión real, adyacente a la torre oeste, y rodeada por un hermoso jardín silvestre que el anciano se deleitaba en cuidar. Las vigas grisáceas le daban un grato aspecto añejo a la cabaña. Tenía un techo de paja igualmente gris, pero los marcos de las ventanas y la puerta, visibles detrás de un seto, lucían recién pintados de verde oscuro, dándole el aire de estar bien cuidada. El humo que se desprendía de la chimenea daba la bienvenida y el jardín frente a la cabaña evidenciaba el aprecio del jardinero por la naturaleza.

Su destino a la vista, Étienne despidió al ayuda de cámara y continuó solo. La puerta estaba abierta, pero Étienne se detuvo cortésmente en el zaguán y golpeó el marco con los nudillos.

—¡Ah de la casa!

—Entra, pues —dijo una voz áspera desde dentro.

Étienne atravesó el umbral y encontró una sala de estar, a su derecha, con tres sillones alrededor de una pequeña mesa frente a un fuego crepitante, y separada del área de la cocina por un mostrador, donde todavía estaba una taza y los platos del desayuno. A la izquierda de Étienne, se encontraba una austera mesa de madera, adornada con un cuenco de barro con manzanas y duraznos. Había cuatro sillas dispuestas alrededor de la mesa y, más allá, el bastidor de madera, en forma de acordeón, disimulaba la cama cubierta con un edredón.

El propio Clemente ocupaba el sillón más cercano al fuego.

—Acaba ya de entrar y ven acá. El aire es más seco aquí y el calor calma mi artritis.

159

El anciano lucía pálido y frágil. Una manta gruesa le calentaba las piernas y su rostro parecía un pergamino arrugado. La astucia en los ojos de Clemente, sin embargo, hizo que Étienne dudara de sus conclusiones, pues el viejo parecía reconocerlo.

Hizo un ademán con la barbilla, invitando a Étienne a tomar la silla frente a él.

—¿Cómo está Élise? —preguntó con voz firme.

Alentado por lo que significaba ser así reconocido, pues no se habían visto en varios años, Étienne escondió su asombro, satisfecho de que la débil apariencia no afectaba la cordura del viejo. Tanto mejor, pues había temas muy importantes que discutir.

—Ella se encuentra bien, señor, gracias por preguntar —respondió Étienne, tomando la silla más alejada del fuego en lugar de la ofrecida, porque el día afuera se estaba calentando bastante bien y pronto sería sofocante.

—¿Y qué te trae por aquí hoy? —dijo Clemente, atizando las brasas con un hierro muy largo.

—Digamos que estoy tratando de ayudar a alguien a descubrir una verdad —respondió, dispuesto a no demorar.

—¿Y quién podrá ser ese alguien?

—Su nombre es Celeste —El cambio de expresión en el rostro del anciano no pasó desapercibido—. ¿Acaso la conoces?

—No —dijo Clemente—, solo una coincidencia. Un nombre inusual, ya sabes.

—Lo es, al igual que su dueña.

—Era el nombre de mi madre —ofreció Clemente, tosiendo después de la última sílaba, como quien quiere disimular su confusión.

—Ah, claro, ahora lo entiendo.

—¿Qué es lo que entiendes, joven Étienne?

—Que, habiendo sido el apreciado tutor de Paloma, ella hubiera nombrado a su hija Celeste para honrarte a ti.

Algo ardió en los ojos de Clemente, el color subió a su rostro y la barbilla le tembló furiosa

—Guárdate, joven. ¡A qué juegas diciendo semejantes cosas!

Étienne se arrepintió de inmediato por su falta de tacto. Lo último que quería era matar al anciano de un infarto. Pero en el tiempo que tardó Étienne en recriminarse, Clemente recobró la compostura y, en ese momento, lo examinaba con una mirada severa.

Al cabo de unos momentos, sumamente incómodos para Étienne, el anciano pareció tomar una decisión. Se recostó en su silla y dijo, más para sí mismo que para Étienne:

—Escucharé lo que tienes que decir. Y ya deja de mirarme así, que no me estoy muriendo, por lo menos, no todavía.

Étienne se sacudió de sus preocupaciones.

—Lo siento, Clemente, es que me he llevado un susto.

Clemente esbozó una sonrisa.

—Bien, bien, pero, por favor, habla despacio. Hoy en día parece que entiendo mejor cuando me dicen las cosas lentamente.

—Así lo haré. —Étienne le devolvió la sonrisa, decidiendo que de verdad le agradaba Clemente, porque en sus ojos ya podía ver la sabiduría y la bondad de que Paloma le había hablado a Celeste.

Imaginando las rápidas conjeturas que se formularon en la aguda mente del viejo, ante la mención de Paloma y una hija llamada Celeste, Étienne decidió no mantenerlo en suspenso.

—La primera noche de la luna llena, llegué a un lugar que nunca pensé que pudiera existir. Muy por encima de las crestas serradas, al norte de nosotros...

Así comenzó Étienne la historia de Paloma y Celeste, y, en el transcurso de una hora, lo había repetido todo, desde lo que había presenciado en el lago Sideral hasta las últimas palabras de Celeste, dos días antes, incluida la descripción de la llegada de Paloma a la soberanía y sus conjeturas sobre cómo aquel evento había sucedido.

Cuando terminó, Étienne tuvo que desviar la mirada para permitir que Clemente se secara las lágrimas. Quería consolarlo de alguna manera, pero un sentido de la dignidad de Clemente se lo impidió y se limitó a esperar en silencio.

—Le fallé, joven. No he hecho más que fallarle a Paloma desde esa noche hace dieciocho años. —Clemente se volvió a secar las lágrimas con el dorso de la mano—. Y por dieciocho años, no he hecho más que cojear como un viejo decrépito sin memoria alguna de su pasado o así lo creen todos. Un hombre derrotado que sigue intentando descubrir la forma de exponer a Arantxa. ¡Oh!, si no hubiera sufrido ese maldito derrame, habría tenido fuerzas para vencer a Arantxa ¡esa misma noche!

—Pues el momento ha llegado. Debes contarme todo lo que sabes, Clemente. Cualquier detalle seguramente ayudará a Celeste.

—Lo sé, joven, y la información que tengo, dada la ubicación de Celeste, es óptima para sondear una estrategia.

La verdad al descubierto

LXI

—Llevo casi dos décadas guardando esta información muy dentro y, ahora que por fin tengo con quien discutirla, ten por seguro que repasaré cada uno de los espantosos hechos que grabé en mi mente años atrás. Aunque ya es demasiado tarde para Paloma, siento que mis viejas esperanzas de desenmascarar a Arantxa resurgen vigorosas porque ahora existe Celeste.

Con los ojos fijos en un punto en el tiempo, más allá de Étienne, Clemente empezó su relato, transportándose a aquella noche dieciocho años antes, o así le pareció a Étienne, quién, a pesar de su preocupación por el bienestar de Clemente, se proponía escuchar con avidez.

—Tenía la intención de despedir a Arantxa esa noche. Fui a su habitación para hacer precisamente eso. Pero, en lugar de irrumpir sin más, me detuve en su puerta cuando la escuché pronunciar el nombre de Paloma. Mi curiosidad se despertó y pensé que, si escuchaba un rato, podría sumar a las razones que ya tenía para hacer lo que estaba a punto de hacer. En retrospectiva, debí tocar de inmediato, pero lo que hice fue acercarme y mirar a través de una grieta que se extendía a lo largo de los tablones de la puerta. La luz de tres velas de sebo ensuciaba la habitación con una especie de niebla lúgubre y tomé consciencia de que Arantxa se movía dentro, con la confianza de alguien que sabe que nadie osaría acercarse a ella, y, mucho menos, espiar.

»Decidido como estaba a edificar un caso infalible contra ella, me dispuse a no hacer el menor ruido, a la vez que cometía cada detalle a mi memoria. Cubierta con su habitual túnica de lana negra, Arantxa cojeó hacia el rincón más oscuro de la recámara, donde se encontraba un baúl tapizado con piel de jabalí. Tomó el mango de marfil y levantó la tapa. Extrajo un delicado vestido, que reconocí de inmediato como una prenda de Paloma. Alarmado, me di cuenta de que Arantxa lo había robado, tal vez esa misma mañana.

»Conté en mi mente sus ofensas: Paloma y yo desconfiábamos de ella, la servidumbre le temía y yo acababa de comprobar que era una ladrona y una embustera. Arantxa colocó el vestido sobre el baúl abierto y lo admiró mientras se quitaba su propia bata de vellón. Lanzó una mirada desdeñosa hacia el baúl abierto, donde no había más que una jaula vacía, descansando a desnivel sobre un montón de mantas y trapos arrugados. Solo ella y la providencia sabían por qué la jaula vacía necesitaba cadena y candado. Arantxa se puso el vestido de Paloma. Sus labios curtidos se despellejaron en una mueca espantosa al palpar la tela sedosa, que colgaba de ella como de un espantapájaros, y alzó el nuevo faldón hacia la lumbre para verlo mejor.

«Sabes… —alcanzó a decir a la jaula vacía antes del súbito ataque de tos que la interrumpió. Solo después de escupir algo costroso en el piso de piedra, que una rata malsana se apresuró a oler y mordisquear, continuó. Yo me tragué la repugnancia que me causaban tales circunstancias y me esforcé por captar cada palabra—… elegí este vestido por su color, ¿ves? Parece chocolate espeso y cremoso. Paloma se veía gloriosa en él».

»Lo dijo a regañadientes, y yo cerré los ojos, masajeando mi hombro dolorido. «¿Qué es lo que se propone?» me pregunté, haciendo estiramientos que no calmaban el dolor que raleaba mi atención. Sabía exactamente cuál era ese vestido. Paloma lo había usado en una de las galas organizadas por el rey, su esposo. Paloma había sido una visión aquella noche, con su cabello rojo, sus ojos verdes y su nívea piel. Cómo la habían admirado. Cómo brillaban con orgullo los ojos de Bautista esa noche. «Cómo la envidiaba —siseó Arantxa, como arrancando mis pensamientos del aire. Pasó sus dedos torcidos sobre la tela sedosa y la odié por mancillarla con su manoseo—. Pero nunca más. Estoy harta de ser la adivina que aguarda en rincones oscuros a ser llamada solo para divertir a aquellos que se creen mejor que el resto».

»Su garganta traqueteó otra vez y escupió la costra ofensiva con enojo. La rata se apresuró a recuperarla y yo aparté la mirada hasta que terminara el espectáculo.

«¿Me estás escuchando siquiera?», acometió Arantxa y casi se me escapó un grito, pensando que se dirigía a mí, pero no, ella continuaba hablándole a la jaula vacía, de la que no obtuvo respuesta.

»La vi cojear hasta un cajón de madera que, a juzgar por el costal negro que la cubría, hacía también el papel de mesa. En ella había varios objetos pequeños que no pude distinguir, pero Arantxa los arañó con delicadeza, casi con cariño, hasta que encontró lo que buscaba. Al sostenerlo en alto, vi que era un óvalo oscuro y liso, con un agujero perfecto justo en el medio. Me estremecí sin querer. Es que no podía ser. Con febril empeño mi mente buscó una manera diferente de explicar lo que temía, pero, en ese momento, Arantxa tomó el objeto y lo acercó a su ojo, frustrando todas mis esperanzas de que pudiera ser otra cosa. Se trataba una piedra horadada y, a través de ella, Arantxa ojeaba la jaula vacía, lo que me hizo comprender que no estaba vacía ¡en absoluto! —Étienne se encogió de hombros sin entender y Clemente se apresuró a explicar—. Solo hay dos maneras que un humano puede ver a un hada —dijo, levantando la mano con los dedos índice y del corazón en alto.

—¿Quieres decir que Arantxa tenía un hada enjaulada en su recámara? —exclamó Étienne.

Clemente asintió, pero tijereó los dedos cortando la interrupción.

—Primero, un hada puede conceder al humano el don de vista feérica y, segundo, el humano que mira a través de la perforación de una piedra horadada podrá ver La Soberanía de las Hadas. Mas, una piedra horadada, joven, es algo que la tierra produce una vez en veinte vidas, si acaso.

—Pero, entonces, ¿cómo me las arreglé yo para verlas? —preguntó atónito.

—Como dijiste, la cima de esos acantilados era inaccesible antes de las fuertes lluvias. Sospecho que la inundación y el deslave que describiste, causaron una especie de ruptura natural en la soberanía. Tal vez ahí está la respuesta que buscas —respondió Clemente—. Claro que esa es solo una especulación mía.

En el espacio de dos parpadeos, Étienne asimiló aquella nueva información y rellenó los huecos en su comprensión de los hechos, ansioso de que Clemente retomara la historia donde la había dejado.

—«En cuestión de minutos, no importará más», amenazó Arantxa y luego, encorvándose sobre la jaula, como para ver mejor a través de la piedra horadada, maulló. «Ah, ahí estás». Te confieso que el efecto de esa voz, la expresión del rostro, áspera y sin alegría era algo espantoso de avistar. No acababa de entender lo que estaba viendo y escuchando. ¿Por qué lleva ese vestido? ¿Qué es lo que ya no importará? Y, en el nombre de Dios, ¿cómo logró atrapar a un hada? Los cuentos y leyendas se arremolinaban en mi mente. De repente, lo creía todo, pero con el próximo aliento, desacreditaba mis propios sentidos en busca de una explicación más realista. Pero no había ninguna. «Tú quédate ahí—, le dijo Arantxa al hada en la jaula—. En muy poco tiempo pasarás a la luz. Te lo prometo», dijo, como queriendo calmar a quien la escuchaba, pero más bien sonó como una sentencia de muerte.

»Devolvió la piedra horadada a su puesto en la mesa improvisada. «Pronto sentirás un gran alivio», le dijo al hada, que no respondió, seguramente porque la oscuridad y el encierro le estaban costando a la miserable criatura. Las hadas necesitan luz y libertad para sobrevivir —aclaró Clemente para beneficio de Étienne—, pero incluso, si hubiera respondido, yo no habría podido oírla, sordo y ciego como era, y soy, para los de su clase. Arantxa se acercó a una percha, junto a la ventana, de la cual retiró un frasco. «Ha refrescado bastante bien», dijo con voz ronca, sosteniéndolo entre el pulgar y el índice. Sin ceremonias, se tragó el contenido y, a juzgar por la mueca que hizo, el sabor no era nada gustoso. Sus ojos se cerraron y, de repente, convulsionó, como si los músculos se hubieran contraído, tratando de expulsar la extraña sustancia que acababa de ingerir.

La vi tambalearse; sus entrañas seguro rechazaban el líquido. Vi el sudor brotar de su rostro contorsionado y ceroso. El frasco cayó de sus manos; trató de estabilizarse agarrándose al alféizar de la ventana, con respiros entrecortados. «Está sucediendo.. Está funcionando —jadeó y yo rezaba que se hubiera envenenado—. Pero no fue así. ¡Ay de mí!». La habitación estaba cerrada; sin embargo, una repentina ráfaga de viento cercó el cuerpo huesudo de Arantxa y un olor a humedad, atrapado con el humo de la chimenea, llegó hasta mí a través de las rendijas. El vestido de color chocolate se hinchó con la inexplicable brisa y la canosa pelambrera suelta le barrió la cara.

»Entre el parpadeo de las velas y mi imaginación, Arantxa se volvió una aparición espantosa. Creí que nada podría superar aquel horror, mas, en los próximos segundos, pareció abrirse una ventana al mismísimo infierno. El desconocido brebaje la estaba remodelando de adentro hacia afuera. El escuálido cuerpo de Arantxa comenzó a rellenarse debajo del vestido holgado. Su pelo grasiento adquirió paulatinamente el brillo y la onda del cabello cobrizo de Paloma. Su estatura aumentó, su piel se curó de viejas lesiones y los efectos de la edad misma se suavizaron. Los labios curtidos rejuvenecieron. Dientes blancos en dos hileras, se abrieron paso a través de las encías podridas, que a su vez adquirían un aspecto saludable. «Verdaderamente ¡poderosa y bella!», rio Arantxa y, al hacerlo, la carcajada horrible y hueca se fue moderando hasta que mis oídos registraron la risa elegante de mi reina. La voz de Arantxa se convirtió en la voz serena y melodiosa de Paloma. «¡Triunfo!», exclamó, girando extasiada. El vestido ondeaba primoroso, exhibiendo los pies descalzos de Paloma con cada giro.

»Me sentí caer en un abismo oscuro. Necesité de todas mis fuerzas para mantenerme erguido y racional. En el furor del momento, sin atinar cómo aquella mujer había logrado lo que estaba presenciando, se me ocurrió que se trataba de una alucinación. El dolor me entumecía el brazo hasta el codo, pero abandonar mi puesto era impensable. «Quiero verme», exhaló Arantxa, trajinando por la mugrosa habitación en busca de un espejo que le confirmara el éxito de su transformación. No lo encontró. Por la rendija desde donde yo presenciaba la pesadilla, vi que Arantxa examinaba sus manos, deslumbrada y confieso que lucía tan ufana, como yo aterrorizado. Recorrió su nueva piel con sus dedos, maravillándose de todo: brazos, cuello, manos, y soltó una risotada al agarrar mechones del sedoso cabello, como para convencerse de su triunfo. «¡Ya me examinaré más tarde, en mi nueva recámara: la recámara de la reina!».

»Como flotando en el desvarío que amenazaba mi cordura, me consolé con que, en esos ojos esmeralda, en los que la naturaleza bondadosa de Paloma había brillado, ahora acechaba la indiscutible lobreguez de un ser sin alma, una oscuridad que sería detectada por todos y, que al final, había de manifestar la siniestra farsa. Creí escuchar un gemido lastimero, proveniente de la jaula, pero, antes de que pudiera descartarlo como mis propios nervios, Arantxa miró con resentimiento hacia el baúl, confirmando una vez más que una criatura viviente estaba dentro. «¿Acaso la luz de estas velas es demasiado para ti? —ronroneó burlona y yo me estremecí de nuevo, compadeciéndome de la maltratada criatura—. Está bien… solo te mantuve con vida por si acaso el hilo no funcionaba, pero como puedes ver… —Arantxa extendió los brazos, hizo una reverencia y, luego, con una cruel determinación en su voz, agregó—: cuando vuelva a abrir este baúl, espero encontrarte muerta».

»Arantxa hurgó en el baúl, jamaqueando la jaula en busca de algo en el fondo. Ese algo resultó ser una daga. Cerró el baúl de golpe, dejando al hada en fatal oscuridad, mientras ella se dirigió hacia la ventana. Se hizo una pequeña herida en el pulgar. «Santillán florecerá bajo mi mando y yo reinaré como me plazca», declaró entre dientes, exprimiendo las gotas de su propia sangre en un segundo frasco. Conté trece, al cabo de las cuales se lamió la herida mientras lo examinaba. Satisfecha con no sé qué, Arantxa reanudó sus augurios. «El fruto de mi vientre formará la alianza requerida y tendré el poder de dos reinos bajo mi mando». En ese momento sentí que la razón me abandonaba. Arantxa estaba encinta. ¿Cómo no lo había visto antes? Y, sin más, la verdad surgió inequívoca: no solo el vientre hinchado debajo de la tela, sino su diabólica intención de suplantar a Paloma.

LXII

—El caso contra Arantxa era infalible.

Sentimientos, ideas y sensaciones se revolcaban dentro de mí. ¿Cómo había logrado semejante transformación? Mi intención de despedirla se volvió risible y, en su lugar, quedó mi ánimo desvirtuado. Quería matarla y, al parecer, el momento de hacerlo había llegado, porque ella estaba lista para salir y, tan pronto como abriera la puerta, se daría cuenta de que lo había visto y entendido todo. Pero fallé, joven. Fallé miserablemente y no pude hacer más que verla pasar, sabiendo hacia dónde se dirigía, sabiendo lo que le pasaría a Paloma... *sabiendo*. Este cuerpo mío se negó... —Clemente desvió la mirada, reviviendo la frustración que había experimentado esa noche.

—No te culpes así, Clemente. Tuviste un derrame, por el amor de Dios —objetó Étienne deseoso de aliviar el desconsuelo del anciano, pero Clemente no quería saber de compasión.

—Si hubiera estado en mis cabales, en lugar de vacilar, por lo menos, habría retrasado el colapso de mi cuerpo hasta ajusticiarla, pero no fue así. Como un cobarde me dejé llevar por el desaliento y demoré la decisión de vindicarme. Pero, cuando por fin la tomé, dediqué mi vida a la investigación —declaró con ferocidad—. Estudié nigromancia, magia y folclor feérico, decidido a encontrar la manera de deshacer el maleficio de Arantxa. Le seguí los pasos por meses, ansioso por cualquier pista sobre el paradero de Paloma, pero fue en vano. Aun así, no podía aceptar que Paloma hubiera muerto, día a día buscaba aquello que me eludía: la señal de que Arantxa la hubiera dejado vivir después de lograda la transformación.

—Todo lo encontré en libros o lo deduje de relatos, a veces confusos, de los campesinos. Sin embargo, después de varios meses, por fin tenía un rayo de esperanza. He aquí lo que derivé; una hebra hilada por un hada surtirá efecto sobre el objeto que se está glamorizando, en veinticuatro horas, a veces más. Étienne, eso quiere decir que Arantxa mantuvo viva a Paloma durante al menos un día, tal vez dos. No podía desfallecer ni contemplar otra cosa que no fuera la esperanza de que Paloma hubiera sido abandonada a su suerte, en algún lugar lejano, que había sobrevivido. Pero, por desgracia, no tenía la menor idea de cómo empezar mi búsqueda —suspiró ensimismado—. Con el tiempo, Arantxa se cansó de mi presencia en la mansión y me desterró a esta cabaña. Mi entereza no flaqueó. Cuando no le podía seguir los pasos, devoraba libros y perseguía toda leyenda feérica que encontraba, porque sabía que el secreto del éxito de Arantxa se encontraba en La Soberanía de las Hadas. Pero cada libro consultado era un callejón sin salida, cada nueva idea era estéril, hasta que, un buen día, sentí cuánto había envejecido, incluso mi cojera se había vuelto más difícil de manejar. Mi obsesión con la ilusoria pesquisa me había robado el vigor de antaño, dejándome en el estado en que me ves ahora —se quejó Clemente, palmoteando sus muslos en tono de disculpa—. La vida se burlaba de mí por no haber aceptado que Paloma y el crío en su vientre llevaban más de una década pudriéndose en la tierra.

Una triste sonrisa oscureció el rostro arrugado de Clemente y Étienne se apresuró a consolarlo.

—No desesperes, amigo. La justicia, en varios frentes, depende del éxito de este proyecto y no vamos a fracasar ahora que hemos encontrado la verdad.

Esto pareció levantar el ánimo de Clemente. Sus ojos sonrieron primero y pronto se le iluminó toda la cara

—Qué Dios me dé vida para ver a Celeste llegar triunfante a Santillán y reclamar su morada ancestral —acertó Clemente, tomando la mano de Étienne y estrujándola con fuerza.

Por su parte, y con una cálida palmada sobre el hombro del viejo, Étienne aseguró:

—Así será, mi amigo. Dios y las hadas están con nosotros. —Su mirada risueña se posó en un retrato, algo descolorido, que colgaba en la pared.

—¿Qué pasa, hijo?

—El hombre en ese cuadro ¿es Bautista?

—Efectivamente. Yo mismo pinté ese retrato, de él y Paloma, poco después de su casamiento —explicó Clemente, admirando su propia obra—. Sabes, aunque pequeño, este retrato solía colgar en la biblioteca —presumió Clemente. Con un chasquido lastimero, añadió—: Arantxa lo mandó sacar hace años diciendo a los sirvientes que a Berezi no le hacía bien perpetuar recuerdos de un padre que nunca conocería. Pero, aunque las instrucciones habían sido quemarlo, una de las camareras de Arantxa me lo trajo para que yo lo guardara. Lo acepté, por supuesto, fingiendo ignorar por completo a la hermosa pareja que me miraba desde el lienzo y le agradecí su amable regalo.

Étienne asintió distraído.

—¿Qué es eso debajo del ojo de Bautista?, ¿acaso una salpicadura?

—No, no, Bautista tenía un lunar de nacimiento —respondió Clemente, esforzándose por alcanzar el retrato con un dedo tembloroso—. Justo ahí —dijo, señalando la mancha oblonga, color *café au lait*, debajo del ojo derecho del rey. Con una risa nostálgica, agregó—: Paloma solía decir que realzaba la masculinidad de Bautista, pues el lunar parecía residual de una valerosa contienda.

—Nuestra princesa, Celeste, tiene el mismo lunar debajo de su ojo derecho, igual que el de su padre —dijo Étienne, recordando la primera vez que había visto a Celeste de cerca y a la luz del día, y su inquietud ante la posibilidad de que algo la había arañado demasiado cerca del ojo.

—Por supuesto que lo tiene. —Rio Clemente, el brillo en sus ojos delataba su anhelo de verla ya, pero, como resignándose a la espera, agregó—: debes contarle a Celeste lo que te he dicho sobre el hilo que usó Arantxa para la pócima. Tal vez ahí radica la respuesta y Oihana podrá lograr ahora lo que con Paloma no pudo.

—¿Oihana? —repitió Étienne sin comprender.

—Mi querido muchacho, ¿no te lo ha dicho ella? ¿No has escuchado los cuentos?

—Bueno, em…, sí... solo que no todo, no todos los cuentos.

Clemente rio afectuoso.

—Cuando vuelvas a ver a Celeste, pregúntale.

Étienne se puso de pie para despedirse.

—Así lo haré, pero, para ello, debo dejarte ahora y aprovechar la luz del día para la jornada. Si Dios quiere, la veré mañana al anochecer.

—Yo puedo ayudarte a llegar allí en una cuarta parte del tiempo.

Étienne miró a Clemente con recelo.

—¿Acaso aprendiste magia mientras investigabas? —dijo, volviendo a tomar asiento, incrédulo pero risueño.

Clemente respondió con un guiño.

—No, no, esto no tiene nada que ver con magia, más bien pone a prueba el valor y el coraje de quien lo intente. ¿Alguna vez oíste hablar de la Garganta del Hechicero?

Étienne asintió resignado, ante otro mito a punto de ser desautorizado.

—Aunque yo no lo he cruzado —dijo Clemente, aludiendo a sus piernas debajo de la manta—, sí lo he visto, a la distancia. —Dominado por la curiosidad, Étienne se inclinó hacia el anciano con gran interés—. Encontrarás la cascada a unas cuatro horas de viaje hacia el norte —dijo Clemente, pero con el ceño fruncido de quien es interrumpido por una ocurrencia tardía, preguntó—: cuentas con un caballo diestro, ¿no es así?

—Sí, sí. Al-Qadir es, en parte, una cabra. Puede trepar por cualquier escarpadura —aseguró Étienne impaciente.

—Bien. Cuando llegues a la meseta donde ya no puedas avanzar más, la cascada estará a tu izquierda y, por más imposible que te parezca, deberás descender hasta la cornisa, que a veces es difícil de ver debido al espeso rocío. Pero solo desde esa cornisa podrás vislumbrar el pasaje detrás del telón de agua.

Con ojos entrecerrados, Étienne escuchaba en asombrado silencio.

—Me atrevo a asegurar que el pasadizo será lo suficientemente ancho para que tú y tu caballo quepan —concluyó Clemente y Étienne parpadeó boquiabierto, ya evaluando sus opciones.

Veinte horas en la ruta tradicional o de cuatro a cinco horas por la Garganta del Hechicero… La verdad, no había concurso; dudar de Clemente era impensable y la posibilidad de ver a Celeste, en una fracción del tiempo antes estimado, anularon la primera opción. Étienne volvió a apretar el hombro del anciano—. Gracias, Clemente.

—Antes de que te vayas, hijo, prométeme que cuidarás de Celeste, no permitas que le pase nada malo —dijo, agarrando el brazo de Étienne con inesperado vigor.

—Por mi honor, Clemente, la protegeré con mi vida —declaró Étienne, el corazón galopándole en el pecho al decir las palabras, porque tomaba conciencia en ese instante de que, efectivamente, daría su vida por Celeste si fuera necesario. La ostensible promesa había agudizado el discernimiento de su propio corazón y de a quién pertenecía.

—Y otra cosa más —dijo Clemente, soltando el brazo de Étienne.

—¿Sí?

—Ven a verme de nuevo y cuéntame sobre la Corte Luminosa —dijo con una sonrisa esperanzada que le suavizaba todo rostro.

—Haré algo mejor que eso. —Rio Étienne, pensando en aquella hada de cabello dorado en su orbe turquesa, la que constantemente zumbaba alrededor de Celeste y a quien ella llamaba su hermana de nacimiento—. Si me lo permite, te traeré una embajadora.

El feliz designio acompañó a Étienne hasta el establo donde, tal como el ayuda de cámara le había dicho, su caballo estaba listo y esperándolo.

Audiencia con una reina

LXIII

Étienne cabalgó recio hacia el norte. Al cabo de una hora, pensó que había llegado el momento de abandonar el camino trillado. Serpentearon por colinas boscosas hasta que el rumor de agua que corría llegó a sus oídos.

Espoleó a Al-Qadir hacia el oeste, alentado por el aire que se humedecía a cada paso, por el lodo que engrosaba y por la espesa bruma que vislumbraba cada vez que raleaba el follaje. El terreno escarpado por fin empezó a allanar; los árboles ya no parecían tan altos, la maleza ya no era tan densa y el estruendo de la cascada era constante.

Habiendo salido de una hondonada, Étienne y Al-Qadir se detuvieron a mirar aquello que parecía ser el borde de la tierra, pues, más allá de una hilera de valientes arbustos, que resistían los golpes de viento, no se podía detectar nada más que una densa niebla y nada se podía escuchar por encima del rugido del agua.

Étienne desmontó y guio a Al-Qadir el resto del tramo.

—¿Qué piensas? —dijo, desconcertado ante el imponente espectáculo.

Al-Qadir sacudió la cabeza, ansioso. Étienne se inclinó, esforzándose por ver qué había más allá, intimidado por las corrientes de aire que parecían rechazarlo.

—Quizás este no es el lugar correcto —murmuró, pero una ráfaga de viento disipó el rocío en ese preciso momento y, por una fracción de segundo, vio la cornisa de la que había hablado Clemente a unos cinco metros más abajo.

Parecía casi imposible que aquel punto de apoyo, tan precario, fuera en realidad el camino que Clemente pretendía que tomaran. Por fortuna, el acceso no era del todo vertical y Étienne se consoló pensando que, descender por una pendiente, sin importar cuán empinada, sería mejor que saltar, sin más, al brumoso vacío.

Étienne montó y con una serie de chasquidos y susurros convenció a Al-Qadir para que cruzara la hilera de arbustos. Lo guio hasta el punto de partida más adecuado, pero, tan pronto como el caballo puso todo su peso sobre sus patas delanteras, el suelo fangoso cedió y se deslizaron, caballo y jinete, como sobre mantequilla. El descenso fue tan rápido que Al-Qadir, en sus cuartos traseros, no tuvo oportunidad de siquiera reaccionar y, tal vez gracias a ello, la caída no fue tan desenfrenada como para que resbalaran sin control de la cornisa donde aterrizaron.

Cuando le volvió el alma al cuerpo, porque había creído que estaban muertos, Étienne se bajó del caballo y abrazó con gratitud el poderoso cuello de su corcel. Al-Qadir parecía no haberse dado cuenta del gran peligro que habían corrido.

El lugar donde se encontraban era ruidoso y ambos estaban calados hasta los huesos. Pero, habiendo dominado sus pensamientos enloquecidos, Étienne condujo a su caballo hacia la cascada, confiando ciegamente en la palabra de Clemente de que, al final de ese camino estrecho y lodoso, vería el pasadizo oculto detrás del telón de agua.

Étienne se volvió hacia Al-Qadir, que goteaba igual que él, y lo alentó como pudo.

—Si salimos vivos de esta, amigo mío, te habré ahorrado veinticuatro horas de arduo viaje y veremos a Celeste un día entero antes —agregó con emoción mal reprimida.

A medida que se acercaban al paredón de agua blanca, la probabilidad de ser arrastrados por el torrente se volvía más certera. Pero las crueles dudas que merodeaban en su subconsciente nunca afloraron, pues Étienne espió la depresión natural en la muralla de tierra que los protegería. Esperanzado, urgió a Al-Qadir y juntos aventuraron el resto del camino. La ladera de la montaña se doblaba sobre ellos como un enorme resguardo. Así entraron en una especie de medio túnel, sellado por un lado con granito y abierto por el otro hacia la cascada.

El rugido del agua, tan fuerte antes de entrar en la Garganta del Hechicero, era realmente ensordecedor una vez dentro. El cruce les llevó casi una hora y, como era de temerse, en las dos ocasiones en que uno de los cascos de Al-Qadir resbaló, Étienne se sumió en sobrias reflexiones de la tragedia que sería perder a su caballo, pero su fervorosa gratitud era siempre sincera, al recobrar el equilibrio y continuar la penosa travesía.

Del otro lado encontraron otra cornisa cenagosa, de la que Al-Qadir se mostró ansioso por escapar. No esperó a que Étienne montara, sino que lo jaló tras él sobre la empinada cresta, asegurando cada paso, incomprensiblemente, sobre las raíces y las rocas que sobresalían de la pendiente.

Habiendo llegado a un terreno más seco, Al-Qadir se sacudió entero, como un perro. Étienne cayó de rodillas y se tumbó, exhausto, sobre la grava. Estaban apenas a una hora de Celeste, y eso, en sí, era milagroso. No podía negar que el riesgo había valido la pena.

—Gracias, Clemente—, declaró, mirando las ya evidentes señales del anochecer y felicitándose por su decisión—. Si hubiera tomado el otro camino, todavía no habría cruzado al territorio de St. Michel.

Ansioso por ver a Celeste, Étienne sacó una camisa y pantalones más secos que mojados de la alforja de cuero y se los puso. Colgaría el gabán y el resto de sus cosas para que se secasen después de encontrarla.

Caballo y jinete reanudaron la marcha. Llegaron a la brecha en la Muralla de Vulcano y, luego de atravesar las colinas más allá, Étienne dejó que Al-Qadir bordeara el lago al galope hasta llegar a la orilla oriental, donde se vieron obligados a reducir la velocidad para adentrarse en el bosque.

Étienne sabía que Celeste no lo esperaba hasta el día siguiente, así que decidió ir directamente al estanque de Paloma, seguro de que ella visitaría la tumba de su madre antes de retirarse a dormir. Junto a la tumba y esparcidos alrededor del estanque había docenas de faroles de colores que iluminaban los árboles y el agua con su apacible luz. Espió a Celeste, sentada en una gran roca al borde del agua, con el mentón apoyado sobre sus rodillas y mirando la luz danzar sobre el agua.

Desmontó, acariciando distraído el mechón de Al-Qadir y sintiendo una extraña especie de alivio al verla ahí, y era que la noción de que todo fuera una fantasía suya, un producto de su imaginación, lo torturaba a cada instante. Desde el momento en que la vio por primera vez, vivía en constante terror de que se le escapara entre los dedos, como si se hubiera enamorado del agua o del viento, más que de un ser humano. Se quedó en silencio, sujetando las riendas de Al-Qadir, mirándola mirar el agua, su cabello largo cubriéndole lo hombros y espalda, protegiéndola del aire fresco de la noche. Pero el ensalmo terminó cuando Al-Qadir sacudió la cabeza, lo que provocó el tintineo de la brida y freno.

Celeste alzó la mirada y lentamente volvió la cabeza hacia él. Étienne soltó las riendas, confiando en que Al-Qadir no escaparía, y se dirigió hacia ella; sus ojos marrones, veteados de fuego dorado, le comunicaban mil niveles de emoción. Celeste se irguió y, sin más, cerró la distancia entre ellos. Él la recibió en sus brazos y la estrechó contra su pecho.

—Cómo me complace verte —susurró él, seducido por la magia de sus movimientos, que por más comunes que fueran, lograban serenarlo y asegurarle que se pertenecían el uno al otro, incluso desde antes de conocerse.

—¿Qué artificio es este? —murmuró ella arqueando las cejas—. No esperaba tu regreso hasta mañana por la noche.

—¿Acaso interrumpí tus planes con algún otro pretendiente? —bromeó.

Celeste lo miró confundida, pero captando el humor en su voz, reaccionó con su naturalidad de siempre. Luego de un codazo y levantando el mentón, le dio la espalda fingiendo indignación. Étienne tuvo que revolotear a su alrededor, al menos tres veces, porque ella lo esquivaba, hasta que por fin se detuvo sonriente y accedió a escuchar su explicación.

—Todo fue obra de Clemente. Nuestra visita fue breve y, sin embargo, las revelaciones fueron insólitas, siendo la última de ellas la existencia de la Garganta del Hechicero...

Juntos de la mano, se dirigieron hacia Al-Qadir, mientras Étienne le hablaba del peligroso cruce tras la cascada, a la vez que retiraba hábilmente la brida y el freno para permitirle al caballo un merecido descanso, libre del equipo de arreos. También vació su alforja y tendió su ropa mojada sobre un comedido arbusto.

—Por ahí debe haber cruzado Arantxa con mi madre —supuso Celeste pensativa—. Fue mucho lo que adivinó sobre esa noche, pero, cómo se las arregló para llegar al otro lado de la cascada, ese fue el misterio que jamás logró resolver.

—Pero ahora sabemos que Arantxa, como la bruja que es, también conoce la Garganta del Hechicero y también sabemos que continúa creyendo que Paloma no sobrevivió más allá de esa noche.

Apoyado contra el poderoso roble, a la cabecera de la tumba de Paloma, con Celeste acurrucada junto a él, Étienne le relató todo lo discutido entre él y Clemente, y le transmitió la calidez con la que el anciano anticipaba un encuentro con ella.

—Tenemos que decirle a Oihana lo del hilo —dijo Celeste, volviéndose hacia él—. Si hay algo que hacer al respecto, ella lo sabrá.

—Por cierto, debo preguntarte quién es Oihana.

—¿De verdad? —dijo Celeste, pero al darse cuenta de que Étienne había preguntado en serio, se guardó de revolear los ojos.

—Me temo que los cuentos de hadas que me contaron no están a la altura de lo que he visto últimamente —admitió él con sencillez—. Igual que tú, Clemente sugirió mencionar el hilo a Oihana.

—¿Clemente ha oído hablar de Oihana? —exclamó ella, impresionada por la amplitud de conocimientos mostrados por el tutor de su madre.

—Al parecer, ha leído mucho sobre el tema y ha entrevistado a mucha gente también —aclaró Étienne ocultando la desazón que le causaba su propia ignorancia de la materia.

Celeste le dedicó una sonrisa indulgente y procedió a educarlo.

—Oihana es la reina de todas las hadas y me refiero a todas las hadas, no solo de este tropel, sino de todas, en todo el mundo —proclamó, repitiendo las palabras que Nahia le recitaba a quien quisiera escucharla.

Étienne asintió, subrayando el gesto con un iluminado:

—Ah, por supuesto.

—Como tal, ella es más sabia que nadie y, por eso, debemos ir a La Alameda Florida, la sede de la soberanía —urgió Celeste y, sin perder un instante más, tomó el farol más cercano con una mano, y el brazo de Étienne con la otra.

LXIV

Al vuelo, Étienne se las arregló para agarrar su propio farol y se dirigieron hacia donde el bosque era más denso y el silencio se tornaba opresivo sobre la marcha. Pero los pasos de Celeste eran firmes, y Étienne confiaba en ella, por lo que se dejó guiar, consciente de que no tenía indicios, elección ni control sobre el porvenir. Deambularon por la maleza durante media hora, al final de la cual llegaron a un claro rodeado de altos álamos. En su centro, un montículo redondeado se alzaba a unos tres metros sobre el suelo. Étienne le calculó seis metros de diámetro.

El lugar que Celeste llamaba La Alameda Florida le pareció ordinario y, aunque no lo dijo, la imagen de una madriguera de conejos gigantes echó raíz en su mente.

—¿Qué hacemos ahora? —murmuró.

—Shhh... Esperamos.

Étienne sentía cosas deslizándose sobre sus botas y los vellos de la nuca se le erizaron con el fuerte escalofrío que subía y bajaba por su espalda. Se estremeció incómodo, pero no se atrevió a expresar los inquietantes sentimientos que lo asaltaban. «No soy un cobarde», pensó, levantando el farol para arrojar más luz sobre su entorno.

—Es espeluznante, ¿no? —siseó Celeste.

—¿Qué? —preguntó, fingiendo todo el sosiego que le permitían sus nervios.

—Las sensaciones que te invaden.

Étienne iluminó el rostro de Celeste con el farol.

—¿Qué tipo de sensaciones?

—¿No lo sientes? Es como si alguien, o algo, nos estuviera vigilando.

Étienne le lanzó una mirada oblicua. Celeste trataba de ser lo más discreta posible, como quien intenta no perturbar el latente horror que ya los tenía acorralados. Con movimientos deliberados, su mirada siempre antes del giro de su cabeza, Celeste escudriñaba, ya la turbia oscuridad entre los árboles, ya el túmulo de zarzas en el centro del claro. Todo junto, el comportamiento de Celeste y el misterioso entorno solo consiguieron poner a Étienne más nervioso.

En un susurro, Celeste dijo:

—A veces, puedes sentir que pasan corriendo a tu lado. Otras veces, especialmente cuando está oscuro, como esta noche, puedes verlos. —Su cuerpo se tensó, sus ojos se volvieron rendijas, y luego se abrieron como platos.

—¡Ahí! —soltó, señalando frenética la silueta nudosa de un roble muerto.

Sin saber lo que hacía, Étienne reaccionó. Con un movimiento de barrido, dejó caer el farol, empujó a Celeste detrás de él y desenvainó de un tirón la espada de su padre.

—¡Dónde! —exigió, empuñando la espada a la defensiva, mientras recorría la oscuridad vacía ante ellos.

Parecía como si todo a su alrededor hubiera acordado contener la respiración. Nada se movía, nada hacía ruido hasta que…

—Eh… —masculló Celeste—, perdóname, lo siento muchísimo.

Étienne bajó la espada y se volvió hacia ella.

—¿Perdón?

Arrepentida, Celeste recogió el farol que había dejado caer y se lo devolvió.

—Solo quería asustarte; es que Nahia me lo ha hecho tantas veces. El lugar se presta para ello y es que Oihana le ha puesto tantos encantamientos para proteger la entrada a La Alameda que el resultado es de verdad escalofriante. Pero fuiste tan valiente, mucho más que yo. ¡Hasta me ibas a defender! —dijo sin aliento.

—Entiendo —respondió pensativo, devolviendo la espada a su vaina—. Y sí, estuve asustado, pero no lo suficiente como para dejar que algo te hiciera daño.

—Y ¿dónde está la diversión en eso? —dijo ella, dándole un empujón en supuesta decepción por su fracaso.

Él le rodeó la cintura y la abrazó juguetón, felicitándose a sí mismo por no haber gritado cuando ella gritó, porque, ciertamente, casi lo había hecho.

—¿Entonces Oihana pone encantamientos en este lugar para desanimar a los humanos que hayan logrado llegar a la soberanía?

La explicación detallada de Celeste, de sus experiencias con los encantamientos de Oihana, los acercó más al túmulo de zarzas. Ahí, ella le indicó el conducto que se adentraba al interior del túmulo y desde el cual reverberaba una tenue luz.

—Muy ingenioso —declaró Étienne, todavía sin comprender que debajo de él, y cubriendo casi tres kilómetros cuadrados, se encontraban las viviendas del tropel compuesto de más de doscientas hadas.

—Debajo de esta espesa hiedra y de estos arbustos espinosos —explicó Celeste—, hay cientos de pasadizos entrelazados que se conectan a lo largo y ancho de La Alameda. Espera hasta que lo veas todo desde adentro —agregó con un pícaro destello en sus ojos.

Étienne no tuvo tiempo de considerar las palabras de Celeste, ni la sospechosa sonrisa que tembló en sus labios, y tampoco pudo definir lo que sucedió, porque el ataque fue tan raudo como inesperado. Aunque estaba seguro de que tenía algo que ver con el hada de los rizos veteados de color turquesa, ya que la había vislumbrado brevemente antes del asalto.

Lo invadió una inquietante sensación, alrededor de la boca del estómago. Sintió un ansia irresistible de gritar, pero, cuando lo intentó, descubrió que no le quedaba aire en los pulmones para ello. La extraña sensación envolvió su cerebro y todo su cuerpo a una velocidad vertiginosa y, cuando su mente revuelta no encontró una explicación lógica para lo que estaba sucediendo, comenzó a entrar en pánico.

Incapaz de hacer algo al respecto, incluso al sentir que desconocidas fuerzas lo comprimían y lo forzaban a atravesar la más estrecha de las aberturas, sintió desquiciarse. Étienne rugió su muda protesta: «No moriré sin luchar».

Y fue entonces que, tan de súbito como había comenzado, el ataque cesó. De una altura inexplicable, Celeste le sonrió y un destello de comprensión iluminó la mente de Étienne. No lo habían doblado al revés, ni lo habían aspirado y depositado en la madriguera de un roedor, nada de eso, lo habían comprimido entero; su piel, sus huesos, incluso su ropa, todo él había girado en espiral hacia adentro, como a través de su propio ombligo. De ahí la desconcertante sensación que no había logrado dominar sino hasta culminada su transformación.

En ese momento en que todo se había detenido, además de sentirse inestable, Étienne tuvo que cuadrar sus pensamientos con el hecho de que lo habían transformado en una versión diminuta de su antiguo yo. Celeste, una giganta para él, lo observaba risueña, mientras él escondía su malestar detrás de una media sonrisa, deseoso de mantener intacta su dignidad en el proceso.

Por fortuna, la misteriosa atacante pronto se abalanzó sobre Celeste, infligiendo la misma pena que él había sufrido. Étienne, deslumbrado y estremecido por igual, confirmó que, de hecho, el hada de las vetas turquesas había sido la responsable. Observando cómo se lo hacía a Celeste, entendió mejor lo que le acababa de pasar.

En cuestión de segundos, Celeste estaba en perfecta proporción a su lado.

—¿Listo? —dijo dulcemente, enganchando su brazo con el de él.

—Eh... Sí —respondió, ya más sereno que tembloroso.

En su actual condición, la entrada a La Alameda Florida había cobrado majestuosidad, pero en cierto sentido, también le pareció más presagiosa, especialmente los tres metros de altura del túmulo.

Por su parte, y sin más, el hada que los redujo había desaparecido, dejando que Celeste lo llevara al conducto en la base del túmulo. Una vez dentro, Celeste lo guio por el domo, forrado con sistemas de raíces curvándose, uno sobre otro, hasta el puente que conectaba ambos lados del espacio en el que se encontraban. Étienne vio que estaban en la parte más alta de un enorme atrio. El olor a tierra fértil lo permeaba todo.

Contó diez pisos en espiral, a partir del puente. Cada nivel incluía varias estancias excavadas en las paredes vivas, y calculó que el fondo se encontraba, por lo menos, diez metros más abajo.

—Este es el bazar de Oihana —anunció Celeste—. Deberías ver este lugar durante el festival de la cosecha —dijo ella con nostalgia—. Al caer la noche, no se ve ni un hada acá, pues todas regresan a sus casas a esa hora. Pero, durante un festival, estas mismas pasarelas se llenan de tal manera que no puedes dar dos pasos sin tropezar con alguien.

Boquiabierto, Étienne no hizo más que asentir. Después de veinte minutos de serpenteante descenso, a lo largo de estancias y quioscos cerrados, por fin llegaron al fondo. Caminaron hacia el manantial que habían visto a cada grado de la bajada, burbujeando en su estanque rectangular. El resplandor que emanaba lo bañaba todo en una bruma azulada y tranquila.

Étienne miró hacia las rampas y sacudió la cabeza, incrédulo. Se sentó al borde del estanque e inspeccionó la antecámara circular en la que se encontraban. Contó veintiuna puertas, talladas en la pared. Cada una medía unos sesenta centímetros y todas estaban marcadas con faroles de diferentes colores.

—Tenemos que esperar aquí —dijo Celeste en tono confidencial.

—Eh... —musitó él, distraído por sus alrededores.

Al rato, apareció un hada masculina, muy anciano, enfundado en pantalones negros holgados y una túnica del mismo color. Llevaba sandalias y, en su mano derecha, sostenía una garrocha con un farol donde normalmente hubiera estado la punta de lanza.

—Soy Celeste y busco audiencia con la reina Oihana —indicó ella, revoleando los ojos ante el centinela de aspecto somnoliento, que se inclinó sin entusiasmo y regresó por donde había venido. Luego, dirigiéndose a Étienne, en un susurro aún más confidencial, agregó—: sé que Oihana lo requiere, pero es de verdad molesto. Tengo que someterme a este protocolo incluso cada vez que busco a Nahia. Me detienen aquí y me hacen solicitar audiencia formal con ella. Si consideramos que es ella quien suele encogerme para que pueda entrar, es afrentoso que se retire a su aposento solo para que la convoquen formalmente, ¿no te parece?

Étienne sonrió ausente, luego, dándose cuenta de que Celeste esperaba que él comentara al respecto, dijo aturdido:

—Ella es la princesa, ¿cierto?

La ceja levantada de Celeste lo fustigó de su embobamiento.

—¿Acaso estás de su lado? —Celeste se erizó y cruzó de brazos con súbita reprobación.

—Yo, eh... quise decir, tú también..., ¿no es así? —balbuceó, buscando palabras que lo redimieran lo más pronto posible—. ¿Nahia no solicita audiencia contigo cuando quiere verte? Tú también eres princesa.

Celeste cedió con una risa socarrona, complacida por lo que no se le había ocurrido antes.

—Voy a intentarlo la próxima vez que Nahia venga a la gruta.

LXV

Oihana y Nahia aparecieron momentáneamente y lo primero que Étienne notó, a medida que se acercaban, fueron sus ojos. En la lobreguez de la antecámara, los dos pares de ojos brillaban como piedras preciosas en los rostros de porcelana: amatista para la reina y aguamarina para su hija.

Quedó cautivado de inmediato. Oihana llevaba una túnica blanca con cuello redondo. El reluciente cabello castaño con vetas color lila, le enmarcaban el rostro haciendo juego con sus ojos. Un delicado cordón dorado al cuello era el único adorno en su persona y, a pesar de la sencillez de su atuendo, el porte de Oihana revelaba su nobleza y autoridad.

A regañadientes, Étienne desvió los ojos hacia Nahia y pronto quedó fascinado por el estrecho vestido azul cobalto que llegaba hasta los tobillos de la princesa de las hadas. El sedoso corpiño estaba cubierto por docenas de volantes rizados, que tiritaban hipnóticamente con cada movimiento de Nahia, como compitiendo con la sutil ondulación de los rizos veteados de turquesa. Llevaba los pies descalzos.

Respondiendo al disimulado apretón que le dio Celeste, Étienne hizo una reverencia, mortificado por no haberlo hecho antes. Oihana asintió y tendió la mano hacia él, mostrándole lo que parecía ser un pequeño estuche de peltre para rapé.

—Si me lo permites — dijo Oihana y el sonido de aquella voz que emanaba serenidad, hizo palpitar el corazón de Étienne.

—Antes de proceder al *Soggiorno Litorale*, debemos resolver esto. — La reina de las hadas se acercó a él, abriendo la tapa sólida del pequeño estuche. En su interior, Étienne vio lo que parecía una gelatina transparente pero brillante.

Oihana embarró ligeramente su dedo índice en la sustancia y, con un gesto, solicitó el consentimiento de Étienne. Angustiado por la cercanía de ella, pero sin atreverse a cuestionar lo que pretendía hacer, Étienne asintió. El roce de Oihana al ungir sus párpados con la brillante emulsión lo hizo estremecer. Sintió el frío cosquilleo hasta que se secó y en su lugar quedó la sensación de un leve tirón sobre la tierna piel cada vez que parpadeaba. Aparte de ello, Étienne no detectó ningún otro síntoma.

Percatándose de la sonrisa divertida de Oihana, dejó de pestañear y se dispuso a escuchar. La reina cerró el estuche, y explicó:

—La emulsión que acabo de aplicar es para que puedas mantener tu concentración. Este lugar causa ciertos efectos y queremos evitar que seas presa de ellos durante tan importante primera visita — dijo con calma, aunque sus pupilas titilaron hacia Nahia—. Los efectos de los que hablo pueden confundir o distraer hasta la incoherencia y, por lo que me ha adelantado Celeste, no podemos permitirnos ese lujo.

—Te acaban de volver insensible al glamour de las hadas — susurró Celeste sobre su hombro y Étienne reprimió otra sacudida ante el sonido de su voz. Pasmado, se dio cuenta de que habían transcurrido al menos diez minutos en los que su voluntad lo había abandonado por completo. Había olvidado dónde estaba y que Celeste estaba con él. No había visto nada más que las dos hadas que tenía ante él y no había escuchado nada más que la voz de Oihana. Lo desconcertó sobremanera darse cuenta de que todo había sucedido mientras se suponía en control de sus sentidos.

—Cuanto lo siento —le respondió a Celeste.

—No, no te preocupes —contestó ella con una sonrisa tolerante—. Te manejaste maravillosamente. Por lo que me han dicho, los humanos tienen que recibir este tratamiento antes de ver un hada. De lo contrario, puede que no logren disipar el encanto, porque, si es así, más que seguro, perderán la razón en la soberanía durante años y años.

—Pero ¿y tú?

Celeste sacudió la cabeza con suficiencia.

—El Guardián del Bosque nos puso bajo el cuidado de Oihana. Hace mucho tiempo que ella se ocupó de que mi madre y yo no pasáramos la vida en enajenada admiración de las hadas.

Aunque no estaba satisfecho, Étienne decidió que aquel no era el momento de interrogarla más a fondo. La ocasión llegaría a su debido tiempo.

—Entonces, por aquí, por favor. —Oihana señaló la puerta delante de ellos, marcada con el farol de color verde mar.

Galante, Étienne cedió el paso a Nahia y ella le dedicó un mohín y una mirada dolida, como indicando que se compadecía de él, por la apreciación de su persona que Oihana había suspendido. Celeste que la seguía, le dio un empujón, porque había visto a su hermana de nacimiento disfrutando de la efímera, si bien involuntaria, adoración de Étienne.

Étienne ofreció su brazo a Oihana y ella lo tomó majestuosa. El corto pasadizo los condujo a un asombroso artificio. A tres pasos del umbral, Étienne se encontró en la terraza de una cámara circular ¡al aire libre! en el centro del paseo que bordeaba la playa. Se le escapó un pitido de admiración, sabiendo que el *Soggiorno Litorale*, como lo llamaba Oihana, en realidad no estaba al aire libre.

Viéndolo de cerca, la magnífica ilusión arrancaba de la pared semicircular a la derecha de Étienne y terminaba cerrando el círculo a su izquierda. Sobre aquella pared, se apreciaba una detallada obra de arte que representaba, de entre todos los posibles paisajes, la Bahía de la Concha.

Étienne soltó otro silbido ante la enormidad de la habitación y la asombrosa maestría del pintor, capaz de recrear la famosa bahía de San Sebastián. Monte Urgull se elevaba al extremo izquierdo de la concha y Monte Igueldo al extremo derecho, y entre los dos, resplandecía la ciudad de San Sebastián, menos poblada de lo que Étienne recordaba, pues la semejanza seguramente había sido tomada varias décadas antes, pero, aun así, era imposible no reconocerla.

El cielorraso había sido pintado para que pareciera un día de verano sin nubes y la iluminación de la estancia contribuía al espejismo del perpetuo mediodía. Contra el horizonte —y aquello *no* era una pintura—, rompiendo las olas poco profundas antes de que llegaran a la orilla, estaba la isla de Santa Clara. La formación rocosa y redondeada se alzaba sobre el agua, con el distintivo aspecto inhóspito que Étienne había observado con sus propios ojos y que, en varias ocasiones, había estimado le tomaría numerosas brazadas alcanzar.

Cuanto más lo examinaba todo, cada detalle se volvía más real, hasta que Étienne perdió de vista la pared y las pinceladas sobre ella. La playa en forma de concha, con su arena blanca y resplandeciente agua de color verde mar, se extendía a partir de la terraza donde estaba parado y, entre tanto ingenio, Étienne se convenció de que estaba al aire libre en lugar de bajo tierra. Saltó los dos escalones de la terraza para tentar la arena y se dirigió al agua, ansioso por tocarla y asegurarse de que no fuera una alucinación. No se decepcionó. El efecto era absoluto: exuberantes laderas, cielo azul, una costa impoluta y una laguna cristalina que encarnaba el mar Cantábrico.

—Excelente —comentó, secándose las manos en los pantalones y retomando su puesto en la terraza, junto a Celeste.

—Gracias —dijo Oihana, indicándoles que escogieran sus asientos de entre los varios sillones acomodados entre árboles de cítricos, cargados de fruta, que Étienne imaginó crecían gracias a la temperada atmósfera interior.

—Por regla general, escogemos no vivir cerca de la costa y no la frecuentamos por razones de seguridad. Pero la apreciamos tanto, que nos dimos el gusto de duplicarla, como puedes ver.

Étienne asintió con una leve inclinación de su cabeza. Se acomodaron en sus asientos, quedando Celeste y Étienne frente a Oihana y Nahia. Celeste lo tomó de la mano y Étienne vio que Nahia apartó la mirada, como fastidiada. Tratando de disimular una sonrisa, se preguntaba cuánto tiempo le tomaría acostumbrarse al incesante escrutinio entre las hermanas de nacimiento a la vez que daba un apretón a la mano de Celeste con enorme satisfacción.

—Excelente —murmuró de nuevo, disfrutando tanto de la compañía como del entorno.

—Deberíamos empezar —dijo Oihana con distintiva serenidad—. Estamos ansiosas por escuchar tu informe, joven Étienne.

Tener a la reina de la Soberanía de las Hadas frente a él era una experiencia que nunca podría haber concebido y su verdadero deseo era escucharla hablar a ella, mas eso tendría que esperar. Étienne se aclaró la garganta y centró su atención en Oihana.

—Clemente, el antiguo tutor de Paloma fue testigo de primera mano de cómo Arantxa se las arregló para llevar a cabo la transformación y habría podido detenerla si no hubiera sufrido el derrame cerebral que casi lo fulminó y que le impidió matar a Arantxa en el acto.

Étienne pasó a relatar escrupulosamente la historia de Clemente. Celeste y Oihana escuchaban atentas. A Nahia, sin embargo, le costaba quedarse quieta y se acomodaba y reacomodaba en su asiento, o dirigía sus exhalaciones hacia los muchos volantes sedosos del corpiño de su vestido, aparentemente cautivada por las delicadas vibraciones. Atento a cada maniobra de la princesa, Étienne apresuró su narración para no poner a prueba su escasez de interés. Dirigiendo la mayor parte de su monólogo a Oihana, cuya inmensa paciencia se derramaba en la más exquisita receptividad, Étienne llegó a la parte de la historia relacionada con el hilo del hada y un destello de entusiasmo apareció en el rostro de porcelana de la reina.

Pendiendo de un hilo

LXVI

El sutil cambio en la expresión de Oihana no pasó desapercibido y Celeste sintió nueva esperanza brotar en su interior. Apretó la mano de Étienne con entusiasmo, y él pareció entender que buenas noticias se perfilaban en el horizonte.

—En efecto, algo se puede hacer —dijo Oihana en tono mesurado y, mirando de reojo a Nahia, quien, al oír la voz de su madre, se enderezó y se ajustó los tirantes del corpiño fingiendo prestar atención.

A Celeste se le escapó un chasquido acusador y Nahia la miró de soslayo. «Así es, pon atención porque no vamos a repetirlo todo a tu conveniencia», pensó Celeste. Con un puchero y estirando el mentón, Nahia devolvió su atención a Oihana.

—Un hilo de hada comienza como nada más que la seda de araña o algodón, que el hada elige para su oficio —explicó Oihana—. Pero una vez que ella comienza a trabajarlo, su luz interior, lo que llamamos *glamour*, penetra la fibra, saturándola y dotándola de energía feérica. A través del glamour, el hada enclava su intención o propósito sobre lo que está hilando.

—Hay muchas leyendas que involucran prendas elaboradas por hadas. El furor es mayor aun por objetos tallados o forjados, como relicarios o medallones. Los seres humanos hacen lo imposible por conseguirlos, a veces intentan robarlos, tontamente creyendo que cualquier objeto feérico es una protección contra enemigos o que desvían la mala suerte. Pero la verdad es que tales artículos solo harán lo que el hada infundió en ellos al momento de crearlos y eso nunca coincide con lo que un humano pueda desear de él.

—Como el famoso cáliz de las hadas que, si bebes de él, solo te causará más sed —interrumpió Étienne y, una vez que comenzó, no pudo detenerse—. Tu sed será tal que, desesperado, intentarás beber todo un río y, aunque tomes agua a bocanadas, tu garganta se reseca cada vez más. La desesperación te lleva a creer que, tal vez, respirando el agua tu sed saciará, y es entonces cuando...

Étienne se detuvo abruptamente bajo el escrutinio de sus oyentes: Celeste, horrorizada; Oihana parecía divertida por la folclórica referencia, pero Nahia, que había devorado cada palabra, preguntó sin aliento.

—¿Cuándo qué? ¿Te ahogas?

Étienne afirmó con semblante avergonzado y, aclarándose la garganta, agregó:

—Tenía una aya que me contaba cuentos de hadas cuando era pequeño para que, a punta de sustos, la obedeciera. Pero ya hace muchos años que decidí que sus tácticas de control eran... eh... cuestionables. Pero, por favor, su Majestad, continúe.

Celeste le palmeó el brazo con dulzura y Nahia se inclinó hacia él desde su asiento, mirándolo con renovado interés.

—Un reluciente hilo feérico es un artículo precioso no solo por su inestimable poder, sino también porque su producción supone un gran riesgo al hada que lo crea, pues, en efecto, está transfiriendo su energía y su voluntad al objeto. Durante la labor, el hada se debilita y su vulnerabilidad aumenta hasta el punto de volverse visible.

Étienne interrumpió otra vez, queriendo aclarar todas sus dudas.

—Clemente me dijo que, si puedo verlas, es porque logré traspasar la barrera de la soberanía.

—Es correcto. Una vez que ingresaste a la soberanía, gracias a la magia del Guardián del Bosque, recibiste el don de vista feérica —afirmó Oihana.

—Y, cuando me vaya, cuando descienda al valle, ¿qué pasará entonces?

Nahia miró de reojo a Celeste y se apresuró a responder.

—Podría deslizarme a tu lado y no sabrías que estoy ahí —dijo el hada con un guiño que la ceja arqueada de Celeste apagó de inmediato.

Étienne se encogió de hombros y, al ver su decepción, Celeste entendió que, si no hubiera sido por el deslizamiento de tierra, nunca habría llegado al lago Sideral. Nunca habría entrado en la soberanía y nunca habría visto aquello que solo se puede ver allí; había sido una estrecha ventana de oportunidad. Se estremeció ante la azarosa realidad de cuán sencillo hubiera sido perderla. Étienne pasó a su siguiente pregunta antes de que Celeste pudiera poner fin a sus propias cavilaciones.

—¿Y qué pasa con los efectos del glamour? ¿Cómo me las arreglé para verlas durante esa primera noche en el lago? Sin haber tenido el... —Étienne hizo un ademán hacia sus ojos y Oihana le respondió.

—Ah, sí. Una cosa es vernos a la distancia y otra muy distinta es cuando estamos cara a cara, como ahora. Aquella noche de la luna llena, te encontrabas a buen trecho del hada más cercana y eso redujo el efecto feérico. Aunque, por lo que me ha contado Celeste del encuentro entre ustedes, el agua te llegaba hasta las rodillas cuando ella desvió tu atención.

Nahia se rio entre dientes, haciendo vibrar alegremente los muchos volantes de seda. Étienne, arrepentido de haberlo mencionado, se reclinó en su asiento y exhaló resignado.

—Vivir y aprender, y, con el tiempo, me adaptaré. —Celeste volvió a acariciarle el brazo con simpatía y él, a su vez, le apretó cálidamente la mano, confesando en un susurro—. Esta semana he sido testigo de más maravillas que en toda mi vida.

—Aquí en la soberanía, podemos hilar al aire libre y completamente a salvo, si así lo deseamos, pero es nuestra usanza que todas las hadas se dediquen a hilar en la seguridad de nuestras viviendas o en el taller de Usoa. De esa forma, podemos ayudarnos unos a otros, en un entorno libre de distracciones, lo que acorta el tiempo que lleva completar un proyecto.

—Una prenda completa surte el efecto deseado por el hada al momento de producirla y puede causar confusión o accidentes mayormente inofensivos si se intenta usarla para un propósito diferente al que fue diseñada.

Celeste le dio un empujoncito a Étienne, señalando a Nahia con el mentón. El hada había dejado de poner atención, otra vez, y peleaba con un bostezo que se le escapaba por las fosas nasales ensanchadas. Étienne volvió su mirada hacia Oihana, disfrazando su risa con una súbita tos y devolviendo su atención a la reina de las hadas.

—La energía feérica transferida al momento de hilar confiere sinigual potencia y su brillo puede durar hasta tres días, durante los cuales es posible grabar una intención a la creación. Como podrás apreciar, joven Étienne, al tratarse de hilos sueltos, los riesgos son muchos, pues a un ladrón le basta apenas una hebra para lograr casi cualquier resultado mágico que desee.

—El viejo, Clemente, tenía razón. Ese fue el ingrediente que hizo posible la transformación de Arantxa; la infusión de intención es el único objetivo de la hilandera, pero el poder es el único objetivo del ladrón. ¿Cómo no pensé en aquella posibilidad?

—No hables así, Oihana —protestó Celeste de inmediato—. Tu dirección y las precauciones que tomas con el tropel eliminan los riesgos, y conocer el paradero de cada hada, en todo momento, es una expectativa risible.

—Gracias, querida —dijo Oihana conmovida por el voto de confianza, aunque parecía callar algunos de sus pensamientos, hasta que, como despertando de un ensueño, agregó enérgica—: en fin, la única forma de deshacer el daño es recuperar el hilo.

—¿Y cómo lo haremos? —preguntó Celeste, sorprendida de que Nahia abandonara su apreciación por los sedosos volantes para responder.

—¿No es el hada que produjo el hilo quien tiene que recuperarlo?

Oihana asintió, pasmada, lo cual animó a Nahia. Se enderezó sobre su asiento y añadió:

—Pero probablemente estamos hablando de un hada itinerante. Sería casi imposible de localizar. Incluso podría estar muerta a estas alturas.

Celeste miró de Nahia a Oihana y viceversa:

—¿Acaso tiene razón?

Nahia se frunció, molesta por la incredulidad de Celeste.

—La suposición de Nahia es correcta en el sentido de que era un hada viajera y debemos encontrarla, aunque no debemos desesperar por ello.

—¿Pero por qué debemos perder tiempo buscando a un hada desconocida? ¿Pensé que la prioridad era encontrar el hilo? —Celeste preguntó perpleja.

—Ya sabemos dónde está el hilo. Reside en Arantxa. Ahora solo necesitamos recuperarlo. Pero, para recuperar el hilo, necesitamos al hada que lo creó —dijo Nahia.

—Entonces, en el centro de nuestra situación, se encuentra un hada desconocida, un hada que se fue hace mucho tiempo y que fue vista por última vez ¿hace dieciocho años? —exclamó Celeste.

—Visto de esa manera, ciertamente suena imposible —intervino Nahia, contagiándose de la ansiedad de Celeste—. Inconcebible.

—Perdóneme, su Majestad —dijo Étienne—, pensé que la escuché decir que no deberíamos preocuparnos por encontrar al hada viajera.

Oihana asintió.

—El hada que buscamos será muy fácil de encontrar.

Celeste y Nahia intercambiaron miradas. Ante la pregunta en los ojos de Étienne, Celeste se encogió de hombros y susurró:

—Yo también estoy perdida.

Un hada, vestido de negro, entró, atrayendo todas las miradas hacia él. Celeste volvió a susurrar al oído de Étienne.

—Es el paje de Oihana. Ella puede convocar a otras hadas con su mente.

Oihana volvió sus ojos color amatista hacia el hada de cabello y barba grises, y solicitó.

—Bakar, por favor, ten la amabilidad de traerme a Ederne.

—¡Ederne! —exclamó Celeste.

—¡Lo sabía! —increpó Nahia.

Bakar se inclinó atento y desapareció por el pasadizo para cumplir con el mandato de su reina.

Ederne prófuga

LXVII

La sola mención de ese nombre, *Ederne*, agitó las entrañas de Celeste, enrojeciéndole el cuello y la cara. Cruzó una mirada con Nahia, quien, a juzgar por las mejillas manchadas de un intenso rubor, sufría similar reacción.

—Debí imaginarlo —murmuró Celeste.

—¿Qué cosa? —dijo Étienne, sin comprender.

—Te lo diré más tarde cuando hayamos terminado aquí —respondió Celeste, interpretando correctamente la mirada de Oihana, que suspendía por el momento toda censura de Ederne, por más merecida que fuera.

—Ederne, su majestad —anunció Bakar. Hizo una reverencia y retrocedió. Todos se quedaron mirando, impacientes, hasta que el leve roce de los pasos de Bakar se perdió en el pasillo, pero, al parecer, Ederne estaba dispuesta a demorar el momento de obedecer la orden de su reina.

—Es tan predecible —rezongó Nahia—. Lo hace solo para llamar la atención. —Celeste revoleó los ojos y se rio entre dientes cuando Nahia agregó—. Sí, Ederne, cuatro pares de ojos están fijos en la entrada, esperando que nos complazcas con tu presencia.

Oihana colocó una mano sobre el brazo de su hija para mostrar su desaprobación y, aunque Nahia se encogió un poco en su asiento, ya se había dado el gusto de contrariar a su prima. Ederne entró, luciendo malcontenta; el sinuoso cuerpo, velado con una endeble túnica carmesí que no ocultaba su desnudez, su cabello rojo se mecía con una brisa invisible, y sus ojos llameantes, llenos de veneno, reposaron perezosos sobre Nahia. Parpadeó lentamente hacia Oihana, sin la reverencia debida a su reina.

—¿Me mandaste a buscar? —dijo indolente, fijando su mirada atrevida en Étienne, quien se había levantado cortésmente al entrar ella en el *Soggiorno Litorale*.

A lo largo de los años, Celeste no había encontrado razón alguna para fraternizar con Ederne. Debido a las innumerables bromas a las que Ederne había sometido a las hermanas de nacimiento, el solo verla predisponía a Celeste a la ira. Ederne no era un hada cualquiera; era prima de Nahia, lo que explicaba su resentimiento por el legado de poder que recaía únicamente sobre la hija de la reina, el linaje directo, mientras que la hija del hermano de la reina, en este caso, Ederne, nunca superaría la categoría de nobleza menor.

Con un gesto calculado, Ederne inclinó la cabeza hacia un lado, observando a Étienne con osada satisfacción.

—Gracias, puedes tomar asiento. —Luego, meciendo sus caderas, desfiló hacia la silla vacía y la arrastró al otro lado de Étienne.

Furibunda, Celeste se sonrojó de la cabeza a los pies y agarró la mano de Étienne con firmeza. Aunque complacida de que Étienne tomara asiento, ignorando las miradas codiciosas de Ederne y la exhibición de sus encantos, Celeste se sentía cada vez más ofendida por el comportamiento deliberado del hada y, más aún, ante la posibilidad recién descubierta de que Ederne hubiera tenido algo que ver con la suerte de Paloma. Celeste se enrojeció febril, mientras Ederne jugaba con un largo mechón de su cabello; la mirada fija en Étienne, descartando con aire despreocupado el gesto amenazador de Celeste.

Por fortuna, Oihana empezó a hablar y su voz amainó el creciente malestar de Celeste, lo que la ayudó a contener el inevitable ataque verbal posterior a cada encuentro con la resabiada prima de Nahia.

—Ederne, cuando tu padre se incorporó a la luz, por razones que solo tú conoces, decidiste exiliarte.

Las comisuras de Ederne se enroscaron en una mueca satisfecha, que alimentó la exasperación de Celeste.

—Conocías nuestras leyes antes de abandonar la protección de la corte, pero las desobedeciste.

—¿De qué me acusa, su Majestad? —preguntó Ederne a la ofensiva.

Aunque el corazón le tronaba furioso en el pecho, Celeste no se atrevió a interrumpir.

—Me mentiste a tu regreso —continuó Oihana con fría serenidad que hizo a Nahia retorcerse en su asiento.

—Nunca le he mentido, su Ma…

—Guardar información también es mentir, ¿no es así? —Oihana alzó la voz en una escalofriante octava—. Estabas hilando al aire libre.

—Oihana, yo…

—Además —siguió Oihana, inquebrantable—, permitiste que un humano te descubriera y permitiste que ese humano te robara.

—Mi vida estaba en juego —dijo Ederne con voz ronca—. Su Majestad seguro está de acuerdo con que mi vida es más valiosa que un miserable hilo.

—Sin duda, Ederne, estoy de acuerdo —ratificó severa Oihana—. Sin embargo, no tolero las mentiras.

La sonrisa se le borró del rostro, como lodo de una baldosa, dejando una expresión dura en los rasgos habitualmente llamativos—. No lo consideré de importancia —dijo Ederne, indiferente.

Ante esto, Celeste perdió su compostura.

—¿No tiene importancia? Puede que no lo supieras entonces, pero ¿te das cuenta de que lo sucedido a mi madre fue a raíz de eso?

—Esa es la condición humana. Todos los de tu especie mueren tarde o temprano, ¿no es así? ¿Qué importa cómo se dé el final? Además, tu madre es nada para mí. —Rabiosa, Ederne se volvió hacia la reina y añadió—; de hecho, los humanos deberían ser insignificantes para usted también, Oihana.

Varias cosas sucedieron a la vez. Celeste saltó de su asiento, a la carga, evitando los pies de Étienne y gritando maldiciones a Ederne mientras avanzaba. También enfurecida, Nahia se elevó sobre su asiento y dirigió un maleficio a su prima para incapacitarle la lengua y las piernas, pero, en la confusión del momento, Celeste recibió el golpe entre los omóplatos.

Celeste soltó a Ederne y se deslizó sin fuerzas al piso, con la mandíbula sellada, y escapando por muy poco del destello de nocivos vapores rojos emitidos por Ederne como defensa. Étienne, que a su vez se había abalanzado sobre Celeste para protegerla, interceptó el ataque de Ederne, que lo hizo caer al suelo como un pez fuera del agua, jadeando y estremeciéndose. Nahia se recuperó de su error y volvió a dirigir su energía, esta vez con éxito.

—¡Guárdate la lengua! En presencia de mi madre y en la mía —gruñó.

Ederne se pellizcó la lengua con el pulgar y el índice, mientras bramaba colérica y pateaba el piso, incapaz de articular su ira. Oihana permaneció en su asiento, observando el repentino caos en muda serenidad. Al cesar el revuelo, Oihana y Nahia intercambiaron miradas: una severa, la otra indignada.

Celeste se retorcía en el suelo, mostrando el blanco de los ojos mientras gemía, incapaz de articular dolor o furia. Étienne era quien corría más peligro; el pecho casi no se movía con cada tenue respiro y sus labios habían adquirido un preocupante tono azul.

—Reintégrense —ordenó Oihana.

De inmediato, Celeste se arrastró hacia Étienne, que yacía acurrucado en el suelo, y se arrodilló a su lado. Al cabo de angustiosos segundos, Étienne por fin inhaló profundamente y luego exhaló con evidente alivio.

—¡Oh! Estás bien, estás bien —dijo Celeste, intentando tomarlo en sus brazos, pero logrando solo sostenerle la cabeza en su regazo.

—Déjame hacer esto un par de veces más —dijo él, respirando profundo otra vez—. Quiero estar seguro de que mis pulmones se llenan y se vacían cuando yo lo ordeno.

Celeste se dobló sobre Étienne y se contentó con respirar al unísono con él, confiando en que aquello lo ayudaría de alguna manera.

—Cuánto lo siento —le susurraba entre respiros.

Poco a poco, Étienne se recuperó lo suficiente como para sentarse y luego ponerse de pie. Ayudó a Celeste a levantarse y, con una sonrisa, dijo:

—Estos han sido los diez minutos más extraños que he vivido.

Celeste rio temblorosa, cruzando otra mirada con Nahia. El hada, con gesto afligido, formó la palabra *perdón*.

Celeste, Étienne y Nahia tomaron sus asientos, luciendo estropeados. Por su parte, Ederne se había soltado la lengua y, ya en su asiento, trataba de mostrarse contrita, esperando a Oihana.

—Sabes lo que necesitamos de ti —dijo Oihana.

Celeste cuestionó a Nahia con la mirada, pero la expresión del hada dijo: «Espera y escucha».

—Pues, no. No lo sé —dijo Ederne desdeñosa—. Pero no dudo que usted me lo explicará.

—¿Qué intención transmitías a tu hilado cuando te atraparon?

—Protección contra el frío —mintió Ederne.

—¿Hilabas una manta? — acusó Nahia.

Ederne le dedicó una mirada venenosa.

—Un velo impenetrable, si tanto lo quieres saber.

—¿Dices la verdad, Ederne?

—Es la verdad. ¿Me puedo marchar ahora?

—Puedes retirarte y empezar a prepararte para el viaje —decretó Oihana.

—¿Qué viaje? —desafió Ederne, entrecerrando los ojos.

—El viaje que emprenderemos para recuperar el hilo, por supuesto.

—Su Majestad no habla en serio —se burló Ederne, desviando la mirada. Enganchando un mechón rojo entre dos dedos, se lo llevó a la nariz, deleitándose en su aroma antes de soltarlo.

—Oh, es bastante serio, Ederne —dijo Oihana—. Sabes muy bien, que la hilandera solo tiene que estar a cincuenta o sesenta centímetros del hilo robado y el resto sucede por su cuenta. El glamour siempre busca retornar a su fuente.

—¿Puede cualquier hada acercarse a Arantxa? —Celeste dijo entusiasmada.

—No. Tiene que ser la hilandera que lo creó —señaló Nahia.

—La energía del hilo querrá encajar con su fuente y la fuente eres tú, Ederne. Tu presencia allí es la manera más fácil de inhabilitar el hilo —dijo Oihana, con aquella indiscutible finalidad en su voz.

El semblante de Ederne mostró rastros de ansiedad por primera vez.

—Pero… no puede obligarme a hacerlo.

—¿Y por qué tendría que obligarte, acaso no quieres enmendar tu falla?

Ederne soltó una amarga carcajada.

—¿Enmendar? Usted de verdad bromea.

—¿No estás de acuerdo en que, si hubieras seguido la ley, la madre de Celeste no habría…

Ederne estalló.

—¡Aaaj! La madre de Celeste. ¡Celeste! Pensé que habíamos establecido que ellas no son nada para mí. Y cuestiono su lealtad, Oihana; cómo es que se preocupa tanto por los humanos que nos han perseguido, sin descanso, a lo largo de los siglos y que, si se salieran con la suya, nos atraparían solo para divertirse y luego acabar con nosotros.

—Es lo mismo con todas las especies, como bien sabes —dijo Oihana con un toque de impaciencia en su voz—. Hay buenos y hay malos. Pero no debes juzgarlos a todos por el ejemplo de uno.

—¿Uno? ¡Apenas uno! Ahórreme sus filosofías. Si eso fuera cierto, tal vez podría sopesar su demanda con seriedad. Pero me pide que sacrifique mi vida por la de un humano. Me pide... —Ederne se detuvo, como si Nahia le hubiera trabado la lengua otra vez.

LXVIII

Celeste miraba de Oihana a Nahia, sabiendo que algo trascendental había sucedido. Un espasmo de compasión por Ederne la estremeció, pues, ante la mirada jurídica de la reina y el triunfo en la expresión de la princesa, la calculadora Ederne tenía el aspecto feroz de una bestia acorralada; había revelado demasiado.

—Todos sabemos muy bien que recuperar un hilo no es un atentado contra la vida de la hilandera —explicó Nahia y Celeste se lo agradeció para sus adentros, puesto que la información era tan nueva para ella como para Étienne—. Todo lo que un hada debe hacer es acercarse al ladrón para atraer el glamour robado hacia sí misma y, con el glamour fortaleciéndola, no corre riesgo de ser vista. El ladrón, aturdido y desconcertado por la inexplicable pérdida, dejará que el hada se aleje a salvo y sin ser detectada. Pero, si el hilo no fue robado, la situación del hada, *tu situación*, es otra ¿no es así?

—Ha llegado el momento de que digas la verdad, Ederne —sentenció Oihana con glacial compostura.

Subyugada por sus miradas acusadoras y sin otro recurso, Ederne se hundió en su asiento y, reacia, contó su historia.

—Estaba, como usted lo dijo, atravesando un episodio difícil después de la muerte de mi padre. Ansiaba estar sola, recordarlo, llorarlo y, eventualmente, decidir qué sería de mí. —Oihana arqueó una ceja ante esto, de lo que Ederne tomó nota directamente y lo abordó en tono acalorado—. Claro que sé todo sobre sus preciosas leyes, Oihana. Sé que debo aguardar en su estela, porque, al final de cuentas, soy una sucesora real, es decir, debo estar disponible en caso de que le ocurra algo a usted o, que las estrellas lo impidan, a Nahia —agregó lo último sin rastro de sinceridad —. Pero me debo a mí misma, Oihana, y tengo opciones. Quiero y puedo salir al mundo y ser quien soy, en lugar de marchitarme en su sombra.

—Entonces tu intención era marcharte y ¿no volver nunca más?

—Precisamente.

—Por favor, dime ¿cómo fue que se descompuso tu plan? —dijo Nahia, su pregunta llena de burla.

Ederne miró a su prima con malicia, pero continuó en tono moderado

—Había descendido al valle con el objetivo de llegar a la costa y seguí el río durante un tiempo, refugiándome en madrigueras abandonadas o en troncos huecos en el camino. Una mujer espantosa y lisiada se cruzó en mi camino. Sí, se trata de la muy inteligente Arantxa —dijo Ederne cuando Celeste intentó interrumpir —. Yo estaba muy débil, porque había estado hilando los últimos dos días y, aunque fluctuaba entre visible e invisible, la perspicaz Arantxa nunca hubiera sido capaz de detectarme si no hubiera tenido esa maldita piedra horadada. Me atrapó bajo una red hecha de crines de cola de caballo y me exigió que le diera el trabajo realizado hasta el momento.

—Sabía que el poder que residía en mi trabajo podía ser peligroso en manos de una criatura como ella, así que, con la última fuerza que tenía, quemé mi hilado a medida que se desbarataba. Ante esto, la vieja me arrancó de dentro de la red y me estrechó en su mano, casi exprimiéndome la vida, mientras con la otra sacaba una daga de los pliegues de su capa y cortaba lo que quedaba del hilo, antes de que se consumiera en llamas. Debo haber perdido el conocimiento, porque no recuerdo lo que sucedió después.

—Desperté en una habitación oscura, que resultó ser un baúl en una prisión de piedra mohosa. Me enjauló por un día entero, durante el cual entraba y salía del sopor hasta que, gracias a la escasa luz visible por el ojo de la cerradura del baúl, supe que se acercaba el anochecer. Fue entonces cuando volvió a entrar en la recámara. Me mandó beber de la copa que me ofreció, y yo obedecí, porque no había comido ni bebido durante casi dos días. Me vio tragar la pócima y, cuando estuvo segura de que la había terminado, comenzó a reír a carcajadas. Había bebido con tanta avidez que no capté el aroma hasta que fue demasiado tarde.

—Ahora escúchame, hada, y escucha bien —dijo—. Lo que acabas de beber es una pócima que asegura mi intención y la asegura con nada menos que tu vida. Me has proporcionado un ingrediente muy preciado, hada, por lo que debo eliminar todo riesgo. No puedo permitir que regreses con arrepentimientos, pero es necesario que vivas hasta que esté segura de mi éxito.

—¿Qué significa eso? —Celeste preguntó desconcertada.

—Humana ignorante —escupió Ederne—, que no importa cuantos años han pasado, la pócima que me dio actuará como un veneno si me acerco a mi hilo. La energía de mi hilo reside en ella y, gracias a ello, logró tan eficaz transformación. Tal mujer jamás arriesgaría su triunfo y, para asegurarlo, aplicó su indiscutible artificio para garantizar mi muerte inmediata al menor indicio de cercanía a mi hilo.

—Pero ¿cómo escapaste? Clemente nos dice que te tenía enjaulada —intervino Nahia encrespada.

Al borde de su asiento, Celeste escuchaba sin aliento.

—No estaba tan débil como ella creía —respondió la sagaz Ederne—. Aproveché la tregua que me concedía el baúl entreabierto para acumular luz. Me costó casi nada abrir el mecanismo de la cerradura y dispersar el peso de la tapa para levantarla tampoco fue un reto.

El silencio entoldó el *Soggiorno* mientras los presentes asimilaban la nueva dosis de información. Por fin, Oihana habló:

—Permanecerás confinada hasta el momento en que yo decida cómo proceder.

—Su Majestad, no puede hacerme esto —cascabeleó Ederne.

—Sabes bien que puedo y debo hacerlo —aclaró Oihana, y habiendo convocado a los guardias sin que nadie lo advirtiera, agregó-. Llévensela.

—Se arrepentirá de haberme dado la espalda, Oihana.

La amenaza todavía flotaba en el aire cuando irrumpió un alboroto de gemidos y gruñidos: el furioso conjuro en forma de lanzas rojas que salió de Ederne con incalculable rapidez castigó todo lo que estaba a su alcance.

Dos guardias, blancos de las lanzas centelleantes, se estrellaron contra la pared y cayeron al suelo, inconscientes. Ederne se elevó por los aires; un borrón de trapos y cabello rojo. Se precipitó sobre los guardias desplomados y se escabulló por el pasadizo a tal velocidad que dejó asombrados a todos.

—Todo lo que me han quitado, Celeste, te lo quitaré a ti.

Aquella última maldición retumbó en el *Soggiorno Litorale* y ahogó hasta el son de las olas.

Segunda oportunidad

LXIX

—¿Y ahora qué hacemos? —resopló Celeste—. Seguro Ederne no tiene intención de regresar.

—De ninguna manera —acolitó Nahia.

—No. No lo hará, pero no importa —dijo Oihana. Luego, a Bakar le pidió—: por favor, asegúrate de que ellos se recuperen del todo y, luego, sé tan amable de traernos refrigerios. Pasiflora, por favor.

Bakar asintió respetuoso y, con un chasquido de los dedos, convocó a los dos guardias que, aunque bastante restablecidos, todavía estaban arrimados contra la pared, evaluando sus lesiones con cautela. Los tres desaparecieron por el pasadizo.

Volviendo su atención hacia Celeste, Oihana retomó la conversación.

—Ederne lleva muchos años defraudando mis expectativas y desafiando las leyes de la corte. Pero, esta noche, me confieso asombrada de que su ataque contra Étienne, aunque destinado a Celeste, fue ejecutado con intención de matarlo. Eso nunca lo hubiera esperado de ella —admitió la reina de las hadas, acongojada.

Celeste apretó la mano de Étienne, reviviendo la angustia que había sentido al verlo convulsionando en el piso.

—Por favor, no se preocupen más por mí. Estoy perfectamente bien —aseguró respirando hondo a pesar de su evidente desconcierto ante tantas miradas inquietas.

—Fue un margen de escape demasiado estrecho —dijo Nahia, conmocionada por el recuerdo.

—Que haya logrado encauzar tanta energía tan rápido y en medio de la confusión de todos ustedes abalanzándose sobre ella —comentó Oihana, incrédula— es tan destacado como reprochable.

Bakar regresó con una bandeja de plata sobre la que flotaban cuatro delicadas copas llenas de un brillante líquido violáceo. Ofreció las bebidas y se retiró tan pronto como la bandeja quedó vacía.

—Esto nos calmará a todos. —Oihana levantó su copa, invitando a los demás a seguir su ejemplo.

—La pasiflora seca es un excelente sedativo —murmuró Celeste al oído de Étienne—. Oihana lo convierte en un fino polvo que luego disuelve en vino tinto.

Étienne, que sostenía su copa pellizcada entre dos dedos, se la llevó a la boca y se la terminó en dos tragos. Parecía disfrutar su carga tánica.

—Excelente.

En los pocos segundos que Étienne tardó en colocar las copas vacías sobre la mesa, el hormigueo de la pasiflora se regó cálido por todo el cuerpo de Celeste.

—De verdad, excelente —asintió ella.

En menos de cinco minutos, sonrisas satisfechas borraron la tensión de sus rostros. El caos que había precedido la salida de Ederne se evaporó, y Celeste y Étienne estaban una vez más frente a Oihana y Nahia. Después de comprobar el éxito de la infusión y aparentemente satisfecha de que todo estaba en orden, Oihana se dirigió a ellos con una admisión.

—Lo que dije antes, sobre cómo recuperar un hilo robado, no fue del todo exacto. Quise darle a Ederne la oportunidad de hacer lo correcto, por lo que insinué que su presencia era necesaria. Pero al rechazar la oportunidad, ella me confirmó que no se arrepiente de haber perdido el hilo y que, tal vez, se dejó robar a propósito. —Después de una lúgubre pausa, la reina continuó—: por fortuna, la hilandera no es la única que puede recuperarlo; por supuesto, es lo más fácil, pero no la única opción.

—Si no hubiera sido tan veloz, seguro podríamos haberla enjaulado y colgado a treinta centímetros de la vieja bruja. —Nahia se lamentó y Celeste la secundó con un gesto ferviente.

—Sé que tu corazón, Nahia, es leal a tu hermana de nacimiento —dijo Oihana—. Pero no puedo exculpar el sacrificio de una vida, ni siquiera la de una confabuladora como Ederne.

Nahia se encogió de hombros, mirando a Celeste de reojo como diciendo: «Yo sí podría».

—Entonces, ¿de qué otra manera podemos recuperar la hebra? —preguntó Étienne.

La respuesta de Oihana fue casual y estoica a la vez.

—Ahora que sé cuál fue la intención de la hilandera, podré extraerlo sin dificultad. El glamour es energía viva, exclusiva de cada hada, como lo son sus intenciones. El glamour crudo que surge del hada, antes de fluir con intención hacia el objeto destinado, es una fuerza indómita. La voluntad del hada es la única fuerza mayor que puede doblegarla, obligándola a integrarse y a permanecer dentro de un objeto o persona. —Aunque Celeste escuchaba absorta, no podía ignorar el entrecejo de Nahia que se fruncía más y más con cada palabra de Oihana—. Ahora, para recuperar el glamour, para atraerlo hacia un hada que no fue la creadora, es imperativo convocarlo con el mismo objetivo, la misma intención, con la que fue emitido en un principio.

—Pero, *mamma*, tú misma me has dicho que el hada que intente algo así arriesga su vida. Y, en este caso, peor aún, porque ni siquiera sabemos si Ederne dijo la verdad. ¡Diantre! ¿De verdad vamos a creerle a esa embustera que estaba tejiendo una manta?

—Por eso tendría que ser yo quien lo hiciera —respondió paciente Oihana—. O nos dijo la verdad y estaba en el proceso de tejer un manto para protegerse o mintió y de hecho le ofreció su hilo a Arantxa. En ese caso, el hilo solo tenía energía bruta. Confío en mí, por encima de todos, para identificar oportunamente la intención que satura ese hilo. Sé lo que busco, sabré reconocer las señales, sé que puedo sondear con éxito y sin pérdida de tiempo.

—¿Sin pérdida de tiempo? —repitió Celeste.

—Exacto. Y es que debo ahondar en la mente de Arantxa para que el glamour que reside en ella se identifique conmigo y vuelva a mí. Pero si no reconozco la intención anterior a la transferencia, el glamour puede reaccionar adversamente y, en su lucha por identificar una fuente mágica, el hilo me restaría energía.

—Perdón, *mamma*, ¿no dijiste que no tolerarías sacrificios? —reclamó Nahia disgustada.

—Le hice una promesa a Paloma, Nahia, que, si estuviera en mi poder ayudar a Celeste, no dudaría en hacerlo, a pesar de los riesgos. Y lo prometido es deuda.

—¡Imposible! No puedo dejar que corras semejante riesgo, Oihana —objetó Celeste.

—Y, sin embargo, el riesgo para mí es infinitamente menor que para cualquier otro. No, querida. Yo soy quien debe establecer contacto y atraer el glamour en el hilo hacia mí.

—¿Te refieres a un contacto visual o próximo? —Celeste preguntó temblorosa, empezando a asimilar la realidad de la situación.

Nahia intervino dramática:

—Tan próximo que te debilitarás con cada segundo que pase, ¿no es así?

—No exageremos, Nahia —respondió Oihana—. No será necesario tocarla, pero sí tendré que acercarme, estimo que, a unos veinte centímetros, para que mi reclamo sea más potente. Han pasado años desde que Arantxa ingirió la pócima con el hilo disuelto y estoy segura de que agregó toda clase de aglutinantes para reforzarla. No. No puedo confiarle este intento a nadie más. Si vamos a deshilarla, soy la única calificada para ejecutar esta maniobra.

Celeste dejó escapar un gemido.

—¿Y qué haremos cuando empiece la transferencia y comiences a debilitarte por grados? Eso significaría que...

—Que, si escuché correctamente, su Majestad estará en peligro de volverse visible —concluyó Étienne.

Celeste soltó un resoplido nefasto. Que Oihana pusiera su vida en semejante peligro por ella la hizo sentir miserable. La sola posibilidad de perder a Oihana era insoportable. Mas la reina continuó, implacable:

—A medida que avancen mis esfuerzos, me volveré cada vez más visible.

—Presentando a Arantxa la oportunidad de defenderse —Celeste apuntó, limpiándose las lágrimas con el dorso de la mano—. No puedo dejar que lo hagas, Oihana.

—Tiene que haber otra solución, *mamma*, lo que propones es demasiado peligroso —insistió Nahia, alarmada.

Con voz firme, aunque teñida de ternura, Oihana respondió:

—He vivido durante más de ochocientos años y debes conceder, mi Nahia, que he aprendido mucho. Arantxa es una poderosa hechicera que tuvo éxito en lo que se propuso, pero estoy segura de que su engaño sucumbirá ante mi experiencia y poder. Te aseguro que saldré ilesa de esto. —Su mirada amatista brillaba gallarda, en contraste con su voz llena de emoción.

Con la mano trémula al cuello, Celeste masajeaba sus miedos garganta abajo.

—Estoy de acuerdo con Nahia; tiene que haber otra solución. ¿Y si matamos a Arantxa? ¿Qué pasa si simplemente...?

Nahia se sentó expectante al borde de su asiento, lista para perseguir la posibilidad hasta sus últimas consecuencias.

—No podemos asesinarla sin más —dijo Étienne razonablemente—. Su verdadera identidad debe ser establecida, de lo contrario, morirá como la reina de Santillán, dejando atrás a una princesa, con quien tendré que casarme.

Celeste gimió frustrada. Dando autoridad a las palabras de Étienne, Oihana agregó:

—Si queremos derrotar a Arantxa, es imperativo que consideremos todos los ángulos de nuestro plan.

LXX

Y así lo hicieron durante las siguientes dos horas. Étienne detalló la topografía y disposición de los edificios en Santillán, indicándoles todo lo que recordaba de la fortaleza. Se cruzaron buenas y malas ideas en la terraza del *Soggiorno Litorale*. Surgieron objeciones y se presentaron soluciones. Si obstáculos se alzaban ante ellos, a uno u otro se le ocurría la mejor manera de superarlos. Se desarrolló un flujo espontáneo alrededor de su propósito; sin perder el hilo de la discusión, pero en turnos aleatorios, se paseaban por la terraza empedrada en guijarros o por la arena y, entre idas y venidas, se servían de los refrigerios dispuestos por Bakar sobre el mesón. Por su parte, con frecuencia, Nahia flotaba sobre el paseo que bordeaba la playa o desaparecía tras la isla de Santa Clara, para luego deslizarse perezosa sobre el agua verde mar, de regreso a la terraza.

Los mapas que Étienne había dibujado en un lienzo blanco estaban cubiertos de marcas que representaban cosas como el púlpito en la capilla, su entrada principal, el altar y la nave central.

Imperturbable y en control de sí misma, Oihana parecía grabar en su mente disciplinada cada palabra y gesto emitido por los tres jóvenes a lo largo de la velada. De hecho, podía citar y recordarles cualquier cosa sin el menor esfuerzo.

Una brisa suave se levantó, renovando el aire que respiraban, y Celeste dejó escapar un suspiro exhausto, tomando conciencia de que afuera era ya más de la medianoche. Emulando a Celeste, Nahia se hundió en su asiento por centésima vez y bostezó.

—Ya no puedo ni pensar con claridad.

—Entonces, ¿por qué no resumimos lo que ya hemos decidido? —sugirió Étienne y tres pares de ojos se posaron expectantes en Oihana.

—Muy bien —dijo ella—. El objetivo es exponer la verdadera identidad de Arantxa. Étienne nos dice que es esclava de las apariencias, así que usaremos esa debilidad a nuestro favor. Llevaremos a cabo nuestro plan durante el transcurso de la boda. Arantxa estará bastante distraída con la ceremonia, por lo que podremos aspirar a que controle sus reacciones y se contenga ante sus súbditos.

—Además, durante la ceremonia contaremos con el mayor número de testigos. Celeste y yo llegaremos ocultas bajo los mantos que tejeremos en los próximos dos días. —Oihana dedicó una mirada a Celeste, pues su habilidad natural para hilar y tejer había sido incorporada a la lista de provisiones, armas y estrategias para la contienda. Las motas doradas en los ojos de Celeste relumbraron valerosas hasta que la expresión de Nahia la distrajo de sus visiones de triunfo.

—¿Qué? ¿Por qué revoleas así los ojos? —preguntó Celeste, espoleada por la expresión mitad dudosa, mitad divertida del hada.

—Quién te entiende. ¿Acaso te molesta que apruebe tu habilidad para el tejido? Siempre he dicho que de verdad tienes maña para ello —dijo Nahia.

—¿Maña? —repitió Celeste incrédula.

—Niñas —dijo Oihana, su mirada columpiándose entre Celeste y Nahia, pero ninguna reparó en su tono de advertencia.

—¿Qué quieres entonces…? Eres buena tejedora, ¿te parece? —canturreó Nahia

—Claro que sí, muchísimo mejor. ¡Mil gracias! Nahia la envidiosa —respingó Celeste.

—¿Envidiosa? Qué descaro el tuyo, si yo nunca niego un elogio bien merecido —declaró Nahia con altivez.

—¡Bah! Lo que nunca niegas son tus críticas.

—Te critico cuando tejes mal y te reconozco cuando tejes bien. ¿Qué hay de malo en ello?

Étienne miraba de una a otra, como siguiendo un partido de tenis.

—Solo que tus críticas fluyen mejor que tus elogios, elogios que jamás encuentran un blanco merecedor. Calificar mi habilidad como apenas una maña no es un elogio. Pero insistes en ver mis esfuerzos como inferiores a la norma para no tener que admirar mi trabajo. Revisa el pasado, Nahia, y verás que esa ha sido tu costumbre. ¿Cuándo fue la última vez que me felicitaste por un trabajo bien hecho?

—Jovencitas —intervino Oihana, nuevamente intentando moderar la creciente discusión.

—Sé exactamente cuándo fue, pero no viene al caso.

—¡Aaaj! No viene al caso porque no te acuerdas y no te acuerdas porque nunca sucedió.

—Señoritas.

—¡Sé seria! Siempre eliges olvidar las cosas bonitas que te digo ¿y qué puedo hacer? Nada. Tal como lo oyes. La realidad es que nunca podré reconocerte lo suficiente. Nunca estás satisfecha con un cumplido. Siempre quieres más.

—Acaso no te ha dicho tu madre que dejes de decir *siempre* y *nunca*. Y no soy el diablejo vanidoso que describes. Creo que en realidad te estás retratando a ti misma para variar —agregó Celeste, disgustada.

—*Señoritas.*

Étienne seguía el encuentro, pero el tono de la querella, que iba en aumento, empezó a tornar su semblante de indulgente a incómodo.

Celeste se golpeó la frente con la palma de la mano, como si hubiera recordado algo muy de repente

—¿Sabes de lo que me acabo de dar cuenta?

—Jovencitas...

—Estás celosa, porque sabes muy bien que lo mío va más allá de una simple maña —dijo Celeste, meneando la cabeza—. Soy una excelente tejedora. Y por eso estoy incluida en este proyecto y tú no. Y eso no lo puedes soportar, ¡ja!

—Has perdido la cabeza, humana. No puedes ni siquiera...

—¡Niñas! —Oihana realmente levantó la voz y, por fin, las dejó mudas. Tal vez como precaución adicional o simplemente por darse el gusto, Oihana conjuró una mordaza invisible a las dos insurgentes—.

¡Por las estrellas en el cielo! Es que ustedes nunca acaban —exclamó Oihana.

Celeste y Nahia levantaron un dedo acusador hacia Oihana cuando dijo «nunca» y, por primera vez en sus vidas, presenciaron que Oihana perdía los estribos. Se estremecieron ante la ráfaga de ira que las azotó. Cuando el susto de haber sido derribada, con asiento y todo, por fin se desvaneció, Celeste notó que no solo estaba amordazada, sino que ella y Nahia estaban atadas, con amarres tan ceñidos que apenas podía respirar. Étienne se acomodó en su silla para ver mejor a Celeste, que todavía estaba sentada, excepto que el respaldo del asiento estaba contra el piso, al igual que el de Nahia. Celeste no tuvo dificultad en captar el significado de la leve sonrisa que se dibujó en los labios de Étienne: él estaba de acuerdo con Oihana y, para acentuar, su malestar, su inmadurez y mal carácter quedarían por siempre grabados en la memoria de Étienne. «Es preferible que sepa cómo son las cosas entre Nahia y yo. Después de todo, ella también será parte de su vida y, que las estrellas lo alumbren, el pobre necesita acostumbrarse a ella», pensó, batallando sin éxito contra su mordaza y ataduras.

—¿Cómo podemos lograr lo que nos proponemos si no puedes mantener el enfoque siquiera a corto plazo? —Oihana reprendió a Celeste—. ¡Y tú! —la reina se volvió hacia su hija—. Si no puedes guardar silencio, te marcharás a tus aposentos de inmediato. O abandonaré la causa para que se las arreglen solos.

Incapaz de hablar a través de su mordaza, Celeste parpadeó dos veces para mostrar que aceptaba. Nahia inclinó la cabeza hacia un lado en pesaroso asentimiento. Sin más, Oihana las liberó del conjuro. En tonos muy tenues y después de tentar su mandíbula de lado a lado, Celeste dijo:

—Lo siento mucho, Oihana, Étienne..., *Nahia*.

—Y ahora vamos a dejar todo en claro antes de continuar —advirtió Oihana con firmeza—. Celeste es una brillante tejedora. No me cabe duda de que solo Usoa supera su habilidad.

Celeste se retorció en su asiento, deseando que la extraordinaria validación de Oihana hubiera llegado sin el desagradable precedente.

—Gracias —masculló, avergonzada por haber hecho que Oihana perdiera los estribos.

Nahia, sonrojada por el esfuerzo, murmuró:

—Y, para este invierno, seguro que Celeste dejará atrás a Usoa.

Celeste se despabiló ante semejante admisión y Nahia la miró fijamente. El intercambio fue silencioso, pero trascendente. Étienne, quien por casualidad miró a Celeste en el momento en que sus labios formaron las palabras «Te amo», dirigidas a Nahia, se volvió hacia Oihana, encogiéndose de hombros ante el confuso vaivén de emociones.

—Ha sido así desde que aprendieron a hablar —comentó Oihana resignada.

Étienne pronunció un iluminado «Ah», mientras Celeste y Nahia sonreían ladinas.

LXXI

—De hecho, Celeste ha avanzado a brincos y a saltos desde que empezó a hilar y a tejer. Pero su habilidad va más allá de un talento innato. Juntas hemos trabajado estos últimos meses en algo que descubrimos por accidente, pero que nos sorprendió en exceso.

Nahia parecía a punto de interrumpir con preguntas, pero Celeste se le adelantó.

—¿Recuerdas la pañoleta que tejí? La que debía ser de color marrón, pero Usoa dijo que a mi piel le convenía más que fuera roja o amarilla.

—Sí, vagamente.

—Pues bien, en uno de esos días en su taller —dijo Celeste emocionada—, creo que ya estaba a medio terminar cuando Usoa se detuvo a observar. Estuvo ahí más de una hora, desenrollando carretes y elogiando lo apretado y derecho que estaba quedando mi tejido. Pero todo el tiempo debe haber estado pensando que quería que fuera rojo, rojo, *rojo*, porque, sin darme cuenta, mi bufanda marrón empezó a cambiar de color, primero a un óxido sucio y después pasó por todos los tonos intermedios hasta llegar al rojo brillante que Usoa quería.

—Con que eso fue lo que le pasó… Y yo siempre creí que habías cambiado de opinión —dijo Nahia, pensativa.

—Usoa nos mostró que su glamour podía trabajar a través de Celeste para combinar su maravillosa habilidad con la intención y energía que el hada puede proporcionar. Admito que, al principio, no sabía qué propósito superior se serviría de ello, pero creo que ahora queda claro que la habilidad de Celeste nos permitirá producir los mantos que nos volverán invisibles.

Celeste y Étienne asintieron en señal de aprobación, pero Nahia parecía inquieta.

—¿Puedo hacer ahora la pregunta que no pude hacer antes? —Cuando su madre le concedió la palabra, Nahia dijo—. Lo que quería preguntar era esto: ¿cómo podrá Celeste tejer dos mantos antes de la boda cuando, según recuerdo, le tomó más de una semana elaborar la pañoleta?

Celeste ni siquiera tuvo tiempo de reaccionar, pues Oihana respondió:

—Tienes razón, Nahia. Celeste es muy rápida, más veloz que cualquier hada en La Alameda Florida, y, aunque no puede tejer más rápido de lo que ya lo hace, estoy segura de que nos las arreglaremos.

La falta de detalles solo agudizó la inquietud de Celeste sobre un tema que también la preocupaba. Y tampoco pareció apaciguar a Nahia, pues lo que sí quedaba muy claro era que Celeste y Oihana explorarían nuevas y deslumbrantes prácticas en las que ella no participaría.

—Pero reanudemos nuestro sumario —dijo Oihana cuando pareció que Nahia se disponía a continuar la interrogación—. El día de la boda, Celeste y yo estaremos en la capilla. En el momento oportuno, la tarea de Celeste será explicar a los presentes lo que está pasando y por qué, distrayendo a Arantxa con ello, a la vez que me da tiempo para recuperar el hilo.

—Yo también estaré ahí y a sus órdenes. Haré lo que me pidan —aseguró Étienne a la reina de las hadas.

—De hecho, joven Étienne, debemos tener en cuenta que una vez que el hilo comience a desprenderse, la transformación comenzará de inmediato, interrumpiendo la ceremonia y sorprendiendo a los invitados. Será muy amable de tu parte hacer lo posible por evitar un pánico general.

Al borde de su asiento, como imaginando cada paso, Nahia dijo:

—*Mamma*, ¿alguna vez has visto una maniobra de recobro?

Oihana negó con la cabeza.

—Será la primera vez.

Con la pierna cruzada y sacudiendo el pie, Celeste sentía una creciente ansiedad por las muchas cosas que podían salir mal. «¿Y si no termino a tiempo? ¿Qué pasa si Oihana tarda más de lo que estima en recuperar el hilo? ¿Y si resulta que los mantos no son a prueba de piedras horadadas?». Cuanto más pensaba en ello, más aumentaba en su mente la probabilidad de ser descubiertas antes de hora. La realidad de Arantxa se apoderó de ella, esa mujer sin escrúpulos, que dominaba poderes tan oscuros, ya había matado a sangre fría. El miedo empezó a clavarle los dientes en el corazón.

Una serie de imágenes desconectadas la invadieron con persuasión profética. Celeste, de pie junto a Oihana, dos criaturas minúsculas e invisibles, escondidas debajo de sus mantos, con la esperanza de no ser pisoteadas dentro de una iglesia llena de extraños humanos. Sus voces y palabras sin significado para Celeste. Cabezas echándose para atrás, en fría hilaridad, mostrando una siniestra colección de fosas nasales y paladares con cada risotada.

Una voz de mujer muy por encima de Celeste dijo:

—Ahí está la reina, ¡Ahí viene! —Celeste se abrió paso entre el mar de faldas y pantalones que le impedían llegar al pasillo por el que avanzaba Arantxa. Apartó con las manos un sedoso faldón y tropezó con ella. Celeste miró esos ojos vacíos, los mismos ojos que había visto siete años antes cuando tontamente arrastró a su madre dormida a la frontera de la soberanía y que todavía plagaban sus pesadillas.

Celeste quería llamar a Oihana, pero esa horrible Arantxa la vio a través de su ineficaz manto y dijo:

—Espero que hayas traído algo más que un velo a esta batalla. —Arantxa soltó una carcajada inhumana que hizo temblar a Celeste y, antes de que pudiera preguntarse dónde podría estar Oihana, Arantxa levantó los brazos y llamó al cielo mismo para que las derribara. El primer rayo cayó a los pies de Celeste.

La visión fue tan real que, en el presente, levantó sus pies al asiento, como calcinados. Las imágenes se desvanecieron y Celeste empezó a tomar conciencia de estar en el bien iluminado *Soggiorno Litorale*. Abrazó sus rodillas en muda consternación, sin sentir que Étienne le acariciaba el brazo, hasta que él le hizo un guiño y Celeste no pudo evitar sonreír. Su cuerpo por fin se relajó. «Iremos con mucho más que mantos —pensó—. Y no le daré ni ventaja, ni tregua. Ni siquiera en pesadillas». Aunque Celeste no había eliminado por completo sus dudas, había decidido no concebir de un fracaso. En adelante, cuando se le viniera a la mente una frase que comenzara con «¿Y si...?», Celeste se prometió recitar: «Arantxa no tiene la ventaja y no seré yo quien se la dé».

—Una vez que comience la transformación —dijo Oihana—, devolveré a Celeste a su estatura humana y podrá ser vista por todos.

Ese será el momento para que tú, Étienne, intervengas y pidas a todos que presten atención. —Étienne asintió—. Ella le contará a la congregación cómo Arantxa tramó la muerte de Bautista y suplantó a Paloma para apoderarse del reino. Cómo, en un descarado, aunque fallido intento de asesinato, Arantxa desterró a Paloma, habiéndola condenado a habitar su cuerpo en descomposición. «La verdadera Paloma murió hace solo unos días y yo soy su hija», dirá Celeste.

—La mujer ante ustedes no es más que una aparición y puedo demostrarlo —agregó Celeste, levantando el brazo, como blandiendo una espada.

—Y, en ese momento, habiendo extraído todo el glamour y ante los gritos aterrorizados de los convidados, Arantxa aparecerá en su verdadero cuerpo y quedarán así comprobadas las verdades dichas por Celeste —concluyó Oihana.

Nahia dejó de morderse el labio para decir:

—Sí, creo que funcionará. —Y todos asintieron pensativos.

—La boda es en cuatro días —les recordó Étienne.

—Y estaremos listas —dijo Celeste.

Eran cerca de las tres de la mañana y Nahia tenía los ojos tan nublados como Celeste. Étienne, sin embargo, parecía salvaguardado del agotamiento, probablemente debido a la gelatina con la que Oihana lo había inoculado.

—Ciertamente, estaremos listas —repitió Oihana, levantándose para recorrer la terraza—. Étienne, pasarás acá la noche. Bakar te mostrará una de nuestras habitaciones para visitantes—. Étienne asintió agradecido—. Y, Celeste, si prometes de verdad dormir, porque mañana nos espera un largo día, puedes quedarte con Nahia. De lo contrario, debes regresar a la gruta.

Celeste y Nahia intercambiaron sonrisas felices y Celeste dijo:

—Me quedaré con Nahia.

—Y dormiremos por las pocas horas que quedan para ello —prometió Nahia.

—Por la mañana, joven Étienne, ¿me imagino que volverás con tu madre?

—Sí, su Majestad.

—Muy bien, entonces, me gustaría desayunar contigo antes de que te marches.

—Será un placer.

Bakar llegó para escoltar a Étienne.

Oihana les deseó a todos una buena noche y Étienne se inclinó cortésmente ante ella. Celeste lo miró, deseando besarlo, o al menos abrazarlo, pero se sentía demasiado cohibida para hacerlo frente a Oihana y Nahia. Étienne, sin embargo, pareció encontrar apropiado besar su mano y así lo hizo. Bakar tomó la delantera hacia el atrio y Étienne lo siguió a través del pasillo marcado con un farol de color ámbar. Celeste siguió a Nahia y Oihana a través del pasillo real, imaginando que aún podía sentir el delicioso cosquilleo de los labios de Étienne en su piel.

La celada de Arantxa

LXXII

Arantxa se levantó de la poltrona que ocupaba en la biblioteca. Todavía podía oír los pasos de Étienne siguiendo al paje rumbo a la cabaña de Clemente. Se detuvo en el umbral y, cuando estuvo segura de que habían salido, se dirigió a su aposento en el segundo piso. Cerrando la puerta tras de sí, Arantxa se acercó a la chimenea, que ya casi no ardía, y contempló su reflejo en el suntuoso espejo sobre la repisa. La sospecha despertada por la visita de Étienne había madurado, congestionándole el rostro. Hacía años que consideraba suyos los atributos robados; la frente lozana lucía un pliegue entre las cejas, ensombreciendo los ojos verdes.

Distraída de sus recelos, por la fascinación que el espejo todavía ejercía sobre ella, Arantxa deslizó los dedos por la parte inferior de la repisa de la chimenea. Habiendo encontrado lo que buscaba, aplicó la presión necesaria sobre el pestillo que accionaba los resortes. La repisa se abrió y reveló el compartimento oculto.

Arantxa rebuscó en su interior; el tintín de docenas de botellitas llenas de líquidos de colores saturó el aire de la recámara hasta que, por fin, extrajo un diminuto frasco lleno de una sustancia turbia. A la luz del ventanal, apreció el tono verde sucio del líquido, complacida con el grado de viscosidad que exhibía.

Agitando el frasco para emulsionar el contenido, Arantxa se acercó a la mesa del desayuno, adornada con un gran florero lleno de crisantemos y una bandeja de plata sobre la que se encontraba un jarrón con agua y dos copas. Llenó una de ellas, descorchó el frasco y vertió dos gotas del sucio líquido en la copa. Lo revolvió con el tallo de un crisantemo, selló nuevamente el frasco y lo devolvió a su escondite.

Cerró la repisa de la chimenea y sonó la campanilla para su ayuda de cámara. Una doncella, desgarbada y nerviosa, entró directamente. Apenas había terminado de hacer una reverencia y de acomodar la pañoleta de algodón que cubría su cabello cuando Arantxa ladró, enfrentándola con la copa.

—Prueba esto.

Visiblemente angustiada, la doncella se apresuró a tomar la copa y bebió la mitad del agua, relamiéndose los labios, pero aterrada ante el descontento de Arantxa. Con una mirada inquisitiva, la joven murmuró:

—Sí, su Majestad, es muy leve, pero sabe raro; será que su Majestad...

—Bébetela toda —dijo Arantxa, impaciente.

La doncella obedeció y colocó la copa vacía sobre la bandeja. Luego miró expectante a la reina. Sin preocuparse por el desconcierto de la joven, Arantxa la observó en doctoral silencio. Al poco rato, la doncella, que se retorcía incómoda bajo el escrutinio de la reina, sacudió la cabeza y parpadeó convulsa.

Una mueca de desprecio desfiguró los labios de Arantxa. La joven se enjugó la frente con el dorso de la mano, con aspecto de quien está a punto de desplomarse, pero Arantxa, lejos de preocuparse, asintió satisfecha. Sus ojos se entrecerraron en anticipación del último indicio: los ojos de la joven se volvieron vidriosos y ya exhibían un brillo nacarado.

—Siéntate —ordenó Arantxa y la joven larguirucha, con la pañoleta otra vez torcida sobre su cabeza, se volvió impasible hacia la silla más cercana. Tomó asiento, erguida y muy quieta. Sus ojos brillantes y desenfocados seguían a Arantxa, pero parecían mirar a través de ella.

—Te pondrás esto —dijo Arantxa colocando una capa marrón con capucha en el regazo de la joven; se trataba del ordinario atuendo de un pastor de ovejas.

—Mantendrás la cabeza gacha y no hablarás con nadie excepto conmigo, ¿me entiendes? —La criada asintió adormilada—. Ve a la cabaña de Clemente, pero no entres. No te dejes ver, pero escucha lo que se dicen Clemente y su visitante. Al cabo de treinta minutos, regresa acá y me repites todo lo que oíste, ¿entiendes? —La joven asintió nuevamente.

El brebaje funcionaría durante apenas una hora, por lo que Arantxa no quiso arriesgar más de media hora en la tarea. La joven debía repetir lo que había escuchado antes de que el efecto se desvaneciera o se daría cuenta de lo que estaba diciendo, y eso sin duda causaría mucha confusión y chismes. «Si la impetuosa visita del joven príncipe resulta malintencionada, estoy segura de que se revelará dentro de la primera media hora», pensó, intentando tranquilizarse.

La cabeza de la joven pareció desaparecer dentro de la amplia capucha y no se distinguía ni un centímetro de ella debajo de la capa. Arantxa se mostró complacida con el disfraz. Cerrando la puerta tras la joven, Arantxa se quedó a solas, sin nada que hacer más que esperar.

Cuarenta minutos transcurrieron lentamente hasta que, a la postre, Arantxa detectó los pasos sordos en el pasillo y el mudo abrirse de la puerta. De espaldas al ventanal, sonrió. La joven, todavía ataviada con la capa, estaba de pie enfrente de la chimenea.

—Cierra la puerta y quítate la capa —dijo Arantxa y la joven obedeció al instante—. Ahora, siéntate y repite lo que escuchaste.

Al parecer, la doncella había llegado a su puesto una vez iniciada la conversación entre Clemente y Étienne, pues en tono muy plano recitó:

—… que, habiendo sido el apreciado tutor de Paloma, ella hubiera optado por nombrar a su hija Celeste, para honrarte… Guárdate, joven. A qué juegas, diciendo semejantes cosas…

Tamañas palabras de boca de la joven fueron para Arantxa como un golpe en la boca del estómago. La atravesó una conmoción rencorosa. Con la voluntad fraccionada, entre el deseo de estrangular a la joven y terminar de escuchar todo lo que repetía, Arantxa se levantó de su asiento junto al ventanal y empezó a pasearse, enfadada, atenta a los fragmentos del diálogo que la joven repetía como un loro.

—… los dolores de parto estaban bastante avanzados… La oscuridad de una cueva… Una hebra hilada por un hada…

Cada frase revelada era un nuevo disgusto para Arantxa que, en silencioso arrebato, había comenzado a murmurar y a golpearse con sus propios puños, ya el pecho, ya el vientre, para aliviar su furia. Cuando la joven dejó de hablar, Arantxa, todavía crispada, la miró fijo y, reconociendo las señales de que el efecto del brebaje estaba disipándose, le dio la espalda. Era preciso sosegarse de inmediato.

Por suerte, los bufidos de Arantxa se perdieron en el escándalo causado por la miserable joven que, seguramente horrorizada por su descortés osadía, había tumbado la silla que ocupaba.

Alicaída, gimió:

—Mi señora, permítame reemplazar el agua que tanto le disgustó; la traeré del manantial yo misma.

Arantxa se volvió lentamente y la miró, todavía luchando contra el impulso de golpearla.

—Vete. ¡Este instante! Y di a todos que nadie ha de molestarme hoy.

La joven se estremeció de pies a cabeza, pero no esperó a que se lo dijeran dos veces. La puerta se cerró tras ella con un golpe accidental y, por un instante, Arantxa contempló hacerla regresar, solo para darse la satisfacción de al menos abofetear a la joven por su descuido, pero era tanto sobre lo que debía reflexionar que volvió a golpearse el vientre, dejando escapar un rugido de indignación.

A pesar de sus instrucciones a la ayuda de cámara, Arantxa fue interrumpida dos veces: una porque Berezi exigió verla y otra cuando los sirvientes preguntaron, temerosos, si tomaría sus comidas en el aposento o en el comedor.

—Berezi debe arreglárselas sin mi hasta el miércoles por la noche y, si tocan o abren mi puerta una vez más mientras estoy dentro, ¡los azotaré a todos! —voceó furiosa. La ayuda de cámara apenas tuvo tiempo de cerrar la puerta antes de que el florero, lleno de agua y crisantemos, se estrellara contra ella.

Sentada a la mesa, ignorando el hermoso jardín más allá del ventanal, con la barbilla apoyada sobre sus dedos entrelazados, Arantxa repasaba los hechos que acababa de descubrir y que amenazaban el acontecimiento clave en su plan maestro. La boda que uniría a ambos reinos bajo su mando y que se llevaría a cabo en solo cinco días corría grave peligro.

LXXIII

—Paloma sobrevivió —siseó Arantxa, incrédula—. Incluso logró dar a luz a esa hija suya. Y Clemente, ese viejo imbécil, me ha engañado todos estos años. Y ese truculento príncipe campesino se ha encontrado con esa tal ¡Celeste! Y mencionaron el hilo de las hadas. Debe haber sido el viejo imbécil quien lo sabía. Y ahora ese traidor se lo contará a Paloma.

—En el jardín, el brillante mediodía adoptó el rojizo fulgor del crepúsculo. Arantxa permanecía sentada a la mesa, pero la turbulencia de sus pensamientos había amainado—. Sería admitir derrota antes de hora. ¿Qué puede hacer Paloma en cuatro días? ¡Nada! El único riesgo real es que aparezca un hada y la probabilidad de que eso suceda es irrisoria. Aun así, sé muy bien qué hacer al respecto. Y lo que hagan Paloma y su hija lo puedo deshacer.

Al caer la noche, Arantxa permitió que sus damas la prepararan para recibir la cena en sus aposentos y, no, no hablaría con Berezi esa noche.

—Comuníquenle a la princesa, otra vez, que hablaré con ella mañana al mediodía.

Durante toda la noche y, a pesar de repetidas afirmaciones, Arantxa se detenía, febril, a especular; tan pronto razonaba como escabullirse de un aprieto, surgía otro en su lugar con aquel furor abrasador que la llevaba a golpearse a sí misma.

—Ese pérfido campesino, ese traidor. ¡Oh!, espíritus de la oscuridad, cómo me mantuvieron ciega a esto. ¿Acaso me han abandonado ahora que traman mi destrucción? ¡Pero no! Paloma no es una amenaza para mí. Ningún humano lo es. Que pudiera descubrir si cualquier hada puede extraer la energía de un hilo. Pero ¿qué importa? Solo importa la posibilidad de un hada. Pero ¿y si Paloma se las ha arreglado para recuperar su apariencia?

Al amanecer, enredada entre sábanas arrugadas, con el pelo enmarañado por la noche malsufrida, Arantxa seguía cavilando. Un solo rayo de sol cortaba la oscuridad a través de las pesadas cortinas y en él se arremolinaban una miríada de motas de polvo que ella contemplaba. El casual comportamiento de Étienne le aseguraba a Arantxa que algo tramaban para truncar la ceremonia. Quizás, Paloma y su hija pretendían llegar sin aviso y sin invitación; tal vez buscaban causar suficiente confusión para forzar una audiencia. Pero Arantxa confiaba en los poderes a su disposición y el haber obtenido la inteligencia de antemano le aseguraba que la ventaja era suya.

—Doblaré la guardia y nadie entrará sin invitación —murmuró, preparándose mentalmente para enfrentar a Paloma y a Celeste, pues la doncella no había captado la parte del diálogo en la que la muerte de Paloma había sido revelada ni el hecho de que, durante todo su exilio, las dos humanas habían residido en la Soberanía de las Hadas.

—Sé que vienes, Paloma. Te estaré esperando —juró Arantxa—. Pero ¿qué pasa si viene un hada? Esa maldita hada traicionera. ¿Y si hubiera encontrado a Paloma y hubiera llegado a un acuerdo con ella como lo hizo conmigo? ¿O qué pasa si otra hada puede anular el poder de mi hilo? Debo tomar precauciones, porque los guardias no podrán verla y mucho menos detenerla. ¿Pero qué estoy diciendo? ¿Cuál es la probabilidad de un encuentro entre Paloma y un hada? Aun así, si la transformación no se lleva a cabo, Paloma y esa mocosa suya, Celeste, no tendrán evidencias. Paloma no será más que la loca y peligrosa Arantxa vuelta de su destierro. Podré condenarla a muerte, con el apoyo de todos, y ¡qué satisfacción! la indignación del campesino Étienne cuando despierte del trance al que lo someteré y se encuentre felizmente casado con mi Berezi y ya en su noche de bodas. —Arantxa soltó una amarga carcajada—. No solo eso, sino que su nueva esposa le informará que, por orden suya, la conspiradora, Celeste, fue ejecutada. Los estaré esperando.

Arantxa sonrió, ansiosa por comenzar sus preparativos. Se levantó de la cama y llamó a sus ayudas de cámara. De pie frente al espejo, se maravilló de la belleza de sus rasgos, a pesar del cabello despeinado y su camisón arrugado. Mirándose, altiva, giraba el rostro de un lado a otro, cuchicheando en voz íntima:

—En cuanto a Clemente…, mi único cabo suelto…, debo castigarlo por su engaño. Pagará con su vida. Qué gran pérdida será —dijo, sonriendo seductora ante el espejo, sintiéndose cada vez más segura de sí misma—. Te estaré esperando, Paloma. No fuiste una digna adversaria hace dieciocho años y menos ahora. Esta vez, no necesito que sobrevivas, así que no dejaré que la naturaleza te mate por mí. Tú y tu hija morirán por mi propia mano. —Sus uñas afiladas rozaron la repisa de la chimenea pulida—. Ahora ¿dónde está mi piedra preciosa? —Abrió el compartimiento secreto y el tintineo de los objetos de vidrio que se movían llenó el aire de la habitación nuevamente—. Ahí estás. —Arantxa acarició la roca lisa. Era un óvalo con un agujero perfecto justo en el medio. Se lo acercó al ojo y miró a través de él—. Aquí no hay hadas —rio, empuñando la piedra horadada con una mano y cerrando la tapa secreta con la otra—. No puedes tomarme por sorpresa, hada. Te veré venir y me aseguraré de que estés bien muerta esta vez.

Se oyó un sutil golpe en la puerta y Arantxa dejó entrar a las dos damas de compañía que vinieron a vestirla. Les permitió hacer su trabajo, asintiendo o negando en silencio ante las opciones que le presentaban. «Sin la transformación, Paloma no tendrá pruebas».

Las damas se retiraron dejando a Arantxa vestida y lista para empezar el día. En los próximos minutos, llegó una bandeja con su desayuno y, una vez que la colocaron sobre la mesa junto al ventanal, Arantxa despidió a los sirvientes. Ignorando los alimentos, Arantxa volvió a abrir el compartimento sobre la chimenea.

—Veamos, mi querido príncipe Étienne. Todo lo que necesitas es una pequeña pero debilitante pócima. Tal vez un vapor, que se desprenderá de una flor que yo mismo colocaré en tu ojal —canturreó mientras sacaba frascos del compartimento secreto—. Su dulce perfume te mantendrá, digamos, relajado y complaciente.

Arantxa rio en el silencio de su habitación, mezclando los ingredientes que incapacitarían a Étienne durante la ceremonia. Depositó la mezcla cristalizada en un pequeño estuche de plata y lo escondió en el compartimiento hasta que llegara el momento de usarla.

Tras borrar las evidencias de su trabajo, Arantxa se sentó, acodada sobre la mesa, la barbilla en la palma de la mano y, tamborileando su mejilla con los dedos, comenzó a picotear su desayuno.

—Ahora, ¿qué hacer con Clemente? —dijo—. Algo muy especial. Nada de pócimas para él. Tiene que arrepentirse de haberme mentido. Quiero que se sepa descubierto. Quiero que sienta mi ira y mi disgusto. —Al dar con el castigo adecuado, Arantxa se enderezó y su rostro se dislocó en una mueca que le desfiguraba el semblante—. Pero debo esperar, por lo menos, hasta la noche antes de la boda para que nadie lo extrañe. Y, entonces, lo mataré con mis propias manos.

Sublime armonía

LXXIV

A las cinco de la mañana, la apacible charla y las risitas de las hadas madrugadoras, en camino al comedor comunal, no logró despertarlas; fue la insistente llamada de Oihana, una hora después, lo que finalmente penetró el pesado sueño de Nahia. Ella, a su vez, despertó a Celeste.

Con una punzada culpable por su desobediencia, pues en lugar de dormir, como habían prometido, habían enhebrado temas como la opinión de Nahia sobre Étienne (favorable), sus respectivas impresiones sobre lo que se venía (esperanzadoras) y las probabilidades de éxito de Celeste (desalentadoras). Llenas de ímpetu, discutieron todo ángulo de si Celeste podría o no tejer dos mantos talla hada en tres días, hasta quedar casi afónicas. Solo entonces, exhaustas y sin decir una palabra más, Celeste y Nahia se dejaron caer sobre sus almohadas y roncaron contentas.

Cuando salieron del aposento, cerca de las ocho de la mañana, con los ojos hinchados y la vista borrosa, encontraron que todos los preparativos discutidos durante la conferencia nocturna en el *Soggiorno Litorale* ya estaban en marcha. Era el veintiséis de junio. Celeste y Nahia atravesaron el laberinto de pasajes que finalmente las llevó al atrio y, desde ahí, al *Soggiorno Litorale*, donde las esperaba Oihana.

—Buenos días —bostezaron al unísono.

—Se ve que han descansado —comentó secamente Oihana, su mirada amatista pasaba de una a otra, mientras arrastraban los pies descalzos por el empedrado de la terraza, frotándose los ojos avergonzadas—. Bueno, siéntense y coman algo. Les recomiendo rociar polen de abeja en sus bebidas.

—¿Dónde está Étienne? —preguntó Celeste, sirviéndose una taza de té humeante y, contrita, agregó una cucharada del brillante polvo amarillo que la mantendría alerta. Revolviendo su té, se sentó a la mesa. Ojeando las bandejas atiborradas con rodajas de frutas y reposterías, y dispuestas tan artísticamente, Celeste sintió pena por tener que desbaratar el arreglo para comérselas. Tomó un bizcocho, para empezar.

—Quería ver cómo pasó la noche su caballo, pues lo dejó atado junto al estanque —respondió Oihana—. Él y Amets luego irán a la gruta y traerán el telar de Paloma. Pensé que era mejor no reducirlo con glamour, aunque eso simplificaría enormemente su transporte, pero no quise arriesgar su calibración.

—Claro, muy bien —Celeste consintió, metiéndose a la boca un pastelillo de hojaldre con mermelada y tragándoselo con sorbos de té caliente—. Nahia, vamos a darnos un baño rápido, ¿quieres?

—Eh…bien —Nahia balbuceó absorta mientras cubría una tarta con trozos de queso y bayas, que luego empapó con miel.

—Por favor, háganlo —comentó Oihana—, presto, porque necesitamos toda la ayuda disponible para recoger algodón y para hilar seda. Me temo que no podemos usar lo que tenemos en nuestros depósitos, ya que podría estar contaminado con intenciones parciales.

Celeste arrastró a Nahia, fuera del *Soggiorno Litorale*, todavía masticando el último bocado de su tarta. Se enfilaron hacia el estanque, una a pie y la otra zumbando por el aire en su característico zigzag.

Luego de un breve y refrescante chapuzón, se vistieron y fueron a dar el encuentro a Étienne, Amets y Al-Qadir que, con la ayuda de un arnés, halaba el gran telar que había diseñado Paloma.

Celeste corrió hacia Étienne, mareada por la ola de alivio y emoción que la envolvió al verlo.

—Pensé que tal vez te habías ido sin decir adiós —susurró.

—Mmm… decir adiós siempre precede a una despedida, por lo que preferiría evitar la palabra —dijo sonriendo—. Pero nunca me habría marchado sin decir «Buenos días».

Nahia y Amets, que habían desviado la mirada para permitirles a los amantes la privacidad que requerían sus susurros y abrazos, se volvieron hacia ellos y los cuatro se dirigieron al árbol petrificado, como Oihana les había indicado. A través del tronco hueco del árbol, bajarían el telar al Mirador Astral, donde Sendoa y otro doncel ya estaban posicionados para recibirlo.

Cuando llegaron, Étienne desató el arnés y Nahia procedió a dispersar el peso del telar. Con un gesto burlón, Celeste observó el innecesario vaivén de las manos y el llamativo temblor de los dedos de Nahia; ciertamente le encantaba presumir ante el público.

Étienne y Amets engancharon la cuerda a una gruesa rama del árbol petrificado y, cuando Nahia terminó su arduo trabajo, ataron el otro extremo de la cuerda al travesaño del telar. Étienne comenzó a izarlo mientras Celeste y Amets lo guiaban con cautela para que no se golpeara. El plan de Oihana para completar los dos mantos en tres días era tan brutal como insólito: Celeste, en estatura humana, hilaría en un telar de tamaño humano con hilos de tamaño humano, *dentro* de La Alameda (para cumplir con las reglas de seguridad de la corte). Todo ello sucedería en el Mirador Astral, pues era el único lugar en el que entraría el telar sin ser reducido.

Todas las herramientas y la mano de obra necesarias para hilar los seiscientos carretes ya estaban en La Alameda. Cada manto sería elaborado por partes en tres paneles separados. Cada panel ocuparía siete carretes de seda de tamaño humano, para los hilos transversales, y siete carretes de algodón de tamaño humano, para los hilos longitudinales. Para garantizar que ni el mínimo destello de glamour tocara a los carretes, Oihana ordenó que la cosecha de seda y algodón, al igual que el hilado, se hiciera a mano. De verdad, se trataba de una gran faena, pero el tropel se dispuso a enfrentar el reto, sin protestar.

—No te envidio esta tarea —murmuró Nahia a Celeste, observando el descenso del telar por el oscuro hueco del árbol a las manos de Sendoa que lo esperaba.

Étienne, que había escuchado el comentario de Nahia y conocía los detalles de lo que se venía para Celeste, la miró con preocupación, pero sin descuidar sus esfuerzos con la entrega del telar. Sendoa y el doncel lo recibieron y lo guiaron con cautela a un lado del aljibe que estaba justo debajo del tronco hueco. Aseguraron el telar en el piso de zafiro del mirador y, con un ademán de éxito, se lo anunciaron a Celeste y a Nahia, que habían supervisado la maniobra, asomadas al borde del tronco hueco, como espiando la profundidad de un pozo. Amets, quien después de un trabajo bien hecho, había asumido el tamaño compacto que le resultaba más cómodo, se excusó y se marchó.

Nahia, captando la mirada furtiva que Celeste y Étienne habían intercambiado, dijo:

—Supongo que te volveré a ver cuando esta locura haya terminado.

—Lo doy por hecho —respondió Étienne, terminando de enrollar la cuerda y dejándola en el suelo.

—Y tú —le dijo a Celeste, como una ocurrencia tardía— date prisa, porque hay mucho trabajo por hacer.

Celeste y Étienne vieron al hada alejarse, esquivando con gracia las ramas en su camino hacia el túmulo. Volviéndose hacia Étienne y sintiendo que ya lo extrañaba, Celeste dijo:

—Nahia tiene razón: hay mucho trabajo que hacer.

Él le rodeó la cintura y la atrajo hacia él.

—Cómo deseo no tener que dejarte. ¿Estarás bien ahí dentro? —preguntó, señalando el pozo donde acababan de depositar el telar.

—Estaré bien —respondió ella, tratando de sofocar la emoción que despertó la preocupación de Étienne—. Pero promete que me extrañarás —dijo, afectando un aire juguetón que no sentía.

—Puedes contar con ello. Te extrañaré cada minuto que dure nuestra separación. Incluso cuando esté durmiendo.

—No prometo hacer lo mismo —rio Celeste— o terminaré contrarrestando lo que Oihana quiere lograr y los mantos no serán más que efigies de tu cara.

Étienne rio también, aunque sus ojos insistían en que prefería quedarse junto a ella.

—Cabalga con cuidado —dijo Celeste, abatida.

—Y tú, sé veloz —respondió él—. No me gusta la idea...

—Shhh... —Celeste selló los labios de Étienne con sus dedos—. Lo tengo que hacer y no sirve de nada preocuparse. Además, me encanta el Mirador Astral. Es un lugar tan apacible. Adoro los adoquines de zafiro que cubren el piso y el agua en el aljibe que refleja las estrellas; es como si el mismo cielo se internara...

Étienne le besó las yemas de los dedos.

—No puedo soportar la idea de que estés ahí, presa.

—Oihana se encargará de mi bienestar —aseguró Celeste, inyectando su voz con convicción, por el bien de los dos.

Por un instante, lo miró, turbada, deseando que la besara. Entonces se le ocurrió que podía ser ella quien lo besara a él. Mientras él seguía preocupándose por su inminente reclusión, ella, en puntillas, cubrió sus labios con los suyos y sintió que Étienne, al responderle, renunciaba a sus preocupaciones, aunque solo fuera por un momento.

Sonrojada por su propia audacia, Celeste se puso a despeinar el mechón de Al-Qadir, mientras lo sujetaba por las riendas para que Étienne lo montara. Cuando sus ojos se encontraron y los de él nuevamente brillaron con el deseo de quedarse, Celeste lo amonestó con dulzura.

—Incluso si te quedaras, no podríamos vernos. Es mejor que vayas con tu madre y dejes de preocuparla con tus prolongadas desapariciones. Si ella descubre lo que has estado haciendo, seguro le desagradaré de inmediato por ser la causa.

Étienne sonrió de mala gana y Celeste le voló un beso cuando él emprendió la marcha. Se quedó mirándolo hasta que desapareció entre los árboles.

Con un profundo suspiro, se dirigió al bosque de álamos algodoneros, ansiosa por comenzar los próximos tres días y ya estar al otro lado de ellos.

LXXV

Sin el nubarrón de tensión, habría sido un día maravilloso, pero las hadas, decididas a recolectar suficiente algodón para cumplir con el requisito de Oihana, habían espoleado el ánimo colectivo a niveles de arrebato que pronto anularían su productividad.

Era un día soleado, la comida y bebida estilo campestre eran abundantes y semejante conjunto de obreros nunca se había formado para un solo proyecto. Sin embargo, el espíritu del típico festival laboral no figuraba, pues la conversación, la risa y el canto habían sido rigurosamente suspendidos, para evitar hasta la más diminuta incidencia de glamour.

A medida que se acercaba la noche, Celeste se alegró de ver las altas cestas por fin llenas de algodón a rebosar. Cada canasta era casi del tamaño de un hada y cada hada había llenado alrededor de tres. Celeste apiló su algodón en una sábana grande y, dado que las hadas solo podían transportar una canasta, les pidió que vaciaran las adicionales en su pila. Celeste luego juntó las esquinas y las ató en un nudo antes de sopesarlo por encima del hombro.

Siguió a las hadas, que flotaban en deshilvanada fila, de regreso a La Alameda con las cestas atadas como morrales a la espalda. Solo los críos de hada menores de quince años se quedaron atrás para espigar la arboleda con la estricta instrucción de traer todo remanente de algodón que encontraran.

Fuera del túmulo, Celeste dejó caer su voluminosa carga y estiró la espalda mientras Nahia salía volando por el conducto de acceso para encontrarse con ella:

—He estado hilando seda todo el día. Mis dedos están entumecidos —dijo, abanicándolos frente a Celeste—, pero hemos producido todos los carretes de seda que puedas necesitar. Te digo que una cosa es usar glamour y hacer que los hilos se estiren y se enrollen en un carrete, pero hacerlo a mano, esa es otra faena por completo.

—Simpatizo contigo —gimió Celeste, torciendo todo su cuerpo de lado a lado—. He recolectado algodón todo el día con un centenar de hadas malhumoradas que tampoco pueden usar su glamour.

—Mmm —dijo Nahia—. Imagínate que, de todo el algodón que teníamos en nuestras tiendas, mi madre solo encontró cincuenta y dos carretes a los que podía llamar limpios.

—¡No! —gruñó Celeste—. Mejor sea que tengamos suficiente con lo que trajimos, pues no creo que quede ni una pelusa en toda la arboleda.

—Entonces será suficiente —comentó Nahia impávida—. De cualquier manera, Usoa está preparando el telar con los carretes de algodón que teníamos y con eso puedes empezar el primer panel. La aritmética de esta tarea es de verdad pasmosa. Mi madre me mareó por completo con sus cuentas.

—Debemos torcer siete hilos feéricos para hacer un hilo de tamaño humano, lo que significa que siete de nuestros carretes se consumirán para hacer uno de los tuyos o algo así. Y luego Usoa comenzó con: «Cada panel requiere siete carretes de algodón y siete carretes de seda, carretes de tamaño humano, claro...».

—¡De verdad, qué mareo! —Las hadas que habían desaparecido por el conducto de acceso pronto regresarían para recoger el resto. Mirando el algodón que todavía debía ser trasladado, una canasta a la vez, Celeste suspiró—. Si tan solo pudieras encoger esto con glamour, completaríamos la tarea en un abrir y cerrar de ojos.

—Sí, eso sería bueno, pero mi madre dijo que no se puede; no sea que el glamour interfiera con el trabajo de ustedes más tarde.

—Tengo una idea —dijo Celeste entusiasmada—. Ayúdame a esparcir el algodón uniformemente en la sábana. —Deshizo los nudos y estiró la sábana hasta que quedó completamente plana en el suelo y comenzó a rastrillar y separar el algodón con los dedos. Nahia aterrizó en la sábana y empezó a arrastrar sus pies sobre la montaña de algodón. Pronto la convirtieron en una capa gruesa y uniforme.

—¿Ahora qué?

—Ahora enrollamos todo muy apretado —respondió Celeste, tomando una esquina de la sábana y doblándola sobre sí misma. Nahia se arrodilló junto a ella y la ayudó a mantener el algodón dentro del doblez, a la vez que continuaban enrollando—. Y, cuando terminemos, meteremos esta larga tubería por el conducto de acceso.

—Excelente —comentó Nahia y, cuando Celeste la miró sospechosa, Nahia se defendió—.Se me pegó. Es que tu Étienne lo dice a cada rato.

Celeste lo consideró al vuelo y sonrió:

—Tienes razón, a mí también me gusta.

Para cuando las hadas regresaron a rellenar sus cestas por segunda vez, Celeste y Nahia les ordenaron que se colocaran a intervalos dentro del túmulo, a lo largo del conducto, para que pudieran alimentar y guiar la tubería hasta el atrio y de ahí a la sala de lavado.

Cuando el último tramo de la tubería pasó por el conducto, Nahia anunció:

—Son casi las cinco y mamá te quiere dentro para que puedas prepararte.

—Regresaré en veinte minutos —respondió Celeste—. Quiero decirle a mamá lo que estamos haciendo.

—Dile que la saludo —agregó Nahia.

—Así lo haré —Celeste respondió, a la carrera, esquivando los troncos de los álamos, deleitándose en la fuerza de sus extremidades y respirando el aire limpio del bosque, porque pronto tendría que quedarse quieta y respirar solo el aire subterráneo del mirador.

Cuando llegó a la tumba de Paloma, se dejó caer contra el poderoso roble hasta recuperar el aliento. Casi todos sus mejores recuerdos estaban encapsulados dentro de los árboles que rodeaban ese claro y, en ese momento, la propia Paloma se había convertido en una eterna parte de él.

Más que nunca, Celeste sentía que no podía abandonar la soberanía. El agua caía alegre sobre rocas blanqueadas por el sol y al estanque. Los largos zarcillos del sauce llorón acariciaban la hierba y el trébol, mientras los jacintos exhalaban su dulce aroma. Mirando el cielo azul que se oscurecía más allá de las altas ramas, Celeste suspiró.

—Mamá, han pasado tantas cosas desde la última vez que hablamos. Esta noche voy a aceptar un gran reto. Oihana cree que lo puedo ejecutar, pero yo no estoy tan segura. —Al recordar la promesa que se había hecho a sí misma la noche anterior, de no dar la ventaja a Arantxa, ni siquiera en pensamientos, Celeste meneó la cabeza y adoptó un tono diferente—. Pero Oihana tiene razón. Sé que lo lograré, mamá, porque, aunque te hayas ido y te extraño terriblemente, ya no me siento tan sola. Y es que hay un hombre. —Celeste hizo una pausa, sonriendo ante las peculiaridades del destino que acompañaban su situación—. ¿Recuerdas que me dijiste que debía cumplir mi destino y que, al hacerlo, encontraría la felicidad? Pues bien, resulta que encontré la felicidad y, debido a ello, ahora debo cumplir mi destino.

El evocador ulular de la primera lechuza, ansiosa por cazar, interrumpió el monólogo de Celeste y transmutó su ánimo con matices depredadores que ella consideró alentadores para su supervivencia y la de Oihana.

—Te amo, mamá —dijo levantándose para regresar a La Alameda—. Volveré cuando termine de tejer.

Una especie de llama vengativa se encendió dentro de ella, alimentando su imaginación mientras caminaba por el bosque, rumbo al túmulo. Al olfatear el aire, detectó su victoria y su cuerpo se tensó para el asalto. Arantxa no sabía que venían y ellas, Celeste y Oihana, la iban a destruir ante una capilla llena de sus súbditos. No, una capilla llena de los súbditos de Celeste.

Pero al entrar en el claro de los Álamos, los encantamientos de Oihana para alejar intrusos comenzaron a obrar en Celeste con desconocido rigor. No hubo sensaciones de pesadilla ni vislumbres de cosas oscuras que se deslizaban. No hubo arañazos acechadores, ni gélidas corrientes que le erizaran la piel. Por primera vez, Celeste tuvo que enfrentar la temible fuerza capaz de engendrar y multiplicar la incertidumbre en su mente y en su corazón.

Por un lado, temía el fracaso del proyecto, pero, al mismo tiempo, celebraba el posible éxito. Se encogió ante el horror que sería perder la batalla, pero se sintió exultante al pensar en Arantxa, denunciada como una vil mentirosa. Celeste casi podía verla, tirada en el fondo de una tumba, deforme, derrotada ¡muerta! y sintió una efímera emoción, hasta que una vocecita le susurró al oído: «Mamá no le desearía la muerte a nadie».

—Pero yo no soy mamá —dijo irritada—. Y, ciertamente, esa mujer merece la pena de muerte, por las vidas de mi madre y de mi padre, y del papá de Étienne.

—¿Estás lista? —irrumpió Nahia, poniendo fin al espeluznante confrontamiento de ideas y sensaciones.

Temblorosa, Celeste apenas tuvo tiempo de asentir.

—Tienes que darme un poco más de aviso —dijo, enderezándose y desempolvando su vestido a manotazos.

Nahia cada vez mejoraba su técnica y, en esta ocasión, había superado su propia marca en el campo de reducción de estatura.

—No. Es mucho más entretenido de esta manera.

—¿Para quién? —rechinó Celeste, indignada.

—Para las dos, ¿no? —dijo Nahia. Pero cuando Celeste se cruzó de brazos en desacuerdo, el hada agregó—. En fin, es muy divertido para mí y, como amiga mía que eres, debías disfrutar de las cosas que me hacen feliz.

Celeste meneó la cabeza.

—Tú y tus ocurrencias...

—Es que las ocurrencias son frutos del aire, a disposición de quien los quiera cosechar —rio Nahia.

LXXVI

Celeste pasó una hora entera preparándose para los siguientes tres días. Entre media docena de hadas la bañaron y frotaron con aceites que dieron a su piel un calor superficial que ella encontró muy interesante. El aceite le proporcionaría el aislamiento necesario para no distraerse con los cambios en la temperatura de su cuerpo o dentro del mirador.

Le lavaron el cabello, lo desenredaron, cepillaron y sujetaron hacia atrás. Cuando llegara el momento, se pondría un vestido de tejido elástico, para que no estorbara sus movimientos, pero, hasta entonces, la cubrieron con una bata de seda blanca. Enfundaron sus pies en un par de medias que le cubrían hasta los tobillos y la mandaron a recostarse en un sofá de plumas de ganso, mientras un hada, con cabello anaranjado y ardientes ojos a juego, comenzó a aplicar una emulsión multicolor en su piel.

El hada hizo círculos con sus dedos, sobre las sienes de Celeste, luego a ambos lados de su cuello y debajo de sus oídos.

—Esto se sentirá un poco extraño al principio —avisó el hada, deslizando su mano cálida debajo de la bata de Celeste para trazar círculos sobre cada hombro. Todo lo que le decía era en susurros que a veces vibraban en sus oídos y, otras veces, le llegaban desde el otro lado de la habitación—. Despertarás en dos horas —murmuró el hada, sin detener el soporífero masaje. A través de la fina membrana de sus párpados, Celeste percibió la gradación de la luz que se atenuaba. De entre la penumbra, el murmullo feérico la inundó en una onda melódica—. Dulce niña, entrégate sin temor… Nunca has dormido así… y, a tu regreso, te sentirás renacer, llena de vigor.

Celeste sintió un delicioso peso posarse sobre ella, sobre cada punto de su cuerpo donde el hada la había tocado. En algún lugar profundo, muy profundo de su mente, se preguntó si debía tentar aquel peso, averiguar si tal vez estaba envuelta en una manta muy pesada.

«Tal vez si levanto la pierna… o el brazo…». Al descubrir que no podía mover ni un dedo, no se perturbó, tal era su letargo. Un hada frotaba sus codos con el somnífero movimiento circular y Celeste se contentó con imaginar una sonrisa de placer, pues tampoco podía mover sus labios. Los círculos se enfocaron en sus rodillas y supo que todas sus articulaciones recibirían aquel tratamiento, mas, para cuando los círculos empezaron en las palmas de sus manos y las plantas de sus pies, Celeste se había elevado muy lejos de su cuerpo físico, en alas de cisnes, por encima de las copas de los árboles, hacia el cielo nocturno, cuajado de estrellas.

Y fue así como aquella experiencia sobrenatural, creada especialmente para ella, tuvo el efecto de diez horas de sueño, sin interrupción.

Transcurrieron dos horas en aquel feliz estrato hasta que la vaga sensación de estar atada a las transversales de una cometa se regó por el cuerpo de Celeste y la cuerda que atraía la cometa de regreso a la tierra era la voz de Oihana.

—Ha llegado el momento —dijo la reina de las hadas—. La seda está lista. El telar aguarda. Los hilos están templados. Estoy lista y tú también.

Celeste abrió los ojos. Oihana estaba inclinada sobre ella, alisándole el pliegue que se había formado entre sus cejas.

—Oihana, me siento tan... despierta —comentó, asombrada, pues en el tiempo que le tomó sentarse en el diván, la pérdida de conciencia, contra la que había sido imposible luchar y mucho menos superar, se había disipado por completo.

—Como debe ser —respondió Oihana complacida—. La emulsión que preparé para ti, con aceite de raíz de valeriana, era altamente concentrada. Y, para optimizar su eficacia, la absorbiste por la piel, en lugar de beberla o inhalarla.

—¿Dijiste valeriana? —exclamó Celeste, olfateando arrebatada sus hombros y muñecas. Incluso se llevó una rodilla a la nariz, recordando que el hada había frotado la emulsión ahí también.

—No te inquietes —le aseguró Oihana transigente—. Me ocupé de eliminar el olor. ¿Crees que me expondría a trabajar hombro a hombro contigo durante tres días si no lo hubiera hecho?

Celeste sonrió, algo aliviada, pero las fosas nasales se le dilataban a cada rato en la seguridad de que olía el tufillo a queso rancio, típico de la raíz de valeriana.

La cena esa noche fue ligera y moderada, ya que Nahia no estuvo presente, y, al terminar, Celeste por fin se convenció de que no había rastros de valeriana en su piel. Oihana terminó su té.

—¿Vamos?

LXXVII

Celeste asintió descompuesta, pero siguió a Oihana hacia el Mirador Astral, esforzándose por superar la ansiedad que la dominaba, ya que el momento había llegado. Las alegres viviendas de las hadas, agrupadas como grandes nudos en una cuerda, e intercaladas a lo largo de los estrechos pasillos, apenas le llamaban la atención.

En la estela de Oihana, Celeste cruzó distraída las balaustradas y pasarelas por las que se derramaban brillantes buganvillas. En aquellas terrazas, cada grupo de hadas mostraba su naturaleza competitiva cultivando jardines, a cuál más, exuberantes. El efecto era verdaderamente un asalto a los sentidos, pues cada pasaje oscuro desembocaba en exuberantes plazoletas, flanqueadas por perfumados arbustos en flor y espesos montículos de forraje, en todo color imaginable. Senderos empedrados con guijarros tornasol y bordeados de farolas conectaban la docena de hogares que rodeaban cada plazoleta a lo largo del camino.

Sin excepción, cada una tenía su propio manantial y algunas incluso coincidían con el cruce de un arroyo subterráneo. Los aromas mezclados de gardenia y jazmín impregnaban el aire que respiraban, perfumando también las balaustradas, desde donde un puñado de hadas las veían pasar: Oihana, decidida e inquebrantable; la humana, Celeste, un tanto descolorida, como si alguien le hubiera dado una tintura de Espuela de Caballero.

Tres pasos detrás de Oihana, Celeste entró al Mirador Astral. La luz de dos faroles bañaba la cámara con un suave resplandor azulado. Las baldosas de zafiro, que cubrían el piso y las paredes, brillaban como agua iluminada por la luna. En el centro de la cámara, se encontraba el pozo de reflexión, cuya base había sido formada con bloques de vidrio transparente.

Celeste rozó el borde reluciente con sus dedos, mirando el agua tranquila y recordando con nostalgia que, en aquel lugar, Oihana le había enseñado a observar el cielo que, a través del hueco del árbol petrificado, se reflejaba en el agua. Cuántas horas de su niñez había pasado ahí, estudiando la posición de las estrellas y la luna, y aprendiendo el significado de todo movimiento astral.

A un lado del pozo y ocupando la mayor parte del espacio restante de la cámara, se encontraba el telar de Paloma, con un gran cojín delante de él. Celeste le dio a Oihana una fugaz mirada de pánico mientras se imaginaba a sí misma, en estatura humana, sentada frente a él.

Compadeciéndose de ella, Oihana se apresuró a decir:

—Todo saldrá bien, ya lo veras. Podrás soportarlo. Sé que podrás.

La preocupación de Celeste iba en aumento. Cuanto más examinaba el telar, más crecían sus dudas y no lograba aminorarlas ni con el voto de confianza de Oihana.

—Los carretes de seda están listos para que empecemos y nos traerán más según los necesitemos —dijo Oihana, señalando una gran canasta junto al telar—. Y encontrarás que el cojín es muy cómodo, hecho para que se amolde a tu cuerpo y puedas permanecer sentada por largos intervalos.

—Gracias, Oihana —dijo Celeste con voz temblorosa que le costó modular.

Los ojos de la reina de las hadas brillaron atribulados.

—Estaré aquí contigo, desenrollando la seda e infundiendo la intención hasta que la última hebra haya sido hilada —dijo Oihana para tranquilizarla.

Celeste tragó grueso, sin atreverse a hablar.

—¿Estás lista?

—Sí.

—Toma asiento entonces.

Y tan pronto como Celeste se acomodó sobre el cojín frente al telar, Oihana la devolvió a su estatura humana de casi dos metros. Habiendo entrado en ese mismo momento, Nahia soltó un chirrido.

—¡Cielos! Estamos un poco apretadas ¿no?

Oihana se volvió hacia su hija con una mirada entendida que castigaba su imprudencia. Por su parte, Celeste se regañó a sí misma por haber dado a Oihana una razón para subestimarla. Comprendiendo la preocupación que delataban sus expresiones y el comportamiento tenso mostrado por la reina de las hadas desde que la había despertado, Celeste decidió poner fin a sus propios recelos.

—No está tan mal —le aseguró a Nahia, agradecida por la flexibilidad de su vestido y por los cortes laterales que le daban mayor libertad de movimiento a sus largas piernas. Luego, en un tono aún más esperanzado, agregó—: una vez que empiece a trabajar, me olvidaré del tamaño de la habitación, en serio.

—Y debemos empezar ya —dijo Oihana, haciendo un ademán hacia la puerta, para beneficio de Nahia.

—Buena suerte —musitó Nahia, compadeciéndose de su hermana de nacimiento, y se marchó.

Celeste se volvió hacia el telar. Los hilos de algodón estaban atados a la barra transversal y contrapesados con cubos de vidrio. Los hilos longitudinales habían sido separados a intervalos regulares por dos varillas transversales, que Celeste bajaría con facilidad, a medida que avanzara.

—¿Usoa diseñó esto?

—Así es —respondió Oihana, acercándose a Celeste y admirando la obra de la vieja tejedora—. Esta configuración te ahorrará muchísimo tiempo.

—Sin duda —asintió Celeste maravillada, pasando los dedos por las varillas transversales y tratando de no mirar a Oihana, porque de alguna manera, parecía una falta de respeto mirarla desde arriba.

Celeste se encogió de hombros, sin atinar cómo disimular la descortés estatura.

Oihana tomó el primer carrete de seda de la canasta. Colocó una réplica exacta del cojín de Celeste, aunque mucho más pequeño, en el piso de zafiro detrás de ella, para estar espalda con espalda y la reina de las hadas tomó su asiento.

Por un lado, estar en La Alameda Florida, en tamaño humano, era de verdad novedoso para Celeste. Pero, al vislumbrar la pared a través de los hilos longitudinales, se sintió oprimida por su cercanía y de la pared a su derecha también. Se reacomodó sobre el cojín, buscando captar el área más espaciosa en su campo de visión y así calmar sus ánimos. Dio con la bóveda del mirador y su amplitud la tranquilizó, pero no lo suficiente como para silenciar la parte irrazonable de su mente, que se burlaba de ella con mordaces pensamientos. «Estoy sepultada… No soportaré este encierro… ¿Cómo se me ocurrió aceptar esto?». Cerró los ojos y trató de disipar aquellas sensaciones, deseosa de iluminar sus circunstancias con una perspectiva más feliz. Empezó a mecerse sobre el cojín.

—Suficiente —dijo la voz de Oihana detrás de Celeste, sobresaltándola—. Debes olvidar tu miedo, Celeste, o no podré trabajar a través de ti ni ayudarte.

—Lo siento mucho, Oihana. Es que… mi corazón está sobrecogido… Estoy tratando de adaptarme.

—¿Sientes las ráfagas de aire fresco que entran por el tronco hueco? —señaló Oihana—. Encuentro que la brisa tiene un efecto tranquilizante.

Celeste miró hacia arriba otra vez y, cuando sintió una ligera brisa que le besaba el rostro, cerró los ojos aliviada. Respirar el aire fresco acabó con sus inseguridades.

—Empecemos —dijo Oihana, entregándole a Celeste la punta del primer hilo de seda. Celeste lo sujetó con fuerza y Oihana pasó los dedos sobre él mientras desenrollaba el carrete hasta que hubo suficiente para que Celeste cargara la lanzadera. Oihana comenzó a desenrollar más, siempre retorciendo la hebra entre sus dedos o pasándola por su puño antes de pasársela a Celeste.

Celeste empezó a trabajar la lanzadera en el repetitivo movimiento transversal que continuaría durante los siguientes tres días. A la derecha, por debajo. A la izquierda, por encima. A la derecha, por debajo. Y así sucesivamente. Los carretes nuevos reemplazaban a los vacíos sin que Celeste se diera cuenta. Cada centímetro de seda pasaba por los dedos de Oihana hacia Celeste y ella cargaba la lanzadera y continuaba trabajando sin siquiera mirar.

Por orden de Oihana, las hadas de La Alameda continuarían hilando seda, tan rápido como pudieran, hasta completar los carretes de seda y algodón tamaño hada que necesitaban. Entre el segundo o tercer carrete de seda, sucedió algo que sorprendió incluso a Oihana. Al principio, Celeste creyó que era su propia imaginación, pero con creciente entusiasmo, concluyó que realmente estaba escuchando la voz de Oihana en su mente. La reina de las hadas estaba tan concentrada en transmitir su energía a cada hebra que su voz se abrió paso y entró en la conciencia de Celeste.

Regocijada por el descubrimiento, Celeste comenzó a repetir en voz alta la melodía de Oihana, para comunicarle lo que había sucedido.

—Guárdame de miradas… Protégeme entera… Bajo invisible manto… De voluntad y seda… —murmuró Celeste y la reacción de Oihana fue tan rápida como su comprensión del trascendental suceso.

Las compuertas se abrieron, o así lo interpretó Celeste, pues al instante, la envolvió una gasa dorada y, por un momento fugaz, atesoró la idea de que, tal vez, por fin, se había convertido en un hada. Mas aquello no podía ser; a través de los siglos, jamás se había escuchado, ni siquiera un rumor, de semejante transformación.

Celeste continuó repitiendo el canto de Oihana, consolada por la idea de que, si bien no se había abierto una puerta, una ventanilla, sí. Por ahí podía ver las cosas a través de sus ojos, pues, ciertamente, nunca había visto su propia aura o el brillante glamour de Oihana. Aquella noción transportó a Celeste a la cima del mundo y sintió que todo era posible.

La seda, matizada en lila real, fluía de entre los dedos de Oihana, penetraba el aura dorada de Celeste, pasaba de un lado a otro de la trama y por encima o por debajo de la urdimbre, produciendo un tejido de color rosa pálido. Así trabajaron veloces, entonando al unísono la intención que volvería invisible a Celeste y, cuando quedó completo el primer panel, Oihana sugirió que se detuvieran.

—¿Por qué?

—Estamos haciendo muy buen tiempo y, aunque tengamos que volver a hacerlo, quiero ponerlo a prueba —dijo Oihana, sosteniendo el primer panel en sus manos.

—¿Tendremos que rehacerlo? ¿Por qué? —gimió Celeste nerviosa ante la idea de tener que deshilar su arduo trabajo.

Oihana colocó el panel sobre su propio brazo y, de hecho, el hombro y el brazo de la reina, hasta los dedos, se volvieron invisibles—. Hasta aquí, todo bien —dijo ella satisfecha—. Ahora, lo voy a agrandar con glamour.

—Pero ¿no habías dicho...?

—Lo sé, pero creo que será más prudente que te devuelva tu estatura humana una vez que lleguemos a Santillán, ¿no te parece?

—Eh, sí —vaciló Celeste, por primera vez imaginándose a sí misma del tamaño de un hada entre la multitud de humanos—. De lo contrario, me van a pisotear, ¿no?

—Precisamente. Es por eso que quiero probar si el panel resiste la ampliación sin perder calidad.

Bastó con una pequeña ondulación de su mano de porcelana para convertir el panel de treinta centímetros en un trozo de tela de dos metros. Celeste recogió el extremo con gran anticipación y se lo puso. Dado que un panel formaba solo la tercera parte del manto, este cubría apenas su parte delantera.

—¿Puedes verme? —preguntó ansiosa.

—Ni rastro de ti —dijo Oihana satisfecha.

Y Celeste, que además escuchó el triunfo en su voz, sonrió. Se quitó el pedazo de manto sin terminar y lo dobló por la mitad.

Oihana lo redujo rápidamente y dijo:

—Adelante.

LXXVIII

Se cuidaron de no comprobar su progreso más de una vez cada cinco o seis horas para no desanimarse o sentirse demasiado confiadas. Las hadas de La Alameda Florida les llevaban comidas ligeras, tres veces al día, siempre a la misma hora, lo que les permitía romper su trance automáticamente. Mientras ellas comían, las hadas rellenaban las cestas con nuevos carretes.

> *Guárdame de miradas...*
> *Protégeme entera...*
> *Bajo invisible manto...*
> *De voluntad y seda...*

Celeste ya no necesitaba decir las palabras; eran un pensamiento inconsciente que solo ella y Oihana escuchaban. Sus voces se habían convertido en una cadena continua que nacía en sus mentes, viajaba por sus venas, se arremolinaba en sus corazones y de ahí, la intención de su canto latía inexorable de sus dedos a cada hilo que tocaban. Celeste manejaba la lanzadera a ojos cerrados; sin darse cuenta, se mecía de adelante hacia atrás, tarareando la canción de cuna que Paloma solía cantarle cuando era pequeña.

El aroma de las flores de jacinto que Nahia cambiaba a intervalos, desde que habían comenzado la reclusión, ya saturaba el cabello y la ropa de Celeste, al igual que cada carrete y cada hilo estirado en el telar. De espaldas a Celeste, casi tocándola, Oihana desenrollaba más seda, infundiéndola con el poder de su voluntad, ahora amplificado a través de su conexión con Celeste.

A la derecha, por debajo. A la izquierda, por encima. A la derecha, por debajo... Así pasaron seis horas, después doce, hasta que se cumplieron las primeras veinticuatro. El día siguiente fue igual y luego despuntó el tercer día. La canasta de carretes había sido rellenada por segunda vez. Solo les quedaba un panel.

—Terminaremos antes del anochecer, Oihana —exclamó Celeste, metiéndose un último puñado de arándanos en la boca y volviéndose hacia el telar.

—Mmm... —musitó Oihana, pasando sus dedos por la hebra entre la lanzadera y el carrete, como para asegurarse de que no se hubiera dispersado nada de glamour mientras comían.

Tan pronto como Celeste tragó las bayas, Oihana reanudó su canto. Celeste armonizó de inmediato y el tejido fluyó entre ellas, dejando libre una parte de la mente de Celeste para vagar en felices recuerdos de noches pasadas bajo las estrellas o nadando desnuda en el estanque.

Aquella actividad había provocado al menos tres altercados con Amets, quien, después de cambiar el color de su ropa para que Celeste no la encontrara, se posaba en una rama del roble, negándose a marcharse hasta que ella saliera del agua desnuda. Dispuesta a no ceder, Celeste permanecía en el agua hasta que su piel parecía una ciruela pasa. Y solo cuando ella le aseguraba que el resto de su cuerpo lucía igual de arrugado que sus manos, Amets desistía y le devolvía la ropa.

Oihana se aclaró la garganta y Celeste se congeló, sonrojada, con la mano en la lanzadera a medio camino de la trama. La reina de las hadas había visto esas imágenes. Sin burla o reclamo, Oihana reanudó el canto y una trémula sonrisa se dibujó en los labios de Celeste, reconociendo que la mística huella de sus años en la Soberanía de las Hadas jamás se borraría.

Celeste y Oihana habían entrado en el Mirador Astral en la noche del veintiséis y era temprano en la tarde del veintinueve cuando Celeste anudó la última hebra. Oihana rompió su conexión silenciosa, haciendo que Celeste se hundiera involuntariamente en su cojín, como si el poder de Oihana la hubiera mantenido erguida todo el tiempo. Celeste se enderezó con dificultad, parpadeando en la tenue luz del mirador que, hasta entonces, le había parecido adecuada, pero que ya consideraba opaca. El aura dorada que se había acostumbrado a ver ya no estaba allí, ni tampoco la brillante cualidad de la seda. Pero lo que más lamentó perder fueron dos cosas que pensó que eran de ella, pero en realidad pertenecían a Oihana: su perenne autoestima y su eterna complacencia. Asimilando la pérdida, Celeste se sintió, de súbito, apagada y exhausta.

—Ánimo, cariño, no todo ha desaparecido —dijo Oihana con dulzura—. No estoy leyendo tu mente, solo respondo a lo que comunica tu cuerpo. —Celeste trató de no hundirse nuevamente, pero desvió la mirada todavía decepcionada por la pérdida de la conexión—. Todo sigue ahí —insistió Oihana—. Tu aura, la confianza en ti misma, tu capacidad para ser feliz: esas cosas no vinieron de mí. Solo abrí la parte de tu mente con la que puedes verlo mejor.

Celeste asintió, haciendo lo posible por no lucir abatida. Se dijo a sí misma que se propondría descubrir esa ventanilla, arrancarla de sus bisagras y dejarla abierta para siempre, algún día. Pero, de momento, no tenía ni una pizca de energía para ello.

Oihana inspeccionó minuciosamente cada centímetro de los seis paneles que habían elaborado. Probó cada uno sobre las manos de Celeste y, al poco rato, Oihana los declaró sin fallas. Sabiendo que no habría necesidad de corregir o de volver a hacer, solo un deseo empezó a dominarla: Celeste añoraba estallar por el hueco del árbol petrificado, como lava fundida de un cráter.

«¡Han pasado casi tres días completos!». Doblando los paneles con cuidado y colocándolos en la canasta al lado del telar para que Usoa los uniera, Oihana le dedicó una sonrisa cómplice a Celeste y de inmediato la redujo al tamaño de un hada.

Celeste experimentó ese remolino en el vientre, seguido esta vez por el alivio instantáneo de no estar apretujada en un lugar pequeño. Estiró sus extremidades, que de repente le dolieron, y se frotó el cuello y los hombros, que de repente estaban rígidos.

—Mil gracias —suspiró, arrancando las dos horquillas que le sujetaban el cabello.

—Has hecho un magnífico trabajo —la elogió Oihana, pasando sus dedos por los paneles sedosos que pronto se convertirían en dos mantos con capucha. Pero Usoa se encargaría de ello.

Inesperado entre Los Álamos

LXXIX

Nahia entró sin aliento. Una cinta plateada recogía hacia atrás los rizos veteados de turquesa y llevaba una túnica veraniega de color azul-violáceo que le daba un aspecto fresco y descansado.

—Celeste, no vas a creer quién está ahí fuera.

—¿Étienne? —Celeste dijo esperanzada, estirando sus brazos al son de los tenues crujidos en su espalda.

—Sí, él también —confirmó Nahia y agregó, con una sonrisa maliciosa—, aunque no entiendo por qué. El hombre se casa mañana.

—*Figlia*, ¿quién más está con él? —dijo Oihana, con un toque de impaciencia—. Celeste no ha dormido en tres días y su cuerpo pronto se lo hará saber. Mañana tenemos un día tremendo por delante y quiero que esta noche recuperemos algo de energía.

El tono protector de Oihana y su comportamiento avivaron el recuerdo de Paloma en el corazón de Celeste. Aquella sensación de haber sido abandonada a su suerte, sin la guía o protección de una madre, la hirió nuevamente. Sus ojos se llenaron de lágrimas y Celeste se dobló, a propósito, para tocarse los dedos de los pies, más por ocultar su crisis que por estirar sus músculos adoloridos.

—Y, entonces, ¿quién está con él? —Oihana insistió, limpiando los trozos de hilo aferrados a su vestido.

Nahia, que se había detenido en el borde del pozo y había asumido una actitud amonestada mientras su madre le hablaba, se estremeció, como quien retorna de un ensueño, para completar su anuncio.

—Es el anciano.

—¿Qué anciano? —increpó Celeste, enderezándose como accionada por un resorte. El rostro de Oihana también registró sorpresa.

—El viejo tutor de Paloma: Clemente —dijo Nahia, emocionada de haber captado su atención—. Pero no luce muy bien. Dice que fue un milagro que llegó vivo. No quise reducirlo de tamaño, *mamma*, en caso de que no estuviera exagerando y el cambio de estatura lo hubiera desmejorado.

Celeste no podía creer lo que oía. Étienne estaba justo afuera y, con él, el hombre que había visto crecer a Paloma. Clemente había estado a su lado cuando quedó viuda y la habría salvado de Arantxa si su cuerpo se lo hubiera permitido. Aquel era el hombre que Paloma había dicho que sería como un abuelo.

—Vamos a verlos entonces ¡ahora mismo! —apremió Celeste.

—Permítenos —dijo Oihana, ofreciendo su brazo a Celeste e indicándole a Nahia que hiciera lo mismo.

Escasamente había Celeste enganchado sus brazos a los de ellas que el trío se desprendió del empedrado de zafiro. El viaje de medio kilómetro hasta el atrio se redujo a cuatro parpadeos, entre los cuales vislumbró apenas la mancha de esplendentes colores, donde las viviendas se agrupaban, alternada con las purpúreas sombras en los estrechos pasadizos que las conectaban.

Irrumpieron en el atrio y remontaron al puente superior de la cúpula. Se posaron sobre él y procedieron a pie por el conducto de salida. Los ojos de Celeste estaban tan acostumbrados al resplandor azulado del mirador que, al salir, el fulgor del crepúsculo la cegó por un instante.

Tomadas del brazo otra vez, se deslizaron por el claro hacia las dos siluetas que Nahia había señalado: una recostada contra el tronco de un álamo y la otra inclinada hacia el primero.

Nahia y Oihana depositaron a Celeste sobre la hierba a un par de metros de Clemente. En los pocos segundos que permanecieron allí, sin ser vistas, escuchó el atrayente barítono de Étienne persuadiendo al anciano para que terminara el contenido de la copa que le ofrecía. Celeste sintió un cálido estallido de ternura por tan sincera consideración de Clemente, a quien ya veía como su abuelo.

Con una punzada de alarma, notó que Clemente todavía llevaba su ropa de dormir debajo de una capa, confirmando lo inesperada que había sido su partida y ello se sumó a la ansiedad que ya sentía por él. Seguro algo terrible había ocurrido para forzar la huida.

—Le preparé un tónico revitalizante —susurró Nahia en el oído de Celeste, justo antes de que Oihana (con una delicada ondulación de sus dedos de porcelana) la devolviera a su estatura humana.

La inesperada toma de espacio sobresaltó al anciano e hizo que Étienne se volviera hacia ella abruptamente. Clemente se recuperó y pronto sus labios temblorosos dieron paso a una risa tranquila, al ver a Celeste y a las dos hadas, que también habían adoptado estatura humana. Étienne se inclinó galante ante Oihana y Nahia, pero de inmediato, su atención se volvió hacia Celeste. Sus ojos ardieron con el desgarrador anhelo que hacía que Celeste se sintiera responsable de su sufrimiento.

Cada latido de su corazón confirmaba cuánto lo había extrañado. Celeste lo recorrió con la mirada en muda apreciación de su briosa apariencia: los burdos pantalones, las botas de guerrero hasta las rodillas, la espada envainada a su costado y la camisa blanca debajo del gabán de cuero. La barba áspera en su rostro bronceado y los ojos azules que la traspasaron con tal intensidad que tuvo que desviar la mirada. Sonrojada, se preguntaba cómo era que verlo sobrepasaba la versión idealizada de él a la que se había aferrado por tres días.

Su propia apariencia causó unos instantes de preocupación y se echó un vistazo disimulado. El vestido, que resultó ser de color verde salvia, por lo menos, olía a flores, pero las aberturas laterales, que habían sido tan beneficiosas en el mirador, ahora parecían no tener otro propósito que revelar sus piernas hasta los muslos, lo que Étienne parecía haber notado con evidente agrado.

Despabilándose y recordando que Oihana y Nahia la flanqueaban, Celeste le dijo al anciano:

—Señor, me han dicho que usted es Clemente. Quisiera presentarle a Oihana, reina de las hadas, y a su hija, Nahia.

Clemente se inclinó lo mejor que pudo, desde su posición contra el tronco del árbol, y Nahia y Oihana asintieron en reconocimiento.

—Y yo soy Celeste, la hija de Paloma.

—Déjame ver tu cara, niña —dijo Clemente, tendiéndole una mano.

Celeste se arrodilló a su lado y lo abrazó. Clemente le dio unas palmaditas en la espalda y, tal como lo haría un abuelo, repetía una y otra vez lo extraordinario que era verla. Mientras hablaba con ella, apartaba cariñosamente los largos mechones que jugaban sobre las mejillas de Celeste, como absorto en cada detalle de sus expresiones.

A cada oportunidad, Celeste miraba a Étienne de refilón, pensando con tristeza lo incómodo que sería abrazarlo frente a tantos testigos. Incapaz de idear una excusa para, al menos, tomarlo de la mano, le lanzó una mirada de anhelo tan eficaz que él hizo ademán de acercársele, pero ella se volvió a sonrojar y, pareciendo considerar el público presente, Étienne se detuvo en seco.

«Somos compañeros de infortunio», pensó Celeste resignada.

—Tu madre era como una hija para mí, sabes —decía Clemente—. Oh, cómo te pareces a Bautista. Tienes su distinguida estatura, pero también veo el alma de tu madre brillar en tus ojos.

—Le quería tanto a usted, Clemente —balbuceó Celeste, conmovida por las lágrimas del anciano. Y, no queriendo empezar a llorar también, se aclaró la garganta y preguntó—: pero cuéntenos, ¿cómo es que está aquí?

—Ah, pues bien, ahí hay una historia y una advertencia —dijo, disponiéndose a contar todos los detalles de su experiencia.

—Pongámonos más cómodos antes de comenzar —sugirió Oihana. Y, para Celeste, Nahia y Étienne, la aparición inmediata de Bakar no fue una sorpresa, pues bien sabían cómo funcionaban las solicitudes de Oihana.

Pero Clemente, no perdía de vista al viejo Bakar con su distintivo atuendo negro y observaba todos sus movimientos con gran interés. A pesar de su diminuto tamaño, Bakar condujo la hábil disposición de cinco asientos acolchados (talla humana) alrededor de una mesa que luego cargó con copas y una garrafa de vino, también cuencos llenos de tartas, quesos en rodaja y una colorida variedad de bayas.

Luego de una mirada de aprobación a sus arreglos, Bakar abandonó el claro y desapareció por el conducto de acceso al túmulo. Clemente aceptó que Étienne lo ayudara a ponerse de pie y, gracias al tónico de Nahia, caminó sin ayuda hasta su asiento. Los demás lo siguieron y se dispusieron alrededor de la mesa.

LXXX

—Fue el unicornio quien me encontró —dijo Clemente—. Me trajo a este claro y me cuidó hasta que sucumbí al agotamiento. Cuando volví en mí, todavía estaba allí —dijo, señalando el pie del árbol donde se había desplomado—. Y, a juzgar por el celaje, no habían pasado más de un par de horas desde mi llegada. Sintiéndome un poco mejor, tranquilizado por la presencia del unicornio, estudié mi entorno y, en poco tiempo, pude vislumbrar a su Alteza Real —dijo, sonriendo en la dirección general de Nahia—. Ella accedió a hacerme compañía, solo porque el unicornio se había ido y solo después de que le expliqué quién era yo. Aunque estoy seguro de que ella lo adivinó, incluso antes de que le dijera mi nombre —agregó, y Nahia sonrió, porque de lo contrario, Oihana la habría regañado más tarde por ser descuidada y dejarse ver por los humanos.

—Sin embargo, me entristece decir que tocó mis ojos con algo que me impide admirarla a ella y ahora también a usted, su Majestad. Pero permítanme asegurarles, a las dos, que vine predispuesto y mi intención es contemplarlas y celebrarlas, aunque me empapen la cabeza entera en jalea.

Celeste y Nahia rieron, e incluso Oihana sonrió cálidamente ante el comentario. Étienne y Clemente cruzaron una mirada fugaz que parecía expresar sus objetivos en común.

—La princesa Nahia me contó lo que estabas haciendo, querida Celeste, y, sabiendo que terminarían pronto, decidimos esperarlas para contar la historia de cómo y por qué llegué aquí. Al rato llegó este joven —dijo Clemente, volviéndose hacia Étienne y palmeándole en el hombro—. Evidentemente, demasiado ansioso por verte de nuevo, querida. Y así, los tres esperamos hasta que, con su arcana destreza, Nahia nos dijo que su madre la llamaba, que anunciaba la culminación de la ardua tarea. Me regocijé, sabiendo que, en poco tiempo, por fin podría ver a la hija de mi Paloma.

Celeste, que estaba sentada al lado de Clemente, tomó con cariño su mano entre las suyas.

—Aquí estoy, Clemente, dichosa de tenerlo entre nosotros a tan oportuna hora y deseosa de saber lo que le aconteció.

—Y así lo haré —dijo, dándole una cariñosa palmadita en la mejilla—. Anoche, mientras tú, querida Celeste, estabas sumida en un trance, Arantxa vino a mi cabaña —dijo con acento grave—. Los ojos de Celeste se agrandaron, alarmados, y Clemente se apresuró a agregar—, pero no debes preocuparte, querida. Me había preparado para esa eventualidad. Desde aquella fatídica noche en que fui testigo del crimen cometido contra tu madre, he vivido todos los días de mi vida con la certeza de que, tarde o temprano, Arantxa intentaría acabar conmigo.

—¿Qué fue lo que te hizo? —Nahia quiso saber, tensa al borde de su asiento y ávida por los horribles detalles por venir.

—Sería cerca de la medianoche cuando entró en mi cabaña, tan silenciosa, que llegó hasta la cabecera de mi cama sin despertarme… y eso que tengo el sueño ligero típico de mi edad. No me percaté de su presencia sino hasta que estuvo sobre mí y sentí sus manos frías, apretando con fuerza mi garganta. Durante varios segundos terribles, vi su rostro enloquecido a la luz de la vela de lectura que había olvidado apagar. Luego, como por funesta artimaña, la mecha se ahogó en el charco de cera derretida y la luz de la vela se esfumó. Al quedar sumergido en la oscuridad, su imagen desapareció de mi vista, pero la fuerza de aquellas garras que me estrangulaban se volvió más real que nunca en la impenetrable negrura.

Celeste gimió angustiada. Notablemente serena, Oihana guardó silencio. Nahia devoraba cada palabra de Clemente. Al otro lado de Celeste, Étienne se acomodó inquieto en su asiento.

—Al darme cuenta de que no se trataba de un mal sueño, todo rastro de sueño huyó de mi cerebro. Tan aterrorizado y conmocionado como estaba, me las arreglé para fingir un convincente espasmo y el consecuente desmayo. La presión en mi garganta amainó con exasperante indolencia, pero me ordené permanecer inmóvil. Ni siquiera me atrevía a respirar a pesar de que el deseo de toser era casi insoportable. Arantxa se inclinó sobre mí, me tocó el pecho y se demoró sobre mi cara, tratando de detectar mi respiración. Entonces, me golpeó la espantosa idea de que tal vez ella podía oler la muerte, que de alguna manera podía sentirla y sabía que estaba fingiendo.

»Los segundos se dilataron eternos, hasta que, por fin, Arantxa se apartó de mí. Aunque todavía podía sentir el peso de su mirada, me alivió estar equivocado respecto de sus poderes.

A medida que avanzaba el relato, la mirada feroz de Clemente se detenía en cada rostro, luego, con una voz estridente que hizo saltar involuntariamente a Celeste y a Nahia, repitió las amargas palabras salidas de boca de Arantxa.

—«Pensar que todos estos años me has estado engañando, miserable infeliz. Debí haberte matado la misma noche que sentencié a Paloma». —Celeste se llevó la mano a la boca para sofocar un grito—. Escuché sus pasos alejarse de mí hacia la puerta y le agradecí a Dios en el cielo por haberme librado. Pero se detuvo en el umbral y sentí un escalofrío horrible atravesarme cuando dijo: «Debí esperar hasta mañana en la noche, en lugar de arriesgar que alguien te eche de menos a primera hora...».

—Oh, Clemente —exclamó Celeste.

—«Pero no importa —prosiguió él en su estridente imitación, dándole al relato el espeluznante carácter de una posesión diabólica en lugar de una simple parodia—. Si no me contuve es porque merezco el placer de haber acabado contigo, con mis propias manos, ¡embustero! Y no me arrepiento, pues he estado tan atosigada que una descarga así era esencial para mi bienestar. —Celeste negaba con la cabeza, mientras que Nahia escuchaba boquiabierta—. Y qué mejor descarga que silenciar para siempre a un cerdo embustero».

Étienne soltó un gruñido.

—La ironía de que Arantxa te tilde de embustero...

—El leve ruido de sus faldas rozando el umbral llegó a mí. Aunque había estado tomando pequeños respiros desde que se había apartado de mi lado, necesitaba desesperadamente toser y respirar con normalidad. Por fin, salió y cerró la puerta con tal fuerza que la barra cayó sobre su cuña, bloqueando mi puerta por dentro. Conté hasta sesenta antes de volverme sobre la almohada para ahogar la tos que ya no podía contener.

Clemente le dedicó una sonrisa benévola ante la preocupación estampada en el rostro de Celeste. Le dio unas palmaditas en la mejilla como si fuera una niña y, como una niña, Celeste se sintió aliviada por ello.

—No sé cuánto tiempo me quedé ahí, asombrado de haber sobrevivido semejante ataque —suspiró Clemente—. La noche era tranquila y silenciosa, cerca de las dos de la mañana, pero me quedé tendido en la cama, como muerto, evitando riesgos. Dejé pasar otra hora, no estoy seguro, pero, poco a poco, la necesidad de poner en marcha las ideas que se me habían ocurrido se volvía cada vez más urgente. Me levanté de la cama en la que casi había muerto, me cubrí con una capa y empaqué esto —dijo, hurgando entre los pliegues de su capa de viaje y sacando un lienzo enrollado—. Tuve que sacarlo de su marco, pero estoy seguro de que podremos conseguir uno mejor —aseguró en tono de disculpa.

Celeste lo desenrolló y el inesperado retrato de Paloma, junto al apuesto hombre, que era su padre, la hizo estremecer. Abrumada por la emoción, escondió su rostro en el pecho de Étienne, quien la rodeó con sus brazos y le besó la frente. Nahia recogió el lienzo que Celeste había dejado caer y lo desenrolló para que Oihana también lo mirara.

—Celeste es la mitad de cada uno de ellos —comentó Nahia en un susurro—. Tiene los ojos de su padre y mira —agregó, señalando la marca debajo del ojo de Bautista.

Para entonces, Celeste se había serenado lo suficiente como para reanudar su participación. Se soltó de los brazos de Étienne y tomó el retrato que Nahia le devolvió. Luego de un par de palmaditas consoladoras a la rodilla de Celeste, Clemente prosiguió con su relato.

—Asegurándome de trancar la puerta al salir, tal como Arantxa la había dejado, cojeé hasta el establo y monté el primer caballo que no se opuso. Sin molestarme en ensillarlo, me dirigí a las montañas, decidido a encontrarte. Por fortuna, la oscuridad duró apenas en los senderos que ya conocía. Para cuando llegué a la cascada y me preparé para tomar la Garganta del Hechicero, el cielo del este ya clareaba, anunciando el nuevo día. El caballo se negó a descender a la cornisa y yo no estaba en condiciones de obligarlo, por lo que continué solo. Querida Celeste, debí morir en ese cruce, pero el destino, al parecer, no tenía la intención de que terminara mis días ahí. Pasé al otro lado y me senté, agradeciendo al Señor en el cielo por mi buena fortuna y llorando por mi reina, por todos los años que no fui de ayuda para ella. Fue allí donde el unicornio me encontró, indiscutiblemente, respondiendo a mis súplicas durante la hora que tomó el cruce. Recordé que Étienne había mencionado al Guardián del Bosque y confieso que, apenas me adentré en el rugido ensordecedor de esa pared de agua, apoyando mi espalda contra el frío granito, lo invoqué. «Te lo ruego, haz por mí lo que hiciste por Paloma», recé una y otra vez. Y así, al salir por el otro lado y después de escalar la pendiente resbaladiza, él se hizo presente. Me sentí infundido de una nueva vitalidad. Se los juro, por un momento, hasta el dolor en mi pierna pareció aliviarse y pude trepar por la loma de grava hasta donde él me esperaba. Así fue como llegué. Y aquí estamos —concluyó Clemente con voz ronca, mirando a su alrededor en emocionada incredulidad de encontrarse con vida y en semejante lugar.

Mientras escuchaban atentos a la historia de Clemente, Bakar los había rodeado con faroles cubiertos con pantallas de colores, que, al encenderlos, iluminaron el espacio y los rostros de los presentes, en serenos tonos de azul, violeta, ámbar y verde. Con ello se percataron de cuan entrada estaba la noche.

Celeste no podía dejar de admirar el lienzo con la imagen de sus padres. Sus ojos se detuvieron sobre Bautista, aquel hombre que sonreía confiado bajo su elegante barba bien recortada, y, contra su hombro, Paloma apoyaba amorosa su cabeza. Las lágrimas volvieron a arder en los ojos de Celeste por la pérdida del padre que nunca había conocido.

—Gracias, Clemente, por estar aquí —dijo ella, besándole la mejilla arrugada.

—Sí, pero... —terció Nahia y todas las miradas se volvieron hacia ella. Dirigiéndose solo a Clemente, quien se enderezó en su silla, asegurándole que contaba con toda su atención. Halagada a morir, Nahia también se sentó más erguida y, meciendo los hombros satisfecha (un gesto que Celeste le había dicho a menudo que la asemejaba a una gallina empollando), preguntó a Clemente —... si Arantxa intentó matarte ¿no significa eso que de alguna manera supo de tu conversación con Étienne?

—Ahí radica la advertencia —Clemente les recordó, agitado.

—¡Muy cierto! Ella debe estar al tanto —dijo Celeste alarmada.

Oihana, que hasta entonces había escuchado en silencio, pareció decidir que el momento de intervenir había llegado.

—Hay dos preguntas, Clemente. *¿Cuánto* sabe Arantxa? y ¿está consciente de que sobreviviste?

—Arantxa se marchó convencida de que me dejó muerto —respondió Clemente con firmeza—. Siendo mañana el día de la boda, el bullicio se duplicará, y ella cuenta con que nadie encontrará mi cuerpo hasta mucho después de la ceremonia. Además, en mi condición, no es nada raro que permanezca puertas adentro por tres o cuatro días seguidos. Ella lo sabe y cuenta con la conmoción generada por el feliz evento para pasar por alto los desvelos de cualquiera por mi causa.

—Si tan solo pudiéramos confirmarlo —dijo Oihana, recelosa.

—Me complace serle útil, su Majestad —medió Étienne—. Clemente nos cuenta que salió de Santillán esta mañana, mucho antes del amanecer. Pero mi madre y yo llegamos hoy a media mañana, pues se necesitan varias horas en carruaje para llegar a Santillán y, con la ceremonia de la boda prevista para mañana al mediodía, no tuvimos más remedio que llegar un día antes.

LXXXI

—Admito que retrasé nuestro viaje todo lo que pude para evitar un encuentro forzado o una invitación de Arantxa. —Una sonrisa se dibujó en los labios de Celeste ante esto y Étienne, que no había soltado su mano desde que aprovechó la oportunidad de tomarla, le dio un cálido apretón antes de continuar con su informe. —En el portón de la fortaleza, nos dirigieron a un chalé felizmente aislado de la mansión real. Mi madre encontró aquel arreglo descortés; tal vez incluso un poco humillante, pero yo me felicité por nuestra buena suerte. Una vez instalado, salí a la calle principal del mercado de Santillán, para explorar el terreno y me encontré con un comerciante que empacaba su mercancía de muy mala gana. Cuando le pregunté al respecto, declaró sin rodeos que no había llevado a cabo el volumen de comercio esperado, pues todo el reino estaba en completo desorden por la boda.

»La reina y su hija estaban supremamente enfadadas, pues no habían dado con un grupo adecuado de músicos y porque no había suficientes flores para el gusto de la princesa. «¿Por qué demonios me tiene que afectar eso a mí?», preguntó el comerciante y, cuando no supe qué responderle, reanudó su relato con mayores evidencias. Camino a Santillán tres días antes, se había encontrado con cuatro jóvenes muy descontentos, todos con instrumentos rotos y escupiendo maldiciones en dirección a Santillán. Al ser interpelados, y con ánimo de ofender, los músicos refirieron que la princesa quería un quinteto con piano en lugar de un cuarteto de cuerdas y, cuando los cuatro músicos no lograron producir un pianista, la princesa, encolerizada, había roto los mangos de sus instrumentos de un solo rodillazo. Solo después de dos intentos y una rabieta, se rindió ante el grueso mástil del violonchelo.

El relato fue escuchado por todos con expresiones de desagrado, Celeste más que el resto, pensando en lo que habría sido de Étienne si sus caminos no se hubieran cruzado o si Paloma no hubiera muerto. Pero las tangentes eran demasiadas como para profundizar en ellas y tan inmateriales al momento que Celeste las disipó de su mente, y fijó su atención en la continuación del informe.

—Después de hablar con aquel comerciante, me dirigí a la cabaña de Clemente, pero encontré su puerta cerrada con cerrojo. Miré a través de sus ventanas y me cercioré de que la cabaña estaba vacía. Caminé de regreso a nuestro chalé, mientras me preguntaba dónde podrías estar, viejo amigo. Todavía me estremezco al pensar que pude haberle preguntado a alguien por usted. Celeste apretó la mano de su amado y exhaló aliviada, reconociendo la mediación del destino en la decisión de Étienne. Las cosas saldrían bien al final.

—Supongo que algo me dijo que sería mejor callar. Pero mi deseo de hablar con Clemente era tal porque él es la única persona que lo sabe todo, que en cuestión de minutos, decidí que si no podía verlo, tenía que verte a ti, Celeste.

—Y bueno, aquí estamos todos. Y a su pregunta, su Majestad, estoy convencido de que Arantxa y su hija están demasiado trastornadas con los arreglos de última hora como para ocuparse de Clemente.

—Me las imagino escuchando los preámbulos de cada vals compuesto en el último siglo —comentó Clemente—, pues debe haber música mientras llegan los invitados, mientras la gente se instala en la capilla y durante el banquete. —Étienne asintió, fingiendo preocupación por el dilema. Se volvió hacia Celeste y agregó—: debes asistir mañana. Entiendo que va a ser todo un acontecimiento —sonrió amable, pero Celeste lo apartó, no del todo resuelta a bromear sobre el día porvenir.

Sin embargo, habiendo captado la sonrisa de Nahia, como si ella hubiera encontrado graciosos los comentarios de Étienne cuando ella, Celeste, no lo había hecho, se sintió obligada a protestar.

—No deberías estar tan tranquilo con esto —lo regañó—. Y será mejor que no me enfades o no asistiré en absoluto. ¿Cómo te gustaría eso? Quedarías a merced de Arantxa y de esa... ¿cómo se llama?

—Su nombre es Berezi y tú no me harías eso. —Étienne sonrió confiado, inclinándose hacia ella—. No lo harías, ¿cierto?

—Supongo que nos enteraremos mañana… —amenazó Celeste, apartándolo por segunda vez. Nahia todavía sonreía satisfecha y Celeste se dio cuenta de que a Nahia no le parecían graciosos los comentarios de Étienne; a Nahia le agradaba fastidiar a Celeste. «Oh, necesito dormir», pensó, recordando la advertencia de Oihana, de que su cuerpo pronto colapsaría de agotamiento.

—Celeste —Oihana le llamó la atención—. Este no es el momento de enterar a este joven de tu temperamento inconstante.

—Gracias, Su Excelencia. —Étienne se inclinó ante Oihana. Luego, le preguntó a Celeste con aprensión—. Cuando ella dice inconstante, lo dice en el mejor de los sentidos, ¿cierto?

Nadie le respondió, pero Nahia soltó una risita, lo que no pareció aliviar las preocupaciones de Étienne. Clemente, que escuchaba absorto, deleitándose con cada expresión de quienes lo rodeaban y memorizando todos los detalles de la situación, sugirió: entonces, ¿descansamos? Porque, como ha dicho su Majestad, la reina Oihana, mañana es un gran día para todos y debemos estar preparados. Pero, antes de separarnos, ¿puedo proponer un brindis?

Todos estuvieron de acuerdo. Nahia se apresuró a servir el vino y Celeste, a repartir las copas. Los ojos de Clemente se detuvieron en cada uno de los cuatro magníficos personajes y, con voz ronca por la emoción, dijo:

—La vida en este mundo es fugaz, pero el recuerdo de nuestros seres queridos es eterno a través de aquellos que nos sobreviven. Bebamos esta noche por la memoria de Edmond, Bautista y Paloma, amados padres de estos jóvenes, quienes mañana desplegarán el poder de su amor para traer justicia y devolver la verdad a quienes todavía viven una mentira.

Todos levantaron sus copas y brindaron:

—¡Edmond, Bautista, Paloma!

A Celeste se le formó un nudo en la garganta. La idea del mañana recayó sobre ella como una guillotina. Las conmovedoras palabras de Clemente habían transmitido tal carácter definitivo al día, que rasguearon fibras muy sensibles en ella; miedo a fallar, terror de que Oihana muriera en el intento y pánico de perder a Étienne para siempre.

Estaba tan abismada en su malaconsejado delirio que se estremeció sin querer cuando Étienne le besó la mano. Celeste miró a su alrededor y, como en una neblina, se dio cuenta de que Oihana ya había hecho arreglos para Clemente. Ella lo acompañaría a la gruta donde el viejo tutor pasaría la noche y, en el camino, él le describiría a Oihana dónde quedaba todo dentro del alcázar.

Nahia, por su parte, convenció a Étienne de que le permitiera llevarlo al pie de la cascada, ahorrándole así el peligroso cruce por la Garganta del Hechicero y, ni se diga, varias horas de viaje en una noche sin luna.

Celeste le dedicó una sonrisa agradecida por ello.

—Claro que nunca he reducido a un caballo —añadió Nahia con malicia, pero su rostro se partió en una amplia sonrisa tan pronto como vio la expresión de alarma aparecer en la cara de Étienne—.

Volveré por ti y por Al-Qadir cuando hayas terminado con tus despedidas —dijo el hada, aludiendo a Celeste y cambiando al tamaño compacto que le resultaba más cómodo, antes de desaparecer por el conducto de acceso a La Alameda.

Bakar aguardaba, sereno y paciente, para despejar los asientos, faroles y la mesa. Clemente le dio una palmada en el hombro a Étienne:

—Valor y constancia mañana, joven.

—Mañana y siempre —prometió Étienne.

Clemente le ofreció su brazo a Oihana. Ella lo tomó y pronto desaparecieron entre los altos álamos, rumbo a la gruta. El corazón de Celeste dio un vuelco y se sintió enrojecer en el instante en que ella y Étienne se quedaron solos. La idea de lo mucho que había deseado besarlo volvió a ella y agradeció la tenue luz de los faroles de Bakar.

«No es digno estar en este estado», pensó, pero tuvo poco tiempo para torturarse con la supuesta impropiedad de su comportamiento, pues Étienne le rodeó la cintura y todas sus preocupaciones se desvanecieron, dejando en su lugar la extraordinaria sensación de estar en sus brazos otra vez.

—Quiero quedarme así para siempre —le susurró al oído.

Étienne la abrazó con más fuerza.

—Así lo haremos —respondió él, rozándole la mejilla con los labios, sin atreverse a hacer más en presencia de Bakar.

Celeste, sin embargo, consideró a Bakar una presencia etérea en comparación con el grupo anterior y, con su singular audacia, satisfizo el anhelo de besar su boca; después de todo, llevaba más de tres horas controlando el impulso. Cuando se reincorporaron a la realidad, Bakar ya había retirado la mesa y los asientos. Solo quedaban los faroles.

—Prométeme que vendrás a salvarme mañana —dijo, estrechándola entre sus brazos.

—Te lo prometo —dijo ella, besándolo una vez más.

Sin más evidencia del cambio de estatura que un remolino de hojas secas a sus pies, la reina de las hadas se posó junto a ellos. Los tres se volvieron hacia el bosque, de donde venía un cierto alboroto.

Celeste reconoció las voces y pronto los ubicó: eran Amets, Sendoa, y dos ruidosos donceles que apartaban ramas de su camino mientras pirueteaban a través de los álamos hacia el claro. Nahia estaba con ellos.

—¿Y este es el séquito que has reunido para el príncipe Étienne? —dijo Oihana a su hija, mirando preocupada a los donceles, pues los codazos y empujones iban y venían sin tregua.

—Podemos mantenerlos bajo control —aseguró Sendoa con su deslumbrante sonrisa.

—¿Amets? —dijo Oihana, poco convencida.

—Tienes mi palabra —respondió Amets, castigando con una mirada a los dos donceles que, al instante, adoptaron un aire circunspecto—. Sendoa y los otros dos guiarán al caballo y yo guiaré al príncipe —explicó—. Estamos preparados para descender a la cascada como propuso Nahia.

Volviéndose hacia Oihana y retirando su mano de la espalda de Celeste, Étienne dijo:

—Y mañana, espero verlas a las dos, cerca del mediodía.

—Así será —sonrió Oihana.

—Supongo que debemos despedirnos por ahora —dijo, mirando a Celeste con la esperanza de robarle un último beso, incluso con todos los testigos, pero Nahia tenía otros planes.

Celeste vio a Nahia arremangando sus volantes en preparación, pero la ondulación de sus manos fue tan repentina que Celeste ni siquiera pudo advertir a Étienne. No vio más que sus ojos, enormes por la sorpresa, cuando ya estaba reducido.

Celeste se arrodilló ante él:

—Por favor, perdónala. Le encanta sorprender con sus artimañas; me lo hace a mí todo el tiempo —dijo Celeste en tono de disculpa.

Al-Qadir arqueó el cuello, nervioso, tirando de las riendas que Étienne había asegurado al tronco de un árbol. Dejando a Étienne flanqueado por Amets y Sendoa, Celeste se acercó al caballo y le acarició el mechón con dulzura—. Se sentirá un poco extraño, pero estarás bien —prometió mientras desataba las riendas—. Ya lo tengo —le indicó a Nahia y el hada condensó de inmediato al orgulloso Al-Qadir en una versión de sí mismo, proporcional a la nueva estatura de Étienne.

Las risotadas de los donceles hacían eco entre los árboles a medida que se alejaban, siguiendo a Nahia y transportando entre ellos a Étienne y a Al-Qadir. En la mañana, Nahia le contaría a Celeste lo aterradora y cómica que había sido la travesía, pues una vez que volaron sobre los acantilados que delimitaban la soberanía, los beneficios que disfrutaban los humanos a través del poder del unicornio habían desaparecido y el séquito se volvió invisible para Étienne. Había dejado escapar un rugido que casi causa un infarto colectivo y que hizo que Amets por poco lo dejara caer. Pero gracias a su ingenio y a su sensatez en medio de la crisis, Nahia se había dado cuenta de lo sucedido y le concedió a Étienne el don de vista feérica.

—Supuse que ya nos había visto, que incluso sabe dónde vivimos, por lo que hubiera sido una pena negarle el placer de vernos —presumió Nahia.

Para compensar por el susto, Nahia había llevado a todos más lejos de lo previsto y depositó a Étienne y a Al-Qadir junto a un arroyo, a una hora del alcázar. Allí devolvió al jinete y a su caballo a su tamaño normal, y se separaron con sonrisas de complicidad y buenos deseos.

LXXXII

El claro quedó en silencio después de la bulliciosa partida de Étienne y su séquito. Oihana rozó la mejilla de Celeste con los dedos, como para sacarla de sus pensamientos.

—Clemente estaba feliz de hospedarse en la última morada de Paloma —comentó—. Sus ojos recorrían con avidez todo lo que veía y pensé que era mejor dejarlo disfrutar.

Celeste asintió y Oihana acarició los brazos desnudos de Celeste, que el aire de la noche había refrescado.

—¿Qué vas a hacer?

Celeste abrazó a Oihana y respondió:

—Pasaré la noche junto a la tumba de mi madre.

Oihana asintió y ellas también se separaron.

Celeste salió del claro y entró en el bosque de álamos, sintiendo que ya no podía ignorar el creciente vacío que maduraba en su pecho. Toda una parte de su vida iba a terminar mañana, dando paso a algo nuevo y desconocido para ella. El deseo de pasar la noche al aire libre, de sumergirse en cada fragmento de la naturaleza y cada partícula de su frescura, la dominó, pues temía perderlo todo al día siguiente. Porque, al día siguiente, ella cambiaría para siempre.

Celeste empezó a entender que se trataba de un adiós, pero tratando de disminuir la profundidad de sus sentimientos, se le ocurrió que quizás no era una despedida absoluta. Quizás era solo el efecto de haber estado bajo tierra por tres días. En cualquier caso, le pareció que la única forma de aliviar su dolorido corazón era respirar el aire y saturarse del verde del bosque. Quería sentir los ásperos y agrietados troncos de los árboles, tibios contra su piel al abrazarlos. El bosque era parte de su sangre y, durante la noche, quería sacar de él la fuerza y el coraje que necesitaba para enfrentar la mañana.

Aquellas reflexiones la llevaron a lo largo de casi cinco kilómetros de senderos serpenteantes hasta el borde del bosque. Vislumbró las laderas cubiertas de hierba, la arena blanca y el lago Sideral, en el cual se miraban vanidosas las constelaciones.

Se quitó el vestido de tres días y lo lanzó al aire, lo oyó caer sobre la hierba fresca tras ella. Sintiéndose intensamente ligera, Celeste permaneció desnuda bajo las estrellas; el lago brillaba como una joya oscura ante ella, fresco y acogedor. Risueña, arrancó a toda velocidad. Sus largas piernas pronto la tuvieron chapoteando en el agua, donde aún perduraba el calor del día. Celeste cayó en el mágico abrazo de aquel lugar y de todo su poder; se hundió en él, dejando que inundara su boca, su nariz y sus oídos. Por un momento, todo fue maravilloso silencio, hasta que, anhelando oxígeno, Celeste afloró, tomando bocanadas de aire y dejando que su corazón se elevara hasta el millón de estrellas incrustadas en el cielo.

Flotando de espaldas, pensaba en Étienne; su largo cabello formaba una nubosidad dorada a su alrededor. Desde la orilla, una silueta la observaba. Se trataba de un hombre; sus ojos clavados en ella como llamándola. Con gran sobresalto, Celeste detectó al intruso. Lo vio recoger el vestido que había dejado caer y acercarlo, con movimientos calculados, a su nariz y boca.

Contigo bajo las estrellas

LXXXIII

Enraizada en el fondo arenoso del lago, Celeste se estremeció de la cabeza a los pies. El agua acariciaba su cintura, el intruso se dirigía hacia ella, y algo en sus pasos vacilantes le reveló que no era Étienne. Incapaz de distinguir si sentía decepción o alivio por ello, procedió a la pregunta más urgente. Si no es Étienne, entonces ¿quién?

Varias posibilidades revolotearon en su mente. Rechazó de inmediato que se tratara de Clemente, porque el anciano no tenía la estatura del hombre parado en la orilla, además, con su pierna mala, no habría podido caminar tan rápido desde la gruta hasta el lago Sideral. Si no era Clemente, entonces tenía que ser un hada.

La brisa besó su piel, recordándole que estaba desnuda y, junto con la piel de gallina, se le ocurrió: «¡Amets! Pero ¿por qué ha cambiado al tamaño humano?».

Amets se detuvo como si hubiera sentido el instante en que Celeste lo había identificado. Sus iris brillaron como luciérnagas. En ese momento en que estaba más cerca, Celeste pudo detectar la distintiva aunque tenue neblina ámbar que envolvía su torso desnudo. Un céfiro jugaba con su cabello largo y hacía que sus pantalones holgados aletearan contra sus piernas. Dejó caer el vestido de Celeste mientras sus ojos brillantes parecían azuzarla.

—Mira... está justo aquí. Ven y recupéralo.

—No me harás dormir en el agua —protestó Celeste, enfadada por la interrupción de su idílica y solitaria ceremonia. «¡No permitiré que arruine mi última noche en la soberanía!».

Ajeno a su furor, Amets dibujaba en la arena con el pie, como espoleándola a jugar el antiguo juego.

—Amets, lo digo en serio —gritó, su ira iba en aumento—. ¡Ni lo sueñes! Esta noche no me remojo hasta quedar como una pasa.

El lienzo nacarado de estrellas de La Vía Láctea plateaba la escena y, a pesar del agua que todavía le llegaba a la cintura, Celeste echaba humo. La irritación por el agotamiento acumulado de tres días se multiplicó al ver truncados sus planes de nostálgica reflexión. Fruncida y con ojos entrecerrados observaba el progreso de Amets de la playa hacia la orilla. Le pareció que sonreía y siseó crispada.

—¡Bellaco infeliz! —«Pero no me importa. Iré desnuda hasta el Camerino si es necesario».

Celeste enderezó los hombros y marchó fuera del agua, cerrando la distancia entre ellos en cinco indignadas zancadas y desafiándolo a mirar a cualquier parte que no fuera sus ojos de puñal. Se detuvo frente a él, dándole amplia oportunidad de verla en toda su desnudez.

Amets permaneció inmóvil, sin siquiera pestañear, dejando que el cálido resplandor de su aura le hablara a Celeste de un secreto anhelo, la culminación del juego de antaño que la terquedad de Celeste siempre había frustrado. Celeste no se conmovió.

—No hay luna esta noche, ¡necio! —dijo desdeñosa—. Mañana, no recordarás ni lo poco que viste—. Con su impetuosa mirada sostenía la atención de Amets en su rostro, impidiendo que sus ojos se desviaran ni un centímetro. Empuñó su vestido de un sacudón y se encaminó hacia el bosque, empujándolo al pasar y dejándolo ahí sonriendo burlón bajo las estrellas.

—Tengo dieciocho años de ti en mi mente, Celeste —dijo y ella se detuvo—. En los siglos por venir, nunca te olvidaré —concluyó herido. Celeste se volvió hacia él y la sorprendió descubrir que la había seguido. Amets estaba a solo unos centímetros de ella. La sonrisa juguetona se había esfumado y más bien parecía estar al borde de las lágrimas—. Soy tuyo —dijo, desarmando el puño de Celeste, dedo a dedo, para recuperar la prenda—. Haz conmigo lo que desees —dijo resignado, sus ojos, fijos en el rostro de Celeste, indicándole que levantara los brazos.

Ella obedeció y Amets cubrió su desnudez con el vestido. Celeste alzó los ojos hacia él y sintió las huellas del familiar dolor que la hermosura de Amets había producido en ella toda su niñez.

«Haz conmigo lo que desees», había dicho. Lo que ella habría dado por oír esas mismas palabras unos meses atrás. Amets había sido muchas cosas en su vida: un hermano mayor, un amigo, incluso un cómplice y, durante un período turbulento, él había sido la obsesión romántica de ella y de Nahia.

Amets aguardó en silencio, como estimando la progresión de sus pensamientos, a la espera de su respuesta. Años de recuerdos la abrumaron con dulzura al contemplar el quimérico rostro. Echó un vistazo a todo lo que la rodeaba, reconociendo que cada centímetro del entorno podía relacionarse con algo que Amets había dicho o hecho. Tomó nota de los diversos papeles que él había representado en su vida, de sus descarados esfuerzos por involucrarlo en un romance y vio que todo ello reducía la presencia de Amets en su vida a una sola y amarga palabra: *amistad*.

«Haz conmigo lo que desees». Celeste repitió la declaración para sus adentros, deseando haber entendido mal, pero no podía ser y aquello era una verdadera tragedia. Amets estaba confesando que había perdido la batalla, una batalla que Celeste no sabía que estaba siendo librada, porque, desde siempre, Amets la había tratado como su superior, en edad y experiencia, sin darle esperanza alguna de que pudiera reciprocar su juvenil apego.

—Sé que tu corazón lo ocupa otro —admitió alicaído ante el prolongado silencio de Celeste, pero el efímero destello en su mirada substanciaba la fatídica verdad.

Amets había ocultado sus sentimientos desde el principio. La había rechazado hacía mucho tiempo, negándole su primer beso para salvarse de una suerte que, en ese momento, estaba dispuesto a aceptar. «Haz conmigo lo que desees» era la bandera blanca de Amets; se rendía ante ella y confesaba que estaba dispuesto a vivir una vida sin amor, a partir de esa noche, si Celeste así lo deseaba.

—Amets...

Una sonrisa triste ensombreció el apuesto rostro.

—Lo sé, humana. Solo quería verte una última vez, antes de que nos dejes. —Sus dedos rozaron la mejilla fresca de Celeste.

—Amets..., no sé qué decir.

—No hay nada que decir —se encogió de hombros—. Bueno, siempre hay un *adiós*.

—Pero te volveré a ver. Sé que lo haré —prometió Celeste.

—Pero no así, no como ayer y no como nos hemos visto toda la vida —dijo—. Mañana serás otra persona.

Los ojos de Celeste se llenaron de lágrimas.

—Amets, yo...

—Di *adiós*.

—¿Qué?

—Dilo, pues no hay nada que decir excepto *adiós* —insistió, levantando el mentón de Celeste con las puntas de sus dedos.

—Adiós, entonces —balbuceó ella.

—Y ahora vete —presionó Amets—. Estoy seguro de que tienes una extraña ceremonia planeada para esta noche—. Lo dijo con una risa despreocupada, tan transparente en lo que intentaba ocultar que Celeste se odiaba a sí misma por ser la causa de tanto desaliento en alguien a quien atesoraba.

—Eres más parte de esta ceremonia de lo que piensas —ofreció ella, dándose cuenta de que la presencia de Amets, en ese momento, le daba voz a la Soberanía de las Hadas. ¡Y qué maravillosa era esa voz! Si debía despedirse del mundo de las hadas, qué mejor manera de hacerlo que de la mano de Amets.

—¿Perdón?

—Me llamas *humana*, Amets, pero la verdad es que me he convertido en un hada en los dieciocho años que llevo viviendo y respirando contigo... con Oihana, con Nahia, en este lugar, con todo lo que nos rodea. Siento que en mi pecho late el corazón de un hada y siempre será así, aunque mañana debo comenzar a aprender a ser humana —dijo sobrecogida.

Amets le dedicó una sonrisa curiosa, del tipo que un adulto le ofrece a un niño exuberante que argumenta su caso.

—¿Para él?

—¿Qué?

—¿Aprenderás a ser humana para *él*?

—Tanto como por el recuerdo de mi madre, supongo —asintió Celeste, incluyendo lo último para evitar mayores estragos a los sentimientos de Amets—. Aunque creo que él aprendería a ser un hada si se lo pidiera —agregó, empezando a recuperar su buen humor.

Amets soltó una carcajada y Celeste la terció. Sin embargo, al menguar la hilaridad Amets reanudó su interrogatorio.

—¿Cómo lo amas? Dime cómo es tu amor por él.

Celeste se ofuscó. ¿Cómo responder a semejante pregunta sin herirlo? Pero tampoco podía darle esperanzas, por lo que procedió con escrupulosa sinceridad.

—Lo amo lo suficiente como para salvarlo de un destino horrible mañana. Suficiente para seguirlo a donde me lleve —dijo, encogiéndose un poco con cada palabra, como si aquellas confesiones ejercieran un peso físico que no había reconocido hasta que Amets, con el inmenso dolor en sus ojos, la hizo sentir como él lo sentía—. Y lo suficiente para dejar que haga conmigo lo que desee —agregó, mirándolo de reojo, esperando una reacción por el uso de sus propias palabras para transmitir la similitud de sus sentimientos. Pero, si Amets entendió, no lo demostró.

Se rio con esa desgarradora risa transparente y dijo.

—Tú ¿dejar que alguien haga contigo lo que quiera?

—Estaba destinado a suceder en algún momento —entonó ella, tratando de disimular sus sentimientos de culpa. Luego, dándole un leve codazo y con una sonrisa juguetona en los labios, agregó —: el truco es no permitir que descubra mis verdaderos sentimientos.

—Ah —suspiró—. Siendo así, quizás de verdad seas un hada de corazón.

Rieron y caminaron por el bosque oscuro durante la mayor parte de una hora, recordando el paso de los años, sus experiencias juntos y preguntándose sobre los años por venir. Cuando llegaron al estanque, los tres días de insomnio habían pasado factura a Celeste, apenas podía permanecer de pie.

Trajo una sábana y una manta del Camerino y Amets la ayudó a estirarlas al pie del poderoso roble, junto a la tumba de Paloma. Celeste se deslizó debajo de la manta y cerró los ojos. Su cansancio era tal que sintió que su espíritu se elevaba sobre su cuerpo, abandonando su piel y sus cansados huesos, para dormir entre las nubes, sin consciencia de dolores ni molestias, donde Étienne la esperaba en sus sueños.

Amets se dispuso a velar por ella. Escuchando su respiración, sonreía cada vez que distinguía una sonrisa somnolienta en la penumbra, hasta que la pálida luz del alba comenzó a llenar el bosque neblinoso. En poco tiempo, saldría el sol. Amets, que no había dormido ni un instante en toda la noche. Miró la figura de Celeste por centésima vez cuando ella se acomodó bocarriba, todavía profundamente dormida. La expresión de dolor en el bello semblante adquirió un aire resuelto. Amets se inclinó sobre ella y, sin más, besó sus labios.

Celeste le respondió entre sueños, pensando que era Étienne, sellando así el destino de Amets.

Sin vuelta atrás

LXXXIV

La aurora tomó a todos por sorpresa en sus diferentes alcobas. Oihana y Nahia se levantaron ojerosas, después de interminables horas de llamar al sueño. Clemente, que había salido de la gruta para estirar sus piernas con el primer rastro del amanecer, descansaba sobre un tronco de árbol caído y, desde allí, vio salir el sol, iluminando el bosque brumoso al son del canto desenfrenado de las alondras.

La tenue luz y el trinar de las aves mañaneras penetraron los sueños de Celeste. Bajo las ramas del poderoso roble, ella también abrió los ojos y bostezó perezosa; los capullos de las campanillas moradas comenzaban a abrirse, la neblina que persistía sobre el estanque ya se estaba disipando. Parches de cielo azul profundo se asomaban a través de las copas de los árboles y Celeste sonrió apacible ante la magnificencia que despertaba a su alrededor, húmeda y fresca, lista para comenzar un nuevo día.

«Un nuevo día». Su expresión se tornó seria por grados de conciencia. Primero, al encontrarse junto a la tumba de Paloma. Segundo, al recordar que debía vengar a su madre y liberar a Étienne y, finalmente, que el temido y esperado *mañana* había llegado. «Todo sucederá hoy». Ante la inquietante idea, su vientre dio un vuelco.

Afuera de La Alameda Florida, en el claro y sentados alrededor de la misma mesa que Bakar había preparado para ellos la noche anterior, Celeste encontró a los demás. El cuerpo rígido de Oihana contrastaba con la bravura que ardía en sus ojos amatistas. En su asiento, Nahia hacía pucheros soñolientos y exhibía todos los síntomas de una mala noche. Clemente, sin embargo, se mostraba animado y optimista entre las dos hadas. Con un bostezo, Nahia señaló hacia el borde de la arboleda de donde había salido Celeste:

—Aquí viene.

Clemente se levantó de inmediato y la instó a tomar el asiento vacío junto a él. Así lo hizo ella luego de plantar un beso en su mejilla arrugada. Saludó a Oihana y a Nahia con un irresoluto «Buenos días». Sintiéndose desfallecer, se sirvió una taza de té caliente y también un pedazo de pan con mantequilla, convencida de que debía poner algo en su estómago que la sostuviera durante los eventos por venir. Pero, por más que lo intentaba, no podía saborear y, de hecho, tenía la boca tan seca que pronto tuvo que servirse una segunda taza de té.

El sol anunciaba que eran cerca de las nueve de la mañana y la ceremonia nupcial que se avecinaba en Santillán, con todo lo que ello representaba, estaba casi sobre ellos.

—Si queremos evitar las multitudes y poder ver bien el campo de batalla, debemos partir de inmediato —comentó Oihana.

Celeste asintió, rogando a sus estrellas que la punzante angustia que la asolaba se apagara al emprender el vuelo o apenas empezaran a ejecutar su plan. La sonrisa optimista de Clemente apoyaba sus esperanzas, pero la tensión que Oihana trataba de disimular las contradecía, resaltando en su lugar las amenazas que el proyecto suponía.

Las hadas, que se habían reunido en los diez minutos que Celeste demoró en tragar su desayuno, expresaron sus más fervientes deseos por el éxito total de la misión. Tras una sucinta despedida y dirigiendo una última mirada hacia Clemente y Nahia, Celeste tomó la mano de Oihana.

—¿Tienes el retrato, hija mía?

—Sí, Clemente —respondió Celeste, indicando el bulto asegurado alrededor de su cintura con una banda. Ahí iban el retrato enrollado y su manto, pues era imposible disimularlos en el vestido ajustado a su forma, como una segunda piel, para evitar que el exceso de material aleteara y se rasgara con el viento.

De un vistazo, confirmó que Oihana también tenía su manto en su propio zurrón. Clemente besó a Celeste en la frente y la bendijo. Nahia la miraba ceñuda, disgustada porque su madre le había ordenado quedarse.

—Debes entender, querida, y aceptar la realidad. El nivel de riesgo es muy elevado y la disciplina no es tu fuerte —había dicho

Oihana con severidad y no hubo ni llanto ni ruego de la princesa capaz de persuadir a la reina.

La falta de confianza mostrada por su propia madre había molestado a Nahia y Celeste no pudo evitar leer el disgusto en el breve adiós que le dirigió. Pero no había nada que hacer. Sin más demora, Oihana redujo a Celeste al tamaño de un hada y despegaron.

El comité de despedida se dispersó; la mayoría de ellos regresaron a La Alameda Florida a través del conducto de acceso, mientras los restantes se adentraban en el bosque de álamos, rumbo al vasto arboreto de Oihana, a brindar sus cuidados diarios a la vida vegetal.

LXXXV

Nahia, habiendo asumido el tamaño compacto que le resultaba más cómodo, se sentó dolida en la rama más cercana de un álamo, endulzada en cavilaciones sobre la reciente afrenta. Dio rienda suelta a sus celos, por el vínculo fortalecido entre Oihana y Celeste, y a su disgusto, al verse excluida de la gran aventura.

Aunque ni en sueños lo confesaría, Nahia estaba decepcionada de sí misma. Sabía que Celeste y Oihana tenían buenas razones para no confiarle ni la más pequeña porción de tan espléndida hazaña y no tenía a quién culpar más que a su propia destreza. Cuánto no había cacareado su ingeniosa habilidad para eludir responsabilidad. Preguntándose por qué todos reaccionaban con disgusto en lugar de elogiarla. En ese momento, por fin, parecía entender que, ¡ay!, todo su ingenio de antaño había vuelto para castigarla.

—Como siempre, me las arreglé para eludir responsabilidad, por más que esta vez sí la deseaba —refunfuñó la princesa.

—¿Cómo ha dicho, Excelencia?

La mirada aguamarina cayó sobre el anciano que iba y venía entre los árboles, sin atinar qué hacer.

Pensativa, Nahia inclinó la cabeza en silencio. Sumida en sus propios pensamientos, entrecerró los ojos hasta que su mente veloz se posó en algo que sí podía hacer. La idea se arraigó en su hermosa cabeza de rizos veteados de turquesa y sonrió astutamente al pensar que su único desafío consistiría en persuadir a Clemente.

La idea concebida a la ligera se volvió un hecho, con ímpetu similar al de Celeste, cuando se le metía una idea entre ceja y ceja. A pesar de las muchas veces que había criticado a Celeste por el mismo arrebato que ahora ella exhibía, Nahia reconoció que esta era su oportunidad de demostrarle a Oihana, de una vez por todas, que, aunque siempre sería Nahia, poseía atributos merecedores de honra que la convertían en una digna poseedora del legado de su madre.

Flotó hasta la rama más baja que le permitía estar a la altura de los ojos del anciano y presentó su plan. Clemente escuchó atento y, tal como ella sospechaba, el anciano no tuvo objeción alguna en que fueran juntos a Santillán, a presenciar la ceremonia.

—Es un plan muy bien concebido —elogió Clemente—. No solo estaremos ahí para ayudar a su madre y a Celeste, en caso de que nos necesiten, sino que nos da la oportunidad de presenciar la derrota de Arantxa con nuestros propios ojos.

—Precisamente —sonrió Nahia—. Por mucho que lo estudiaron, estoy segura de que algo han pasado por alto y no tienen una opción secundaria.

—De verdad, es una idea muy sensata. —Los ojos de Clemente brillaron entusiasmados—. ¿Su Alteza me llevará a nuestro destino? —preguntó; el leve temblor en su voz delataba su júbilo ante la perspectiva de ser reducido al tamaño de un hada para el viaje.

Nahia asintió, su aura destellaba picardía.

—¿Estamos listos entonces, mi pequeña princesa? —dijo encantado.

—Pronto, tú también serás un pequeño —rio Nahia y, con un mariposeo de sus delicadas manos, redujo a Clemente a su provisional estatura de treinta centímetros.

Tomándolo de la mano, Nahia se elevó de inmediato y sonrió al viento cuando oyó que Clemente se carcajeaba bajo el efecto del glamour que seguro había hecho hormiguear su cuerpo. Pero el repentino ascenso trajo consigo una fugitiva duda: «¿Y si el viejo corazón no resiste las emociones?». Pero se evaporó tan pronto como Nahia niveló su marcha.

—¡Hacia el sur, mi princesa de las hadas! —exclamó Clemente, delirante.

Estaban apenas media hora detrás de Oihana y Celeste.

El campo de batalla

LXXXVI

Oihana se elevó vertiginosa y Celeste, que llena del glamour real pesaba casi nada, se aferró con fuerza a la mano de la reina, pues ella era sus alas y su ancla. Se remontaron sobre las copas de los árboles y surcaron el firmamento, tan rápido que, en cuestión de segundos, Celeste ya no distinguía el bosque de álamos, ni el amplio arboreto, ni el bosque de pinos en la playa sur del lago Sideral.

En lo que duró un respiro, Oihana la transportó al lindero de la soberanía, salvando los acantilados que Étienne había bautizado como la Muralla de Vulcano. Celeste ya no reconocía el paisaje a sus pies y, por primera vez, asimiló con desconcierto lo pequeño que había sido su mundo.

En su mente se arremolinó un sinfín de ideas, tan divergentes que resultaban pasmosas: el debilitante terror de un posible fracaso atacaba la euforia del probable triunfo del proyecto. El espinoso sentimiento de culpa, por su entusiasmo ante lo desconocido, aplastaba su amorosa devoción por todo lo que conocía y consideraba suyo. En perverso vaivén, su perspectiva oscilaba, impidiéndole lograr la serenidad de una actitud definida.

Aquel era el viaje más largo en el que Celeste había participado, guiada por la reina de las hadas, nada menos. Sin embargo, la euforia del vuelo, con la que contaba para fortalecer sus ánimos, permanecía fuera de su alcance. Celeste trepidó sin querer y Oihana se volvió hacia ella.

—¿Estás bien?

Sonrió vacilante y solo dijo:

—Sí, todo bien. —Fue lo único que Celeste logró pronunciar, pues en ese instante, la vaga sensación de un cambio de temperatura le llamó la atención. Al mirar por encima de su hombro, el rocío y la niebla que rodeaban la cascada lo explicó todo.

Le dedicó un pensamiento inconexo a La Garganta del Hechicero por haber conducido a Étienne y a Clemente a la soberanía, y, aunque sabía que el pasadizo estaba detrás del brutal telón de agua, no pudo detectar evidencia alguna de él.

Dejaron atrás el torrente y el aire se volvió templado, presagiando el sofocante calor del mediodía. Siguiendo el ejemplo de Oihana, Celeste centró su atención en las verdes lomas que se ondulaban en la enormidad. Cuando Oihana le apretó la mano, intercambiaron una elocuente mirada que dejó a Celeste preguntándose si aquellos ojos amatistas podían ver cuán apocada se sentía, al advertir aquel nuevo mundo que se extendía ante ellas. Si tan solo pudiera descifrar sus sentimientos… ¿Era miedo o entusiasmo lo que sentía, o eran ambas cosas?

La soberanía le había parecido enorme, acostumbrada como estaba a recorrerla a pie o de la mano de Nahia, mientras se columpiaban entre las ramas o se desplazaban al ras de las frondas de los árboles. Ufanas, habían alardeado de que conocían el territorio mejor que el mismo unicornio. La subterránea Corte de las Hadas había contribuido a su ingenuidad, escuchando y celebrando sus extravagantes historias, como si nada existiera más allá de sus linderos, y les sonreían, algunos impresionados, otros condescendientes, porque adivinaban la verdad: que Celeste y Nahia solo conocían media docena de lugares, algunos más remotos que otros, pero siempre dentro del territorio del unicornio.

Al margen de sus exorbitantes preparativos, y a pesar de teatrales insinuaciones a sus madres de que seguro les acaecería algún mal, las hermanas de nacimiento viajaban a esos lugares, sin desviarse ni una sola vez de su bien conocido sendero. Con infantil brío, Celeste y Nahia cultivaban su imagen de intrépidas e imprudentes ante sus madres y ante el tropel; sin embargo, al llegar a su destino del día, hacían lo mismo de siempre.

En un lugar, recolectaban las raíces y hierbas que necesitaban para los remedios y experimentos de Nahia. En otro, se bañaban en manantiales humeantes hasta que la piel se les arrugaba en profundos surcos. «Los míos se notan más que los tuyos», «¡Estás loca!». Mientras que, en otro, disfrutaban de horas interminables de diversión y terror en un laberinto de oscuras cavernas, plagadas de murciélagos, pero que, en última instancia, las llevaba a su descubrimiento más preciado: una cascada subterránea, rodeada por una miríada de estalactitas y estalagmitas, que protegían el lugar como espeluznantes centinelas, congelados en el tiempo, exclusivamente para diversión de ellas.

«Esta no es una excursión de fin de semana con Nahia», pensó Celeste anochecida, contrastando aquellos felices recuerdos, en que las complicaciones se reducían a decisiones sobre vestimenta y alimentos, con el proyecto que en ese momento abordaba de la mano de Oihana.

LXXXVII

Se acercaban raudas al majestuoso alcázar de Santillán y, al verlo por primera vez, Celeste se sintió abrumada por recuerdos de Paloma, la legítima reina de todo lo que contemplaba. Banderas blancas colgaban a lo largo de las torres marcando las cuatro esquinas de la fortaleza. En el centro de ellas se encontraba la mansión real, con sus propios torreones coronados con aun más banderas blancas.

La vista del alcázar, en todo su festivo esplendor, superó las expectativas de Celeste sobre su tamaño y belleza. La dejó sin aliento y por fin comprendió lo que Paloma había tratado de describir en innumerables ocasiones. Las torres, los estandartes, la mansión real: todo comunicaba riqueza y prosperidad, pero también hablaba de dominación y poder.

Celeste pensó en la gruta, tallada en la montaña viva y en La Alameda Florida, completamente subterránea, y le sorprendió que los humanos construyeran *sobre* la tierra y hacia arriba, mientras que, en la soberanía, se esforzaban por incorporarse al paisaje, para no perturbarlo.

Siguiendo lo informado por Étienne y Clemente, Oihana y Celeste pasaron sobre el portón central, desde donde era imposible pasar por alto la capilla, ya que también lucía gallardetes blancos a ambos lados de su entrada y a lo largo del campanario, cada uno con un cáliz inverso bordado en oro.

—¿Qué significado tienen las copas? —Celeste preguntó.

—De verdad, es bastante desagradable —comentó Oihana—. El cáliz es una de las cuatro herramientas empleadas por los humanos que practican la magia. Representa la feminidad y sus rasgos asociados, como el instinto maternal, la receptividad a las necesidades de los demás y el cultivo de la sabiduría para guiar a otros, no por la fuerza, sino, por ejemplo. Pero, como con todo símbolo, siempre hay un sentido opuesto y, sabiendo lo que sabemos de Arantxa, estos, sin duda, celebran su crueldad, su egoísmo y su deseo de conquistar a través de la destrucción. Algo frío y escurridizo se deslizó en su vientre y Celeste apretujó la mano de Oihana en un fútil intento de disipar la sensación.

—¿Contra quién hemos venido a luchar?

—Solo una mujer —respondió Oihana, elevándose sobre la abarrotada calle principal del mercado—. Sin duda, sagaz, pero imperfecta, como todo humano.

Celeste observaba las hordas de gente con creciente inquietud y de su corazón salió una súplica interior a Paloma. «Oh, mamá, dame fuerzas». Y luego a Oihana, dijo:

—Que nadie mire hacia arriba. Debí vestirme de azul, para perderme mejor en el cielo.

—Haz tu mejor imitación de un pájaro —recomendó Oihana parca y Celeste otra vez detectó algo de ansiedad en la voz de la reina de las hadas, lo que sumó a su incertidumbre.

Pero a los humanos en las calles los consumía lo inmediato. Celeste y Oihana aterrizaron, sin novedad, a un lado de la capilla, en un patio de césped bien cuidado, donde una sementera de tulipanes les proporcionaba excelente cobertura.

Cautivada al instante, Celeste observaba las idas y venidas de la gente de Santillán: gente apresurada que entregaba mantelería y flores en la capilla, niños que jugaban a las canicas en una vereda de arena, damas que paseaban tranquilas bajo sus frágiles parasoles de colores y hombres elegantes, con sombreros y bastones, que merodeaban alrededor de la fuente, platicando entre ellos. Celeste saltó al sentir la leve palmada en el hombro que Oihana le dio.

—Lo siento. Sí, estoy lista. —Desenrolló su manto y se cubrió con él.

—Todavía te puedo ver el mentón —murmuró Oihana, bajándole la capucha sobre el rostro.

—Y yo a ti te veo entera. —Celeste sonrió bajo el manto.

—Usaré mi manto una vez que nos separemos en la capilla —dijo Oihana, el ceño fruncido delatando su inquietud—. ¿Lista?

—Sí.

—Espera. ¿Dónde estás? Tal vez debes dejar que te vea los pies, por lo menos, así sabré a dónde apuntar y cuánto espacio darte —dijo Oihana, nerviosa, agregando como idea tardía—. Debimos probar los tres paneles en lugar de solo uno.

Celeste levantó el dobladillo de su manto y movió los dedos de los pies.

Oihana dio un paso atrás calculando el espacio suficiente para devolver a Celeste a su estatura humana, lo cual fue logrado sin más consecuencia que el estropeo de un par de tulipanes.

El manto brilló por un instante antes de volverse invisible con Celeste a salvo entre sus pliegues, pues el tejido se mantuvo tan apretado como en su tamaño original.

—Funcionó —susurró Oihana, incapaz de ocultar su alivio—. Debo confesar que tenía serias preocupaciones por esta parte del plan. Anoche bebí al menos tres jarras de la infusión de manzanilla de Nahia —confesó Oihana, con inusual agitación.

Por su parte, Celeste agradecía a sus estrellas por no haber estado al tanto de la preocupación de Oihana.

—Y, a partir de este momento, ¿cómo sabré dónde estás? —dijo Oihana, mirando las depresiones hechas por las sandalias de Celeste entre los tulipanes.

Celeste se trasladó a la pasarela de grava.

—Será mejor que yo te lleve a ti aquí. —Celeste levantó la capucha para mostrar su rostro y Oihana se impulsó hacia el hombro de Celeste.

Celeste se dirigió al frente de la capilla, haciendo lo posible por evitar roces accidentales con la gente que circulaba en las veredas.

—¿Oihana?

—¿Sí?

—Yo también —murmuró Celeste.

—Tú también ¿qué?

—Lo que dijiste hace un rato. Yo tampoco estaba segura de esto. Quiero decir, anoche, pensé que tal vez... no quería hacerlo, que tal vez no iba a funcionar. Pero ahora sé que todo saldrá bien. Me da inmenso aliento estar aquí contigo.

—Todo saldrá bien. Ya verás —respondió Oihana, apretando el hombro de Celeste con ambas manos.

Celeste permaneció de pie, a un lado de la puerta principal de la capilla, esperando la oportunidad de entrar sin tropezar con la servidumbre que todavía iba y venía con flores y cintas.

—A estas alturas ya debían haber terminado de arreglar las cosas —musitó Celeste, tensa.

Oihana ejerció presión en su hombro y Celeste aprovechó la abertura indicada.

Tras un vistazo, Celeste decidió dirigirse hacia el altar, donde la actividad parecía ser mínima por el momento. Sorteando la nave central, pues era la más concurrida, llegó al altar tan rápido como pudo sin derribar arreglos florales. Subió los tres escalones de mármol y, aunque se sabía invisible, tuvo que acuclillarse detrás del altar, dándose tiempo de recuperar el aliento, mareada por los presurosos latidos de su corazón.

—Estudiemos el interior —Oihana recomendó.

Apoyándose en el altar, Celeste se puso de pie y empezó a escudriñar lo que Oihana había llamado el campo de batalla. Adivinando la inquietud de Celeste, esta aconsejó:

—No te olvides de respirar.

—¿Por qué las cosas no son como uno las imagina? —se quejó Celeste, irritada—. O, mejor, ¿cómo es que no logro imaginar las cosas tal cual son para ahorrarme sorpresas?

—Ya, ya —la tranquilizó Oihana con dulzura—. Mira que no hay nada de qué sorprenderse. Todo ha salido bien hasta ahora. Lo único que te molesta, de verdad, es tu propia reacción al encontrarte entre tantos humanos.

Celeste suspiró disgustada:

—Por supuesto que tienes razón. Y solo soy una tonta que...

—No eres ninguna tonta, Celeste —objetó Oihana—. Y, que yo sepa, nunca has sido partidaria de las prórrogas, así que no demoremos más y hagamos lo que vinimos a hacer. ¿Te parece?

Aunque afectada por la refutación, Celeste justificó a Oihana. No habían pasado tres días sepultadas con un telar ni atravesado tanta geografía solo para que Celeste desahogara sus infantiles deficiencias. No. Habían logrado demasiado en una mañana y perder el tiempo con incertidumbres era una manera segura de fracasar.

Celeste respiró hondo, como le había aconsejado Oihana, y, tal como la reina de las hadas en su hombro, se dispuso a repasar cada centímetro del campo de batalla. Se encontraban en una estructura rectangular emparedada con yeso blanco. Había dos pasillos laterales que se extendían a lo largo de la capilla, separando las filas de rústicas bancas de las más ornamentadas a cada lado de la nave central.

Celeste contó doce enormes vitrales dispuestos a intervalos regulares, que dividían las paredes de la capilla (seis a cada lado). Por ellos se filtraba la luz del sol, trazando parches de colores sobre las bancas y la alfombra blanca sobre la que pronto desfilaría la novia.

Una enorme cruz de madera dominaba la pared detrás de Celeste y el altar sobre el que se apoyaba era un bloque de mármol cubierto con manteles blancos. Sobre el primero de tres escalones que conducían al altar, se encontraban dos estatuas idénticas, una al frente de la otra, con sus brazos extendidos. Vestían pálidas túnicas prendidas al hombro con broches de marfil.

Además del portón principal, Celeste identificó los puntos de acceso adicionales: la pequeña puerta a su derecha, que seguramente era la entrada del diario que usaba el clérigo y dos rejas de hierro, una a cada lado del portón principal, para acomodar la salida en masa luego de las misas.

—Creo que me quedaré detrás del altar —concluyó Celeste—. Desde aquí puedo ver todo y seguro Arantxa ocupará una de las bancas delanteras.

—De acuerdo. Yo esperaré a ver qué lado de la nave escoge la madre de la novia. En cualquier caso, una de esas dos estatuas me acercará lo suficiente a ella —dijo Oihana y Celeste, a su vez, estuvo de acuerdo.

Mientras estaban así ocupadas, una sombra furtiva se movió en lo alto del parapeto, reservado para el coro, sobre el portón principal de la capilla. La figura encapuchada examinó cada centímetro del interior a través de un monóculo, hasta que, pareciendo encontrar todo en orden, se deslizó por una estrecha escalera y desapareció por una de las rejas.

LXXXVIII

La ceremonia estaba a punto de comenzar, así lo anunciaba la llegada de grupos y parejas ostentando sus rangos con colorida vestimenta y valiosos adornos. La inquietud de Celeste proliferaba en proporción con cada nueva banca que se llenaba.

Oihana se puso su propio manto:

—Estaré en la mano extendida de la estatua a la derecha, pero cambiaré de lugar según el asiento que ocupe Arantxa —dijo, abandonando su lugar en el hombro de Celeste.

Y, sin más, dejó de ver o escuchar a Oihana. «¿Dónde estás, Étienne? Qué no daría por un sorbo de té de pasiflora…». La capilla pronto se llenó, a reventar, y los murmullos de los convidados era un aleteo ensordecedor.

Sintiéndose segura y protegida bajo su manto, Celeste se paseaba detrás del altar, admirando de reojo los desmedidos ramos de orquídeas y capullos de rosa, respirando su abrumadora fragancia mientras escrutaba los atavíos del interior de la nave. Resopló burlona al ojear la minuciosa colocación de las flores, calculada para no bloquear el recorrido de la novia hacia el altar.

Pero, al visualizar la gran entrada de Berezi, una punzada embarrada de celos trastocó la mueca burlona de hacía unos instantes y Celeste se frunció pensativa. Berezi se vería hermosa rodeada de tantas flores. «¿Y si Étienne cambia de opinión cuando la vea? ¡Aaaj! ni lo pienses... ¿Cómo no se me ocurrió ponerme uno de mis vestidos más bonitos?».

Que su vestimenta no fuera adecuada de repente la obsesionó. La idea arrebatada de revelar solo su cabeza a la congregación cuando llegara el momento surcó su mente dejando una estela risueña y espumosa. «Eso, sin duda, llamaría la atención de todos, más que todas las flores y los adornos en la capilla», reflexionó.

La puerta del diario a su derecha se abrió, lo que permitió que un brillante rayo de sol fraccionara el piso y por allí entró un hombre. Su semblante denotaba tensa aprensión, aunque nada de ello le llegaba al rostro. Inmutable, miró a su alrededor hasta que, por fin, se colocó frente al altar.

El corazón de Celeste dejó de latir cuando se dio cuenta de que era él. Sin aliento, no pudo hacer más que contemplarlo. Reparó en las galas nupciales de Étienne, dividida entre admiración por su porte y celos locos de que estuviera así engalanado para casarse con otra mujer.

«Hoy no se casará con nadie», se recordó a sí misma, admirando boquiabierta la levita con doble botonadura. Era de un azul profundo como sus ojos y recubría su camisa de lino blanco. Llevaba pantalones grises y botas negras. La corbata ancha, atada en un nudo suelto, realzaba sus rasgos cincelados con un aire majestuoso. La espada de su padre, envainada, colgaba a un costado. Llevaba el cabello atado con una cinta negra, pero un mechón rebelde insistía en acariciarle la mejilla y, cada vez, Étienne lo colocaba detrás de su oreja.

Los vitrales y aquel errante rayo de sol se sumaron al deslumbramiento de Celeste con la gallardía de Étienne: sus ojos, sus botas recién lustradas, las joyas incrustadas en la empuñadura de la espada, su cabello: todo el conjunto parecía como concebido para cautivar, instándola a actuar.

Sin meditarlo, Celeste salvó la corta distancia entre ellos y le rozó la mejilla con los labios, deseando poder retirar la capucha para sentir su piel, mas aquello habría sido el colmo de la irresponsabilidad. Una paulatina sonrisa se extendió por el hermoso rostro de Étienne al musitar:

—Entonces, sí acudiste a socorrerme... Aunque casi me matas de un infarto.

—Cuan distinguido te has vestido para casarte con esa... ¿Cómo dijiste que se llamaba? —silbó Celeste, su voz llena de sardónico humor.

—Hoy no habrá matrimonio —respondió él, pero se detuvo en seco cuando, a la par con Celeste, se dieron cuenta de que Arantxa había llegado y de que se dirigía hacia ellos.

LXXXIX

Con una túnica de talle alto color rosa y guantes largos de raso blanco, Arantxa acechaba calculadora, desde la fisonomía de Paloma. Acercándosele, le ofreció una sonrisa a Étienne y, en su mano extendida, sostenía una rosa blanca.

El arribo, aunque previsto, taló el espíritu de Celeste con serradas emociones. Necesitó de toda su voluntad para arrestar el impulso de abrazar a la impostora. «¡Mamá!», su mente repetía al ritmo de su corazón palpitante. Invisible bajo su capucha, cerró los ojos, esforzándose por sofocar el grito que ansiaba salir de ella. Se mordió el labio hasta probar su propia sangre, solo entonces logró dominarse y aplicar un cierto grado de razón a sus pensamientos. «Sabía que se parecería a mi madre, pero, ¡estrellas en el cielo!, ¿cómo no imaginé mi reacción al verla?».

Sus ojos se llenaron de lágrimas. En conflicto directo con su mente, cada músculo de su cuerpo ansiaba deshacerse del manto y besar a la mujer que tenía delante. El doloroso vacío que había dejado

274

la muerte de Paloma recrudeció en su corazón y no podía ver más allá de la oportunidad de volver a sentir el abrazo de su madre. A través de la bruma de su confusión, Celeste imaginó a Oihana de pie sobre la mano extendida de la estatua. Anhelaba saber si el ánimo de la reina de las hadas había sufrido el mismo impacto con la llegada de Arantxa.

«Oh, si tan solo estuviéramos en La Alameda, donde, al menos, podría escuchar su voz en mi mente», pensó Celeste, desesperada por tener que prescindir del bálsamo que eran las palabras de Oihana. Pero los infernales golpes se sucedían sin tregua. ¡Horror de horrores! Arantxa empezó a hablar y la bienamada voz que salió de ella sacudió, aún más, el inestable ánimo de Celeste. «Esta no es mamá. Yo la vi morir. Esta no es mamá».

—Vaya, vaya, joven, estás irreconocible —canturreó Arantxa. Sus ojos recorrían a Étienne con desfachatada incredulidad—. Solo falta un detalle —dijo prendiendo con un alfiler el capullo de rosa a la solapa de Étienne—. Ahora sí, eres la encarnación de la elegancia. Berezi estará muy complacida.

La tensión de Étienne era tal que su gesto de asentimiento pasó casi desapercibido. «Ya siéntate», rogó Celeste en silencio, paralizada por el despliegue de fría adulación de aquella mujer. Cuán diferentes serían sus sentimientos si fuera la verdadera Paloma quien diera su aprobación; si ella, y no Arantxa, estuviera ante Étienne, diciéndole lo feliz que estaba de pronto poder llamarlo *hijo*. Arantxa pasó a barrer, con sus dedos enguantados, los hombros de Étienne, un gesto maternal que convulsionó a Celeste bajo su manto.

—Pronto comenzaremos... ¡Ah! veo que acaba de entrar tu madre —exclamó Arantxa y eso, por lo menos, logró arrancar a Celeste de sus sentimientos encontrados, teniendo que cotejar los rasgos de su madre muerta, vueltos a la vida, pero cercados por la oscuridad de espíritu de la impostora.

Saludando alegre y sonriendo condescendiente a la nobleza situada en las bancas delanteras, Arantxa se acercó a la elegante dama que ocupaba el primer puesto en la fila de bancas, a la izquierda de Celeste.

Aquella regia mujer despertó la admiración de Celeste de inmediato. Vestía una túnica lila de talle alto, recogida bajo el pecho con un listón plateado, a juego con los guantes que le llegaban hasta los codos. Llevaba el cabello apartado del rostro y sujetado en una cascada de rizos.

La noble dama asintió sucinta a la pronunciación de Arantxa y Celeste se alegró de ver que aquello, por fin, obligaba a Arantxa a tomar su asiento al otro lado de la nave principal y frente a Oihana. Celeste suspiró aliviada. «Bien».

Mientras tanto, Étienne se volvió hacia el altar. Miró a través de Celeste, como era de esperar, y, aunque sabía que él no podía verla, algo en su expresión la inquietó. Era como si hubiera olvidado su reciente entrevista: sus ojos no delataban interés alguno por señales de ella y la tensión que había notado en él parecía haberlo abandonado por completo.

Los acordes que tocaron los músicos la sacaron de sus reflexiones. Pronto Berezi marcharía por la nave principal. «Espero que resulte ser una bruja pelada y desdentada», pensó, mientras que, con rebelde placer, advirtió que, al final de cuentas, no había un piano.

Un coro comenzó a cantar el Ave María y Celeste alzó los ojos hacia el techo del extremo opuesto de la capilla. Había una buhardilla y, desde ahí, el coro, integrado solo por niños, cantaba conmovedoramente.

Celeste se angustió sobremanera, pues no se había fijado antes en la buhardilla; no lo habían examinado. «Será que algo se nos escapó… Étienne, ¿por qué esa mirada perdida?»

A pesar de los rencorosos deseos de Celeste, Berezi entró ilesa a la capilla. Se detuvo al empezar la alfombra blanca que cubría la nave central y, desde ahí, miró con altivez a todas las personas reunidas para agasajarla. Presuntamente satisfecha de haber sido admirada lo suficiente, empezó un lento pavoneo por la alfombra, ojeando con desprecio, a diestra y siniestra, a medida que avanzaba.

Las motas doradas en los ojos de Celeste relampagueaban irascibles. Sus esperanzas de encontrar a Berezi sin dientes o deforme se vieron frustradas por completo. La hija de Arantxa lucía un vestido áureo que evocaba los cálices bordados en los gallardetes exteriores. Se ajustaba a su figura y tenía cuello redondo y mangas largas. Un mantón largo, como una capa, hecho de la misma tela que el vestido y hábilmente sujeto a la línea del cuello a su espalda, se arrastraba pesado tras ella. Un larguísimo cordón de oro le adornaba el cuello y su cabello negro, recogido hacia atrás y anudado en la base del cuello, le daban un toque de dignidad que desentonaba con su actitud.

Como ensimismada por algo siniestro, Celeste no lograba desviar su mirada de la novia que se acercaba. Cada segundo que pasaba, la conciencia de su propio vestido la amedrentaba; no era nada elegante y su cabello revuelto que se le pegoteaba al sudoroso cuello y a la frente solo ampliaban su malestar.

Berezi llegó al lado de Étienne y Celeste tomó nota de que la novia no había mirado al novio ni una sola vez. Durante la prolongada marcha hacia el altar, había concedido fatuas miradas a la gente que llenaba las bancas, de lado y lado, pero ninguna a su futuro esposo.

«¡Aaaj! No es su futuro esposo —pensó Celeste amotinada—. Y esa mirada perdida de Étienne por lo menos sirve de algo, y es que no ha mostrado ninguna reacción de entusiasmo al verla».

Ya agarrados del brazo, la feliz pareja se volvió hacia el clérigo, todos ellos ignorando la presencia de Celeste, que temblaba, a apenas unos pasos.

A la derecha de la pareja, Élise miraba taciturna a su hijo, mientras que, al otro lado, Arantxa disfrutaba de su momento de triunfo, sonriendo soberbia a sus invitados e inspeccionando la decoración de la capilla a través de un elegante monóculo, que, cuando no lo usaba, colgaba de un delgado cordón plateado alrededor de su cuello. Arantxa parecía ignorar por completo lo que estaba a punto de suceder, así lo leyó Celeste.

Los concurrentes se pusieron de pie, siguiendo la instrucción del clérigo que había levantado sus brazos y, en medio de ello, Celeste captó la mirada enérgica que Arantxa le dirigió a un joven paje hasta el momento desapercibido. Se encontraba él apoyado plácidamente contra la pared, junto a la puerta lateral. «¿A qué se debe esa mirada?». Siguiendo el intercambio, Celeste observó con creciente inquietud cómo el paje captaba la deriva de la intención de Arantxa y avanzaba hacia la estatua cincelada, en cuya mano extendida estaba Oihana.

—Queridos novios: henos aquí reunidos en la casa de Dios… —arrancó la proclamación del clérigo, pero Celeste ni escuchó ni entendió lo que seguía. Étienne permanecía como una estaca en el lodo y, atacada de un desastroso presentimiento, Celeste centró su mirada en Oihana.

El paje sacó algo, como un lienzo, de un bolsillo de su uniforme y, antes de que Celeste pudiera descifrar lo que pasaba, lo arrojó sobre la mano de la estatua. Se trataba de una fina red de seda, que el paje ató con un nudo. La reina de las hadas estaba atrapada. Celeste quería gritar. En aquel atroz momento, un clamor se filtró en la cabeza de Celeste.

—El manto no funcionó.

Era Oihana y, aunque su grito se había perdido en el fuerte murmullo de la multitud que rezaba por la pareja, Celeste sí lo había escuchado. Gracias a su desesperación compartida, la ventanilla en la mente de Celeste se había vuelto a abrir. Arantxa tomó el monóculo que colgaba de su cuello, lo acercó a sus ojos y sonrió satisfecha. Con un leve movimiento de la cabeza, le indicó al paje que se fuera. Así lo hizo el joven y Arantxa devolvió su atención al clérigo.

Una fogosa ola de indignación la anegó al reconocer la astuta adaptación de una piedra horadada y quiso rugir enfurecida. «El manto no funcionó, pero la piedra horadada sí».

Todo había ocurrido en un abrir y cerrar de ojos, al parecer, y ahí estaba Celeste, invisible, ¡indefensa! La reina de las hadas, atrapada y su minucioso plan, arruinado.

«No nos queda más que ver la ceremonia», pensó Celeste, pero pronto escaló su desconsuelo y pasó a querer arrancar el corazón de Arantxa con sus propias manos. Una brutal desesperación se apoderó de ella. Cegada por la ira y su propia confusión, sin pensar ni meditar sobre las consecuencias, apartó al clérigo de su camino: desgarraría aquel saco de seda con los dientes si era necesario.

El clérigo cayó al piso, más aturdido que herido, por la fuerza invisible que lo derribó. Étienne trató de ayudarlo. Aunque solo de reojo y al paso, Celeste no pudo detectar rastros de que Étienne sospechara quién había causado el tumulto.

—¿Qué le pasa? —siseó Celeste, abriéndose paso para liberar a Oihana. Pero el paje, obviamente siguiendo nuevas órdenes cautelares de Arantxa, tras la inesperada caída del clérigo, se acomodó junto a la estatua.

Celeste tendría que descubrirse antes de hora.

Berezi, aferrada al brazo de Étienne, obstaculizando sus esfuerzos por ayudar al clérigo, comenzó a berrear.

—¡Mi ceremonia está arruinada! ¡Mamá!, haz algo... ¡Haz algo ahora mismo!

Celeste manifiesta

XC

Celeste subió los escalones de mármol de regreso al altar y empezó a pasearse, de un lado a otro, como una bestia enjaulada. Los ojos de la congregación estaban, por el momento, fijos en el clérigo caído y en la novia que balaba. Pero sabía que, al retirar la capucha, todos se volverían hacia ella.

«¡Estrellas en mi cielo!». No lograba desacelerar su respiración.

—Eres un imbécil. ¿Qué has hecho? —acusó Berezi al tembloroso clérigo que se volvió hacia ella, mortificado.

—Alteza…, yo… —tartamudeó el pobre, enredado en su sotana y sin saber cómo dar cuenta de lo que había sucedido.

Arantxa se levantó de su asiento para intervenir y la profana falsedad, tan fuera de lugar en el rostro de Paloma, retorció las entrañas de Celeste, provocándole una intensa repugnancia. La debilitada voz de Oihana penetró la nube colérica de sus pensamientos:

—Celeste... Mis fuerzas me abandonan...

Su rostro se contrajo de ira y frustración bajo el manto. «¡Te llegó la hora, Arantxa!». El furor disipó todos sus temores. Celeste se trasladó al frente del altar donde, a solo un paso de ella, el clérigo seguía pidiendo disculpas a la histérica Berezi, prendida del brazo de Étienne.

Con una mirada exasperada al rostro impasible de Étienne, Celeste enfrentó a los convidados, retiró la capucha de un solo tirón y dejó caer el manto a sus pies. Al despojarse de su protección mágica, la nimbó un ruedo de energía, como polvo de estrella, lo cual causó gran impacto sobre los congregados. Aprovechó los segundos de suspenso para trocar la expresión frenética de su rostro por serena intrepidez. La mandíbula apretada, las motas doradas que ardían en sus ojos y la salvaje melena le daban un semblante amenazador, un formidable pero contenido revuelo, a la espera de quien la provocara. Celeste se alegró de ver la intensa conmoción en el rostro de Arantxa. «Con que no sabías que estaba aquí, ¡bruja! ¿No puedes ver humanos invisibles con tu pequeña piedra?». Mas, no debía desperdiciar su tiempo con futilidades. Antes de que alguien tuviera la oportunidad de asimilar lo que acababa de suceder, su voz tañó dentro de las paredes de la capilla.

—Mi nombre es Celeste —proclamó, escrutando la nave con fiereza y sin dejar de notar, con creciente malestar, que un centenar de ojos la miraban. —«Oihana está atrapada —pensó exaltada— y no tengo cómo respaldar lo que voy a decir». Celeste centró su atención en inhalar y exhalar, y siguió adelante, extrayendo fuerza de su propia furia y de la impotencia de su situación—. Estoy aquí para revelar la verdad sobre la mujer que se hace llamar Paloma —declaró, señalando a Arantxa, segura de que nadie notaría su mano temblorosa.

Los convidados vocearon su protesta. Para perversa satisfacción de Celeste, Berezi jadeaba con sofoco. Étienne la abanicaba con la mano, asombrado como los demás por la inesperada aparición de Celeste. «¡No me reconoce!». Celeste sintió que las paredes la encerraban, que los segundos nunca pasarían al siguiente momento. Habiendo recuperado su compostura, Arantxa clavó sus ojos sobre Celeste, con rencor apenas disfrazado de asombro.

—¿Quién te crees, niña, irrumpiendo aquí con semejante engaño? —Arantxa exigió, segura de sí misma.

—Soy Celeste —repitió, su ira endureciendo cada fibra de su ser, convirtiendo cada sílaba en furia absoluta—. Soy la hija de la verdadera Paloma. Tu verdadera reina —declaró, despertando una ola de objeciones provenientes de las bancas, pero la voz de Celeste se volvía cada vez más incontestable—. Tú la condenaste a muerte hace dieciocho años, la desterraste de su propio hogar. Ella, la dueña del cuerpo que le robaste, es la verdadera reina, no tú. Encerraste a mi madre en tu propia carne podrida. Estaba embarazada, ¡alimaña inmunda! —gritó Celeste, sin atreverse a apartar la mirada de Arantxa, aunque anhelaba una señal de reconocimiento por parte de Étienne. «¿Qué le hiciste, serpiente?».

Mientras Celeste hablaba, Oihana trabajaba febril para desenredar la malla que la mantenía cautiva en la mano de la estatua, pero sus movimientos eran cada vez más torpes.

—No puedo romperlo —gimió Oihana.

Consternada, Celeste adivinó que la malla había sido rociada con algún potaje debilitante y la paralizante conclusión de Celeste coincidió con la de Oihana.

—Arantxa nos estaba esperando.

Arantxa rio con la hermosa risa de Paloma, instando el apoyo de los allí reunidos.

—Debo admitir que temía que fueras una criminal peligrosa, pero ahora veo que eres solo una joven trastornada. ¿Tal vez criada por lobos? —dijo, invitando a todos con un ademán a observar la melena salvaje y la mirada enloquecida de Celeste.

Los convidados murmuraron su apreciación. Arantxa se llevó el monóculo enjoyado al ojo y la mueca malévola que le desfiguró la boca le dijo a Celeste que Oihana seguía atrapada. Celeste vaciló mientras que Arantxa, habiendo confirmado la agonía del hada, destilaba confianza en su éxito.

—Has interrumpido la boda de mi hija. Me has avergonzado delante de mis súbditos y mis invitados con infundadas insinuaciones, y pagarás por tamaña ofensa —amenazó Arantxa, disfrazando su odio con un barniz de ecuanimidad—. Pero mostraré misericordia, niña, y, en lugar de quitarte la vida, que es el justo castigo por tu ofensa, te llevarán a la torre oeste, hasta que pueda idear tu sentencia, una vez que concluyan los esponsales —dijo, con una expresión exaltada que delataba su falta de sinceridad o benevolencia—. Es una ocasión demasiado feliz como para ensombrecerla con tan nefastos chismes. ¿No están de acuerdo? —Arantxa dirigió lo último a la capilla en general, buscando congraciarse. Miró a través del monóculo una vez más y no pudo reprimir una mueca satisfecha.

XCI

Celeste temió por la vida de Oihana. Medir el remanente de la fuerza vital de la reina de las hadas a través de la creciente satisfacción de Arantxa era insoportable. Odiaba la voz de la impostora y las palabras que salían de su boca, pero, sobre todo, odiaba el hecho de que Arantxa estuviera ahí, viviendo, respirando y riendo su risa robada, mientras que Paloma estaba muerta y enterrada, y Oihana luchaba por su vida. La furia volvió a arder en el pecho de Celeste y, por un instante, no pudo responder a todo lo que había dicho Arantxa. Intentó de nuevo acercarse a Oihana, pero Arantxa no estaba dispuesta a permitirlo.

—Guardias —dijo ella a los hombres en posición firme junto a la entrada—. Retiren a esta niña de nuestra vista y colóquenla en...

Tantos sentimientos y reacciones se acumularon dentro de Celeste, presionándola, ahogándola, que sintió que pronto toda su emoción explotaría. Los guardias, con las manos sobre las empuñaduras de sus espadas, se dirigieron hacia Celeste y la finalidad de su actitud dio paso a una especie de resignación en lo más profundo de ella, una resignación cargada de un impulso ciego de borrar su mente, de dejar de pensar y simplemente renunciar a su razón.

¿Por qué no dar rienda suelta a su cuerpo? Dejar que su boca dijera lo que sabía, dejar que sus extremidades hicieran lo que debían. Después de todo, si su cuerpo había flaqueado antes, había sido porque su convicción vaciló. Celeste se volvió hacia los guardias que se le acercaban. Levantó una mano, ordenándoles que se detuvieran, mientras con la otra señaló a Arantxa y sentenció:

—Fuiste tú, Arantxa, quien asesinó a mi padre, Bautista. —Los guardias se detuvieron, no tanto por la mano de Celeste que así lo mandaba, sino porque, aunque ella no lo sabía, era la primera vez en muchos años que se pronunciaba el ponzoñoso nombre, *Arantxa*, frente a los presentes. La congregación se quedó sin aliento ante la mención de aquel nombre olvidado—. Fuiste tú, Arantxa, quien intentó asesinar a la reina Élise y, al errar con ella, no dudaste en matar a su esposo. —Ante esto, Étienne dejó de abanicar a su novia, que estaba absorta en revolear los ojos en fingida agonía, recostada sobre dos de los tres escalones que conducían al altar—. Fuiste tú quien desterró a mi madre, creyendo que moriría en los acantilados, y tomaste su apariencia por medio de tu oscura hechicería.

«Étienne ¿qué te pasa?», aquel pensamiento cruzó la mente de Celeste como una estrella fugaz, pero no pudo dedicarle más de unos segundos, pues su mente flotaba en el éter, mientras su cuerpo, impulsado por intuición sobrenatural, permanecía equilibrado y en control en el altar.

Élise se levantó de la banca y caminó majestuosa hacia Celeste, visiblemente alterada por semejantes declaraciones.

—Explícate, muchacha.

—Su Majestad, lo que digo es la verdad. Como me lo dijo mi madre y...

Arantxa interrumpió:

—Esto es un absurdo. No permitiré que continúe.

—Puedo probarlo —dijo Celeste suplicante. Élise se había convertido en su única aliada.

—Dejémosla hablar —propuso Élise, objetando con un ademán a la demanda de Arantxa. En su rostro ardía la curiosidad de, por fin, obtener la respuesta a preguntas largamente ignoradas.

—¿Cuál es esta prueba de la que hablas?

—Este es un retrato de mi padre, Bautista. —Celeste extendió el lienzo para que Élise lo viera—. Observe, por favor, él y yo tenemos la misma marca de nacimiento —dijo, rozándose la mejilla con los dedos.

—Esto no es una prueba —rio Arantxa—. Se parece a mi difunto esposo, pero ¿acaso se trata de él? Además, podrías haber hecho la marca en tu rostro para parecértele. ¿Qué es lo que realmente quieres, niña? Porque tu historia se desmorona.

Su tenacidad le prohibía admitir derrota; Celeste levantó el mentón, miró desafiante a Arantxa, pero evitó los ojos de Élise, pues seguro decían que estaba de acuerdo con Arantxa. «Esta batalla no puede terminar aquí, no así», pensó Celeste, resignada pero resuelta, aunque no se perfilaba un desenlace favorable. De su boca salieron palabras otra vez, ganándole tiempo, aunque no sabía para qué.

—¡Si no me crees, puedes preguntarle a Clemente, a quien tú, Arantxa, intentaste asesinar hace apenas dos noches! —Una vez más, los convidados se quedaron sin aliento, pero esta vez, la indignación que Celeste detectó en sus murmullos no estaba dirigida a ella. Alentada, continuó—: crees que fuiste muy astuta venciendo al hada que podía romper tu artificio, pero, en tu afán, olvidaste detalles críticos y ahora todos seremos testigos de tu transformación. No te enfrentaría desprevenida, Arantxa, y te digo que hoy es el último día que viviremos la horrible mentira que creaste hace dieciocho años.

«¡Estrellas en el cielo! ¿Cómo voy a respaldar esto? Por favor, ayuda, alguien por favor. —Presa del pánico suplicaba en silencio—. Si tan solo Clemente estuviera aquí». Quería cerrar los ojos y que todo desapareciera, tal vez, si volvía a cubrirse con el manto y se marchaba por donde había entrado. Pero darse por vencida era repugnante. Tomó una bocanada de aire. Sus ojos se fijaron en Arantxa una vez más y, al hacerlo, sucedió algo inesperado.

XCII

A través de los vitrales, el sol destelló sobre unos distintivos rizos jaspeados de turquesa. La diminuta silueta se acercaba cautelosa por la alfombra blanca, justo detrás de Arantxa. «Nahia». Como un bálsamo curativo, la presencia de su hermana de nacimiento alivió la incertidumbre de Celeste. Su mente se fusionó con su cuerpo y la sensación de desapego la abandonó al instante, devolviéndola, en cuerpo y alma, a la situación. Casi soltó una carcajada cuando los labios de Nahia formaron las palabras:

—Agradéceme después.

«Pero aquello no es motivo de risa —intuyó Celeste— porque seguro lo va a exigir». Ciertamente, no era el momento de reír o de burlarse de nada. Celeste miró a Arantxa con aspereza, sabiendo que la asesina estaba muerta donde estaba. Étienne continuaba aferrado a la convulsionada Berezi, que gemía desenfrenada; su momento de brillar había sido empañado con desagradables sucesos que escapaban a su control. A Berezi no le importaban las horribles acusaciones hechas contra su madre y no le importaba el resultado de los eventos desarrollándose frente a ella. Lo único que le importaba era que nadie la miraba, que los suspiros de admiración de hace unos instantes se habían convertido en incautos murmullos sobre la extraña joven que había aparecido de la nada, robando las miradas de adoración debidas a ella, y ya nada podía reparar su gran decepción.

En contraste con Berezi, la asamblea presente, como dominada por un impulso colectivo, reprimía toda exclamación que pudiera demorar o impedir el desenlace de las valientes proclamas de Celeste. Los ojos de Arantxa parpadeaban solícitos sobre la nobleza, mas al percibir que una persona tras otra esquivaba la sumisión que se le debía, el pecho de Arantxa se hinchó furioso con cada indignado resuello.

Ningún detalle escapaba la atención de Celeste y, con una cálida descarga de satisfacción, entendió que no era ella quien ofendía y preocupaba a la congregación, como había sucedido al principio. No. El ánimo colectivo se había transmutado y los convidados experimentaban curiosidad y duda. Arantxa también lo había percibido: sus súbditos se atrevían a cuestionar, estaban recordando detalles oscuros y, en osado silencio, parecían dar rienda suelta a sus conjeturas.

—No puedes hacerme daño, niña —gritó Arantxa, sacudida por el apoyo que se desvanecía. Miró otra vez por el monóculo enjoyado y al confirmar que el hada todavía estaba atrapada, el rostro denotó una intensa confusión. —Celeste le dedicó una sonrisa enterada. «Te acabas de dar cuenta de que tengo otro plan ¿no es así?»—. Tus arrebatadas ideas serán tu perdición. Te haré encarcelar y sentenciar a muerte por tu insolencia —ladró Arantxa, sorprendiendo a los convidados con su inesperada exaltación y causando una nueva ola de sombríos murmullos. Arantxa se volvió hacia ellos y, notando las desagradables expresiones en las caras de sus súbditos, perdió el decoro de una vez por todas; en ese momento, ella era la loca y, más que nunca, estaba dispuesta a derribar a Celeste.

—Se acabó, Arantxa. Eres tú quien será encarcelada y sentenciada —continuó Celeste, intrépida.

Arantxa estalló en delirantes carcajadas ante aquella afirmación. Nahia flotaba apenas a sesenta centímetros de Arantxa.

—Estoy aquí para que se haga justicia —clamó Celeste, cortando sus carcajadas—. Hoy mismo, todas tus mentiras e intrigas llegan a su fin. Todos te verán como realmente eres: una impostora y una asesina.

Nahia estaba en posición a treinta centímetros detrás de Arantxa. Ante la señal del hada, Celeste se abalanzó sobre Arantxa, inmovilizándola contra el piso. Celeste arrancó el monóculo del cuello de Arantxa y se lo arrojó a Élise, quien lo atrapó reflexivamente, sin saber lo que protegía en su puño.

Berezi soltó un estridente chillido, luchando contra Étienne que la retenía galante, como temiendo que la extraña salvaje la lastimara. Berezi arremetió contra él, la imagen de una bestia rabiosa, y, al hacerlo, desalojó el capullo de rosa blanco prendido a su pecho. Étienne pareció desorientado por unos segundos, pero su rostro no tardó en expresar su entendimiento de cómo había progresado la situación: Celeste estaba a horcajadas sobre Arantxa. Oihana brillaba por su ausencia, pero Nahia… Nahia flotaba detrás de Arantxa y algo muy extraño estaba a punto de suceder. Con renovado aplomo, Étienne dobló su esfuerzo por subyugar a Berezi.

—Suéltame, imbécil —escupió Arantxa, retorciéndose de frustración bajo el peso de Celeste.

—Tu hora ha llegado —gruñó Celeste—. Lo presientes, ¿no es cierto?

Celeste alcanzó a ver de reojo a Nahia y habría quedado cautivada por lo que vio, pero Arantxa se sacudía violenta y Celeste necesitaba de todo su brío para contenerla. Nahia descendió hasta el piso y, a escasos centímetros de la cabeza de Arantxa, los celebrados ojos aguamarinas se cerraron en concentración. Extendió sus brazos en ademán de súplica, a la vez que toda ella se mecía, de lado a lado, envuelta en una neblina brillante que pulsaba a un ritmo precordial. Lo que sucedió a continuación, aunque fugaz, horrorizó a quienes lo presenciaron.

—Guardias —aulló Arantxa, pero nadie se movió, paralizados como estaban por el repentino cambio en su voz.

El peine de Arantxa se soltó en medio de sus arrestos y su cabello se volvió un enredo sobre la alfombra blanca. El gemido de dolor que escapó de su garganta fue ignorado. Sus rasgos empezaron a distorsionarse, como si algo burbujeara justo debajo de la piel y pronto fue evidente, para quienes estaban más cerca, que estaba envejeciendo. La piel lozana se fracturó en profundas arrugas sobre las mejillas elongadas y los famosos ojos verdes adquirieron una opacidad enfermiza. La reputada cabellera roja se marchitó y, por grados, se tornó gris y deslucida.

—¿No ven que me está asesinando? —rabió Arantxa, su voz ronca al salir de su garganta.

Aun así, los guardias no se movieron. Las aterrorizadas damas se tapaban la boca con manos enguantadas, pero no se perdían un instante del espectáculo. Los caballeros echaban miradas furtivas a Celeste cuando lograban apartar los ojos de la espantosa mutación que se producía a sus pies. Berezi hundió sus dientes en el antebrazo de Étienne y él se vio obligado a soltarla. Corrió hacia Arantxa y miró con horror y disgusto el saco de huesos que se retorcía en el suelo.

Era imposible saber si Berezi estaba horrorizada al darse cuenta de quién había sido su madre o si simplemente no podía concebir que su madre arruinara su día especial con tales extravagancias. Cubriéndose la cara con las manos, Berezi salió corriendo de la capilla. Nadie se molestó en detenerla ni seguirla. «Ni siquiera Étienne».

Celeste captó su mirada angustiada. Sus ojos la traspasaron con ese fuego de siempre que la calentaba de adentro hacia afuera, asegurándole que ella lo era todo para él. Con el corazón acelerado,

Celeste se volvió hacia Nahia y vio consternada que la energía de su hermana de nacimiento se agotaba rápidamente. Incapaz de mantenerse en pie, Nahia se había estirado en el piso con los brazos extendidos hacia Arantxa en obstinado esfuerzo por completar su misión.

Señalando a la estatua con la malla de seda, Celeste le dijo a Étienne:

—¡Oihana! ¡Ayúdala! —Y a Nahia, por encima del vagido de Arantxa, que parecía llenar toda la capilla, le dijo—: no te desanimes ahora, ¿me oyes? Vamos a terminar esto y estoy aquí para protegerte.

XCIII

La nobleza presente abandonó toda pretensión y atiborraron los pasillos, ansiosos por ver lo que sucedía al pie del altar. Debilitada, Nahia se había vuelto visible para quienes la rodeaban y la noticia de que había un hada entre ellos pronto llegó a todos los rincones de la capilla. Ante ello, la gente se subió descaradamente a las bancas para ver mejor y corrieron por las estrechas escaleras, hasta la buhardilla del coro, en busca de una vista aérea.

Clemente se abrió paso desde el portón principal de la capilla hasta el centro de la conmoción, donde Celeste luchaba con Arantxa y velaba por Nahia.

—No se ha terminado, mi niña —dijo con voz teñida de ansiedad.

El temor que Celeste veía en el rostro del anciano era el mismo que ella sentía: que Nahia podía morir en el intento.

—¿Qué quiere decir, Clemente?

—El hilo debe ser erradicado —respondió afligido.

Las palabras de Clemente, que todavía retumbaban en la nave, alertaron a Celeste de que el último recurso de Arantxa era no soltar el hilo. La inexperiencia de Nahia y el hecho de que estaba tan debilitada presagiaban resultados espantosos. Así comenzó su lucha contra el tiempo, pues el hilo debía salir del cuerpo de Arantxa y regresar a una fuente de glamour antes de que esa fuente dejara de existir.

Una gran convulsión impulsó a Arantxa hacia adelante, casi derribando a Celeste. Liberó su brazo huesudo del puño de Celeste para cubrirse la boca, como atajando un algo invisible.

Celeste convocó todo su ardor y arrojó su peso sobre Arantxa.

—No. No te lo permito —sentenció, haciendo un puño alrededor de la enerve muñeca y sintiendo, con repulsión, varios huesos astillarse, a razón de la fuerza aplicada.

Étienne se acomodó al lado de Nahia, acunando a Oihana en sus manos. La reina de las hadas estaba tan desmadejada por su cautiverio dentro de la tóxica malla de seda que ella también se había vuelto visible.

—¡Dos hadas! ¡Dos! —se regó la voz, creando un fragor colectivo. La noticia se filtró, de boca en boca, más rápido de lo que le tomó a Étienne depositar a Oihana junto a su hija.

Un destello de esperanza surgió en el corazón de Celeste al comprender lo que Oihana había revelado a Nahia.

—Es energía pura, querida. No había ninguna intención.

Celeste inmovilizó los brazos de Arantxa con sus rodillas y, sentada sobre el escuálido pecho, empezó la horrible tarea de abrirle la boca a la fuerza. Conteniendo su repugnancia, enganchó el dedo en la mandíbula inferior y aplicó presión hacia abajo, hasta que cedió. Con una mueca de asco, Celeste hurgó en la boca de Arantxa, decidida a agarrar el reluciente hilo que la lengua, como un tentáculo inconexo, empujaba de regreso a la garganta para tragarlo.

Por su parte, el hilo viviente se contraía y alargaba como una oruga desnutrida, pero a Celeste le quedó muy claro que el hilo advertía la presencia de la fuente y luchaba por salir de su actual morada y reunirse con el glamour que lo convocaba. Arantxa se agitaba con fuerza sobrehumana debajo de Celeste. Clemente se arrodilló a su lado para ayudarla sujetando los hombros de Arantxa hasta que, por fin, Celeste agarró la punta del hilo que se retorcía. Tiró de él, enrollándolo dos veces en su dedo índice.

Arcadas, como convulsiones, acompañaban cada centímetro de hilo que salía de la garganta de Arantxa. Temiendo lo inevitable, si se alargaba el proceso, Celeste desmontó bruscamente, liberando el hilo con un último tirón.

Aunque Arantxa dejó de retorcerse apenas el hilo salió de su cuerpo, Clemente no la soltó. A su lado, Celeste escudriñó los ojos saltones de la mujer que había matado a su madre hasta que vio lo que quería ver: la maligna oscuridad se había convertido en miedo y derrota. Sus mentiras habían sido expuestas y nada de lo que hiciera Arantxa podría salvarla.

Celeste se acercó a Nahia:

—Ya puedes descansar, mi hermana —le dijo al hada, colocando el hilo brillante sobre su cuerpo tembloroso. Allí, el hilo pareció derretirse a través de la ropa, incorporándose a la luz menguante que Nahia emitía.

Oihana asintió, observando el lugar donde había desaparecido el hilo, murmurando palabras de aliento para fortalecer y guiar a su hija hasta el final. Celeste se sentó entre Nahia y la figura inmóvil de Arantxa. Étienne se agachó frente a ella, al otro lado de Oihana, protegiéndola de la curiosidad de quienes los rodeaban.

Soltando los hombros de Arantxa, Clemente se puso de pie, apoyándose en el respaldo de la banca más cercana a él. Fijando sus ojos en el tembloroso saco de huesos que era Arantxa, declaró:

—Obraste muy mal con gente inocente. El dolor y la pérdida que causas no conoce límites, tampoco tu codicia. ¿Ves cómo te ha llevado a la muerte?

—Pero si yo te maté, viejo infeliz —balbuceó. El ahogado graznido provocó nuevos murmullos entre los reunidos, sorprendidos de que semejante destrozo aún pudiera hablar—. No debí dejarte por muerto como lo hice con Paloma. La codicia no ha sido mi fin; fue la incompetencia. —Sus labios se separaron, revelando encías enfermizas y violáceas, de donde algunos dientes amarillentos todavía colgaban—. Pero no volveré a cometer ese error —gritó y, con una oleada de inesperado vigor, se lanzó sobre Celeste, rodeándole el cuello con sus huesudas manos y levantándola del piso.

Era preciso defenderse, pero consciente de las dos hadas que yacían en el suelo, Celeste se alejó de ellas, arrastrando a Arantxa consigo misma. La sorprendente velocidad del ataque la había dejado sin aliento y la fuerza asombrosa de aquellas manos curtidas exprimiéndole la vida, incluso con una muñeca rota, hicieron que entrara en pánico. Se sintió desmayar, los gritos de la gente a su alrededor se volvieron un rugido y el acre aliento de Arantxa sobre su rostro la cegó. Pronto todo sería oscuridad. «Madre mía, todos habremos muerto por su mano».

Aunque a Celeste le pareció una eternidad, fue cuestión de segundos. Sus sienes latían con la sangre atrapada en su cabeza y, justo cuando pensó que su cuello se quebraría, Arantxa arqueó la espalda, con un aullido que le perforó los oídos.

Con la mirada fija en Celeste, las garras cesaron de apretar y Arantxa se derrumbó. Al levantar la mirada, Celeste vio que Étienne se erguía feroz a unos metros de ella. Avanzó hacia el cadáver y sacó la daga que había volado certera de su mano a la espalda de Arantxa. Limpió la sangre de la hoja en el mismo vestido de Arantxa y la enfundó antes de ofrecerle la mano a Celeste. La ayudó a levantarse y ella lo abrazó con fuerza.

—Me salvaste —le susurró al oído.

—Y tú a mí —respondió él.

Celeste y Étienne se volvieron hacia Nahia, quien, acunada en los brazos de Oihana, lucía ya un poco recuperada. Con los ojos llenos de lágrimas, Celeste se arrodilló junto a ellas.

—Gracias, hermana mía —sollozó.

—Lo hiciste muy bien, mi Nahia. Muy bien. Y estoy muy orgullosa de ti —musitó Oihana, emocionada.

Los cristalinos ojos aguamarinas de Nahia se inundaron de lágrimas.

—Yo también te amo, *mamma* — fue todo lo que logró decir, antes de esconder su rostro en el regazo de su madre.

Habiendo recuperado la fuerza necesaria para hacerlo, Oihana llevó a Nahia al altar donde podrían descansar un poco más sin temor a ser pisoteadas. Clemente ofreció su brazo a Celeste y juntos se acercaron al altar. Desde el púlpito se avistaba la congregación, todavía perturbada por el rápido giro de los acontecimientos; la mujer que habían considerado su reina todos esos años no había sido más que una impostora y una asesina. De entre el alboroto, Celeste empezó a advertir una transformación en el ánimo colectivo. Gratos murmullos pronto llegaron a sus oídos, regando un cálido rubor sobre su piel.

—Decididamente realeza...

—Muy parecida a su padre...

—Y sus ojos —dijo otro—, reconozco a la reina Paloma en ellos...

En medio del agradable vaivén de comentarios y opiniones, las personas en la capilla acabaron por contarse entre los súbditos de la verdadera princesa de Santillán. Por supuesto, el giro sobrenatural también reclamaba la debida atención.

—No puede ser. ¿Hadas entre nosotros?

Aquellos que estaban más atrás objetaban los informes provenientes del frente.

—Todos saben que es imposible ver un hada, a menos que se nos conceda el don de vista feérica.

Pero la nueva inteligencia pronto editó las objeciones.

—Un hada en estado debilitado se vuelve visible.

Los curiosos que habían trepado a la buhardilla afirmaban que Arantxa contaba con una piedra horadada que, como todos saben, era la única otra forma, además del don de vista feérica, que permitía a un humano detectar a un hada. Al escuchar aquello, un joyero gordinflón, hospedado en Santillán durante las anteriores dos semanas, a pedido de Berezi, se abrió paso a codazos hacia el altar y afirmó haber adaptado una de esas piedras para que pareciera un monóculo.

Élise abrió su mano y miró lo que Celeste le había confiado. Intercambiaron una mirada enterada y, con sonrisa victoriosa, Élise se colgó el monóculo al cuello. Sin duda, los acontecimientos habían desconcertado hasta a los más escépticos, que, en ese momento, se amontonaban con descaro frente al altar, ansiosos por, aunque sea, el más breve vistazo de las hadas.

—Me complace presentarles —retumbó la voz de Clemente, acallando el bullicio en la capilla— a Celeste, su verdadera reina. La hija de Bautista y de la verdadera Paloma. La legítima heredera al trono de Santillán.

Atronadores vítores estallaron en la capilla, el corazón de Celeste galopaba en su pecho y Étienne, con una amplia sonrisa, estuvo a su lado de un salto. La tomó en sus brazos justo cuando sus rodillas parecieron ceder. Temblando de la cabeza a los pies, a pesar de las aclamaciones que reverberaban a su alrededor, Celeste se perdió en sus ojos, sacando fuerzas de la incandescente alegría que iluminaba los rasgos de Étienne.

—Mi prometida —susurró él, tan de cerca que ella no tuvo más remedio que robarle un beso. En sus ojos brillaron lágrimas de felicidad y completo alivio de que todo, por fin, estaba hecho, que la pesadilla había terminado, que estaban de pie y que podían abrazarse.

Étienne la levantó y giró con ella en sus brazos. Alborozada, Celeste echó la cabeza hacia atrás y su risa se perdió en el estrepitoso aplauso de la gente de Santillán.

Y, colorín colorado…,
este ensueño se ha terminado

XCIV

Berezi huyó del reino, desquiciada ante la pérdida de la corona que ya consideraba suya. Incapaz de aceptar que nunca había sido princesa y que, por la incompetencia de su madre, le quitarían todo, Berezi, montó en el caballo negro de Arantxa y se alejó al galope, todavía con su vestido de novia dorado.

Berezi y el caballo encontraron su muerte al fondo de un acantilado. Las joyas que había robado de la recámara del joyero ambulante rodeaban su cuerpo en un círculo protector. Tal fue el informe de los pastores que la encontraron dos días después de su huida.

Clemente contó los detalles del engaño de Arantxa a la gente del reino y la reina Élise confirmó gran parte del relato de manera que, al final, no quedó duda alguna sobre la verdadera identidad de Celeste.

Celeste y Étienne se sumieron en preparativos para una suntuosa boda al aire libre, con las debidas consideraciones para dignificar a la Corte Luminosa. Y el año siguiente, en un hermoso día de primavera, bajo el cielo azul y entre remolinos de pétalos de cerezo, Clemente llevó a Celeste por la senda de hierba, entre filas de bancas, hasta donde la esperaba su futuro esposo, espléndido en su atavío nupcial.

Celeste confeccionó su propio vestido en La Alameda Florida y su corazón se complació al ver la sincera admiración en los ojos de todos los presentes. Sonriendo bajo el fino velo que le cubría el rostro,

Celeste centró su atención en Étienne, sus deslumbrantes ojos azules brillaron, como desafiándola, y ella tuvo que resistir el impulso de soltar el brazo de Clemente y correr hacia él. Felicitándose por su atinada prudencia, Celeste continuó al paso que marcaba el anciano hasta que llegaron al lado de Étienne. Clemente retiró el velo y la besó en la frente.

—Mi bienamada niña, el orgullo que me invade en esta ocasión solo lo superarían Bautista y Paloma. Una y mil bendiciones para ti.

Celeste sonrió, recibiendo un segundo beso en la frente, y luego, para consternación de todos, la novia se volvió hacia el novio y lo besó en los labios antes de que la ceremonia comenzara. Una onda de indulgente hilaridad floreció de entre las hadas congregadas y pronto irradió calidez a todos los reunidos. La ceremonia se llevó a cabo, sin más, sellando la unión de Celeste y Étienne ante todos.

Por su parte, la mediación a última hora de Nahia había dado fruto. Su iniciativa y el riesgo tomado redimieron a la princesa ante su madre. En adelante, la dinámica de su relación se vio impulsada por una nueva y alta estima. Fue así que, bajo el resplandor de la afectuosa admiración de Oihana, Nahia maduró, por lo menos, un par de niveles.

Fieles a su vínculo con la Soberanía, Celeste y Étienne nunca revelaron de dónde habían venido las hadas, a pesar de que por todo Santillán y St. Michel no pasaba un día completo sin que circularan nuevos informes de avistamientos feéricos. Celeste sospechaba que aquello era un testimonio de la vanidad de Nahia y de su deseo de ser reconocida para superar la fama de Celeste.

Clemente vivió unos años más, disfrutando de su familiaridad con la hija de su querida Paloma. Aprovechó cada segundo que pasó con sus nuevos amigos en la Soberanía de las Hadas y, al cabo de muchas satisfacciones y experiencias novedosas, Clemente murió en paz una tarde de otoño, después de caminar por el bosque. Contó Nahia que, necesitando un descanso, Clemente se arrimó al tronco de un árbol para aprovechar la frescura que brindaba su sombra. Cerró los ojos, como para recuperar el aliento antes de emprender el regreso, mas el viejo tutor ya no despertó.

Celeste y Étienne nunca se separaron el uno del otro. Tuvieron tres hijos, Exteban, Xiomara y Bastien, y la suya fue una vida llena de felicidad, armonía y, sobra decir, glamour.

Al cabo de muchos años, Celeste falleció y Étienne la siguió semanas después.

La falta de consecuencias había convencido a Amets que la maldición del primer beso, intercambiado con alguien ajeno a su especie, no había sido más que un mito. Pero pronto descubrió que el cruel efecto aguardó hasta la última exhalación de Celeste para devastarlo. Celeste había sido la dueña de su corazón mientras vivía y, en ese momento, se lo había llevado con ella a la luz, convirtiendo el pecho de Amets en una frágil y vacía coraza. Poco a poco, Amets fue rechazando la compañía de otras hadas hasta que, para gran desconsuelo de Nahia y Oihana, un día abandonó La Alameda Florida por completo y nunca más se lo volvió a ver.

FIN

Reconocimientos

Al igual que mis otras obras, *Herencia Encantada*, la adaptación al español de *Faery Sight*, se produjo gracias al constante apoyo de una familia que siempre me impulsó a soñar. Su influencia, belleza, experiencias y personalidades forjaron mi carácter y ahora forman parte del realismo mágico de mis ficciones filosóficas.

Gracias mil a mi Paul, a Blanca, a Kelsey y a Remy, y a mis hermanas Carmen y Silvia. A mis tíos y primos, y al resto de mi familia encantada, por creer en mí.

Siempre estaré agradecida a mis amigos, a quienes considero mi familia extendida y que contribuyeron a este libro con su arte mágico, apoyo incondicional y efusivo patrocinio; no podría haberlo hecho sin ustedes: Ceci, Fernando, Helen, Jese, Magdalena, Marcela, Mónica, Susi, Tania y mi fantástico equipo de producción, Tamra Gerard, Graham Publishing Group y Virginia Cinquegrani, por llevarme al siguiente nivel.

Mi más profundo agradecimiento lo dirijo a Luis, María, Esteban, Renee, Carolyn y todos mis ancestros; me sería imposible seguir la senda sin su inmutable guía transdimensional.

A ti, lector, te agradezco por elegir este libro; espero que la combinación de fantasía y realismo de *Herencia Encantada* te inspire a creer en los latidos de tu corazón y en la magia que llevas dentro.

Primeras impresiones

"*Herencia Encantada* es una novela poética con amplias y detalladas descripciones que fluyen sin esfuerzo. Una lectura muy agradable".

"Me gustó mucho el desarrollo de los personajes principales a lo largo de la historia. Celeste se convirtió en una mujer más madura y Nahia demostró que está preparada para ser reina cuando llegue su momento".

"Definitivamente cinco estrellas... La narración me hizo sentir como si estuviera en La Alameda Florida, disfrutando de las flores hermosas y fragantes, del sol, el bosque, el lago...".

"Realmente me encantó. Cada vez que dejaba de leer, me preguntaba qué vendrá después, y tenía que leer más para saber cómo se resolvía cada situación".

"Me sentí dentro del relato, como si estuviera presenciando las conversaciones entre los personajes".

"El clímax en los diálogos permite imaginar cada escena como si fuera una película".

"Fue una lectura novedosa que me encantó. Las descripciones me ayudaron a sumergirme en ese mundo".

"La atmósfera de *Herencia Encantada*, los dulces diálogos entre Paloma y Celeste, o entre Celeste y Étienne crean una sensación de paz que invitan a seguir leyendo".

"Me gustaron mucho las descripciones de los diferentes entornos, me parecieron equilibradas y bellamente detalladas; tal y como me imagino el mundo de las hadas".

"Me enamoró la forma en que está escrita *Herencia Encantada*. Cada palabra tiene su lugar, y muchas frases realmente suenan como poemas, me encantó esa musicalidad".

Apreciado lector:
las reseñas son la mejor manera de agradecer a un autor por los meses y, a veces, años de esfuerzo invertidos en la composición de un escape literario para sus seguidores.
Si disfrutó de este relato, por favor, deje su reseña en el punto de compra o en www.WaterBearerPress.com

Patricia Bossano

Galardonada prosista de ficciones filosóficas y merodeos
sobrenaturales. Patricia reside en California con su familia y allí
compone sus obras.

También en su catálogo literario:

Faery Sight
Cradle Gift
Nahia
Seven Ghostly Spins: a brush with the supernatural
Love & Homegrown Magic
Entre Duendes Y Ratones

Disponible en www.WaterBearerPress.com